사랑과 미에 대하여

다자이 오사무 전집 2

사랑과 미에 대하여

愛と美について

다자이 오사무 지음 | 최혜수 옮김

도서출판 b

| 일러두기 |

1. 이 전집은 저본으로서 『太宰治全集』(ちくま文庫[치쿠마문고], 1994, 全10巻)과 『決定版 太宰治全集』(筑摩書房[치쿠마서방], 1999, 全13巻)을 기초로 하고, 新潮文庫[신초문고], 岩波文庫[이와나미문고] 등 가장 널리 읽히는 판본을 참조하여 번역했으며, 전 10권으로 구성했다.
2. 이 전집은 다자이 오사무의 모든 소설 작품을 발표 시기 순서에 따라 수록했다. 단, 에세이는 마지막 권에 따로 수록했다.
3. 창작집 『사랑과 미에 대하여』에 수록된 다섯 작품(「푸른 나무의 말」~「불새」)에 한해서는 저자의 의도를 고려하여 창작집 수록 시의 순서 그대로를 따랐다.

| 차례 |

사랑과 미에 대하여

創生記
창생기

太宰治

「창생기」

1936년 10월 1일에 발행된 『신조新潮』 제33년 제10호 창작란에 발표되었다.

집필 당시 극심한 파비날 중독 상태였으며, 그의 정신 착란이 그대로 소설에 반영되었다고 할 수 있다. 논리가 결여된 수많은 환상과 연상 속에서도, 소설 창작과 아쿠타가와 상에 대한 그의 고민이 엿보인다. 특히, '산 위의 소식지' 부분은 많은 오해를 낳아, 사토 하루오가 「아쿠타가와 상」이라는 소설을 발표하는 계기를 만들기도 한다. (자세한 설명은 해설 참조.)

이 작품은 후에 소설집에는 실리지 않았으나, 다자이 오사무 문조집 『신천옹信天翁』(1942년 11월 15일, 쇼난서방)에 처음으로 수록된다. 그때, 문제가 된 '산 위의 소식지' 이후 전문이 삭제되었고, 본문에도 실명이 거론된 부분을 중심으로 가필, 삭제된 부분이 있다. 이 책에서는 『신조新潮』지에 처음 발표되었을 당시의 작품을 기초로 번역했다.

—사랑은 아낌없이 빼앗는 것.[1]

다자이 언제나 병자의 감각에 도취되어 고매한 정신을 잊어버린 것은 아닌가, 이런 수족관의 송사리 같은 가타카나[2], 읽기 힘들어 죽겠다, 사토 할아버지는 이렇게 입으로는 화를 내면서, 내심 기쁜 듯, 어디어디, 하며 안경을 고쳐 쓰고, 으음, 뭐야 뭐? —바다 밑에, 푸른 하카마[3]를 입은 여학생이 다시마 숲속 바위에 앉아 생각에 잠겨 있었다고 합니다, 으응, 정말로. 여성 잡지에 나왔던 잠수부들의 좌담회. 그 외에도 물에 빠져죽은 사람이, 다양한 자세로 생각에 잠겨 있다고 합니다, 흰 여름옷을 입은 숙부가 주머니에 돌을 가득 넣고, 바다 밑 모랫바닥에, 떡하니 양반다리를 하고 으스대고 있었지요. 침몰한 기선의 객실, 문을 여니까 죽은 사람 다섯 명이, 안에서 스윽 나왔대요. 하지만 물속에 있는 빠져죽은 사람들은, 선 채로, 남자는 다들 머리를 앞으로 숙이고, 여자는 다들

1_ 사람을 사랑한다는 것은 상대의 모든 것을 빼앗아 자신의 것으로 만드는 것이라는 내용을 담은 작가 아리시마 다케오(1878~1923)의 평론 「사랑은 아낌없이 빼앗는 것惜しみなく愛は奪ふ」(1920)이 있다.

2_ 일본의 문자 표기방식의 하나. 일본어는 통상 히라가나와 한자를 섞어 쓰며 가타카나는 외래어를 표기할 때나 글자를 강조할 때 쓰는 것이 보통인데, 이 「창생기」에서는 14페이지의 각주 12번으로 표시된 곳까지 모든 글이 가타카나와 한자로 쓰였다.

3_ 기모노의 겉에 입는 옷으로 일본식 정장을 말한다.

가슴을 펴고, 머리를 위로 들고, 모랫바닥에 발이 살짝 닿을 정도로, 발끝으로 꼿꼿이 서있다고 합니다, 강의 흐름을 타고 깡충깡충 걷고 있대요, 머리를 가지런히 올린 한 여자는 고무로 된 인형을 안고 걷고 있었는데, 잡고 보니 그건 사람의 아이, 젖을 문 채 자고 있었어요.

여기까지 쓰고 나서, 쓸 수가 없었다. 이번에는, 내가 생각했다. 다시마 숲의 여학생보다도, 더 조용히 생각했다. 40일 정도 생각했다. 하루, 하루, 쓰는 실력이 넘쳐서 무슨 말을 써도, 아무리 되는대로 써도, 아무리 제멋대로 써도, 그게 그렇게 나쁜 문장이 아니고, 얼추 완성된 소설, 훌륭한 작품이라는 것, 이건 위험하다. 슬럼프. 치기만 하면, 반드시 안타. 달리기만 하면, 꼭 10초 4. 10초 3, 도 아니고, 5도 아니다. 슬럼프란 이런, 열정이 사라진 하얀 태양 아래 권태, 진공관 속 무게를 잃은 깃털, 꽤나, 견디기 힘든 것이다. 시시각각 나의 모습, 웃었다, 화냈다, 하필 이럴 때 활활 타오르는 볼, 옥수수 우적우적, 홀로 엎드려 훌쩍훌쩍 울고 있다, 다 쓰고 나서, 한참 뒤에 느껴지는 무기력함, 하지만 따뜻한 마음을 가진 젊은이를 위한 고귀한 문자임을 의심치 않으니, 그게 바로, 슬럼프라는 것.

이제 됐다. 다자이, 적당히 하는 게 어떤가.

과선증過善症.

맹렬히, 글을 쓰고 싶은 아침이 올 것이다. 그때까지 기다려. 십 년. 늦다고 할 수 없다.

그는, 잃지 않으니.

오늘 아침, 여섯 시, 하야시 후사오[4] 씨의 글 한 편을 읽고, 제가 써야만 한다고 생각했습니다. 약간의 비통함과 결단이, 그 소설의 행간에 흘러 산뜻한 느낌이었습니다. 요즘 사오 년간 문단에 없던 일이다, 좋은 문장이기에, 진정어린 젊은 독자, 바로 일어서서, 자네를 위해 진정한 건배, 아파! 하고 펄쩍 뛰어오를 정도로 뜨거운 악수.

이시자카[5] 씨는 몹쓸 작가다. 가사이 젠조[6] 선생은 심심풀이로 배운 취미라면서 이래저래 고심하고 있었습니다. 그 후 열 번의 봄과 가을, 밤낮이 바뀌어, 채찍의 그림자가 자네를 억누르고, 아홉 번 미치고 한 번 절하는 정진, 스승님의 걱정을 다 없앨 수 있는 일을 할 수 있다면, 나는 뭐라고 할까, 큰 소리로 '고마워'라고 명랑하게 외치고, 정중하게 감사를 표할 뿐. 그런데 요즘 자네, 괘씸한 소설을 쓰네. 집과 고향에서 쫓겨나서, 눈보라 속, 부인과 아이와 나, 세 명이 꽉 껴안고, 갈 곳도 못 정하고 비틀비틀 방황, 중인衆人 멸시의 표적과 같은, 성실, 소심, 부끄러운 무리, 나의 백 가지 아름다움, 한 개도 말할 수 없어, 고엔지[7]를 어슬렁어슬렁, 커피를 마시고 내일을 알 수 없는 생명을 바라보며 한숨, 달리 방법 없음, 이 일만一萬 청년들을 생각하라. 가난의 고통을 권장하는 건 아니다. 일만 개의 정직, 게다가 바보, 의심할 줄도 모르는 약하고

4_ 林房雄(1903~1975). 소설가. 프롤레타리아 작가, 논객으로 활동. 고바야시 히데오 등과 함께 『문학계文學界』를 창간했다.

5_ 石坂洋次郎(1900~1986). 소설가. 대표작으로 『젊은 사람』, 『푸른 산맥』 등이 있다.

6_ 葛西善三(1887~1928). 소설가. 자신의 힘든 생활체험을 바탕으로 작품을 쓴 사소설私小說 작가로 활동했다.

7_ 도쿄 스기나미 구에 위치한 절로, 절을 포함한 절 주변의 지명이다.

다정한 사람들은, 자네를 경외하는데, 자네의 500장 정진에 혼비백산 놀라 벌떡 일어나, 허리띠를 질질 끌면서 서점으로 달려가, 부인의 쌈짓돈을 훔쳐 권총을 사는 듯한 두근거림, 한 번 읽고 흐느껴 울고, 세 번 탄식하며, 자신이 하찮고 지저분하다는 듯 벽에 머리를 찧는 기분, 아아, 자네의 모습만 눈부시게 밝아, 해바라기 꽃, 이시자카 군, 자네는 쓰루미 유스케[8]를 비웃을 수 없다. 이해뿐. 생명 없음.

느릿느릿 나와서, 파리채처럼 탁 치고, 덮어놓고. 500장. 양심. 이것 보라며 슬쩍 비수를 내비치는 듯한 치사한 보복 정진, 멍청이, 던져버려라. 시마자키 도손[9]. 시마키 겐사쿠[10]. 외지 수전노 근성을 버려라. 봉투를 짊어지고 멋지게 귀향. 피고 같은 혹독한 자의식 속이지 말라. 나는야 고뇌하는 자. 문신을 숨긴 성스러운 승려. 인사를 시키고 싶은 교장 선생님. 『이야기』 편집장. 이기고 싶은 도깨비. 비웃음을 사지 않으려는 노력. 작가끼리는, 간단한 말로 끝. 당신 작품을 직접, 다시 검토해주세요. 진위를 간파하기 위한 좋은 방책은, 그 작품이 잃어버린 것의 깊이를 재라. '두 명을 죽인 부모도 있다.'던가.

알겠는가, 이보게, 단식을 하며 고통스러울 때, 위선자처럼 슬픈 표정을 짓지 말라.마태복음 6:16 이것은, 신의 아들의 말. 초인超人이 말하는 소심, 두려워하는 사람의 아들, 웃으면서 엄숙한 말을 하라는 빼어난 진주 같은 철학자, 소리 지르며 자책하다, 미쳐서 죽었다. 자신이 올바르다면 천만 명도 상대한다[11]고 하지만, —아니, 악수는 아직, 방패 뒤의

············

8_ 鶴見祐輔(1885~1973). 정치가이자 저술가. 미국과 일본 간의 민간 외교에 큰 공헌을 했으며, 1938년 설립된 국책기관 '태평양협회'의 중심이 되었다.

9_ 島崎藤村(1872~1943). 자연주의 소설가. 대표작으로 『파계』, 『봄』, 『동트기 전』 등이 있다.

10_ 島木健作(1903~1945). 프롤레타리아 문학운동의 쇠퇴기에 등장한, 대표적인 전향 소설가이다.

11_ 원문 自省直ければ千万人. 『맹자』에 실린 공자의 말로, 스스로 반성해보고 자신이 올바르다고

말을 들어야지, '자신이 올바르지 못하면, 거지를 만나도, 얼굴을 붉히며 당황, 피고, 죄인, 술집으로 뛰어든다.'

일찍이 나는 사랑의 철학자, 헤겔의 숭배자였다. 철학은, 지知에 대한 사랑이 아니라, 진실한 지를 성립시키기 위한 체계지体系知다, 헤겔 선생의 이 말, 한 학형에게 배웠다. 대상에 말을 맞추기보다는, 내 생각 개진의 체계, 논리가 서 있으며 눈에 띄는 모순도 없고, 일단 수긍할 만하면 내 일은 끝이고, 흰 부채를 쫙 펼쳐서 정강이의 모기를 쫓는다. "역시, 그것도 하나의 논리." 예로부터 내려오는 일본의 이 일상어가, 모든 것을 다 말하고 있다. 수미일관, 질서정연. 오늘 아침의 이 끼적거림도, 순수한 주관적 표백이 아니라는 건, 이미 모두가 알고 있음. 푼쿠트punct. punctation 작은 반점 같은 자네의 기분과 함께 생각하자. 갑자기 쓰기 싫어졌다.

모든 말, 옳으며, 모든 말, 거짓이다. 어차피 뗏목 위에서 밀치락달치락 하는 거다, 비틀, 비틀, 자네도 그렇고, 나도, 그리고, 또, 하야시 씨, 자는 시간에도 거센 물살에 다함께 떠내려가는 것 같다. 흘러서 고이면 연못, 화내면 펄펄 끓는 여울, 걸리면 폭포, 결국은 모두 같음. 혼돈의 바다다. 육체의 사망이다. 자네가 한 일도 남고, 내가 한 일도 남는다. 불멸의 진리는 미소를 띤 얼굴로 가르친다, '일장일단一長一短.' 오늘 아침, 쾌청, 벌떡 일어나, 스파르타의 진정한 애정, 자네의 오른쪽 볼을 두 대, 세 대, 세게 때린다. 다른 뜻 없음. 하야시 후사오라는 이름의 한차례 시원한 바람에 떠밀려, 들떠서 하는 짓에 지나지 않는다. 트릭의 성난 파도, 실은 즐거운 잔물결, 이 모든 것이 나의 목숨, 조금이라도 더 살려는 속마음의 소행, 도쿄 올림픽 보고 나서 죽고 싶다, 독자讀者,

············

생각한다면, 적이 천만 명이라도 맞설 것이라는 의미이다.

그런가 하고 가벼이 긍정하고, 심하게 나무라서는 안 된다. 이상.[12]

산 위에서 나눈 이야기.

"재미있게 읽었습니다. 그런데 뒷일은, 책임질 수 있어?"

"네. 타도를 위해 쓴 게 아닙니다. 아시나요? 분노야말로 최고의 사랑 표현이라는 것을."

"화내서 득 본 사람이 없다는 옛말도 있지. 바동바동 십 년, 이십 년 발버둥 쳐봐야, 옛 사람의 심플리시티 그물 안. 하하하하. 그런데 독음讀音은 왜 달았지?"

"네. 좀, 너무 좋은 문장이라, 일부러 상처를 냈습니다. 아니꼽고, 아무래도 아이의 갑옷. 금실 은실. 쇠바더리가 눈을 뜨는 것 같은 화려한 줄무늬는, 벌의 친절. 가시가 있는 벌레니까, 마음을 놓지 말라. 이 배 무늬를 겨냥하여, 쏘라, 쏘라. 다시 말하면 동물학에서의 경계색. 선배님, 이시자카 씨를 위한 최소한의 예의와 확신이 있습니다."

나와 내 작품에 대한 한마디 설명, 반 구절의 변명, 작가에게는 치명적인 치욕, 문장에 이르지 못하고, 사람에 이르지 못하는 것, 절실히 자책하고, 다른 뜻 없음, 다른 이를 원망하지 않고 나 홀로, 엄격하고 혹독한 정진, 이것이 나의 작가 행동 십 년 이래의 금과옥조金科玉條, 고통의 수렁에 빠져 있던 어느 날 밤에도, 남몰래 자신을 위로하며 조용히 미소 지은 적이 두세 번 있었습니다. 하지만 어느 날 밤에는, 이리 뒹굴고 저리 뒹굴며, 내 가슴속 깊은 곳에 숨겨둔, 그나마 겨우 하나

12_ 처음부터 이 부분까지 원문의 모든 가나는 가타카나로 쓰였다.

남겨 둔 슬픈 자긍심, 젊은 목숨을 바치더라도 외딴 성城, 끝까지 지키겠다고 바이런[13] 경에게 맹세한 약속, 고통스러운 수갑, 무거운 쇠사슬, 지금 갑자기 피식 웃으며 집어던졌다. 돼지 목에 진주, 돼지 목에 진주, 미래영겁, 오오, 진주였단 말인가, 나는 비웃으며, 부끄럽다는 식으로 내 실수를 순순히 인정하고 사죄하기는커녕, 나는 전부터 알고 있었어, 이 사람, 보통 서생이 아니라는 걸 내다보고, 작년 여름에 우리 밭의 옥수수, 일곱 개를 준 적이 있습니다. 사실은, 두 개. 그 외에, 무지로 인해 박정한 평가를 하는 수많은 모습들, 손에 잡힐 듯, 눈앞에 있는 새하얀 폭포를 보는 것보다 더 확실히 알면서도 나, 진주 비, 훗날의 나를 위한 브란데스[14] 선생님, 아마, 내가 죽은 후, —싫어!

진주 비. 무언의 용서. 모두, 이런 자비, 낡은 도착에서 오는 애정, 무의식적이고 구질구질한 복수심에서 나왔다는 것을 알라. 평소에 귀족 출신임을 자랑할 수 있는 거만하고 방종한 마담, 그 여자의 정부가 지닌 망측하고 한결같은 물욕, 마담의 둥근 얼굴, 보기도 전에 돈 내놔, 돈 내놔, 한마디는 크고, 한마디는 작게, 밤낮으로 염불. 내 애정이 깊은 만큼, 다소 자부심을 가지고 있었던 것이 파멸의 근원, 포환던지기, 목걸이 던지기, 반지 다섯 개의 산탄散弾, 다 줄게요, 나는, 어떻게 되든 상관없다, 라고 말하며 눈물이 흐르고, 나를 속이는 거라면, 꼭 교묘하게 잘 속여주세요, 완벽하게 속여주세요, 나는 더 많이 속고 싶다, 더 많이 고통 받고 싶다, 세계의 연약한 여성들이여, 저는 고뇌의 선수입니다,

13_ 조지 고든 바이런George Gordon Byron(1788~1824). 영국의 시인.
14_ 조지 모리스 코헨 브란데스George Morris Cohen Brandes(1842~1927). 덴마크의 문학사가, 비평가.

같은 좀 이상한 말도 지껄이는데, 그래도 어머니 같이 자비로운 미소를 잊지 않고, 꽉 쥔 쌀가루 세공물처럼 생긴 작은 코 끝, 눈물 때문에 고춧가루처럼 새빨갛게 타오르고, 융단 위를 느릿느릿 기어가며, 좀 전에 마담이 잔뜩 집어 던진 금은보화들을, 히죽히죽 엷은 웃음을 띠며 주워 담고 있는 열여덟 살, 호랑이 띠 미남, 갑자기 마담의 얼굴을 훔쳐보고, 정말 멋진 고춧가루, 소년, 와아 하고 환성을 지르며, 와아, 마담의 코는 돼지의 고추.

불쌍한 마담. 무엇이 진주이며, 무엇이 돼지인가, 주객이 완전히 전도되어, 지금은 자포자기, 시집오던 무렵의 머리장식, 그 백치 같은 정인情人의 사진을 숨긴 목걸이하며, 허리띠의 쇠 상식까지. 빈털터리. 주고 싶은데 가진 게 없을 때는, 싼(까지 쓰고, 문득 다른 생각을 하다가 60초도 지나지 않았는데, 방심의 꿈에서 깨어나 깜짝 놀라 원고용지를 다시 보며 이어서 쓰려다가 문득 멈추고, 싼 이라는 이 한 글자, 도대체 무엇을 쓰고 있었는지, 초봄에 죽은 막 세 살이 되었던 여자아이의, 용모도 아름답고 마음씨도 착한, 낚싯줄을 입으로 끊고 도망간 메기는 배를 통째로 삼킬 만한 큰 물고기로 보였다는 말도 있는데, 망각의 늪으로 빨려 들어간 대여섯 줄의 말. 정말 중요한 키노트, 아까워 죽겠다. 떠올라라! 떠올라라! 진실이라면 떠올라라! 틀렸다.)

이걸로도 부족한가, 아직도 부족한가, 하며 돼지 목에 진주라는 단비를 내리는 일 같은 건, 누가 오른뺨을 때린다면 왼뺨도 내밀라는 신의 아들이 한 말을 구상화한 게 아니다. 사람의 아들의 애욕을 독점한 더러운 지옥그림, 부정한 마음이 확실하며, 오늘 이후로 나는, 진주 한 알도 미련하게 주지 않을 것이니, 돼지 씨, 이건 진주야, 굴러다니는 돌이나 지붕 기왓장이랑은 다른 거야, 라며 친절하고 정중한, 기필코 이해시키고야 말겠다는 식의, 치사한 계몽, 지도 태도, 원래 고통스러운 가시나무길, 하지만, 여기에야말로 볼만한 발아発芽, 창생創生이 꿈틀거리는 기척이 있다는 것, 확신, 흔들림 없음.

오늘부터는 당당히 자주自註 그 첫 번째. 졸문 중에 곳곳이 가타카나로 된 페이지, 이것은 내 속의 피고被告, 심판의 뜰, 쉼 없이 내리는 눈에 덮인 순백색 아기 학 한 마리, 추운 듯 목덜미를 움츠리고 아이처럼, 애교어린 말투, 동그랗고 맑은 눈동자, 신에 대한 두려움도 잊고 한 점 꾸밈없이 진술하는 마음으로, 한 자 한 자, 눈에 익지 않아 쓰기 힘든 번거로움에도 불구하고, 이렇게 쓴 것임을 알아두게.

"이것은, 붉은 피, 이것은, 검은 피." 죽은 모기, 한 마리, 한 마리, 배가 통통한 시체를, 머리맡에 놓인 『만년晩年』 표지 위에 늘어놓고, 집사람이 노래한다. 식은땀의 홍수 속에서, 눈을 뜨고 집사람의, 그런 연극에 얼굴을 찌푸린다. "잘 알지도 못하면서 다 아는 척하는 석간夕刊 팔이 같은 태도, 집어 치워." 석간 팔이. 효녀 시라기쿠.[15] 눈 오는 날의 조개 팔이, 급하게 가던 인력거에 치어 쓰러져. 풍경風鈴 소리. 다른 비아냥거림도 요즘은 없어져서, 머리맡의 전기스탠드가 환하게 켜져 있으면, 그때는 다섯 시 전, 꺼져 있으면, 다섯 시 반이 됐다 싶어, 아무 말 없이 모기장을 나와서 허리띠를 끌며, 한달음에 병원으로. 의사. 다섯 시 반이 되니, 간호사 한 명이 일어나, 현관 옆 팔손이나무에 물을 주기도 하고, 자갈길을 쓸기도 하고, 한쪽 눈이 감기려고 하는

15_ 효녀 시라기쿠는 이노우에 테쓰지로가 지은 한시, 오치아이 나오부미落合直文가 지은 노래로 유명하다. 세이난 전쟁(1877) 때 행방불명된 아버지를 그리워하는 효녀의 이야기이다.

데도 무거운 문을 끼익 하고 열기도 하고, 이런 걸 보면 사람이라는 느낌이 안 든다. 거짓말입니다. 당신의 졸음, 당신의 웃음, 대낮에, 앞치마에 단단히 들러붙은 먼지, 모두, 그대로 받아버려서 그 때문에, 소설도 못 쓰는 겁니다. 당신뿐만이 아니야, 쓰라, 쓰라, 고통은 알고 있다, 정말인가! 하고 나도 모르게 큰 소리를 내며 돌아앉아 자네를 봤더니, 자네는 비열하게 히죽거리며 멀리 물러난 주제에, 나의 고통을 알기나 해?

붉은 피, 검은 피. 이거, 이해하는가. 집사람을 물어뜯은 모기의 배는, 붉고 투명하며, 나를 물어뜯은 모기의 배는, 검은 피가 고여 있어, 흰 종이로 터뜨리면 독약 냄새 같은 게 난다. '모기도 마약이 들어간 피를 마시고는, 휘청휘청.'이라는 유머러스한 의미를 담은, 붉은 피, 검은 피. 나의 첫 단편집, 『만년』에 나오는 글을 제외한 다른 글은 읽지 않고, 게다가 요즘은, 재미없다 재미없어, 라는 말은 하면서도, 내용은 들여다보지 않고, 그래도 잘 때는 잊지 않고 머리맡에 두고 자는데, 병문안을 온 한 남자가 모기장 밖에 서서 그 모습을 보고 선 채로 울다, 어느 날 밤엔 코 푸는 소리 때문에 그 안의 병자에게 그걸 들켜버린 적도 있다.

'한 가지 서약. 아마, 생애에 한 번, 있을 일이겠죠. 오늘 하룻밤, 아무 말 말고 병원에 가서, 약을 하나 더 받아와 주세요. 부탁입니다. 평생 이런 일, 다시는 없을 겁니다. 저를 믿고, 그리고 저도 도깨비가 아닌 이상, 오늘밤 당신의 관대함을 위해서라도, 나쁜 버릇을 고쳐야만 합니다. 이상, 한마디도 틀림없음. 이 서약의 글을 찢지 말고, 보관해 두세요. 십 년, 이십 년 후에는 우리 집의, 아니, 일본문학사에 있어서, 보물이 될 것입니다. 년, 월, 일.

그리고 병원에는, 내일 수표를 돈으로 바꾸어 내겠다고 말해주세요. 내일 어떻게든지, 진짜로 돈을 마련할 생각입니다. 부끄럽게도 집에 있어도 소용이 없으니, 바다에 산책하러 다녀오겠습니다. 제 부탁을 받아들이신다면, 현관의 전등을 켜두세요.'

부인은 약품에 질투를 느끼고 있었다. 부인의 생각을 들어보자면, 이십 년 전쯤에 그가 애무를 해준 적이 있다고, 한 치의 망설임도 없이 단정할 수 있을 정도였다. 가끔 그 가능성이 갑자기 눈앞에 펼쳐져, 천 리를 달리고 만 리를 날아, 갑자기 내 몸에 지나치게 가까이, 바싹 달라붙어 기겁, 불길할 정도로 큰 남방제비나비, 혹은, 미지근한 박쥐, 바로 코앞을 미친 듯이 팔랑팔랑 날아, 그의 얼굴은 창백해지고, 오들오들 떨리더니, 결국은 실신할 정도로 격렬하게 흐느꼈다. 할머니는 갈수록 욕심이 생겨서, 계속 그 약만 없었더라면 좋았을 텐데, 하고 생각했고, 어느 날 밤 집주인에게, 내 진심을 들키지 않으려고 애쓰며 차분하게 고민거리를 털어놓았다. 집주인은 벌떡 일어나, 침상 위에 정좌하더니, 모르는 사람은 그뿐, 다자이라면 이쯤 해서, 소매를 고쳐 올리고 두 눈을 감고, 천천히 쓰가루 사투리를 썼을 텐데, 라는 무례한 잡소리, 그 허영의 거리에 있는 수백 개의 찻집, 술집, 중국식 국수, 밑으로 내려가면, 닭 꼬치, 토끼 머리, 소주, 오키나와 소주, 어딘가에서 누군가 한 명은 꼭 웃고 있다. 이건 열 개의 눈이 보는 것, 백 번 듣고, 만 마리의 개가 떠드는 진실[16], 그날 밤에도 그는, 입을 일자로 꽉 다물고 팔짱을 낀 채로 오랜 시간 생각한 끝에, 살며시 이견을 개진했는데,

16_ 원문은 만 마리 개의 진실万犬の實. 한 사람이 아무렇게나 말한 것을, 여러 사람이 그것을 진실로 받아들여 퍼뜨린다는 뜻의 속담 一犬虛に吠ゆるば万犬實を伝う에서 온 말이다.

그 말에 따르면, —너는, 방패에 양면이 있다는 걸 잊으면 안 된다. 금과 은, 두 면이 있다. 너는 이 방패가 골든이라고 엉터리 영어를 쓰면서도, 당신이 본 실상을 그대로 표현할 수 있었지. 약품의 폐해에 대해서는, 당신보다도 내가 더 잘 알고 있다. 하지만 너는, 그 방패에 또 다른 면이 있다는 것을, 알아야만 한다. 그 방패는, 금이기도 하고 은이기도 하다. 또 그와 마찬가지로, 금도 아니고 은도 아니다. 금과 은으로 된 양면 방패고, 당신은 방패 한 면에 있는 금색을, 어떤 식으로든 강하게 주장해도 되는 것이다. 하지만 그 주장 속에서 은으로 된 면의 존재도 제대로 인정하고, 그런 다음에 주장해야 한다. 남들은 교활한 술수처럼 생각하겠지만, 상관없다. 그것이 올바른 것이다. 절대로 거짓으로 꾸민 주장도 아니고, 속이는 것도 아니다. 세상은, 그거면 충분하다. 이러한 객관적인 인식, 자문자답 하는 소심한 체험자가, 진정 교양이 있는 사람이라고 해도 좋다. 이국어로 하는 회화는 요코하마의 운전기사, 제국호텔의 지배인, 선원, 불 때는 사람에게, —어이! 듣고 있나? 네, 저는, 갑자기 정중해진 당신 말투가 웃겨서, 이불을 뒤집어쓰고 웃음을 참고 있었습니다. 아아, 괴롭다. 집사람의 얌전한 불꽃, 청결의 만조滿潮, 순식간에 완전히 물러난 듯하여, 나도 내심 안도하고 있었다. 그거 참 안 됐네요, 다시 한 번 가르쳐 줘도 되는데, —. 집사람이 오른쪽 손바닥을 낮은 코끝에 대고 한쪽 손을 기도하는 것처럼 해서, 그때 알았다. 항상 같은 교재教材라서, 거의 다 외우고 있습니다. 술을 마시면 피가 나오고, 이 약이 없었더라면, 나는, 벌써 옛날에 자살했다. 그렇지? 나는 이렇게 대답한다, 음, 내 이론은 변변치 않지만 방패 한 면의 진리.

이처럼 결말을 잘 지을 때도 있는가 하면, 또, ─내가, 얼마나 부끄러워서, 이 옷장 앞에 우두커니 서 있는지, 쥐구멍이 있으면 들어가고 싶은 심정이 지금보다 더 심해지면, 태연스레 옷장으로 들어가고 싶은 마음, 그런 바보 같은, 아니아니, 그런 것도 있다, 하지만 그 외에도 무언가, 음, 옷장에 너에게 보이고 싶지 않은 편지인가 뭔가가 있어서, 그렇게 좋은 걸 숨기고 있다면, 나는, 뭐가 좋다고 이 비좁은 집에 진종일, 뒹굴고 있는가, 그런 게 아니다. 나는 지금 눈앞이 캄캄해져서, 조용히 지옥으로 떨어져가는 신세가 되어버렸다. 내 의지로는, 조금도 움직일 수 없다. 으흐흐, 시체잖아. 끝없는 타락. 무간나락無間奈落을 알고 있는가, 가속도, 가속도, 별똥별 같은 속도로, 떨어지면서도, 소년은 키가 자라, 암흑 같은 동굴, 계속 떨어지면서도 닥치는 대로 사랑을 하고, 떨어지는 도중에 분만, 모유, 병, 노쇠, 최후의 목숨, 모두 낙하, 사망, 묘한 슬픔의 오열, 희미하게, 한 번 저건 갈매기 소리인가. 낙하, 낙하, 시체는 부패, 구더기도 함께 낙하, 뼈, 풍화되어 없음, 바람뿐, 구름뿐, 낙하, 낙하─. 이렇게 약간 이상한 가락을 띤 수다를 떨기 시작해서, 천리마, 멈출 줄 모르는 말의 홍수, 타고난 부자들의 만등萬燈제례를 좋아하는 경박한 놈, 나잇값도 못하고, 옻칠한 젓가락으로 저녁 밥그릇을 두들기며, 나와 내 수다에, 뭐랄까, 너구리 장단[17]이라고나 할까, 정체 모를 쨍그랑거리는 소리를 곁들인, 이상하게 들뜬 모습, 좋을 일 없을 거라는 불안감, 조금씩 고삐를 당기고, 이런 생각에 다다른 그 순간, 우리 집에 있던 다른 사람, "부끄러움도 많지. 애 많이 쓰네. (병원, 부탁해) 라는 한마디면 되는데."

17_ 밤중에 어디선지 모르게 들려오는 축제의 흥겨운 장단. 너구리가 축제 음악을 흉내 내어 자기 배를 두드리는 소리라는 설이 있다.

"어이, 어이. 너, —."

"미안, 미안."

내 힘으로는, 제지할 수 없는 도깨비, 슬프게도, 제지할 수 없는 울보. 엉망진창. "용서해줘, 응? 목소리라도 낮춰, 응?"

"내 탓이 아니야. 모두 신의 뜻이지. 내가 잘못한 게 아냐. 하지만, 전생에 가장을 몰아세우는 여자나 그 비슷한, 아주 더러운 사람이었기 때문에, 지금 그 벌을 받고 있는 거야. 가만히 귀를 기울이면, 내 전생이었던 그 여자가 부르짖는 소리가, 땅 속 깊은 곳부터 여기까지 들리는 듯한 기분이 들어. 사랑은 말이다. 우리는 약하고 무능하니까, 말이라도 잘하자. 다른 사람을 기쁘게 해줄 수 있는 수단이 그것 말고 또 무엇이 있단 말인가? 말로는 표현할 수 없지만 나는 성실합니다, 인가. 마키노 군에게서 들었나? 막다른 곳의 맨 밑바닥, 자신의 성실함만큼은 의심치 않고, 가는 곳마다 목숨 걸고 성실함을 피력하며 호소해도, 계속 외길 룸펜 시궁창 생활로 곤두박질치기만 하다가, 눈을 끔뻑이며 삼일 밤낮을 안 자고 생각한 끝에 겨우 깨달았다. 내 성실은 의심할 여지가 없으며, 주관적이고 맹목적인 자긍심이, 그 좋은 사람을 시궁창으로 몰아넣었다. 나, 하나도 불만한 것 없음, 밤낮으로 혹독하게 반성하는 것이야말로, 진정한 성실. 아아, 역시, 사랑은 말이다. 나는 오로지 친구의 불명예스러운 병을 위로해주자는 생각만 하다가, 내가 자진해서 병에 걸렸다. 하지만 그런 건, 모두 틀렸다. 아무도 믿어주지 않는다. 같은 시기, 느닷없이 한 친구에게 꽤 많은 돈을 보내면서, 술이나 여행에 써라. 이번 달 용돈이 남아서 말이지, 라고 진심을 담은 편지를 썼는데, 또 실패. 친구는, 다자이에게 꺼림칙한 일이 있으니, 조만간 도움을 청하러 오겠다는 뜻으로 생각했다고 한다. 이 추측은 나중에, 그 친구에게 직접 확인했는데, 그랬고, 그래도 술을 마시고 놀았다는데, 어쩐지 불안하고 유쾌하지 않았다는 이유로 하는 일마다 모두, 오랫동안 친구들의 비웃음거리가 되었다. 병에 걸린 그 친구 본인조차, 나의 불같은 애정을 이해해주지는 않았다. 무언의 사랑 표현 같은 건, 아직 이 세상에 실증實証이 허용되지 않은 것 아닌가. 그 영광의 실패가 있은 지 오 년 후, 다른 내 친구 하나가 같은 병원에 입원했는데, 그때 나는, 교언영색의 덕을 믿고 있던 지라, 한 시간 정도 그 친구의 등을 쓸어주며, 요강을 챙겨주고, 미래에 관해서도 희미한 빛 한 점을 밝혀주었다. 내 몸은 손가락 하나도 꼼짝 않고, 모든 것을 말로 하며, 죽을 한 술갈씩 떠서 은수저로 먹여주면서, 뜨거운 국에 띄워져 있는 참나물을 떠주었는데, 내가 한 이 모든 일이, 누워서 천장을 바라보며 한 교언영색, 친구는 고맙다며 마음에서 우러나는 감사의 말, 바로 친구들 사이에 미담으로 퍼졌는데, 시끄러운 일만 많았다. 그건, 너도 알고 있을 터. 분하다. 유감이다. 얘기 하나 해주지. 듣고 있나? 진실은 있는 그대로, 멋지게 알아맞히는 게 아니야. 일부러 실수를 저지르는 즐거움을 알라. 자네의 아름다운 실패를 축하하네. 정말로. 혼자 부끄러워서 밤낮을 고민 고민, 태양도 볼 수 없는 자책의 여윈 몸 내일 어찌될지 모를 목숨을, 태양, 쨍 하고 빛나는 노천극장으로 일부러 끌어내어 신을 두려워 않는 올마이티, 의심하며 주저할 것도 없음, 부끄러움도 없음, 나 혼자만의 취미의 지팡이로, 젊은이 생애의 행로를 정해준다. 한편으로는 벌하고, 한편으로는 상을 주고, 구름의 무궤도, 이렇게 모든 행동이 다 허세인 도깨비, 도둑질도 이 엄청난 인물의 악에 비해서는, 별것 아님, 살인조차도 허용되는 요즘 세상, 하지만 가장 나쁜, 도저히 반성할 기미가 없는 대낮의 대도大盜, 십만 백만 증거의 지폐를, 누군가 바로 코앞에 들이민다 한들, 오오, 많이 있네, 봉납금이야? 당에 들어온 헌상금이야? 와, 하, 하, 하고 섬뜩한 요괴의 큰 웃음소리를 남기고 사라지니, 아마 태어난 이래, 이 검사국檢事局에서 허세를 부리는 연습만 해온 듯한 늙은이, 맑은 물에는 물고기가 살지 않는다清水不住魚, 라고 비단에 쓰는 가련한 이 결벽, 만세로구먼! 하고 외치는 졸병, 무턱대고 손을 잡고 비틀거리며 걷다, 결국은 부둥켜안고, 만, 만세! 웃을 얘기가 아냐, 너는 이 졸병을 비웃을 수 없다. 이 졸병은, 훌륭하다. 이지理知와, 타산과 책략에는, 그야말로 사랑의 물고기 송사리 한 마리조차 살 수 없는 것이다. 가르쳐주겠다. 사랑은, 말이다. 야마노우치 가쓰토요[18]의 열 냥, 가지고 싶지 않다. 한 번 더 말하겠다, 말로 표현할 수 없는 애정은, 진정 깊이 있는 사랑이 아니다. 어려운 것은, 아무것도 없다. 어려운 것은 사랑이 아니다. 맹목, 전투, 광란 속에서야말로 더 많은 진주를 찾을 수 있다. '저, ―아무것도, ―.' 그리고 얌전히 인사하는 것, 그것만으로도, 생각을 충분히 전할 수 있다. 요즘 세상 사람들은, 다정한 말 한마디에 굶주려 있다. 특히 이성적이고 다정한 말 한마디에. 명랑하고 완벽한 허언에, 순순히 속고 싶은 법이지. 이 은밀한 기도야말로, 그야말로 부처님의 큰 자비를 지닌 제왕의 기도다." 이미 잠들어 있다. 빳빳하고 질긴 천으로 된 검은색 바지 한 장, 다리, 해초처럼 한들한들, 갑자기, 이시이 바쿠 씨가 안무를 짠 바닷가 춤을 추는 소녀의 포즈, 주먹을 휘두르며, 두 다리를 벌리고, 높이 뛰어오르는, 그런 꿈을 꾸는 듯,

18_ 山內一豊(1546~1605). 전국시대에서 아즈치모모야마시대, 에도시대의 무장武將 여기에서 열 냥이란, 그의 아내 치요千代가 그를 위해 좋은 말을 사는 데 썼다고 전해지는 돈의 액수를 말한다.

모기장 안에서, 모기떼한테 습격당할 걱정도 없이, 마음껏 대활약. 작가의 아내로서, 날카로운 생각을 뽐내려 한마디 보탠 것이 실패의 근원, 퍼뜩 정신이 들었을 때는, 이미 늦었다. 지독한 구타. 윗입술이, 낮고 작은 코보다도 1, 2센티 더 높이 부어올라, 오와카사마[19] 걱정 없이, 어젯밤과 마찬가지로 깊고 맛있는 잠, 자는 얼굴을 찬찬히 살펴보니, 틀림없는 좋은 사람, 낮에는 성가신, 이 사람도 불성佛性을 가진 어리석은 아내 중 한 명이었다.

산 위의 소식지

—다자이 오사무

오늘 아침, 신문에서, 마라톤 우승과, 아쿠타가와 상, 기사 두 개를 읽고, 눈물이 났습니다. 손孫[20]이라는 사람이 흰 이를 드러내며 기를 쓰고 있는 얼굴을 보고, 그의 노력이 온몸에 전해지는 기분이었습니다. 그리고 아쿠타가와 상 기사를 읽고, 이 기사에 대해서도 오랜 시간 생각했는데, 생각이 도무지 정리가 되지 않아서, 병상에 배를 깔고 엎드린 채로, 글 한 편 적겠습니다.

전에, 사토[21] 선생님께서 할 얘기가 있으니 바로 오라는 전보를 보내셔

19_ 요쓰야 괴담의 주인공 여자 귀신을 말한다.

20_ 1936년 8월 9일 베를린 올림픽 마라톤 경기에서 우승을 차지한 손기정 선수를 말한다.

21_ 佐藤春夫(1892~1964). 환상적, 탐미적 작풍의 소설가. 『전원의 우울』, 『도회의 우울』 등의 작품으로 유명하다.

서 가보니, 모두가 자네의 『만년』이라는 단편집을 아쿠타가와 상에 추천했는데, 난 좀 멋쩍어서 오다[22] 군처럼 고생을 많이 한 사람이 그 보상을 받는 것도 나쁘지 않다는 생각에, 일단 거절해뒀다, 자네는 받고 싶은가, 라는 얘기였다. 나는, 5, 6분, 생각하고 나서, 대답했다. 이야기가 나왔다면, 선생님, 부자연스럽게 나온 얘기가 아니라면, 받고 싶습니다. 지난 일 년 동안, 저는 아쿠타가와 상 때문에, 말 못 할 피해를 입고 있습니다. 다 쓴 원고를 잡지사에 가져가도, 모두들, 아쿠타가와 상을 받고 나서 하는 게 시가의 몇 배라는 것을 마음속으로 계산하고는, 두세 달 동안 눈치를 보고 있었는데, 얼마 뒤 아쿠타가와 상 발표가 저와는 아무 상관없이 그대로 지나갔고, 그 후 졸고拙稿가 반송되는 괴로운 일이, 몇 번이나 있었습니다. 기자분들도 아쿠타가와 상이라고 하면, 꼭 저를 떠올리고, 혹은 반대로, 다자이라고 하면, 꼭 아쿠타가와 상을 떠올리는 분위기라, 비참한 기분이 드는 일도, 몇 번이나 있었습니다. 이건 저보다도, 가족들이 더 잘 알고 있습니다. 가와바타[23] 씨도 제가 한 말이라면, 말을 있는 그대로 받아들이지 않고, 다른 뜻이 있을 거라는 식으로 의뭉스럽게 여기는 모양인데, 제겐 다른 뜻이라곤 아무것도 없고, 그 사람의 열정도 의심하지 않으며, 멀리서 미소 짓고 있으니, 슬픈 노릇입니다. 신경 쓰지 말고 받아주시라고 해뒀고, 좋아, 부자연스럽지 않은 선에서 말해 볼게, 다른 많은 사람들이 꽤 강력하게 추천하고 있으니, 부자연스러울 것도 없겠지, 라는 선생님의 말을 듣고 돌아오는 길에는, 감개무량했습니다. 그 뒤 선생님에게서 별다른 연락도 없었기에, 만사가 순조로이 진행되고 있다고만 생각했고, 가까운 사람들에게도

22_ 小田嶽夫(1900~1979). 소설가. 1936년 제3회 아쿠타가와 상을 수상했다.
23_ 川端康成(1899~1972). 소설가. 『설국』, 『이즈의 무희』 등의 대표작이 있다.

우리끼리 얘기라며 전제를 깔고, 기뻐하면서, 고향에 있는 큰형에게는, 이번만큼은 믿어달라고 하면서도, 웬만해서는 믿어주지 않는 큰형의 엄격함이 답답하게 여겨졌습니다. 7일, 빌린 돈으로 이 산속의 온천에 와서, 변변치 않은 반 자취 생활을 시작했고, 말 그대로 단벌신사, 중증의 병을 다 고치지 않으면 하산하지 않을 각오로, 인류 최고의 고통을 거쳐, 나의 진정한 창생기, (그것도 처음에는, 부끄러워서 창생기そうせい記라고 히라가나로 썼던 것을, 오늘 아침 건국회建國會의 의기意気로 커다랗게 창생기創生記.) 꼭 써드릴게요, 아쿠타가와 상 수상자는, 꼭 평범하고 세속적인 선생님들, 알겠습니다, 얌전하고 건전한 문단인이 됩시다, 라고 선생님께 편지를 보냈더니, 잘 삭제, 가필하신 뒤에 문예상을 받게 되면 소감문으로 쓰라고 하셨던, 그런 괴로운 일도 있었는데, 이건, 한참 뒤의 웃음거리, 지금 절실한 것은 내 숙박비, 집사람에게 여름옷, 갈아입을 옷 하나 정도는 뽑아주고 싶어서, (아아, 오백 엔[24] 받는 거랑은, 다르지.) 집세, 그리고 내야 할 모든 돈들, 빌린 돈 이자, 후나바시[25] 집에 있는 부인은 뭘 하고 있을까, 하하하, 내겐 한 푼도 없어, 아니, 용돈 삼십구 전, 책상 위에 있습니다. 싫다. 싫어. 이런 놈이 「아쿠타가와 상 뒷이야기」처럼 재미도 없는 원고를 써서, 실화 잡지와 기쿠치 간[26]에게 가져가서, 얻어맞고, 쫓겨나더라도, 전부 다 꿰뚫어 봤다는 듯 느끼하고 히죽거리는 웃음을 멈추지 않는 더러운 녀석이 될 거라고 생각했습니다. 이제부터 또다시, 폐를 끼친 스무

24_ 당시 아쿠타가와 상 1등의 상금이 오백 엔이었다.

25_ 1935년 다자이 오사무가 마약 중독 치료를 위해 입원했던 병원에서 퇴원 한 뒤에 요양을 위해 잠시 지냈던 곳으로 지바현에 위치.

26_ 菊池寬(1888~1948). 소설가이자 잡지 『문예춘추文藝春秋』를 창간한 사람으로, 아쿠타가와 상, 나오키 상 등의 문예상을 창설하기도 했다.

명 정도의 은인들에게 사과의 편지, 그리고 새로 돈을 빌려달라는 부탁을 하기 위해 성실함을 토로하는 긴 편지, 이제, 싫다. 마음대로 해. 누구든 좋다, 여기로 돈을 보내주세요, 나는, 폐병을 고치고 싶다. (군마현 다니카와 온천 금성관.) 어젯밤, 컵으로 술을 마셨다. 아무도 모른다.

8월 11일. 새하얀 소나기.

또한, 이 졸고 네 장을, 아사히신문 기자 스기야마 히라스케 씨께, 정당한 배려, 부탁드립니다.

상기의 감상을 우체통에 넣고, 사흘째 되던 날 다시 산으로 되돌아왔다. 사흘 동안 괴로움에 몸부림치다가, 오늘 아침은 쾌청, 고통이 완전히 사라졌고, 눈부신 햇빛 아래, 노천온천에 몸을 담그고, 깊숙한 골짜기에 있는 민가 너덧 채를 내려다보며, 이번에 스기야마 히라스케 씨가, 바로 졸고를 반송해주신, 그의 수고와 정당한 배려에 정말 고맙다는 생각이 들었고, 또, 개인적인 일, 오늘 새벽, 집사람이 웬일로 좋은 소식을 가져왔다. 산을 올라왔다. 『중외언론中外言論』에서 100장 이상의 소설을 쓰라는 의뢰, 좋은 독자, 스기야마 씨에게 나의 관대함이 흘러넘치는 감사의 말을 전하고, 진심어린 축하의 뜻을 표하며 살짝 미소 짓고, 작가에게 묵묵히 악수, 일개 시민의 창생기, 꽤 크고 명예로운 일을 받아 어렴풋이 되살아나는 건, 지극히, 그리고 솔직히, 온당한 일이라고 생각합니다.

며칠인가 지나, 스기야마 히라야마 씨가 전에 언뜻 읽은 「산 위의 소식지」라는 글에 대해, 어슴푸레 기억나는 대로 도쿄에 있는 모든 이들에게 얘기한 것이, 나카무라 지헤이[27]를 비롯하여 이부세[28] 씨의 귀까지 더럽혀서, 동학들은 몹시 걱정하며, 다자이의 그 글 한 편 때문에 어쩌면, 사토 선생님이 곤란해진 거 아닐까 싶어, 모두 모여서 얘기한 끝에, 어쨌든 다자이를 부르자는 결론을 내리고 해산, —후에, —오기쿠보[29]의 밤, 이 년 만에 간 이부세 씨의 집 정원에는, 옛날처럼 여름풀이 우거져 있었고, 서재의 툇마루에서 장기를 두면서 대화.

"혹시, 선생님께 폐가 된다면, 자네 말이지, —."

"네, 그건, —. 하지만, 선생님, 폐를 끼치려고 해도 끼칠 수가 없어요. 산 위의 소식지는, 저의 미친 지껄임, 범부존속凡夫尊俗의 모습 같은 걸 표현하려고 한 거고, 다른 꿍꿍이는 없어요. 선생님의 애정에 대해서는 무슨 일이 있어도, 의심치 않습니다. 다음에 낼 『중외공론』의 소설도, 모두, —."

"응, 뭐, —."

"다들 굳이 말하지는 않지만, 모든 게 사토 선생님의 힘입니다."

"맞아, 맞아."

"잊으려 해도, 잊을 수도 없고, —."

"응, 응, —."

화제는 점차 장기에 대한 얘기로 흘러갔다.

27_ 中村地平(1908~1963). 소설가. 다자이 오사무의 친구로, 다자이 오사무와 함께 이부세 마스지의 문하생이었다. 후에 『일본낭만파』 운영을 둘러싸고 다자이와 논쟁을 벌인 후 절교하게 된다.

28_ 井伏鱒二(1898~1993). 소설가. 다자이 오사무의 스승이다.

29_ 도쿄 스기나미 구 위치. 이부세 마스지의 집이 있었으며, 다자이 오사무도 학생시절 이 근처에서 하숙을 하고 있었다.

喝采

갈채

太宰治

「갈채」

1936년 10월 1일에 발행된 『어린 풀若草』 제12권 제10호 창작란에 발표되었다.

「창생기」와 마찬가지로 파비날 중독 시기의 작품이기에, 소설이라기보다 순간순간 떠오르는 단상과 과거의 일에 대한 한탄, 푸념의 성격이 짙다. 끝없이 이어지는 만연체와 존댓말과 반말이 뒤죽박죽 섞인 것 또한 이 시기 다자이의 황폐한 심리상태를 나타낸다고 할 수 있다.

이 작품에 등장하는 작가 나카무라 지헤이와 다자이 사이에 있었던 에피소드는 눈여겨볼 만하다. 나카무라 지헤이는 1935년 다자이의 실종과 자살미수사건을 모델로 한 소설 「실종」을 발표했다. 그리고 일 년 후, 다자이가 이에 응수하듯 쓴 작품이 바로 「갈채」다. 나카무라 지헤이는 작품에 그려진 희화화된 자신의 모습 때문에 다자이에게 불만을 품게 되는데, 결국 몇 년 후에 잡지 『일본낭만파』의 편집방침을 두고 논전을 벌인 끝에 절교하게 된다.

세월이 흘러 1962년, 치쿠마서방에서 다자이의 전집이 간행되었을 때 나카무라 지헤이는 「「갈채」 전후」라는 수필을 실어 이미 세상을 떠난 친구 다자이에게 화해를 청했다.

—이리 오라는 손짓을 본 동자는

단 위로 총총히 올라갔네.

"쓰고 싶지 않은 것만 꾹 참고 쓰고, 어렵겠다 싶은 형식만을 골라서 만들고, 백화점 종이봉투를 들고 길을 가는 소시민의 모든 모럴을 부정하며, 열아홉 살의 봄, 내 이름은 해적 왕, 차일드 해럴드[1], 청아한 한 줄짜리 시의 작자, 황혼, 고개를 숙이고 거리를 지나려니, 집집마다 대문에 희끄무레한 처녀의 그림자, 달려가서 천인화로 된 관冠을 바친다든가, 진정한 것, 아름다운 것, 대머리독수리의 분노, 비둘기의 사랑, 사계절 내내 부는 5월의 바람, 소나기가 그치면 푸른 잎들이 싱싱함을 뽐내고, 어디에서 나는지 모를 레몬 향기, 상냥한 사람만 산다는 태양의 나라, 과수원을 꿈꾸며, 배의 키를 고정하고 번개같이 내달리는 모험 여행, 나는, 선장이자 1등석 여객, 동시에 노련한 취사장, 폭풍이여 오라. 회오리바람이여 오라. 화살이여, 오라. 빙산, 오라. 소용돌이치는 못을 두려워 않고, 암초도 두려워하지 않고, 아무도 모르는 아침, 출범, 안녕, 고향이여, 이별의 말, 끝나지도 않았는데 바로 좌초, 너무나 불길한 출발이었다. 새로운 그 배의 이름은 『세포문예』[2], 이부세 마스지, 하야시

1_ 영국 낭만파 시인 바이런(1788~1824)의 대표작 『차일드 해럴드의 여행』의 주인공이다.

2_ 『細胞文芸』. 다자이가 20세 되던 해(1928) 창간했던 개인 편집 동인지이다.

후사오, 구노 도요히코, 사키야마 형제, 후나바시 세이치, 후지타 이쿠요시, 이노우에 고지로『세포문예』에 기고했던 작가들, 아직 무명에 가까운 그 외 몇 명, 제각기 길가의 마차, 백로 둥지, 십자가, 푸른 하늘, 당나귀 등등의 동인잡지에서 활동하는 선수들에게 부탁의 편지를 보내어, 소설 원고를 받고, 지방에서는 당당한 문예잡지, 표지를 3도로 인쇄하고, 백 페이지 가까이, 600부를 찍은 창간호는, 30부 정도 팔렸을까. 좀 더 많이 팔고 싶어서, 2호에는 요시야 노부코의 원고를 받았고, 집안의 대가 끊길 때까지 치욕스러울, 만나는 사람마다 비웃을 정도의 삽화까지 남기고, 3호까지 내고, 손해는 이것저것 다 해서 오백 엔, 그래도 3호만에 끝난 잡지라 불리고 싶지 않다는, 단지 그 이유로, 억지로 4호를 인쇄하고, 그때 편집 후기, '지금까지 세 번 냈지만, 한 번도 자랑스러운 기분으로 냈던 기억이 없다. 나는 죽을 때까지 매도罵倒 특집호만 떠올리면 부끄러움에 얼굴을 붉힐 것이다. 다른 잡지들의 편집 후기를 보면 다들 의기양양한 것이, 부럽기도 하다. 치욕을 참고 말하는 건데, 실은 내가 무엇을 위해 잡지를 만드는 건지 모르겠다. 그저 이름을 팔기 위한 것은 아닐까? 그렇다면 관두는 편이 낫지 않나? 나는 항상 괴롭다. 이런 걸, —그런 느낌이 들어서 어쩔 줄을 모르겠다. 나 혼자서 거의 모든 걸 해왔지만, 나는 그만큼 쓸데없이 이 잡지에 집착하고 있다. 이 잡지를 내고 나서 소위 자질이라는 것에 상당한 불만을 느끼게 되었다. 다른 사람의 험담도 못하게 되었고……. 이런 패기 없고 교활한 놈이 된 게, 몹시 쓸쓸하게 느껴지기도 한다. 모든 일에 있어 좋은 사람이 되고 싶어 하니까 안 되는 거다. 편집 면에서도 여러모로 특별한 계획이 있었지만, 주눅이 들어서 하나도 할 수 없었다. 마음에도 없이 이렇게 수수한 것으로 만들어버렸다. 자신의 작은 재능을 억누르고 하는 일은 괴롭기 마련이다. 사실 너무나 괴로웠다.' 지난밤 위의 문장을 조용히 다시 읽어 보고, 십 년이 흘렀는데도 내 사념의 풍모가 거의 바뀐 게 없다는 것을 깨닫고 어안이 벙벙해져서, 아니지, 아냐, 십 년이 하루인 양 변함없는 내 미간의 침통한 빛이, 새삼스레 지긋지긋하게 느껴졌다. 내 이름은 안이함의 적, 기뻐서 어쩔 줄 모르는 시누이, 어차피 죽을 목숨, 돈이 있는 저녁에는 부자의 만등萬燈 제례, 어느 날 아침 눈을 뜨니, 천장이 우리 집 천장이 아니고, 수상쩍은 푸른 벽지에 크고 작은 별모양의 은색 종이가 흩뿌려진 삼 엔 천국, 죽어도 눈을 감을 수 없는 상처의 아픔, 나의 벗, 나카무라 지헤이[3], 아침에 이런 라디오 체조 음악을 듣고, 소리 내어 울었다고 한다. 신데렐라 이야기를 생각해 낸 사람은, 정말 얘기할 가치가 없을 정도로 불행한 사람이다. 성냥팔이 소녀 이야기를 생각해낸 사람 또한, 담배를 피우고 싶은데 못 피워서, 성냥에 불을 붙이고 불꽃을 바라보다가, 희미하게 타오르던 푸른 불꽃이 잦아들어서 다시 불을 붙였는데, 눈물 탓에 흐릿해진 성냥불이 금으로 된 궁전의 옥루처럼 보였을지도 모른다. 해가 갈수록 생활이 어려워지고, 나의 절망 어린 글도 너무나 부끄럽고, 한밤중의 벗, 모럴의 부정도, 지금은 금테 간판을 두르는 습성처럼 보이기까지 해서, 말하고 싶지 않은 내용, 곤란한 형식, 십 년 간 계속 그것만 되풀이하다가, 지금은, 그럭저럭, 이 외진 곳에 사는 것이 편하고, 해 질 무렵 날개를 달고, 의미 없이 여기저기를 정처 없이 날아다니는, 내 몸은 박쥐, 아아, 추잡한 털이 난 새, 이빨이 있는 나방, 살아 있는 개구리를 먹는다는, 요즘은 이런 마성과 괴성이 있는 것들을 무턱대고 증오한다. 이런 것들이야말로

3_ 소설가. 다자이 오사무의 친구로, 다자이 오사무와 함께 이부세 마스지의 문하생이었다. 후에 『일본낭만파』 운영을 둘러싸고 다자이와 논쟁을 벌인 후 절교하게 된다.

안이한 꿈, 무지의 쾌락, 십 년 전 태양의 나라, 과수원을 꿈꾸며 배를 타고 출발한 열아홉 시절 봄의 마음으로 돌아가, 따뜻한 대낮, 벚꽃잎의 꽃 보라를 꿈꾸며, 진흙탕, 박쥐의 둥지, 후나바시[4]인가 뭔가 하는 어부의 마을에서 수염도 안 깎고 나온 남자, 용서해주게."

여윈 몸, 한 줄기 맹종죽孟宗竹, 쑥대머리, 덥수룩한 수염, 핏기 없고 흰 종이 같은 뺨, 실보다 가느다란 열 손가락, 사락사락, 대나무들이 떠드는 듯한 소리를 내며 서있는 그의 목소리는, 애처롭게도 늙은 까마귀처럼 쉬어 있었다.

"신사, 숙녀 여러분. 저 또한 행복 클럽의 탄생을 가장 기뻐하는 사람 중 한 명입니다. 제 이름은 좁은 문의 보초병, 곤란의 왕, 생활이 안락할수록 칭밖, 횡친 아래의 불행만을 바라보다가, 저의 뺨은 눈물에 젖어들고, 홀로 어둑한 램프 빛 밑에서 구슬픈 절망의 시를 짓고, 괴로움에 목숨까지 위태로운 밤에는, 옅은 화장, 바지에 다리미질, 뺨에는 한 줄기 미소의 주름, 소나기가 갠 뒤 고요하게 늘어진 버드나무 가지 밑에, 단정하게 차려입은 사람, 이 사람이 바로, 이 세상의 불행한 자, 오늘밤 죽을 목숨인가, 게다가 그가 친구를 만나서 한 얘기는 삶의 기쁨, 청춘의 노래, 멍청한 친구는 분위기에 맞춰 레코드를 꺼냈는데, 그것은 건배의 노래, 승리의 노래, 노래하라는 친구의 소란에, 밤이 너무 깊었으니 다음 기회에 꼭 하겠다고 약속했다. 그 후 어느 날, 아아, 향 연기가 자욱한 바닥, 불상이 있는 방의 한구석, 병풍 뒤, 희고 네모난 천 조각 아래, 콧구멍엔 솜, 거 참, 이거 실례했습니다. 행복 클럽이 생긴 날에, 이러한 불길한 이야기를 하다니, 이거, 용서를 빕니다,

4_ 1935년 다자이 오사무가 마약 중독 치료를 위해 입원했던 병원에서 퇴원한 뒤에 요양을 하려고 잠시 지냈던 곳으로 지바현에 위치한다.

용서를 빕니다. 그러면, 이 암흑 같은 시기에 매월 한 번, 이 좋은 살롱에 모여 한 사람당 한 편씩, 세상의 행복한 이야기를 함께 나누자는 취지, 요즘 보기 드문 훌륭한 의견, 누가 부탁한 것도 아니지만 모든 이들을 대신하여, 새삼 주최자 측에 감사를 표합니다. 더불어 이 모임이 앞으로도 쉼 없이 열리기를 간절히 바란다는 것을 덧붙이며, 이제부터는 제가 요청을 받들어, 오늘밤 가장 첫 이야기꾼이 되는 영광을 안겠습니다. (두세 명이, 서두가 너무 길다! 라고 기탄없이 외침.) 저는 지금 일 년에 두세 편, 그것도 잡지사의 허락을 받아서 한 편, 10분 정도의 시간이 있으면, 대체로 다 읽을 듯하고, 읽고 나서 10분 정도 지나면 싹 잊어버릴 것 같은, 아주 산뜻한 단편소설을 두세 편 써서, 연 수입 육십 엔, (설마! 라고 하며 크게 웃는 소리, 모두 웅성거림.) 한 달 평균 얼마일까요, (제명하라! 라고 큰 소리로 외치는 청년 있음.) 기다려주세요. 말이 좀 지나쳤어요. 용서해주세요. 무심코 실언을 했습니다. 취소하겠습니다. 행복 클럽이 탄생한 첫 날 저녁인데, 첫 번째 이야기꾼이 음침하고 참담해서 도저히 눈뜨고는 못 봐줄 일종의 생활 단면을 조금이라도 보였다면 중대한 문제이며, 막중한 책임을 느낍니다. (점등点灯) 고맙게도 신께서 지금 한 번만, 저를 용서해주셨습니다. 황혼, 어두운 방구석에서 어쩐지 꿈틀거리던 사람의 마음도 죽고 싶어질 무렵, 불이 번쩍 들어와서, 모든 것이 생기를 되찾고, 집의 뒤편에 있는 시냇물에 놓아준 금붕어처럼 되살아나니까 이상합니다. 이 샹들리에는 아마 이 집의 하녀가, 복도에서 스위치를 켠 결과, 와르르 빛의 홍수, 저의 실언이고 뭐고 모든 것이 다 통째로 떠내려가서, 마치 다른 나라에 있는 나무 그늘에서 눈을 번쩍 뜬 것 같은 기분으로 있을 수 있는 이 기회를 놓치지 않고, 시치미를 떼며 화제를 바꾸고, 몰래 식은땀을 닦으며 드는 생각은, 아아, 저 문 뒤에 있는 아직 면식 없는 이 집의 하녀야말로, 내 생명의 어머니. (와, 하는 웃음소리.) 이 웃음바다도 전등 덕분, 어쩐지 순풍을 만난 모습, 가는 길의 평안을 기원하며 밧줄을 자른 후 스르르 출범, 제목은, 작가의 우정에 대하여. (완전히 자신감을 되찾은 듯, 탁상 위에 산더미처럼 쌓인 과일 중에, 바나나 하나를 집어 재빨리 한입 가득 물고는 손수건을 꺼내서 손끝과 입을 닦고, 잠깐 생각에 잠겼다가 퍼뜩 정신을 차린 모습으로,) 저는 바나나를 먹을 때마다 생각합니다. 삼 년 전, 저는 나카무라 지헤이라는 좀 눈치 빠른 남자와 줄기차게 토론을 하며 반년 정도를 쓸데없이 낭비한 적이 있습니다. 그 무렵 그는 창작 두세 편을 발표했고, 지헤이 씨, 지헤이 씨라고 불리며, 정말 행복했습니다. 지헤이도 그때 자신이 행복하다는 생각은 하지 못했고, 이래저래 정신적인 피로가 많아 보였는데, 그 후 삼 년이 지난 지금은 기운이 다 빠지고 양복 안에 썩어가는 진흙이 잔뜩 쌓여서, 아아, 쏟아져라, 소나기여, 쫘아 하고 내려라, 긴자 한복판에 있건, 니주바시 근처의 광장에 있건, 실례를 무릅쓰고 옷을 다 벗고, 더덕더덕 비누칠을 하며 소나기에 몸을 씻고 싶어 죽겠다는 생각에 애태우며, 회사에 대한 충의忠義를 위해, 땡볕 아래 개미 한 마리, 내 다리는 파리를 잡는 끈끈이 지옥에 빠진 듯, —이런, 또다시 제명 위기, 용서해주세요, 너무 무리한 부탁인 줄은 알지만. 어쨌든 친구인 나카무라 지헤이가 그런, 오늘날, 문득 삼 년 전 일을 생각하고는, 아아, 그땐 좋았지, 하고 어찌할 바를 모를 정도로 거룩한 고민을 했다는 것을, 가능한 한 가벼이 염두에 두세요. 그리하여 지옥의 나날들이 시작되기 삼 년 전, 얼굴을 보자마자 온갖 욕지거리, 처음에는 얼굴을 찌푸리며 푸시킨의 괴담怪談 취미에 대하여, 도데의 통속성에 대하여, 그리고 완전히 화제를 바꾸어 사이토 마코토[5]와 오카타 게이스케[6]에 대한 인물평, 또, 바나나는 맛있다는 둥, 아니라는 둥, 또, 한 여류작가의 신상에 대하여, 그리고 서로의 옷차림 습관, 서로 죽이고 싶다는 생각이 들 정도로 증오를 품고 찬반으로 나뉘어, 이튿날엔 또다시 이른 아침부터, 밥을 다섯 그릇 먹어서 정말 볼꼴사나웠다. 아니, 그는 내가 품위 있는 척하고 고루하다는 식으로 비난했지. 그러다가 둘 다 정색하고는 도대체 자네의 소설은—운운, 서로 마음속 깊은 곳 어딘가에서부터 용납할 수 없는 반발, 참기 힘든 적의敵意, 처음부터 그 소설은 뭐냐는 식으로 아예 인정을 하지 않으니까, 서로 타협점을 찾을 도리는 없었고, 어느 날 지헤이는 자기 집 정원에서 전부터 기르던 토마토 중에 특별히 붉고 큰 것을 골라 스무 개 정도, 보자기에 싸서, 우리 집 현관 입구에 툭 던져놓고, 보자기 들춰봐, 다른 집에 가지고 가는 중인데, 무거워서 짜증나니까 여기에 놓고 가네, 토마토 싫어하겠지만, 보자기를 들춰봐, 라고 하면서 겸연쩍고 언짢았는지, 얼굴을 가린 채, 2층에 있는 내 방으로, 쿵쾅거리며 성큼성큼 올라갔다. 나도 조금 화가 치밀어서, 계단을 올라가는 그의 등에 대고, 다른 집에 가져 갈 거면 여기 안 놓아도 돼, 나는 토마토 안 좋아해, 이런 토마토 따위에 얼이 빠져서 제대로 된 소설도 못 쓴다는 식으로 적당한 욕지거리 두세 개를 만들어서 내뱉었는데, 지헤이는 꼴사나운 자신의 모습이 너무나 부끄러웠던 나머지, 그날은 장기를 두어도 그렇고 손가락 씨름도, 너무 허둥거려서 전혀 게임이 안 됐다. 지헤이는 나와 마찬가지로 다섯 자 일곱 치약 173cm에, 털북숭이였는데 가난을 매우 두려워했다. 그리고 커다란 덩치에

5_ 齊藤實(1858~1936). 군인, 정치가. 제3, 6대 조선총독, 제30대 내각총리대신.
6_ 岡田啓介(1868~1952). 군인, 정치가. 제14, 18대 해군대신, 제31대 내각총리대신.

많이 빨아서 색이 다 바랜 유카타[7]를 입고, 아무렇게나 기른 수염에는 구운 된장이 흘러내려 가는 듯했는데, 그는 자신이 이 세상에서 흔치 않을 정도로 꼴사나운 사람이라는 것을 잘 알고 있었기 때문에 그만큼 가난에는 맥을 못 췄다. 요즘 지헤이는 화려한 줄무늬 여름옷을 새로 만들었는데, 한번은 방 안에서 그 옷을 입은 모습을 내게 보여주더니, 곧바로 자신의 꼴사나움을 깨닫고 나서 허둥지둥 벗어버리고는 아무렇지 않은 척했다. 그는 그 옷을 죽도록 입고 다니고 싶어 했지만, 그렇게 방 안에서만 입고 어슬렁거리고 있는 데에는 이유가 있었다. 그의 기치조지[8] 집은 누나와 매형 둘만 사는 집이었는데, 그는 볕이 아주 잘 드는 그 집 별채의 다다미 8장짜리 방을 차지하고 있었다. 그와는 달리 키 작고 말쑥한 누나가 그가 훌륭한 소설가로 성장할 날을 기다리며 여러모로 그를 챙겨줬는데 반짝반짝 빛나는 스토브를 설치했고, 또, 방 온도를 재기 위해 기둥에 온도계도 걸어두었다. 스물여섯의 그에게는, 그런 누나의 배려 하나하나가 불쾌하고 부끄러워서, 내가 찾아가면 키가 다섯 자 일곱 치인 나카무라 지헤이는 눈에 안 보일 정도로 빠른 손놀림으로 그 온도계를 숨겼다. 그 무렵 모두 서른을 넘은 나이에 처자식이 있는, 한 가정의 가장이면서 수수한 소설을 쓰며 조용한 하루하루를 조용히 보내는 생활파生活派라 불리는 작가집단이 있었는데, 소위 생활파 작가 중 두세 명이, 지헤이의 집 근처에 살고 있었다. 물론 지헤이의 선배다. 그는 이따금 몸을 움츠리고 모든 선배들에게 문학에 관한 많은 것을 물었다. 아이처럼 맑은 눈으로, 소설과 기록은 다른 건가요? 소설과

7_ 일본의 여름옷.

8_ 도쿄 무사시노 시에 위치. 도쿄의 외곽에 속하며, 다자이 오사무가 말년에 거주했던 곳이기도 하다.

일기는 다른가요? '창작'이라는 말은 누가 언제쯤 쓴 건가요? 라는 식의, 옆에 있는 사람이 조마조마해할 법하면서도 지극히 당연한 질문을 했다. 간밤에 자다 깨서, 어둠 속에서 생각에 생각을 거듭한 끝에 나온 질문인 듯, 성실함이 넘치고 정말로 몹시 답을 듣고 싶어 하는 태도였기에 선배들은 당황하며, 그게 말이지, 하고 중얼거리며 난처해하며 머리를 싸매다, 끝내 뭐라고 대답할지 몰라 깊은 생각에 잠겼는데, 지혜이는 그런 선배를 모른 척 외면하고 창밖에서 불어오는 바람을 맞으며 밭 한복판에 있던 부인과 함께 나온 농부들을 멀거니 바라보고 있었다. 그처럼 지혜이는 어떤 면에서는 묘하게 넉살이 좋았지만, 혼자서 줄무늬 봄옷을 입고 다닐 수는 없었다. 생활파 사람들에게 미안하기 때문이란다. 나는 그 얘기를 듣고, 네가 틀렸다, 예술가는 언제나 당당해야 하는데, 생쥐처럼 달아날 구멍을 찾으면 앞으로 대성하기는 힘들어, 나도 언제 한번, 중국옷을 입어 볼 생각이야, 라는 말을 했는데, 아아, 그때는 우리 둘 다, 그나마 행복했다. 삼 년이 흐른 뒤, 나는 죽는 것 외엔 달리, 살 방도가 전혀 없었다. 작년 봄, 에잇, 행복클럽에서 제명하고 싶으면, 제명해라, 반달곰의 가슴에 있는 흰 무늬 같은 붉은 상처를 내고, 그렇게 일 년이 지난 오늘도 맥주 한 잔을 마시고 몸이 달아오르면, 새끼줄의 매듭이, 생생히 떠오른다. 이렇게 죽지 못하고 살아남은 친구를 위해, 이부세 마스지 씨, 단 가즈오[9] 씨, 지혜이까지 세 명이 간다의 아와지마치에 있었던 내 형을 찾아가서, 돈을 일 년 더 달라고 부탁해줬다. 그날 이부세 씨와 단 군, 둘은 먼저 갔고, 지혜이는 볼일이 있어 한 발 늦게, 형네 집에 가는 도중에 오기쿠보의 우리 집에 잠깐 들러서,

9_ 檀一雄(1912~1976). 소설가. 다자이 오사무와 절친했던 친구로, 다자이와 함께 동인지 『푸른 꽃』에 참가했다.

내 취직에 관한 두세 가지 얘기를 나눴다. 그러고 나서 이부세 씨 일행을 뒤따라 오기쿠보 역으로 갔고, 나도 배웅을 나가면서 둘이 나란히 걷는데, 지혜이는 진흙 구덩이를 여자처럼 세심하게 조심조심 걸었다. 그렇게 중요한 때에도 긴장을 풀고 싶어 하는 내 악취미가 슬쩍 고개를 들어서, 문득 지혜이의 발밑을 노린 결과, 지혜이는 당했다. 지혜이는 정류장까지 가면서 내 얼굴을 완전히 외면했고, 내가 무슨 말을 해도 그냥 응, 응 하고 끄덕일 뿐이었다. 지혜이는 일부러 옷을 갈아입고 와줬다. 화려한 줄무늬 봄 옷. 지혜이는, 그 전에 내게 우는 모습을 두세 번 들킨 적이 있어서, 그것 또한 내가 지혜이를 경멸하는 이유가 되었는데, 나는 우는 모습을 보이고 싶지 않았지만 그때 처음으로 두 어깨가 들썩거리고 맺힌 눈물 때문에 앞이 안 보여서 정말 난처했다. 일 년이 흐른 뒤 내 생활은 또다시 점점 힘들어져서, 두세 명에게 폐를 끼쳤다. 어젯밤에 어떤 자리에서 지혜이와 뜻하지 않게 만났는데 둘 다 조금 당황해서 서먹한 분위기였다. 나는 담배 한 대, 맥주 한 방울조차 마실 수 없는 몸 상태가 되어, 말할 나위 없이 쓸쓸했다. 지혜이는 술을 마시고 울고 있었다. 나도 술을 마실 수 있다면 틀림없이 울었을 것이다. 그런 이상한 기분이어서, 지금은, 지혜이에 대한 것 외에는, 아무것도 말할 수도 없고 쓸 수도 없는 상태니까, 가끔은 넓은 마음으로 용서해주세요. 세상에는 무정한 사람만 있는 게 아니라, 어려울 때 도와주는 인정 많은 사람도 있다는 말이 있는데, 정말 그렇다고 생각합니다. 게다가 요즘 눈물이 많아졌는데, 왜일까요? 지혜이에 관한 일, 사토 씨에 관한 일, 사토 씨의 부인에 관한 일, 이부세 씨의 일, 이부세 씨 부인에 관한 일, 집사람의 숙부인 요시자와[10] 씨에 관한 일, 아스카[11] 씨에 관한 일, 단 군에 관한 일, 야마기시 가이시[12]의 애정을 차례로 알려드릴 생각이었는데, 제 얘기가 길어질수록, 제 뒤에 이야기할 심각역작深刻力作 씨께 폐가 될 뿐이기에, 어디에서 끊어도 상관없는 이야기, 임시로 갈채라는 제목을 달아, 홀로 제 심정을 위로하는 이야기는, 이상으로 마치겠습니다.”

10_ 당시 다자이와 동거하고 있던 오야마 하쓰요小山初代의 숙부였던 요시자와 스케고로吉澤祐悟郎.

11_ 飛鳥定城. 다자이 오사무와 같은 고향 출신으로, 도쿄에서 같은 동네에 살며 친분을 쌓았던 사람이다.

12_ 山岸外史(1904~1977). 평론가. 1934년, 다자이 오사무, 단 가즈오檀一雄와 함께 동인지 『푸른 꽃』에 참가했다.

太宰治

二十世紀旗手
이십세기 기수

「이십세기 기수」

1937년 1월 1일에 발행된 『개조改造』 제19권 제1호 창작란에 발표되었다.

이 작품에서도 파비날 중독의 영향이 보이는데, 다자이는 단편 길직집 『추억』(진분서원, 1940년 6월)에 이 작품이 다시 실렸을 때 머리말에 다음과 같은 말을 남겼다.

❝「이십세기 기수」는 1936년에 썼다. 너무나 괴로운 나머지 썼다. 사소한 일에도 정색을 하고 쓴 부분도 많다.❞

또한, 다자이가 스승 이부세 마스지와 사토 하루오 앞으로 쓴 편지에서는 이 작품을 '슬픈 로맨스'라는 말로 표현하고 있다. 이상 다자이의 말을 빌리자면, 이 작품은 그가 '괴로움에 몸부림치며 쓴 슬픈 로맨스'라고 칭할 수 있다. 하지만 이 작품의 특징은 그 내용보다도 자신의 고통을 다양한 차원의 소설 형식으로 말하고자 한 점에 있다. 내용을 보면, 이야기의 시점이 1인칭, 3인칭을 넘나들며 요동을 치고 화제도 쉴 새 없이 바뀌는지라 읽기에도 다소 어려움이 있을 수 있다. 하지만, 이 책에 실린 「게으름뱅이 카드놀이」와 더불어 다자이의 색다른 문학적 시도 중 하나로 이해하며 읽는다면, 이 작품이 왜 다자이의 대표작 중 하나로 꼽히는지 알 수 있을 것이다.

—태어나서, 죄송합니다.

서창序唱 신의 불꽃의 가혹함을 알라

고뇌는 심하다고 해서 고귀한 것이 아니다. 이래도 더 작나, 아직도 더 작나, 나무로 된 울타리를 사이에 두고 나란히 서 있는 접시꽃나무 두 그루, 서로 자기가 더 크다며 경쟁하듯 자라, 하늘하늘 힘없는 꽃 두세 송이, 붉은 색의 화려한 아름다움을 자랑하던 옛날과는 거리가 먼 얼굴, 검게 시든 꽃잎의 주름도 슬프게 느껴졌다. "구천[1] 높이 있는 신의 정원, 저는 짚신을 신은 채로 들어가 신의 영역을 범하였는데, 용기를 내어 이 손으로 방금, 그 정원의 꽃을 꺾어왔습니다. 그뿐만이 아닙니다. 낮잠을 자는 아름다운 신의 얼굴까지, 바로 이 눈으로, 똑똑히 엿보고 왔습니다."라고 말하면서 깃발 뽑기 경주에서 가장 먼저 돌아온 걸음 빠른 소년처럼 기뻐 어쩔 줄 몰라 하는 모습에는, 아직 귀염성이 남아있어서 구경꾼들도 미소, 혹은 쓴웃음으로 그를 맞이했다. 어느 날 밤 이 아이는, 하필이면 얼음보다 차디찬 초승달님에게 홀려, 이상하

1_ 九天. 하늘의 가장 높은 곳.

게 미쳐 이렇게 말했다. "신이나 나나 오십보백보, 큰 차이는 없다. 삼복더위에 찌는 듯했던 그날, 신 또한 올림픽 문양이 있는 유카타 한 장을 입고, 소매를 걷어 올리고 있었다." 듣는 사람들 중 크게 웃지 않는 자가 없었고, 의외로 기대 이상의 박수, 큰 갈채가 나왔다. 아아, 검푸른 피부, 마른 몸에, 주둥이는 나와 있고, 신장은 비실비실 여섯 자약 180cm 남짓, 늙어 보이는 저 단상 위의 동자는, 사실 앞서 말한 커다란 접시꽃의 혼이었는데, 떠내려갈 듯한 박수, 가득한 함성을 눈으로 보고 귀로 들으며, 이 기현상이 모두 광대 배우 같이 우스꽝스럽게 생긴 그의 외모 때문이라는 것도 알아채지 못하고, 퉁퉁한 코를 벌름거리며 뛸 듯이 기뻐하다가, 결국 눈빛이 이상하게 변하더니 이렇게 말했다. "오늘밤 칠석 축제를 맞이하여 선언하건대, 나야말로 신이다. 구천높이 계신 신은 항상 낮잠만 잘 뿐, 참으로 태만하다. 내가 한 번, 발소리를 죽이고 신이 자고 있는 곳에 들어가서 큰 머리 위에 신의 관을 슬쩍 올려놓은 적이 있다. 신의 벌 따위 무섭지 않다. 하, 하, 하. 오히려, 그 벌을 받아보고 싶기도 하다!" 그가 기대했던 갈채는 없었다. 조용해졌다. 뒤이어 수런거리는 물결이 일더니, "제 분수를 모르는 건방진 녀석." "신이시여, 이것이 꿈이기를. 꺄악! 이 극장에 쥐가 있어요." "천민의 기고만장한 거만함, 절도를 모르는 천한 습성이여, 아아, 저 얼굴은 두 눈 뜨고 볼 수 없는 개구리." 갑자기, 딱! 상심한 동자의 콧마루를 아슬아슬하게 겨냥하여 돌이 날아들었다. 아마도 그의 불행이 시작된 것은 그때부터일 것이다. 자기 꽃이 크다는 자존심만 가지고 행동하니까, 이렇게 험한 꼴을 당하는 것이다. 예술은 깃발 뽑기 경주가 아냐. 저런, 그것 봐. 더러워. 코피. 잘 봐둬라, 단 한 톨의 오점도 없는 자네의 단편집 『만년』 같은 책의 냉혹함을 보라. 걸작의 교본, 벌거숭이는 괴로우니, 부디 부들이삭을 깐 따뜻한 잠자리를 만들어주세요, 잠 못 드는 밤에 모기장 밖에 서서 자네에게 이렇게 부탁했는데, 추웠는지 큰 재채기 소리를 두세 번 남기고 사라진 그런 일이 있지 않았는가. 내 생애 모든 열정을 이 한 권에 담았다며, 휴 하고 한숨을 내쉬자마자, 벌이다, 벌이다, 신의 벌인가, 시민의 벌인가, 곤란과 불운, 교차하는 애증, 아무도 모를 거라 생각하며 남몰래 그 황금 왕관을 쓰고 거울 앞에 서서 홀로 히죽 웃은 죄 하나밖에 없는데, 신은 용서치 않았다. 신은, 초가을 바람처럼 불쾌한 존재다. 준엄함, 집요함, 내 목덜미를 잡아서 꼬르륵 가라앉히고 물밑바닥을 기게 하여, 사람의 아들을 익사시키려던 그 순간, 신이 손에 주었던 힘을 조금 빼고, 살짝 떠오르게 해주었을 때 태양을 보고 기뻐서, 휴우 하고 깊은 한숨, 적어도 오 년 만에 보는 이 태양에 더 정성스레 절을 하려고 두 손을 모은 그 순간, 내 목덜미를 쥔 신의 손에 힘이 더해져서, 또다시 오백 몇 십 번째 저 아래로 가라앉아서 진흙탕 속 거북이 새끼의 부하가 되러 갑니다. 몸을 버리면 비로소 역경을 벗어날 기회가 있을 거라는 산전수전 다 겪어본 사람의 충고, 그 충고는 잘못된 것입니다. 가라앉을 대로 가라앉았다가, 그 모습 그대로 다시 둥실 떠오르는 사람이 한 명이라도 있다면 그 사람을 숭배할 텐데. 나보다 젊고 솔직한 벗에게 이 세상의 진정한 악을 가르쳐주려고 자세를 고쳐 앉았을 때는, 이미 신의 눈동자가 반짝 빛나며 왼쪽 손의 타임워치, 슬슬 가라앉을 시간을 고하여, "아아, 또다시 오 년 동안은 물밑에 있어야 하니, 다시 뵐 수 있을지 모르겠네요." 굵고 탁한 신의 목소리, "준비!" "그리우면 찾아와, 물의 깊은 밑바닥으로, 아아, 딱 한마디만 더, 저기, ……" 들리는 것은, 물결 소리뿐이었고.

일창一唱 부엉이가 우는 밤 기형아가 태어났단다

조짐이 좋다. 지금 일창一唱이라고 쓰고 나서, 정말 기적이 일어났다. 작은 오 전짜리 니켈 동전 정도 크기의 콩알만 한 지점. 아직 활짝 열리지 않은 덧문에 난 바늘구멍으로, 아침 해가 딱, 이 '일창'이라는 글자의 일자에 비쳐서, 빛이 확 쏟아져 들어온 것이다. 기적이다, 기적, 악수, 만세. 바보같이, 한심하고 하잘것없는 소란은 그만피우고, 신성한 일을 시작하자. 네 하고 대답하고 길을 물으니, 여자는 벙어리였고, 황폐한 초원. 물어볼수록 손해야, 나는 혼자 간다며 무턱대고 까부는 사이에 서서히 젤라틴이 굳어, 어떤 일정한 방향을 가리켜주기는 하지만 미덥지 않은 지팡이에 의지하며, 둘이 번갈아 주고받는 일인이역 만담, 외로운 신세지만 동료가 많은 척하며, 노래하고, 이야기하고, 복잡한 로맨스 한 편의 언저리를 거의 100일 동안, 살금살금 카나리아를 노리는 촉촉하고 검은 눈동자의 아기고양이처럼 주위를 어슬렁거리다가, 기뻐해주세요. 어젯밤에 드디어, 이야기의 실마리를 찾았어요. 차 한 잔 마시고 나서, 그 다음에 천천히 얘기할게요.

그 얘기를 하기 전에 한 가지 말해두고 싶은 게 있는데, 다름이 아니라, 여기에 저의 모든 것을 드러낸 건 아니라는 것, 이 또한 진부한 말, 하지만 이것은 작자의 친절함, 바다거북의 등딱지만한 얼음 조각, 가라앉았다 떴다, 가라앉았다 떴다, 한가로이 바다로 떠내려 왔더니 노련한 선장이 서슴없이 항로를 바꾸어, 위험해, 위험해, 부딪히면 침몰이야, 물속에 잠겨있는 빙산의 밑 부분은, 그렇죠, 삿갓 크기 정도밖에 안 돼 보이는 저렇게 작은 물체도, 물속에 잠긴 뿌리는, 하마 다섯 마리의 체적은 충분히 될 겁니다. 자네도 진심으로 나를 알고 싶다면, 우리 집에 와서 나와 일주일을 함께 지내면서, 잠들 틈도 주지 않는 흔들리는 내 혀의 장관을 가까이에서 접한다면, 다자이의 능력, 10분의 1 정도는 알아낼 수 있지 않겠는가? 라는 이 말이 거의 정확하다는 것을 믿어도 좋다. 한마디 내뱉는 것은 바로, 말 이삼천 마디를 놓치는 냉혹하고 무참한 손실을 의미합니다. 그리고 지금까지 위에 쓴, 내게 어울리지도 않는 자신감 넘치는 수많은 말들, 이 모두가 내 육체멸망의 예고라고 믿어도 좋다. 두 번 다시 만날 수 없을 거라는 불안감, 말하자면 나의 골고타, 달리 말하면 백골이 된 두개골, 아아, 이 황량한 마음속 풍경에 대한 명확한 인정認定에서 나온 늙은이의 푸념. 예의, '생명'놀이가 아니다. 이미 신이 내린 벌을 받고, 주어진 암담한 수명에 따르고 있거늘, 이제 와서 누구를 원망하랴, 모든 것은 나 하나의 죄, 이 소설을 쓰면서도 산다는 게 내키지 않아서, 정말이지, 조릿대 잎의 서리, 지금은, 적어도 아름다운 작품 두세 편을 더 지어 신세를 졌던 다정한 사람들에게, 내 분수에 맞는 조촐한 예를 치르고, 마치 저승길 나들이옷을 입은 기분, 매일 밤잠을 설치며 애써 엮어낸 로맨스 한 편, 좋아, 완성도가 형편없다 할지라도, 그때의 일은 나도 모른다. 죄는, 태어난 시각에 있으니.

이창二唱 단수점감段数漸減의 법

점점 밑으로 떨어져간다. 점점 위로 올라간다는 생각으로 득의양양, 부채를 쫙 펼쳐 유유히 시원한 바람을 쐬면서도, 점점 밑으로 떨어져간다. 다섯 단을 내리고, 그러고 나서, 슬쩍 세 단을 올린다. 사람들은 모두 하나같이 다섯 단 떨어졌다는 것은 다 잊고, 세 단을 올라간 것만, 축하해, 축하해라는 말을 주고받으니, 한심하다. 십 년 정도 지난 어느 날 밤, 갑자기 미심쩍게 느껴졌지만, 이미 때는 늦었다. 쓴웃음을 지으며 이것이 세상이구나, 하고 중얼거리고, 깔끔하게 포기한다. 그것이야말로, 세상.

삼창三唱 동행 두 사람[2]

순례를 하지고, 몇 번이니 진지하게 생각했는지 모른다. 홀로 여행하며 삿갓에는 동행 두 사람이라고 적고, 나와 또 다른 한 사람, 길동무인 그 동행자는 모습이 보이지 않는 사람, 힘없이 고개를 떨어뜨리면서도, 조용히 내 등 뒤를 따르는 자, 물의 정령, 한들거리는 그림자, 붉은 입술의 소년인지, 여름 비단으로 된 쥐색 옷을 입은 마흔 먹은 마담인지, 레몬 비누로 전신의 기름을 씻어 내린 깨끗하고 부드러운 처녀인지, 누구라고 꼭 집어 말할 수는 없지만, 다정한 자, 동행 두 사람, 내 몸에 병만 없었다면, 벌써 예전부터, 좋은 소리가 나는 방울을 든 사연 많아 보이는 청년 순례자, 옷이라도 깔끔하게 차려입고, 우선, 누구 씨, 모 씨, 작별 인사를 하기 위해 집 정원 앞에 서서, 딸랑거리는 방울 소리에도 나의 헤아릴 수 없는 슬픔을 담아, 정원에 우거진 나무 한 그루 풀 한 포기, 이것이 이승에서의 마지막, 헤어지는 게 괴로워서

2_ 불교 성지의 순례자가 홍법대사弘法大師(헤이안시대의 승려로 일본의 진언종 창시자)와 늘 함께 있다는 뜻으로 삿갓에 써 두는 말이다.

울고 불며 순례의 길로, 가을바람과 함께 여행을 떠나, 언젠가는 여행지의 땅에 묻힐 덧없는 내 운명, 손에 잡힐 듯, 똑똑히 알고 있습니다. 그러던 중에 나는, 속절없는 사랑을 했다. 이름은 모른다. 사랑을 하는 기색조차 보일 수 없는, 괴롭고, ……입이 썩어도 말할 수 없는, ……불의不義. 한마디만 더, 털어놓겠다. 나는 순례를 하겠다고 결심한 후에 사랑을 했던 게 아니다. 가슴속 기억을 미치도록 지우고 싶어서, 순례를 하려 했을 뿐이다. 내가 원했던 것은 전 세계가 아니었다. 백 년의 명성도 아니었다. 민들레 한 송이의 신뢰와 상추 이파리 한 장의 위로를 얻기 위해, 한평생을 낭비했다.

사창四唱 믿어주세요

도고 헤이하치로[3]의 어머니는 자기 아이의 머리맡을 걸어 다니지도 않았다. 이 아이는 장래에 반드시 수많은 사람들의 우두머리가 될 아이라 무례를 범해서는 안 된다며, 자신의 아이면서도 존경하고, 아주 조심스럽게 대하며 섬겼다. 하지만, 우리 집 사정은 달랐다. 일고여덟 살 때부터 나는 무척 외로웠고, 사랑방에서는 매일 밤 할머니를 필두로 어머니, 그리고 몇몇 친척 두세 명이 드문드문, 여름과 겨울에는 방학을 맞아 내려온 형과 누나가 가끔 내 험담을 해댔다. 내가 사랑방 앞 복도를 지나가다가, "지금 저렇게 잘하는 애는, 중학교, 대학교에 가고 나면 성적이 갑자기 떨어지니까 너무 칭찬하면 안 돼."라는, 바로 위에 형이

3_ 東鄕平八郞(1847~1934). 군인. 러일전쟁 때 해전에서 발틱 함대를 이기고 국민적 영웅이 되었다.

거들먹거리며 하는 말을 언뜻 듣고는, 이놈들! 친형제 모두 한통속이 되어 일곱 살인 나를 괴롭힌다고 비뚤게 받아들이고는, 그 무렵부터 가족들의 사랑방 모임이 싫어져서, 부엌 화롯가만 드나들었다. 겨울에는 화로 속에 묻어 구운 감자를 머슴 너덧 명과 함께 먹었다. 하루는 외톨이가 된 내 모습을 보다 못한 머슴 하나가, 내 어깨에 손을 올리고, 뜻 모를 말을 해주었다. 장래성은 있는데, 수련이 너무 혹독하다고.

불면증은 그 무렵부터 움트기 시작했던 것으로 기억한다. 내 바로 위에 누나와 나는 사이가 좋았다. 내가 소학교 4, 5학년이었을 무렵, 누나는 여학교에 다녔는데, 여름과 겨울, 일 년에 두 번 방학을 맞아 집에서 지낼 때면, 누나는 친구 중에 안경을 쓰고 덩치가 작고, 알맞게 살이 찐 가야노라는 여학생을 집에 자주 데리고 와서 놀았다. 흰 살결에 포동포동 살이 오른 둥근 얼굴, 이중 턱에 눈썹이 길고, 잘 때를 빼고는 언제나 동그랗게 광대처럼 미소 짓는 새까만 눈, 안경을 벗고 눈을 깜빡이면서 냄새를 맡는 것처럼 잡지를 읽는 얼굴이 아기곰처럼 천진해 보여서, 사랑스럽게 느껴졌다. 나보다 세 살이나 위였는데도.

전부터, 만나기 전부터, 나는 당신의 이름을 알고 있었다. 누나가 보낸 편지에는 이런 얘기가 쓰여 있었다. '매실 반 반장인 가야노 아키는, 네가 이렇게 젤리와 말린 떡을 계절마다 잊지 않고 보내주는 걸 칭찬했어. 다정한 남동생이 있어서 행복하겠다면서 부러워해. 네 편지 속에 쓰가루 사투리와, 맞춤법 틀린 게 없었다면, 누나는 훨씬 더 많은 친구들에게 자랑할 수 있을 텐데 말이지, ―.'

당신은 그 무렵 화가가 되겠다며, 아주 정교한 카메라를 가지고 고향의 여름 들판을 걸으며 조용히 찰칵찰칵 사진을 찍었는데 찍은 것들이 신기하게도 내가 발견한 풍경과 똑같았지, 정말 똑같았어, 북부

지방의 여름은 남부지방의 초가을, 새파랗게 떨며 삼나무 뿌리에 착 달라붙어있는 담쟁이덩굴 줄기에, 내가 언뜻 곁눈질을 한 바로 그 순간, 찰칵, 당신의 카메라가 깜박이는 소리. 나는, 그때마다 작은 한숨을 내쉬지 않을 수 없었다. 하지만 하루는 원망스러워서 운 적도 있었다. 그때도 그랬지만, 지금도, 나는 여전히 촌놈, 다이쇼 10년1921년에 카메라는 귀한 것이라, 카메라를 넣은 검은 가죽 주머니를, 부끄러움에 머뭇거리면서 나보고 들어달라고 하기에, 나는 그걸 어깨에 멨다. 푸른 유카타에 붉은 색이 섞인 허리띠를 맨 당신의 수행원은 그날 나무그늘에서 슬쩍 사진 감광판을 열어봤는데, 거기에 유백색밖에 없는 걸 보고 고개를 저으며 불만스러운 표정을 짓고는, 아무 일도 없었다는 듯 원래 있던 주머니에 넣었는데, 그날 밤 현상실은 아비규환, 사진의 원판들은 검은색 일색, 무지한 범인도 곧 밝혀져서, 그날 이후 당신은 내게 주머니를 들지 못하게 했다. 내가 저지른 실수를 나무라지 않고 한 번 더 믿고 아무 말 없이 들게 해줬다면, 나는 틀림없이 목숨을 던져서라도 감광판을 지켰을 것이다. 또 그 무렵에 숨바꼭질을 하는데, 당신이 술래를 하면서 모두가 숨기를 기다리는 사이에 혼자 방 소파에 묻혀 재미없다는 표정으로 잡지를 읽고 있었기 때문에, 당신과 마찬가지로 숨바꼭질이 재미없다고 생각했던 나는, 숨지 않으면 안 되었지만 당신이 있는 소파 뒤에 숨었다. 멀리서 숨었다, 하는 남동생의 목소리가 들려왔고, 당신은 잡지를 들고 일어나서 사람들을 찾으러 나섰다. 기억나? 잊었겠지. 바로 모두를 찾아낸 뒤, 줄지어 방으로 돌아와서 이런 얘기를 했지.

"오사무는 아직 못 찾았나보네."

"아니. 이 소파 뒤에 있어."

나는 소파 뒤에서 나왔다. 기억해? 차가운 말투로 중얼거렸지. "왜냐

하면 난 귀신[4]이니까."

이십 년, 나는 술래를 잊지 않는다. 전에 「아사다 부인 사랑의 삼단뛰기」라는 표제의 신문기사를 읽었다. 당신은 2과科의 신인. 아리타 교수의, —아니, 말하지 않겠다. 생각해보면 그 무렵 열여섯 살 여름부터, 당신의 미간에는 오늘날의 불행을 예언하는 불길한 주름이 있었다. "돈이 많으면 많을수록 돈에 대해 동경심을 품게 되는 건가 봐. 돈을 벌어본 적이 없으니 돈이 고귀하고, 무섭게 느껴져." 당신의 말을 기억한다. 여기에 밝히는 걸 용서해줘. 가야노, 당신은 우리 형을 사랑했었어.

지난밤 그 신문 기사를 읽고 당신이 느꼈을 쓸쓸함을 생각하며 세 시간 정도, 혼자 모기장 속에서 울었다. 다른 계산 없이, 순수하게, 당신의 고통을 위해 눈물을 흘렸다. 보답은 한 푼도 필요 없다. 그날 밤 당신이 강한 모습으로 살아갔으면 해서, 그리고 당신의 순결함을 믿는 사람이 있다는 것을 알리고 싶어서, 당신이 자신감을 가지고 살아주길 바라기에, 그저 그 이유만으로 연락하려고, 잉크병의 코르크 마개를 열고 나서는, 다시 망설였다. 후쿠다 란도[5], 그 사람은 여자에게 이런 편지를 몇 장이고 썼었다. 조금도 다르지 않은 사랑의 편지를.

오창五唱 거짓말쟁이라고 불릴 정도로 고지식한 사람

길을 걷고 있으려니까, 저기 거짓말쟁이가 왔다. 붉은 노을과 새털구

4_ 술래잡기를 뜻하는 일본어를 직역하면 귀신놀이鬼ごっこ. 귀신이라는 단어가 술래를 의미한다.

5_ 福田蘭童(1905~1976). 음악가. 마작 도박과 결혼사기죄로 문란한 생활을 했고, 후에 여배우 가와사키 히로코와 바람을 피우다 본처와 헤어지고 결혼하여 세간을 떠들썩하게 했다.

름 아래, 기모노 소매 아래로 귀찮다는 듯 아무렇게나 두 손을 쑤셔 넣고, 제각기 단단한 젖가슴을 살짝 누르며 흰 색의 두터운 토담에 줄지어 기대있는 한 무리의, 열넷, 다섯, 여섯 정도 되는 처녀들은 서로 눈짓을 하며, 조용히 끄덕이더니 쑥스러운 듯 목덜미를 움츠리고 키득거린다. 그렇게 비웃음을 살 정도의 거짓말쟁이는, 이 세상에서 더없이 정직한 사람이었다. 오늘 아침 고향 신문에서, 무슨 가家라는 요정料亭이 수상쩍은 여관을 겸하는데, 심지어는 가부키의 중간 무대장치를 흉내 내어 단추 하나 누르면, 전기가 작동해서 대형 침대가 스르르 나타난다는 내용을 보고, 읽다가 웃음을 터뜨렸다. 선인善人임이 명백한 여주인이 혹시 갱 영화의 영향을 받아 결국 자신이 지닌 악의 꽃을 남몰래 피우려 한 것은 아닐까? 그런 엄청난 증거가 드러나서는, 너무 당황한 나머지 변명을 한마디도 못하는 거 아닌가, 바보구나, 시골의 악인悪人은, 애교가 있어서 믿음직스럽네. 진정한 악인이란 이상하게도, 살아 있는 신, 살아 있는 부처님, 양심이 있고 착실한 사람이다. 게다가 한 명의 예외도 없이, 당당한 부정의 천재, 석가모니마저도 이런 큰 인물들을 마주하면 전세戰勢가 불리해서 인연이 없는 중생이라는 험담을 했다.

육창六唱 멍이라고 하라면, 멍이라고 하겠습니다

'전략. 편지로 실례인 줄은 알지만 부탁이 있습니다. 본사가 발행하는 『비밀 중의 비밀』 10월호에 현대학생기질이라고 할 만한, 학생생활을 소재로 재미있는 읽을거리를 써주셨으면 하는데, 가족 중에 고향을 떠나 공부하는 학생이 있는 모든 부모형제들이 많이 공감할 만한 것을 싣고자 합니다. 대표적인 학교 (도쿄제대, 와세다, 게이오, 메지로 여자대학, 도쿄여자의학전문대 등)를 선정하여 매월 연재하려 합니다. 우선 다음 달에는 제대帝大 편을 싣고자 하는데, 당신께 원고를 맡기고 싶습니다. 400자 원고지 15매 전후로, 내용은 리얼하고 재미있어야 합니다. 마감은 꼭 엄수해주셨으면 합니다. 거듭 편지로 실례가 많습니다만, 꼭 승낙해주시어 집필해주셨으면 좋겠습니다. 『비밀 중의 비밀』 편집부.'

'하하, 박쥐는 옛날에 새와 짐승들이 싸우던 날, 여기 저기 배신하고 다니며 많은 이득을 취했는데, 후에 술수를 들키고 난 뒤에는, 낮에는 면목이 없어 외출을 못 하고, 해가 떨어지면 살금살금 나오는데, 그래도 너무 부끄러운 나머지 사납게 날아다닌다. 맞아, 맞아, 잊고 있었네요, 틀림없어요, 아니, 당신 얘기를 하는 게 아닙니다. 제 속마음을 털어놓을게요. 실은, 저 자신이 더러운 박쥐와 그리 다를 바 없다는 생각에 할 말을 잃었습니다. 살아가기 위해서는 빵보다도 우선, 포도주가 필요합니다. 사흘간 밥을 안 먹어도 아무렇지 않으니, 그 대신, 손잡이 부분에 도마뱀의 얼굴 장식이 있는 팔 엔짜리 지팡이를 사고 싶습니다. 실연당해서 자살하는 기분을 요즘 들어 겨우 알게 되었습니다. 꽃다발을 들고 걷는 것과, 그리고 이 실연자살, 둘 다 중학교, 고등학교, 대학생시절까지, 생각만 해도 등줄기에 찬물이 흐를 정도로 부끄러운 행동으로 여겼었는데, 요즘은 흰 꽃 한 송이에도 구원받는 느낌을 받고, 사랑에 애가 타는 나머지 정신이 아득해서 세계가 조용해지고, 모래가 소리 없이 무너지듯 내 생명도 사라질 것 같아서, 정말 난처합니다. 몸 둘 바를 모르겠습니다. 저는 거칠게 노는 법을 알았습니다. 그리고 돈이 없어졌습니다. 지금도 문득, 모기장 안의 모기를 쫓고 나면 쓸쓸함이, 고향의 눈보라만큼 맹렬한 기세로 밀려들어와, 몇 십 척이나 되는 깊은 우물에 혼자 떨어져서, 아무리 살려 달라 외쳐도 그 소리가 누구의 귀에도 닿지 않는다는 초조함, 파란 김이 미끈미끈, 들리는 건 내 메아리뿐, 공허한 웃음, 어떻게든 벗어나보려고, 손톱이 벗겨져 피투성이가 되도록 노력하는데, 이렇게 비참한 고독의 지옥에서, 돈을 갖고 싶어서 죽겠습니다. 멍이라고 하라면, 멍이라고 하겠습니다. 어떻게든 재미있게 쓸 테니, 한 장에 오 엔 꼴로 주세요. 오 엔은 물론, 이번만. 다음부터는 오십 전이든, 오 전이든 말씀에 따르겠으니, 부디 한번만 부탁드립니다. 고료로 오 엔을 받아도, 절대로 손해를 끼치지 않을 자신이 있습니다. 졸고는 반드시, 지불한 돈의 액수만큼의 값어치를 할 것이라 생각합니다. 4일. 심야. 다자이 오사무.'

'답장 드립니다. 4일 심야라고 쓰여 있는 편지 잘 읽었습니다. 고료에 대한 건은 말씀에 따를 수 없지만 원고는 바로 시작해주시기 바랍니다. 보통 고료는 일 엔입니다. 우선 여기까지 답장 드립니다. 그럼 이만. 『비밀 중의 비밀』 편집부.'

'엽서 잘 읽었습니다. 4일 심야라는 말을 새삼스레 인용하시다니, 좀 짓궂네요. 글 전체 분위기에서, 성나신 모습이 보여요. 저는 제 자존심 때문에 오 엔을 달라고 한 건 아닙니다. 저 하나의 탐욕이 아니라, 추위에 떠는 이름 모를 사람에게 던져주기 위해, 또는 착한 사람에게 기쁨을 주기 위한 돈이 필요하다는 거였어요. 하지만 이제, 의미가 없네요. 갑자기 작은 목소리로, ―그럼 이만 씁니다. 다자이 오사무.'

칠창七唱 나의 하루 나의 꿈

—도쿄 제국대학 내부, 비밀 중의 비밀.

(내용 30매. 전문 생략.)

팔창八唱 분노는 애욕의 가장 숭고한 형태로, 이러쿵저러쿵

'잠시 여행을 가서 자리를 비운 사이에 원고와 함께 편지까지 주셨네요, 실례가 많았습니다. 하지만 원고는 정말 너무 심하네요. 그 상태로는 아무리 후하게 보아도 쓸 수가 없습니다. 고쳐 써주신다고 해도 안 될 것 같습니다. 당신에게는 그게 역작일지도 모르지만, 저희에게 그 원고는 달갑지 않고, 그걸로 원고료를 요구하시면 곤란합니다. 언젠가 기회가 있다면 당신께 사과드리기로 하고 우선 원고를 반송합니다. 그럼 이만. 『비밀 중의 비밀』 편집부.'

달 없는 칠흑 같은 밤, 호수 가운데 이는 물결, 찰싹찰싹 배의 옆면을 스치며, 깊이, 500길 정도는 될 건디요, 라는 아이의 천진난만한 대답을 듣고, 나와 여자는 공포를 느끼며 얼음처럼 굳어있었다. 지옥 밑바닥에서 희미한 목소리가 들려오는 듯한 공포를 느끼며, 죽는 것조차도 잊었던 그날 밤의 차가운 북풍이, 이 엽서 한 장 구석에서 휘휘 휘몰아치니, 이러니까 집에 돌아가고 싶지가 않아, 전 세계 어디에도 집이 없는 듯한 황량한 마음을 주체하지 못하고, 어정어정 밖으로 나가서 전철

선로를 넘어 들판에도 가고, 논에도 갔다가, 결국 내가 본 적이 없는 아름다운 마을에 도착했다.

갈 곳이 없다는 생각이 드는 밤에는 아스피린으로 38도의 체온을 37도 2, 3까지 내리고, 정류장으로 가서 삼사십 전짜리 차표를 사고, 어딘가 이름 모를 마을까지 훌쩍 떠나, 그곳의 어스름한 번화가를 어슬렁거리다가, 길 한편에 뜬금없이 소나무 가지가 있는 걸 보고 멈춰 서서 올려다보기도 하면서, 그러다가 가지고 있던 책을 팔아 영화관에 들어간다. 입구의 풍경風鈴 소리를 지금도 잊을 수 없고, 소변을 보면서 창밖의 연일[6] 풍경, 등불 아래 모여 있는 사람들을 바라보며, 아아, 모두 살아 있구나, 하는 생각에 눈물이 흘렀는데, 하지만 '울어버렸습니다'라는 말을 하는 건, 시시한 일이다, 시민은 그의 생활에서 가장 큰 감격을 표현할 때, 눈물을 줄줄 흘린 일을 고백하며, 다 같이 함께 끄덕이면서 오오, 오, 슬프겠다, 라고 말하며 마음속 구석까지 서로 충분히 이해한다는 식으로 평정을 찾는데, 그렇다면 나는 어떻게 할까? 다른 사람에게 말도 안 하고, 하루 종일 분한 눈물만 흘리고 있는, 이런 나는 어떻게 할까? 그날도 나는 이치카와 역에 훌쩍 내려서 <오빠와 여동생>[7]이라는 영화를 봤는데, 안 울려고 이를 악물어도 시간이 지날수록 흐느끼게 되어, 그대로 큰 소리를 내며 울게 될 것 같아서 서둘러 극장을 빠져나와 맘껏 울어 젖히면서 생각했다. 약하다, 짓밟혀도 마땅하다, 허섭스레기마냥 발길질당해도, 이제 와서 누구를 원망할 처지도 못 되는 더러운

6_ 緣日. 신불神佛과 이 세상과의 인연이 강하다고 하는 날이다. 일본의 연일에는 신사나 절에 사람이 많고 축제분위기다.

7_ 무로 사이세이室生犀星의 동명소설을 원작으로 한 1936년 영화. 세 남매 중 장녀인 오몬이 어느 학생의 아이를 임신하고 집으로 돌아오면서 벌어지는 집안의 파란을 그린 이야기.

여자가 참고 참다, 최후의 순간에 하는 한결 같은 유언, 신에 대한 항의, 오몬おもん의 분노가 나를 울렸다. 이 부분을 잊으면 안 된다. 사람의 아들은 생애에 세 번, 진심으로 분노할 일이 있다는 모세의 중얼거림.

어떤 사람이든 살아있는 한, 존경하고, 당당히 요구해야 한다. 생명이 있는 것은 모두 세상에 없으면 안 되는 중요한 장치. 사람을 비난하면서 그 사람의 존귀함, 그의 쓸쓸함을 이해하지 못한다면, 작가로는 완전 실격이다. 이 세상에 무용장물은 하나도 없다. 란도가 있기에 한 여배우의 일편단심 사랑이 있게 되었고, 기쿠치 간의 넓은 마음이 칭송받았고, 또한 란도가 늘 찾던 ××규방에 부인에 대한 감사의 마음이 얌전한 흰 꽃으로 피었다.

—엽서, 읽었습니다만, 제 원고는, 이무래도, —인 될까요?

—네, 안 됩니다. 이거, 다른 사람이 쓴 원고인데, 이런 게 좋습니다. 리얼하고, 통계적으로, 어쨌건 당신이 쓴 원고를, 다시 한 번 읽어 보세요. 그리고 생각해보세요.

—난 원래, 엉터리 작가야. 분함을 못 이기고 울면서 쓰는 것 외에, 방법을 몰랐어.

—실연자살은 어떻게 됐나요?

—전철 탈 돈을 빌려주세요.

—…….

—믿고 왔기 때문에, 한 푼도 없는 겁니다. 집에 가면 있습니다. 바로 돌려드릴 수 있습니다. 일 엔, 이 엔이라도.

—시내에 친구 없나?

—아카바네에 숙부님이 계십니다.

—그러면 걸어서 돌아가. 뭐야, 그렇게 가까우면서. 수로를 빙 돌아

가서, 참모 본부에서 히비야 쪽으로 나가서, 거기서 신바시 역으로 가면, 아카바네는 바로 그 뒤잖아.

—그래요, —그럼, —고맙습니다.

—아, 실례. 또 놀러 오게. 조만간 다시 만나서 못 다한 얘기하자고.

화낼 수가 없어서, 그대로 뙤약볕 속 도시 먼지를 맞으며, 서너 번이나 현기증을 일으키고, 자전거에 끌려가고 싶다는 심정으로 도로를 성큼성큼 건너고, 30리[8]를 걸으며 생각한 건, 인간은 모두 착하다는 거다. 비 내리는 어느 날 밤, 교외의 진흙탕길, 기어가듯 걸어서 오기쿠보의 우체국에 도착하여 한시라도 빨리 전보를 쳐달라고 했더니, 지금은 이미 업무 시간이 지났어요, 규정시간에서 7분이 지났습니다. 요금을 배로 받아야겠네요. 나는 갑자기 당황해서, 젖은 생쥐 꼴을 하고, 생각지도 못한 치욕 때문에 전신이 발끈 달아올라 모기 우는 소리 마냥, 지금 가진 돈이 딱 삼십 전인데 이건 제 불찰입니다. 어떻게든 도와주세요. 이렇게 얘기하며 애원해도, 그 삼십 전처럼 누런 이가 튀어나온 깡마른 노파는 제대로 대답도 하지 않고, 규칙은 규칙이니까요, 라고 중얼거리며 주판을 톡톡, 이런 지나친 처사에 나는 할 말을 잃고 풀이 죽어서 나와버렸는데, 장대비 속에서, 이런 말도 안 되는 일이 또 있을까. 틀림없이 나쁜 사람이다. 내가 태어난 지 올해로 이십팔 년이 됐는데, 태어나기 전에도 그렇고 그 후로도, 그 여자 사무원 한 명만 그렇고, 나머지는, 모두, 나와 비슷할 정도로 순수한 선인이었다. 방금 겪은 그 편집자의 무례도, 그의 경계심 없는 태도가 만든 외양에 지나지 않는다. 작가라는 사람은 모든 것을 알고 있으며 우리의 고통도 다 알고 있다. 화낼 필요

8_ 일본에서 1리는 한국의 열 배인 3927.2m에 해당하므로 원문의 열 배로 표기했다.

없다고 생각하고 대수롭지 않게 여겼다. 너무 사랑스러워서 백배의 증오심이 생긴다는 말은, 이런 걸 말하는 걸까? 그런 생각을 하며 돈 한 푼 없는, 말하자면 천민賤民, 사람 좋아보이게, 혼자 중얼거리며 혼자 웃고 있었다. 나는, 이 세상의 우매한 백성을 사랑한다.

구창九唱 나탈리아,[9] 키스합시다

그 일이 있고 나서 이틀 뒤, 그 전날의 천민과는 달리 여기는 제국 호텔 식당, 진짜 마로 된 촘촘한 조직의 여름용 겉옷을 입고, 흰 다비[10]를 신은, 다자이 오사무. 두꺼운 로이드 테 안경을 쓰고, 올해 유행한다는 올림픽 블루 드레스를 입고 있는 아사다 부인, 어릴 적 이름은 가야노. 둘은 화기애애하게 담소를 나누며 식사를 하고 있었다. 나는 어제 마지막 카드를 썼는데, 다른 사람도 아니고 가야노 씨에게서 이백 엔, 아니, 십 엔짜리 지폐 스무 장을 빌렸다. 시세이도[11] 2층에 있는 방에서 만났는데, 내가 이백 엔이라는 말을 끝내기도 전에 당황한 듯 세 번 네 번이나 끄덕이더니, 바로 화제를 돌렸다. 두 시간 후, 같은 곳에서 세균이 잔뜩 묻고 꾸깃꾸깃 지저분한 종잇조각 스무 장을, 아무렇게나 건네주며 남편 월급을 미리 받은 거야, 라면서 살짝 웃는 가야노 씨의 추한 거짓말, 그런 사소한 부분에까지 타오르는 내 눈동자의 불을 끄려는 경계의 복선을 깔아서, 나는 그게 슬펐다. 그날 밤은 화려한 도시, 네온 간판의

9_ 나탈리아 곤치로바. 문호 푸시킨(1799~1837)의 아내이다.

10_ 기모노에 신는 일본 버선을 말한다.

11_ 일본 화장품회사가 경영하는 긴자의 유명 찻집이다.

숲 사이사이를 덧없이 이리저리 뛰어다녔다. 쓸 수 없었기 때문이다. 도무지, 그 돈을 쓸 수가 없었다. 노비의 사랑. 하녀 방에 있는 테두리 선이 없는 빛바랜 다다미, 머릿기름 냄새, 대나무로 된 고리짝 안에서 남부끄러운 지갑을 꺼내어, 꼬깃꼬깃한 지폐를, 한 장, 두 장 내 눈 앞에 늘어놓아 준 기분이 들어서, 날이 밝자마자 전화를 했다. 생각지 못한 큰돈이 굴러들어와서 돈을 갚을 수 있어요, 라고 사무적인 말투로 말하고, 장소는 제국 호텔, 이라고 덧붙였다. 적어도, 호화로운 이별의 장면을 만들고 싶었다.

그날은 쾌청했고, 잠시 얘기를 나누고 나서 나는 돈을 꺼냈다. 어제의 스무 장보다는 더 새 돈이고, 어제와는 다른 지폐 스무 장이라는 것을 언뜻 내비치다가, 이건 이 여자에게 받은 돈이고, 심지어 그 중 세 장의 구석진 곳에 붉은 잉크 얼룩이 있었다는 사실을 문득 깨달았는데, 이미 늦었다. 가야노 씨가 눈치채지 않기를, 눈치채지 않기를, 밀레의 만종에 뒤지지 않는 남모를 간절한 기도, 인생의 막幕 저편의 기도.

"가야노 씨, 세어 보세요. 깔끔하게 합시다. 껄끄러움도, 한순간의 껄끄러움도, 살아가기 위해서는 어쩔 수 없이 필요한 거니까."

말 그대로, 뭘 아는 여자다. 내 기분을 그대로 정확하게 캐치하여, 입을 꽉 다물고 끄덕이며, 미덥지 못한 손놀림으로 돈을 셌다. 열일곱 장. 잠깐 고개를 갸웃거리더니 순식간에 상황을 이해한 듯했다. 장미는 소생했다. 부끄러움으로 가득 찬 진홍빛 얼굴을 서서히 들더니, 태연하게 웃고 있는 뻔뻔한 내 얼굴을 보고는, 소녀처럼 때 묻지 않은 한숨을 쉬었는데, 그래도, "힘들지? 고마워."라는 현명한 한마디를, 잊지 않고 작은 소리로 말해주었다. 그리고 헤어졌다. 학비 만 오천 엔을 쓰고,

공부를 해서 배운 것은, 둘이, 똑같이 열렬한 짝사랑을 품은 채로, 그냥 이대로 헤어지자고 하는, 시시한 예의禮儀, 잔인한 작법作法. 아아, 실로, 분노는 애욕의 가장 숭고한 형태로, 이러쿵저러쿵.

십창十唱 저도 괴롭습니다

어이, 장지문을 열 때는 조심해줘, 언제 문턱에 그냥 서 있을지도 모르니까. 어느 날, 웃으면서 집사람에게 이렇게 말했더니, 집사람은 아무 말 없이 내 얼굴을 뚫어져라 쳐다봤다. 집사람은, 저 사람이 미친 게 분명하다는 큰 충격과 형언할 수 없는 공포를 느끼고, 입술까지 새하얘져서, 한 자, 두 자, 앉은 채로 뒷걸음질 치다가, 결국은 옆에 있는 다다미 6장짜리 방으로 멀찌감치 달아나더니 그제야 제정신을 차린 듯, 소리 없이 통곡하기 시작했다. 집사람의 긴장은, 그때부터 지금까지 좀처럼 풀리지 않고 있고, 어느새 옷걸이를 전부 버렸다. 그렇구나, 하고 그때 처음으로 깨달았는데, 옷걸이에 옷이 아무렇게나 걸려있는 그 모습은 그대로, 그 모습 그대로였습니다. 그 외에도, 모기장을 치려고 방의 네 귀퉁이에 박은 세 치 못을 빼기 위해, 키가 네 자 여덟 치약 142㎝인 작은 여자가 까치발을 들고 높은 곳에 박혀 있는 못과 악전고투를 하는 모습을 언뜻 본 적도 있습니다.

저는 지금 등나무 의자에 누워 뜰에서 풀을 뽑고 있는 집사람의 모습을 바라보며, 새하얀 홈드레스, 결국 간호사 같아졌구나, 싶어 가엾게 여기고 있습니다. 우리 집의 안 좋은 전통, 꼭 남편이 빨리 죽는데, 한때는 증조할머니, 할머니, 엄마, 이모, 이렇게 네 과부가 모여 살았습니다. 특히 숙모는, 남편 둘을 잃었습니다.

종창終唱 그리고, 요즘

예술, 본디 화려하고, 아름다운 제례. 푸시킨은 물론이고, 바쇼芭蕉, 톨스토이, 앙드레 지드, 모두 뛰어난 저널리스트, 낚싯배 안에서 자기만 도롱이를 걸치고 선장이나 다른 선원들과는 확실히 구별되는 옷을 입으려고 하는 80세 가까운 청년, ××옹의 지독한 습관을 보았는가? 하지만, 그대로 둬도 상관없다. 원래 예술이란 부도덕한 변명, —여담은 그렇다 치고, 가야노 씨와는 그걸로 끝난 거야? 아아, 어떤 로맨스든, 숙명적으로 신을 두려워하지 않는 저열한 결말이 필요하다. 사악하고 똑똑한 독자는, 처음 대여섯 줄을 읽고 나서 슬쩍 결말을 엿보고는, 아아, 별로네 별로야, 라고 하면서 큰 하품을 했을 것이다. 좋아, 그러면, 정말 이제까지 없었던, 흔적도 없이 사라지는 결말을 만들어서 너의 썩은 속을 다 뒤집어놓겠다.

그러고 나서, —우리는 포기하지 않았다. 대낮의 제국 호텔, 탁자를 사이에 두고 일어나, 맑은 눈동자로 서로의 눈동자를 뚫어지게 바라보았다. 강해져라, 강해져. 뜨거운 바람이, 옷은 물론 뼈까지 산산이 부술 듯 우리 둘 주위를 휘몰아치는 느낌. 보니, 둘 다 파란 가면을 썼고, 다른 것은 속세의 티끌들이 휘몰아치며 삼켜서 아무것도 없었다. 폭풍을 무릅쓰고 비틀비틀, 탁자를 치우고, 손을 잡고, 팔을 잡고, 몸을 안았다. 서로 껴안았다. 이십세기 기수님은 우선, 행동을 먼저 한다. 건전한 생각은, 그 뒤에 졸졸 쫓아와 준다. 비구니가 되는 오코보다는, 오소메,

오나나, 오후네[12]를 사랑한다. 우선, 해보자. 목소리가 큰 사람이 하는 말이 '진리'가 된다. 바보라는 말을 들었을 때는, 두세 배 더 큰 목소리로 바보, 하고 되받아치자. 이론보다 증거, 우리의 결혼을 막는 것은 아무것도 없었다.

"이것이, 너와의 결혼 로맨스. 조금 윤색해서 써봤는데, 여기에 동의할 수 없는 부분이 있다면 특별히 그 부분만 고쳐주겠어."

그 흰 옷을 입은 부인이 대답했다.

"이건, 제가 아닙니다." 싱긋 웃지도 않고, 단호하게 고개를 가로저었다. "이런 사람은 없어요. 이런 있지도 않은 대역을 써서, 어떻게든 넘어가려는 거지요? 그분에 대한 얘기를 도저히 쓸 수 없어서 괴롭다는 건, 알지만, 당신 말고도 괴로운 여자는, 있어요."

그러니까, 처음부터 말했다. 이름은 말할 수 없고 사랑을 했다는 기색조차 보일 수 없어 괴롭고, —입이 썩어도 말할 수 없는, —불의不義, 라고.

아아, 속이라, 속이라. 한 번 속이면, 자네는 죽더라도 고백하거나 참회하면 안 된다. 가슴속 비밀, 절대적인 비밀로 간직한 채, 교활한 꾀의 극치, 누구에게도 털어놓지 말고, 그대로 조용히 숨을 거두라. 결국 저승에 가서, 아니, 거기서도 가만히 미소만 짓고, 아무에게도 말하지 말라. 속이라, 속이라, 교묘하게 속이라, 신보다 더 잘 속이라, 속이라.

12_ 1704~1711년 오사카에서 일어난 오소메와 히사마쓰의 동반자살 사건을 소재로 한 가부키 <오소메노나나야쿠お染の七役>의 등장인물들이다.

보기 좋게 속으라. 사람은, 일곱 번의 일흔 배쯤 속고 난 뒤에야 진정한 사랑의 희미한 빛을 찾을 수 있다. 거짓말, 듣기 좋고, 충분히 아름답고, 즐겁고, 남이 조용히 내민 멋진 접시, 산더미 같은 과일을 가만히 받아 들고, 즐기라. 세상은 조금이라도 더 화려한 편이 좋다. 알고 있겠지? 시골 연극, 유채꽃밭에 거울을 세우고, 갈대로 둘러싼 분장실의 감독에게 축의금 십 엔을 내밀어봤더니, 앞의 꽃길에 시꺼먼 먹으로 쓴 글씨가 붙었는데, 일금 일천만 엔, 서생書生님에게서 받았습니다. 성원에 감사드립니다. 뜻밖에도, 예부터 내려오는 우리나라의 문학 정신은, 여기에 있었다.

이 말, 저 말, 서른 개 정도의 잡기장 죄다 뒤죽박죽, 모두 자네에게 보내는 즐거운 선물, 하지만 운 나쁘게도 관세가 터무니없이 비싸서, 아까운 무수한 보물들, 파란 페인트가 발린 관공서의 함석지붕 창고 속으로 홱 내동댕이쳐져서, 철커덕 자물쇠가 채워지고는, 그걸로 끝. 그 이래 10개월, 날리는 벚꽃 잎부터 각다귀, 밀잠자리, 단풍도 지고, 사람들이 검은 망토를 입고 거리를 서성이는 음력 섣달이 되어, 겨우 돈을 마련했는데, 그것도 서른 개 정도의 짐 중에 값이 가장 싼 눈곱만한 바구니 한 개만 찾아, 반짝반짝 빛나는 놋쇠로 된 난징南京식 자물쇠를 철컥 여니, 그때 여러분 눈앞에 튀어나온 것은, 어머, 어머, 이건 생각지도 못한, 수많은 사념들의 작은 게, 주인은 당황해서 부산을 떨며, 이것저것 다 쫓아다니면서, 한 줄 쓰고 찢고, 한마디 쓰다 말고 찢고, 점점 슬퍼져서, 황혼이 깃드는 방구석에서 펜을 쥔 채로, 훌쩍훌쩍 울었다고 한다.

太宰治

あさましきもの
한심한 사람들

「한심한 사람들」

1937년 3월 1일에 발행된 『어린 풀若草』 제13권 제3호의 「봄의 오버처」란에 발표되었다.

사람이 '한심'해지는 이유는 어디에 있으며, 일상 속에서 그 한심함이 어떤 계기로 드러나게 될까? 여기 등장하는 세 인물들의 공통점을 생각하며 읽어보자.

—활쏘기 시합에서, 부들부들 떨다가, 한참 만에 쏜 화살은,
빗나가서 아예 다른 곳으로 날아갔네.

이런 얘기를 들었다.

작고 귀여운 담뱃가게 아가씨가 있었다. 남자는 이 아가씨를 위해 술을 끊기로 결심했다. 아가씨는 남자의 결심을 듣고, "기뻐."라고 중얼거리며 고개를 숙였다. 기쁜 듯했다. "내 굳은 결심을 믿어줄 거지?" 남자의 목소리도 진지했다. 여자는 가만히 고개를 끄덕였다. 믿는 듯했다.

남자의 의지는 강하지 않았다. 그 다다음 날, 다시 술을 마셨다. 날이 저물고, 남자는 비틀거리며 담뱃가게 앞에 섰다.

"죄송합니다."라고 작은 소리로 말한 뒤 꾸벅 고개를 숙였다. 정말 잘못했다고 생각하고 있었다. 아가씨는, 웃고 있었다.

"앞으로는 진짜 안 마실게."

"뭐야……." 아가씨는 천진난만하게 웃고 있었다.

"용서해줘, 응?"

"뭐야, 술 마신 척 연기나 하고."

순간 남자는 술이 확 깼다. "고마워. 이제 안 마셔."

"정도껏, 정도껏, 놀려."

"이런, 난, 난 정말로 술을 마셨는데."

다시 아가씨의 눈동자를 응시했다.

"왜냐하면" 아가씨는 티 없이 맑은 미소를 지으며 말했다. "맹세했는걸. 마실 리가 없어. 여기선 연극하지 마."

전혀 의심하지 않았다.

남자는 영화배우였다. 오카다 도키히코[1] 씨다. 작년에 죽었는데, 수수한 사람이었다. 그는 그런 애달픈 일이 있었어요, 라며 조용히 회상하고는, 의젓하게 홍차 한 모금을 마셨다.

또, 이런 얘기도 들었다.

아무리 오랫동안 산책을 해도 아쉬움이 남았다고 한다. 인적 없는 밤길. 여자는 숨이 곧 끊어질 것 같은 마음으로 몸을 비틀었다. 하지만 대학생은, 비옷 주머니에 두 손을 넣은 채 걸음을 재촉했다. 여자는 그 대학생의 화난 어깨에 자신의 둥글고 부드러운 어깨를 비벼대며 남자의 뒤를 쫓았다.

대학생은, 머리가 좋았다. 여자의 발정発情을 꿰뚫어보고 있었다. 걸으면서 속삭였다.

"저기, 이 길을 똑바로 가다가, 세 번째 우편함이 있는 데서 키스하자."

여자는, 몸이 굳어졌다.

하나. 여자는, 죽을 것 같았다.

둘. 숨을 쉴 수 없게 되었다.

셋. 대학생은 여전히 빠르게 걸어갔다. 여자는 그 뒤를 쫓아가며

1_ 岡田時彦(1903~1934). 일본의 무성영화시대를 대표하는 배우이다.

죽을 수밖에 없어, 하고 중얼거렸는데, 자기 몸이 걸레처럼 느껴졌다고 한다.

여자는 내 화가 친구가 고용했던 여자 모델이다. 꽃무늬 옷을 벗었더니 목에 부적이 달랑 매달려 있었던가, 라고 하며 그 화가 친구는 쓴웃음을 지었다.

또, 이런 얘기도 들었다.

그 남자는 몸가짐이 매우 단정했다. 코를 풀 때도 양손의 새끼손가락을 뾰족하게 젖혔다. 나도 다른 사람들처럼 그의 세련됨을 인정하고 있었다. 그 남자가 어떤 미묘한 죄명으로 감옥에 갇혔다. 감옥에 들어가서도, 몸가짐이 단정했다. 남자는, 왼쪽 폐가 약간 안 좋았다.

검사는 병도 심각하니까 남자를 불기소 처분해도 된다고 생각한 것 같다. 남자는, 그것을 간파하고 있었다. 하루는 남자를 불러내어 심문했다. 검사는 책상 위에 놓인 의사의 진단서에 시선을 떨어뜨리면서 말했다.

"당신은 폐가 안 좋지?"

남자는 갑자기 기침 때문에 숨이 막힐 것 같았다. 콜록콜록콜록, 하고 큰 기침을 세 번 했는데, 이 기침은 진짜 기침이었다. 하지만 그러고 나서 또 콜록, 콜록, 하고 약한 기침을 두 번 했다. 그것은 명백한 가짜 기침이었다. 몸가짐이 단정한 남자는, 기침을 다하고 나서 힘없이 고개를 들었다.

"진짜야?" 노[2] 가면을 닮은 수려한 검사의 얼굴은 슬며시 웃고 있었다.

2_ 能. 일본 고전 예능의 한 가지로, 노의 가면은 흰색 바탕에 표정이 없는 것에 그 특색이 있다.

남자는, 오 년 징역이 구형된 것보다도 더 비참한 기분이 들었다. 남자의 죄명은 결혼 사기였다. 결국 불기소 처분이 되어 감옥에서 나올 수 있었지만, 남자는 그때 본 검사의 웃는 얼굴을 생각하면 오 년이 지난 지금도 어찌할 바를 모르겠어요, 라며 여전히 품위 있는 목소리로 개탄했다. 남자의 이름은 지금 좀 유명해져서, 여기에는 구태여 밝히지 않는다.

약하고 한심한 사람들이 세상사는 모습 세 가지를 담담히 늘어놓았는데, 그럼 나 자신은 어떤 사람일까? 이건 그 신인상 응모작, 환등가의 패랭이꽃, 문주란, 동백나무, 등에서 이봐요, 이봐요, 하면서 손짓하는 것과 다름없는 초봄 콩트집 속 한 편이 될 운명에 놓인 졸문, 그걸 알면서도 탁주 삼합을 얻고 싶어서, 펜이 100관약 375kg짜리 지팡이보다도 무겁게 느껴지는 것을 참고, 드디어 여섯 장, 이건 명백히, 돈을 위한 글을 쓰고 파는 파렴치한 패거리, 한심하고 부끄럽게 생각하면서, 스스로는 문학의 대가大家 같은 기분으로 있지만, 그 누구도 대가로 알아주지 않는 슬픔. 일소一笑.

HUMAN LOST
HUMAN LOST

太宰治

「HUMAN LOST」

1937년 4월 1일에 발행된 『신조新潮』 제34년 제4호 창작란에 발표되었다.

일기 형식으로, 소설이라기보다 산문시에 가깝다고 볼 수 있는 이 작품에는, 파비날 중독이 심해져서 이상한 언동이 많아진 다자이를 걱정한 선배와 친구들, 부인이 이타바시 구의 정신병원에 입원시켰을 당시의 충격과 원망, 슬픔이 담겨 있다. (참고로 이때의 체험은 1941년 1월에 발표된 「동경 팔경」에도 그려져 있다.) 다자이 초기 작품 중 가장 마지막 작품에 해당하며, 이 작품 이후 그는 일 년 반 동안 침묵의 시간을 보낸다.

이 작품은 발표 후 긴 시간 동안 소설집에 실리지 않았던 작품인데, 일부분 삭제와 정정(대부분 쉼표 첨가나 삭제, 조사 첨가, 이름 이니셜 변경 등)을 거쳐 『동경 팔경』(지쓰교노니혼샤, 1941년 5월)에 처음으로 수록된다.

파비날 중독으로 인한 피해망상, 세상에 대한 원망이 그대로 쓰였다기보다는, 실제 감성이 허구화 기법으로 더욱 과장되게 표현되었다고 지적하는 연구가 지배적이다. 여기에 쓰인 생각의 연쇄, 인용, 메타포 자체가 소설 '기법'이라는 것이다. 또한, 한번 봐서는 이해하기 힘든 이 작품의 한 문장 한 문장을 해석하려 애쓰는 일 자체가 이 작품의 진의에 어긋나는 것이라고 주장하는 연구자도 있는데, 이 작품을 비롯한 파비날 중독기의 작품은 이 책에 수록된 해설을 참고하며 읽는 편이 그나마 작품을 이해하는 데 도움이 될 것이다.

—생각은, 창문 앞, 꽃 한 송이.

13일. 없음.

14일. 없음.

15일. 이토록 깊은,

16일. 없음.

17일. 없음.

18일.
글을 쓰고 나서 부채를 펴는 여운

둘로 찢어지는[1]

1_ 일본의 하이쿠 시인 마쓰오 바쇼松尾芭蕉(1644~1694)의 「오쿠노호소미치奥の細道」 중 말미에 해당하는 문구, '대합이 둘로 찢어지는 가을蛤のふたみにわかれ行く秋ぞ'에서 따온 것이다.

19일.

10월 13일부터 이타바시 구[2]에 있는 어느 병원에 있다. 와서 3일간, 이를 갈며 울기만 했다. 동전의 복수다. 여기는 정신병원이다. 옆방의 젊은 도련님은, 장지문을 열었더니 유카타가 걸려 있어서 정말 기분 나빴다는 말을 했다. 모두 나보다 체격이 좋았으며, 오카와우치 노보루라든가, 호시 부타로 같은 지나치게 무거운 이름이었고, 제국대, 릿쿄대[3]를 졸업했고, 심지어는 마치 제왕 같은 존엄한 풍모를 지니고 있었다. 아쉽게도, 모든 사람들이 다들 자기키보다 다섯 치약 15cm 정도씩 몸을 움츠리고 있었다. 어머니를 때린 사람들이다.

4일째, 나는 연설을 하기 위해 나섰다. 철문과 쇠창살, 그리고 무거운 문을 여닫을 때마다, 절거덩, 절거덩, 하는 소리가 났다. 불침번을 서는 간수가 어슬렁어슬렁. 이 인간창고 속의 환자 이십여 명 모두에게, 내 몸을 던져서 말을 걸었다. 피부가 희고 토실토실 살찐 미남의 어깨를 힘껏 쓰다듬어주고, 이 게으른 놈! 하고 욕했다. 눈이 깨어있는 한, 베갯머리의 상법商法교과서에 시를 읊듯 가락을 붙여 큰 소리로 계속 떠들고 있는 한 미치광이 수험생에게 공부 관둬, 시험 다 없어졌어, 라고 말해줬더니, 갑자기 확 안심하는 표정을 보였다. 뒷모습의 오센 씨라는 별명이 있는, 홑겹 옷을 입은 스물다섯 살의 청년은, 온종일 방구석에서 벽을 보고 기운 없이 흐트러진 자세로 옆으로 앉아 있는데, 내게 느닷없이 얼굴을 얻어맞아도, 나는 겨우 스물다섯이야, 버려, 버려,

2_ 다자이 오사무가 1936년 마약(파비날) 중독으로 입원했던 무사시노 병원이 있던 곳이다.

3_ 제국대帝大는 1886년부터 일본 전국에 설치되었던 최고등 교육기관. 현재의 도쿄대, 교토대 등이 이에 해당된다. 릿쿄대立教大는 일본의 명문 사립대 중 하나이다.

라고 낮게 중얼거리기만 하고 내 얼굴을 보려 들지도 않았기 때문에, 내가, 훌쩍거리지 말라고 혼내면서 등 뒤로 힘껏 안은 상태에서 숨이 콱 막힐 정도로 심한 기침에 시달리고 있었더니, 청년은 약간 우쭐해 하면서 저리가, 저리가, 폐병 옮겠어, 라며 경멸하듯 말했는데, 나는 그게 고마워서 울어버렸다. 기운 내. 모두가 푸른 초원을 원했다. 나는 방으로 돌아가서 '꽃을 돌려 달라.'는, 제왕의 혼잣말 같은 분위기의 시를 짓고, 회진을 하러 온 한 젊은 의사에게 보여주며 진지하게 얘기를 나눴다. '인간은 인간의 모습대로 살아가는 법이다.'라는 낮잠이라는 제목의 시를 써서 보여주고, 둘 다 얼굴이 빨개지도록 웃었다. 오십 육백만의 사람들이, 오십 육백만 번, 육칠십 년 동안 끊임없이 속삭이고 있는 말, '마음먹기에 달린 거야.'라는 위로의 말을 믿자. 나는 오늘부터 눈물 한 방울도, 보이지 않을 생각이다. 여기서 일곱 밤을 놀면, 사람이 조금은 바뀝니다. 경찰서 유치장도 한적한 편이었다. 엣츄토야마의 만킨탄[4]이나, 곰의 위나, 상코간三光丸유명 위장약이나 고코간상코간을 이용한 말장난을, 어금니로 꽉 깨물어서 쓰다는 듯한 표정을 짓는 사내, 미소, 노래하라. 나의 사랑스러운 스위트피여.

어머,

나,

몹쓸

여자?

4_ 유명 해독약. 당시 만능통치약으로 유명했다.

허풍쟁이라는 건,
알고 있어.

무지개보다,
그리고,
신기루보다도, 아름다운데.

그래도 안 되겠어?

일주일간, 나는 아무도 만나지 않았다. 면회를 금지 당해서, 나는 내동댕이쳐진 듯 누워 있는데, 하지만 이건 열이 있기 때문이지 누가 나를 괴롭혔기 때문은 아니다. 모두들 나를 좋아한다. I씨, 무릎을 꿇으며, '처음이자 마지막으로 하는 부탁이야, 들어가 줘'라고 부탁해줘서 고마워. 나는 어째서 이렇게 정이 많은 사람이 된 걸까. K, Y, H, D는 어슬렁어슬렁, 바보 Y, 느림보 젠시로, Y씨. 너무 보고 싶어서, 괴로움에 몸부림치고 있어. 선생님 부부와 K씨 부부, F씨 부부를 억지로 데리고, 아사무시[5]로 갈까, 나는 군사軍師, 가는 길에 산의 경치를 바라보면, 나는, 아무것도 필요 없어.

내가 나서지 않으면, 백성을 어찌하느냐는 말이지. 38도의 열을, 이봐, 부탁하네, 속이게. 푸시킨은 서른여섯에 죽었어도, 오네긴을 남겼다. 불가능은 없다며, 나폴레옹이 이를 악물었지.

하지만 일은, 신성한 책상에서 하라. 그리고 길을 가로막고, 꽃을, 단호하게 요구하자.

5_ 아오모리현에 있는 온천.

일어서라. 권위 있는 표현을 위해 애쓰자. 나는, 지금, 죽을힘을 다해, 너를 사랑하고 있다.

'일몰의 노래.'

매미는 드디어 죽을 날의 오후가 된 것을 깨달았다. 우리들은, 더 행복해져도 좋았다. 더 많이 놀아도 상관없었다. 부디 허락해줘, 꽃 속에서 자는 것만이라도.

아아, 꽃을 돌려줘! (나는, 죽을힘을 다해 너를 사랑했다.) 우유를, 초원을, 구름, —(날이 완전히 저물어도 한탄하지 않으리. 나는, —잃어 버렸다.)

'한 줄 띄고.'

앞으로는, 때릴 일만 남았다.

'꽃 한 송이.'

사인sign을 지우라
모든 게 우리의 합작이야
너의 것
나의 것
모두가
걱정에 걱정을 거듭한 끝에

겨우 피워 낸 꽃 한 송이
독차지하는 건
너무해
어디어디
나한테도 빌려줘 봐
역시
할아버지
독차지한 책상 위
괜찮아
앞에 걷는 사람은
틀림없이
수염이 흰
양을 치는 할아버지
모두의 것
사인sign을 지우자
여러분
여러분
수고했어요
견마지로犬馬之労
뼈를 깎는 노력으로
겨우 피워 낸 꽃 한 송이
아이쿠
고맙다는 말을 하는 걸 잊었네
목소리를 맞추어

고마워, 정말, 고마워!

(들렸을까?)

20일.

요 오륙 년, 너희들은 천 명, 나는 혼자.

21일

벌罰.

22일.

죽으라고 일러준 너의 눈을 잊지 못해.

23일.

'부인을 놀리는 글.'

내가 너에게 얼마나 다정하게 대했는지, 알고 있어? 얼마나, 다정하게 대했는지. 얼마나, 열심히 감싸줬는지. 돈을 원한 건, 누구였을까? 나는 젓갈에 반짝반짝 조미료를 치게 했고, 낫또에 김과 겨자가 곁들여져 있으면, 다른 건 아무것도 부족함이 없었다. 사람을 더 나쁜 쪽으로 몰아세운 건 누구였을까? 침실의 심판을 아무리 심하게 물리쳐도, 너무 심하게 한 건 없다는 확신을 갖게 한 공로자는, 누구였을까? 무지한 세탁부여. 아내는 직업이 아니다. 아내는, 일도 아니다. 그저 매달리고, 의지하라, 내 팔베개가 가느다란 탓인지, 새끼고양이 한 마리도 목숨을 맡기고 잠들어주지 않는다. 진정한 사랑의 모습은 예를 들면, 미유키, 나팔꽃일기[6], 세차게 쏟아지는 빗속, 넘어지고 구르며, 뒤를 좇아가는 미친 모습이다. 너만의 남편이다. 자신감을 가지고, 사랑해줘.

가즈토요의 부인[7] 같은 사람은 싫다. 몰래 백 엔을 모아서 준다 한들, 받는 사람은 싫을 뿐이다. 아무것도 필요 없다. 네, 하고 솔직한 대답 한마디라도 해줘. 죄송합니다, 라고 가벼운 말투로 슬쩍 한마디, 사과해줘. 너는 무지하다. 역사를 모른다. 예술의 꽃이 떠오르는 시냇물 흐름의 기복을 모른다. 비좁고 초라한 집의 반 평짜리 부엌에서, 어묵으로 만든 저녁밥에 익숙해진 장님 쥐다. 네겐, 좋은 사람 한 명을 사랑하는 것조차 불가능했다. 애초에 너는, 연애편지 한 장도 못썼다. 부끄러운 줄 알아라. 여체女體의 무언실행無言実行의 사랑이란, 무엇을 의미할까. 아아, 너의 결점을 다 봐버린 내 눈을, 내 손으로 후벼 내려고 했던 고통의 밤을, 알고 있어?

사람에게는, 제각기 천직이라는 게 주어져 있습니다. 너는, 나를 거짓말쟁이라고 했다. 더 확실히 말해봐. 너야말로 나를 속이고 있다. 내가, 대체 어떤 거짓말을 했다는 거야? 그리고 더 중요한 게 있다면, 그 구체적인 결과가 어떻게 되었나? 글로 써서 알려줬으면 한다.

사람을, 목숨과 마음 모두를 너에게 맡긴 한 사람을 속여서 정신병원에 처넣고, 심지어 10일 내내 편지 한 장도 없고, 꽃 한 송이, 배 한 개도 넣어주려 하지 않는다. 너는 대체, 누구의 부인이냐. 무사의 부인. 관둬! 그냥, T가家에서 보내온 생활비에 지나치게 소심하게, 어떨 땐

6_ 가부키, 조루리 극 중 하나. 여주인공 미유키가 애인을 따라 가출했다가 광대가 되어 애인이 남긴 노래를 부르며 떠돈다는 내용이다.

7_ 현모양처로 유명한 인물(1545~1605)이다.

왼쪽, 어떨 땐 오른쪽. 정말, 아무런 권위도 없다. 믿지 않는 것인가, 부인의 특권을.

누구나 부끄러운 줄은 알고 있습니다. 하지만 모든 것을 눈감고, 과감히 뛰어드는 것이 진실된 행동인 것입니다. 할 수 없다면 '박정薄情' 받으라, 이것이야말로 너의 관冠.

사람에게는 제각기 천직이 있다. 열 평짜리 정원에 토마토를 심고, 어묵을 먹고, 빨래에 전념하는 것도, 나와 내 속을 뒤집고, 내 소맷자락에 불이 붙어 활활 타올라도, 나는 바람을 거슬러, 왕자王子, 어깨를 쫙 펴고 앞으로 나아가지 않으면 안 되는 운명을 지고 태어났다. 대례복을 입은 대나무 옷걸이, 이미 마른 나무, 찌르면, 아, 하는 한마디 비명도 없이, 그대로 버석하고 넘어져서, 사라진다. 허황된 꽃. 용서하라, 나는 앞으로 나아가야만 한다. 어머니의 가슴은 바싹 말라, 나를 안아주는 일은 없다. 위로, 더 위로 도망가는 것이야말로, 나의 운명. 단절, 이 고통, 너는 모른다.

내팽개쳐줘, 나를. 영원히 멀리해! '테니스 코트도 있어서, 간호사와 놀고, 여유롭게 요양할 수 있어요.'라는 심술궂은 노파의 속삭임. 나는, 너의 그 다정한 가슴을 고마워하고 있었어. 보라, 다음날, 운동장으로 나가보니 창백한 귀신, 검은 곰, 마치 지옥 같은 이곳은, 지옥 밑바닥에 있는 정신병원이 아닌가. 나 또한, 수감된 사람 가운데 하나. 열쇠 꾸러미를 가질 수 있고 포마드 악취를 풍기는 한 간수가 '이봐!' 하며 등 떠밀어, 어젯밤 꿈꾸던 테니스 코트에 내려섰다.

동전의 복수. ……의 암약暗躍. 그냥, 한낱, 극단의 관료주의에 지나지 않는 책임, 규약의 공격 대상이 되어버린 둥근 코 예수. "온도표를 보세요. 20일 이후, 주사 한 대도, 요구하지 않았어요. 제게도, 절반의 책임은 지게 해주세요. 주사를 안 놓으면 되는 거죠?" "아뇨, 보증인께서 완전히 나을 때까지는 못하게 하라고 강조해서 부탁하셨어요." 그냥 풀어놓기만 하면, 금붕어는 한 달도 못 산다. 거짓이라도 좋으니, 자존심을, 자유를, 푸른 초원을 달라!

또, 여기에 이름을 쓸 가치도 없는……침실에서 누가 더 잘했다고 우기는 얘기에 대해서, 나는 일단 한번 비웃어두고, 나는, 나보다 더 어리고, 체격이 더 다부진 자에게, 세계 역사가 시작된 이래, 변함없이 높고 고결하고 곧게 계속 타오르고 있는 이 영광의 횃불을 건넨다. 주의할 것은, 자네, 로베스피에르의 눈동자뿐.

24일. 없음.

25일.

'금붕어도 그냥 풀어놓기만 하면, 한 달도 못 산다.'(그 첫 번째)

나보다 젊은 사람에게 자신감을 심어주고 싶어서 쓰는 글. 단편적인 말이지만, 나는, 미치지 않았습니다.

사회 제재制裁가 뒤죽박죽이 된 것은 의사가 넘쳐나는 것과, 의사의 양심에 대한 소시민의 맹목적 신앙 때문이다. 정말 중대한 요인 중 하나다. 베를렌의 무료치료 병원에 대한 마지막 시, '의사를 놀리는 노래'를 읽고, 나도 모르게 박장대소를 했던 오 년 전의 자신을 부끄러이 여긴다. 자숙의 의미로, 의사의 눈동자 안을 살피라!

사설 정신병원의 트릭.

하나. 이 병동의 환자 열다섯 명 정도 중에 3분의 2는, 평범한 인격을 가진 사람이다. 다른 사람의 재물을 훔치는 자, 또는 훔치려고 하는 자는 한 명도 없었다. 사람을 지나치게 믿은 바람에, 여기로 들어왔다.

하나. 의사는 퇴원할 날을 절대로 가르쳐주지 않는다. 확신이 없기 때문이다. 끝없이, 말을 이리저리 돌린다.

하나. 새로 입원한 사람이 있을 때는 꼭 2층의 전망 좋은 방에서 자게 하고, 전구도 밝은 것으로 바꿔 달아서 그와 함께 온 가족을 약간 안심시킨다. 그 다음날 원장은 2층은 아직 허가가 나지 않았다고 하면서 열다섯 명 정도의 환자가 있는 아래층의 음침한 병동으로 넣는다.

하나. 축음기 위안. 나는 첫날, 진심으로 고마워서 울어버렸다. 새로운 환자가 있을 때마다 축음기, 다카다 고키치[8], 시작하는 것 같다.

하나. 사무소 측에서는, 보증인에게 오라는 전화를 절대로 하지 않는다. 상대가 지나치게 닦달하지 않는 이상, 영원히 속인다. 대체로 이 년, 삼 년 방목. 모두가 나갈 생각만 하고 있다.

하나. 외부와의 통신, 전부 몰수.

하나. 병문안 절대 사절, 또는 시간을 정하고 간수가 동석.

하나. 그 밖에도, 많다. 생각나는 대로 계속 쓸 것이다. 잊지 않으니, 떠올리는 일도 없습니다, 랄까. (이 날 퇴원 약속, 슬픈 일들도 있었고, 자동차 소리, 서른 번, 마흔 번, 끝내는, 비행기의 폭음, 소달구지, 자전거가 삐걱거리는 소리에까지 가슴이 찢어지는 기분.)

8_ 高田浩吉(1911~1998). '노래하는 영화 스타' 1호로 유명한 배우 겸 가수.

"내보내 줘!" "시끄러워!" 쿵 하는 소리가 났고, 가을 해는 덧없이 저물어간다.

26일.

'금붕어도 그냥 풀어놓기만 하면, 한 달도 못 산다.'(그 두 번째)

어제, 마중오기로 약속하고는 오지 않았다. 고마워. 오늘 아침, 천천히 연필을 쥐었다. 사랑해, 라고 한다. 하지만 마흔 살의 소시민은, 우리를 사랑하는 방법을 모른다. 사랑할 수 없는 것이다. 금붕어에게 '밀기울[9]'이다. 사랑하지 않는다고, 단언할 수 있다.

남편을 잃은 어떤 부인의 속삭임, "밤이 괴로운 건, 어떻게 할 수 있지만, 새벽이……." 동틀 무렵만큼 슬픈 것도 없다는 말[10]은 졸려서 불쾌하다는 말을 하는 게 아니다. 어두우면 눈이 맑아져서, 애끓는 슬픔을 느끼는 일이 꼭 있다. 사이고 다카모리[11]는 눈을 뜨자마자 이불을 차며 벌떡 일어났다고 한다. 기쿠치 간은 오전 세 시든 네 시든 벌떡 일어나서, 꼭 아주 이른 아침을 먹었다고 한다. 이 모든 것이, 슬픔에 잠겼을 때의 해독害毒법을 보통 사람들보다 갑절은 더 잘 아는, 마음 약하고 다정한 사람들의 자위수단이라고 해석해도 큰 잘못은 없을 것이다. 나는, 지난 일에 대해 후회하지 않는다는 화려한 금 방패 같은 기쿠치 씨의 주장이 실은 나약함에서 나왔다는 사실을 문득 깨달았다.

9_ 금붕어 사료가 없을 때 대용으로 먹이는 밀가루 찌꺼기.

10_ 『고금집古今集』 13권 625에 수록된 헤이안시대의 가인歌人 미부노 다다미네(860~920)의 시. '차가웠던 당신과 헤어진 이후 / 동틀 녘만큼 슬픈 것이 없네.'

11_ 西郷隆盛(1828~1877). 메이지 유신의 최고 공로자 중 한 명. 사쓰마 번의 하급 무사 출신 정치가.

지상의 왕자에게, 말없이 우유 한 잔을 바치고자 하는 결의가 생긴다면, 그것은 또한 자네 몸을 한 걸음 더 전진시킬 것을 의심하지 말지어다.

영리 목적의 병원이기 때문에 모든 수단을 동원하여 환자의 퇴원을 막는데, 병원 주인, 원장, 의사, 간호사, 간수 모두가 그게 제각기 자신의 천직이라고, 아주 굳게 믿고 있는 모습이다. 눈을 가리고, 귀를 틀어막아도, 갖가지 악惡들이 문 틈, 철문의 창, 사방팔방에 가만히 숨어있는 모습이 봄바람 같아서, 오히려 상쾌하다. 병원 주인(출자자)의 훈사訓辭는 그 설교 강도[12]의 훈사보다 목소리가 좀 더 다정하고, 얼굴이 온화해 보일 뿐. 내용은 원래, 끝없는 트릭의 늪. 게다가 직접적으로, 사람의 생명을 빼앗는 트릭. 병원에서는 시체 같은 것, 기르던 개가 죽었을 때보다도 소란피우지 않고, 생각하지 않고, 얘기하지 않는다. 한 간수가, 사다리에서 떨어진 미장이의 왼쪽 팔고기를 삶아 먹은 이야기를 한 적이 있는데, 어쩐지 믿음이 간다. 또다시, 꼬리를 펄럭이며 헤엄치는 금붕어를 생각한다.

'인권'이라는 말을 생각한다. 여기 있는 모든 환자는, 사람의 자격을 빼앗기고 있다.

우리가 더 살아가기 위해서는, 두 가지 길밖에 없다. 도망, 신발 없이 다비만 신고 빗속을 쫓기면서, 국 하나와 채소 하나가 주어지며,

12_ 1927년(실제로는 1926년)부터 사 년간 도쿄 서부를 중심으로 출몰하여 세간을 떠들썩하게 했던 강도 '문단속이 허술합니다. 개를 키우세요'라는 설교를 하며 도망가서 '설교 강도'라는 별명으로 불렸다.

다다미 반 장 크기의 방을 받고, 견마지로犬馬之勞 맹세하고, 거리의 먼지 바닥으로 가라앉든가, 아니면 아예 금붕어같이 짧은 인생을 마치겠다며 벌렁 드러누워, 기름진 밀기울을 먹고, 더 빛나는 비늘을 만들어서 종이보다 얇은 사람 입 끝에 올라 재잘재잘 칭찬을 듣고, 몇 분 후에는 까맣게 잊히고, 비웃음을 사고, 피가 차가워진 채 죽음을 맞든가. 아니면, 스스로 목매달아 보람 없는 목숨을 끊고, 사오 일, 다른 사람의 마음 한구석을 써늘하게 하는 것도 좋겠지. 모두, 다른 사람을 위한 모범 답안. 나 하나만의 향락을 위해 시간을 보낸 적은 단 하룻밤도 없었다.

나는, 밤의 향락을 위해 매춘부를 산 적이 한 번도 없다. 어머니를 찾으러 갔다. 유방을 찾으러 간 것이다. 포도 한 바구니, 책, 그림, 또 다른 선물을 가지고 가도, 거의 모든 사람들은 나를 업신여겼다. 내 하룻밤의 행위, 의심스럽다면, 이보게, 직접 가서 물어보게. 나는 주소도 그렇고 이름도, 속인 적이 없다. 부끄러워할 일이라고 생각하지도 않으니.

나는 향락을 위한 주사를 맞은 적이 한 번도 없다. 심신이 모두 지쳐서, 그리고 집에 있을 때 등 뒤에서 나는 회초리 소리를 들으며, 기운을 내어, 정력 강장제로, 이용했다. 어리석은 부인이여, 내가 너 때문에 얼마나 고생스러웠는지, 너는 몰랐다. 하지도 않은 나쁜 짓을 한 척하고, 나쁜 짓을 한 죗값을 치른다.

그 사람과 얼굴을 마주했을 때 할 수 없는 말은, 뒤에서도 하지 말라. 나는 이 율법을 지킨 탓에, 정신병원에 들어왔다. 시키지도 않았는데, 내게 끝없이 고백하는 남녀 열 몇 명, 세 달이 지나, 꼭 나를 나쁘게, 그것도 내가 모르는 곳에서, 내 험담을 지껄였다. 지금까지 고맙다는 말을 줄줄 늘어놓고, 뒷간에 서서 모습이 안 보이게 되자마자, 쳇! 하는 악마의 비웃음. 나는 이 도깨비를, 때려 죽였다.

내 사전에 경시輕視라는 글자는 없었다.

작품에 숨겨진, 나의 확고한 계율戒律을, 아는가 자네는. 아니, 그게 얼마나 격렬하고, 고귀한지!

나는, 완전히 내 작품 속 인물이 되는 편이 오히려, 좋았을 걸 그랬다. 게으름뱅이 호색한.

나는, '머리!'[13] 하는 목소리만 큰 사토미[14], 시마자키[15] 같은 이름으로 대표되는 노작가들처럼, 검술선생 같이 완고한 사람이 되고 싶지는 않았다. 예수의 비굴함을 얻기 위해 수련했다.

성서 1권에 의해 일본 문학사는 이제까지 없었던 선명함으로, 확실히 둘로 나뉜다. 마태복음 28장을 다 읽는 데 삼 년이 걸렸다. 마르코, 루카, 요한, 아아, 요한복음의 날개를 얻는 건, 언제일까?

13_ 검도에서의 기합소리를 의미한다.

14_ 里見とん(1888~1983). 소설가. 대표작으로 『악심선심惡心善心』, 『다정불심多情佛心』이 있다. 소설가 아리시마 다케오有島武郎의 동생으로도 유명하다.

15_ 島崎藤村(1872~1943). 자연주의 소설가. 대표작으로 『파계』, 『봄』, 『동트기 전』 등이 있다.

"괴로워도 조금만 참으세요. 나빠지게 하지는 않으니까." 마흔 살 어떤 이의 말. 어머니여, 형이여. 우리야말로, 우리들의 몸부림이야말로, 실로, 꾸밈없는 "참으세요. 나빠지게 하지는 않으니까."라는 말의 간절함, 무언의 애정에서 나왔다는 것을 알아야만 한다. 한순간의 부끄러움을, 참아주세요. 열 번의 부끄러움을, 참아주세요. 삼 년만 더 버텨주세요. 우리는, 빛의 아들이 될 수 있다, 게다가 모두, 당신에 대한 사랑을 위해.

그때가 되면 알겠지. 진정한 사랑이 얼마나 훌륭한지, 가슴을 쫙 펴고 어머니, 형을 감싸 안고 잠재울 수 있다는 사실을. 그때가 되면, 우리에게 살짝 속삭이라, "우리는, 사랑하지 않았다."

"뭐, 됐어. 다른 사람 걱정 같은 건 하지 말고, 자기 소맷자락 터진 거나 꿰매세요." 그러면, 벌떡 일어나 말하는 게 어떤가. "누군가 내 앞으로 가면, 가령, 아주 조금이라도, 자긍심이 무너진다면, 유지, 설계, 건설에 무슨 의미가 있겠는가?" 비웃는다면, 말처럼 생긴 그 얼굴을, 때려라!

당신은 알고 있어? 교수教授가, 공부, 연구를 어느 정도 하는 사람인지. 학자의 가운을 벗으라. 틀림없이 삭발한 오모토 교주[16]보다도 더, 순식간

16_ 오모토교는 신도神道계 종교의 일파. 본부를 교토에 두고, 영계이야기靈界物語를 중심으로, 세상을 개혁하여 다시 건설하고 '미륵의 세상'을 실현할 것을 주창했다. 1892년에 생겨, 1935년 당국의 탄압을 받아 해산. 46년 아이젠엔愛善苑으로 다시 발족하여, 52년 오모토로 개칭했다.

에 왜소해지겠지,

학문을 지나치게 중시하지 말라. 시험을 다 없애라. 놀아라. 누워서 뒹굴어라. 우리는 억만장자의 부귀를 원치 않는다. 팻말 없는, 단 열 평 크기의 푸른 초원을 달라!

성애性愛를 부끄러워하지 말라! 공원 분수 옆의 벤치에서 하는, 다른 사람들의 시선에 개의치 않는 청결한 포옹과, 문이 꽉 닫힌 노교수 R씨의 안방 중에, 더 더러운 것은 과연 어느 쪽일까?

"남자가 필요해!" "여자인 친구가 필요해!" 자네는 부끄러워해야 한다, 바로 그런 것만 연상하는, 비계 덩어리 같은 생활을! 시선을 움직여, 잘 보라, 성性 다음에 오는 애愛라는 글자를!

요구하라, 요구하라, 절실한 마음으로 요구하라, 목청 높여 외치며 요구하라. 침묵은 금이라는 말이 있고, 덕이 있는 사람은 잠자코 있어도 사람들이 저절로 모여든다는 말도 있었다, 하지만, 이 말들은 우리 시대를 더욱 빈곤한 나락으로 떨어뜨렸다. (As you see.) 말하지 않으면, 걱정이 아무것도 없는 것과 마찬가지다, 라는 말도 있지, 이보게, 주먹에 피가 나도록 두드리게, 500번을 두드려도 문 안쪽에서 대답이 없다면, 천 번을 두드리게, 천 번을 두드려서 문이 열리지 않으면, 바로 문을 기어오르게. 그러다 발을 헛디뎌 떨어져 죽으면, 우리는 천 명의 사람들에게, 변치 않는 경애심을 가지고 자네의 이름을 천 번씩 얘기할 것이라네. 자네의 꽃 같은 얼굴, 세계의 거리마다 골목 구석구석, 뜨거운 눈물과 함께 흩뿌려지겠지. 죽어라! 우리가 지금은 미천하다 해도, 자네 한 명을 죽인 세상의 악에 대한 분노를, 시간이 있을 때마다 들려주고, 자네의 초상을, 반드시, 자식들의 탁상 위에 놓게 하고, 아이, 손자, 대대손손 물려줄 것이네. 아아, 이 세상을 어둡게 하여, 자네에게, 세계를 뒤덮는 엄숙하고 화려한 100주년 기념제 같은 굳고 자명한 선물을 약속할 수 없다는 것을, 꽃을 빼앗긴 수십만의 젊은 남녀들과 더불어 심히 부끄러이 생각하네.

27일.

'금붕어도, 그냥 풀어놓기만 하면, 한 달도 못 산다.'(그 세 번째)

시람들은, 저마다 말한다. '리얼'하다고. 묻겠다, "리얼이라는 말은 무엇인가? 연꽃이 필 때, 퐁 하는 소리가 나는지, 안 나는지는 큰 문제인데, 이건 리얼하지 않은가?" "아뇨." "나폴레옹도 감기에 걸렸고, 노기 장군[17]도, 규방을 좋아했고, 클레오파트라도 똥을 누었다는 사실, 이거야말로 자네들이 말하는 리얼함이 아닌가?" 웃으며 대답하지 않는다. "또 묻겠다, 다자이도 울면서 원고를 사달라고 졸랐고, 체호프도 원고를 팔기 위해 문지방이 닳도록 돌아다녔고, 고리끼는 레닌에게 좌지우지 당해서 레닌의 말에 고분고분했으며, 프루스트가 출판사에 거듭 부탁의 편지를 넣었다는 것, 자네는, 이런 것들을 리얼하다고 하는 건가?" 조심스레 히죽히죽 웃으면서도 살짝 끄덕인다. "어리석은 자여. 이보게, 사람이 모든 노력을 다하여, 자신의 아내와 자식을 잊으려 괴로움에 몸부림치고, 한번 든 깃발을 버리기 어려워 즐풍목우,[18] 그저, 위로,

17_ 乃木希典(1849~1912). 군인. 육군대장. 메이지 천황이 죽자 따라 죽었다.

18_ 櫛風沐雨. 긴 세월을 객지로 떠돌며 갖은 고생을 다 한다는 의미이다.

더 위로 가야만 하는, 몸이 이미 반사半死상태인 기수旗手의 귀에, 아내를 생각하라, 이보게, 나 같은 놈과 교대해도 좋은데, 그 말안장이 풀렸다며 우지가와강, 사사키의 이야기처럼 만들려고 하고 있다는 것을 알아두기 바란다.[19] 이름에 대한 연착恋着이 아니라 운명에 대한 충실함, 정해진 의무다. 강의 밑바닥에서 기어올라서는, 몽롱한 눈으로, 필사적으로 문에 매달려, 또다시 기어올라, 꽃이 살짝 피기 시작한 사람의 생명을, 관둬, 관둬, 연극은, 이라며 코웃음 치고, 다리를 부여잡고, 흙구덩이 바닥으로 무참히 끌어내리는 것, 이것이 리얼함인가?" 그는 자세를 조금 고쳐 앉더니, "리얼함이란 자네처럼, 바늘 같은 것을 막대기, 아니 기둥 정도로 과장하며 호들갑 떨지 않고, 바늘은 바늘, 이라고 정확히 가리키는 것이지." "어리석군, 자네는 틀림없이 그 인식법을 연구한 사람이야. 또, 그 변증법도 공부했겠지. 나는 그 강의를 할 생각인데, 요즘 젊은 세대들은 아직도 리얼, 리얼, 거리면서 구멍이 숭숭 뚫린 표현의 푸른 덮개를 씌운 책상을 붙들고 늘어져 앉아있지만, 거기에 붙어있는 '부정'을 알아채야 할 텐데, 집에 가면 바로 유물론적 변증법 입문, 기본적인 것만 골라 봐도 좋으니, 우선 열 페이지를 다시 읽어. 얘기는, 그러고 나서 다시 하자." 이렇게 말하고, 그날은 헤어졌다.

리얼함이 가장 마지막으로 의지할 것은, 기록과 통계다. 그중에서도 과학적이고 임상적 해부학적인 기록과 통계. 하지만 지금은, 기록과 통계 모두 이미 하나의 관료적인 기술에 지나지 않게 되었고, 의학은

19_ 일본의 고전 『헤이케모노가타리平家物語』(13세기에 쓰인 것으로 추정)의 우지가와센진宇治川先陣 중에, 서로 경쟁하던 사사키佐々木四郎高綱와 가지와라梶原源太景季라는 무장이 있었는데, 사사키가 말안장이 찢어졌다는 거짓말을 하여 선진先陣으로 나아갔다는 내용이 있다.

이미 부인잡지에 나오는 상식처럼 권위가 떨어져서, 소시민원문 윗주: 리얼리스트은 무슨 개업의가 훌륭하다는 건 알아도, 노구치 히데요[20]가 고생한 것은 모른다. 더구나 해부학의 불확실성 같은 건, 아닌 밤중에 홍두깨겠지. 현실원문 윗주: 리얼리티의 진정한 의미를 제대로 인식하는 것은, 2·26 사건[21] 전야에 끝이 났고, 지금은 말하자면 인식의 재인식, 표현의 시기다. 절규의 아침이다. 꽃을 피우기 직전이다.

진리와 표현. 이 둘이 서로 물고 뜯는 상호관계, 자네는 틀림없이 공부했을 것이다. 다툼은 이제 그만. 지금은, 아우프헤벤[22]의 아침이다. 믿으라, 꽃이 필 때는 정말 명랑한 소리가 난다. 이에 임시로 이름을 붙이건대, 우리 '낭만파의 승리'라 한다. 자랑스럽게 여기라! 우리 리얼리스트, 이것이야말로, 자네가 삼십삼 년을 인고하여 낳은 아이, 옥 같은 아이, 빛 같은 아이다.

이 아이의 눈이 푸르다고 비웃지 말라. 아직도 부끄러움이 많고 살결이 부드러운 갓난아이니까. 사자가 그러는 것처럼 3일째 아침, 절벽 아래로 떨어뜨려도 좋다. 절벽 아래 이불을 까는 것을 잊지 말라. 의절한다며 집어던지는 은담뱃대. "하, 하. 이 아이는, 꽤나 깜찍하네."

20_ 노구치 히데요野口英世(1876~1928). 일본 근대 의학의 아버지라 불리는 세균학자.

21_ 1936년 2월 26일 육군의 황도파 청년장교들이 국가개조改造, 통제파 타도를 목적으로, 약 1,500명의 부대를 이끌고 수상관저 등을 습격한 쿠데타 사건. 사건 후, 군부의 정치 지배력이 눈에 띄게 강화되었다.

22_ 헤겔이 변증법 철학을 설명하며 쓴 말로 대립하는 두 명제나 개념이 서로 관련하여 한층 높은 단계로 조화, 통일해 나가는 일.

지식인의 자존심을 위로하라! 살고 죽는 것이 모두, 자존심 때문이라고 단정해도, 좋다. 기술공을 보라. 농가의 저녁식사 풍경을 보라! 점차 명랑한 기운을 되찾았다. 유일하게 침울한 사람은, 만 엔을 써서 대학을 나온 자네들, 말라빠진 지식인뿐!

지치면 나뒹굴어라!

슬프면, 우동 한 그릇과 시합을 하자.

내가 자네를 한 번 속일 때, 자네는 나를 천 번 속였다. 나는 '거짓말쟁이'라 불리고, 자네는 '고생을 겪어 세상 물정에 훤한 사람'이라 불렸다. "심한 거짓말을 밥 먹듯 할수록, 거짓말쟁이가 아닌 사람이 된다더라?"

열두세 살 소녀의 이야기를 진지하게 들을 수 있는 사람이야말로 어른의 자격이 있는 남자라고 해야 한다.

나머지는, 자신이 원하는 대로 행하라.

28일.
'현대의 영웅에 대하여.'
　　베를렌적인 것과 랭보적인 것.
스위트피는, 소철나무 흉내를 내고 싶어 한다. 철의 샐러리맨을 생각한다. 한쪽을 실로 수선한 철제 테 안경을 쓰고, 똑딱단추 세 개가 헐거워진 가죽가방을 무릎에 올려놓고, 전철에서, 몸을 약간 웅크리고,

이틀 동안 깎지 않은 턱수염을 손으로 만지작거리며 비 오는 거리를 멍하니 바라보고 있다. 매 맞고, 괴로움에 몸부림치다가, 이제는 강철 같은 냉혹함을 가슴에 품고, (끊김)

29일.

십자가의 예수는, 하늘을 올려다보고 있지 않았다. 확실하다. 지상에 넘쳐나는 사람의 아들들의 무리를, 원망스럽다는 듯 내려다보고 있었다.

손에 들고 있는 패를 홀가분히 던져버리고, 웃으라.

30일.

비 오는 날은, 날씨가 안 좋다.

31일.

(벽에게) 나폴레옹이 원한 것은 전 세계가 아니었다. 민들레 한 송이의 신뢰를 원했을 뿐이었다.

(벽에게) 금붕어도 그냥 풀어놓기만 하면, 한 달도 못 산다.

(벽에게) 내 뒤에 오는 자여, 내 죽음을 최대한 이용해주세요.

1일.

사네토모[23]를 잊을 수 없다.

이즈 바다에 하얗게 솟아오르는 물결 마루
소금꽃이 지네.
흔들리는 억새풀

귤 밭.

2일.

아무도 안 온다. 편지를 보내줘.

한번 의심하면 자꾸 의심하게 된다. 몸과 뼈가 다 깎이고, 잡아 뽑히는 심정입니다.

선물로 상추 이파리 한 장 가져오면, 되는데.

3일.

무언실행無言實行이란, 폭력을 뜻하는 말이다. 손에 밧줄을 묶으라는 말이다. 채찍을 뜻하는 말이다.

좋은 약이 되었습니다.

4일.

'배꽃 한 가지.'[24]

23_ 源實朝(1192~1219). 가마쿠라 막부 제3대 쇼군. 가인歌人.

24_ 미인을 빗대는 중국의 관용 표현으로, 사토 하루오의 시에 등장하는 말이다.

『개조』[25] 11월호에 실린, 사토 하루오가 쓴 「아쿠타가와 상」을 읽고 한심한 작품이라고 생각했습니다. 또한, 같은 이유로 더할 나위 없이 훌륭한 작품이라고 생각했다. 진정한 애정이란, 장님의 모습이다. 광란狂乱이고, 분노憤怒다. 더욱이, (끊김)

침실 창으로 로마가 타오르는 모습을 바라보며 네로는 침묵했다. 모든 표정을 포기한 것이다. 아름다운 기생의 애교 있는 웃음을 보면서도 가만히 있었다. 맛있는 술을 받고도 멍하니 있었다. 알프스 정상, 깃발이 타오르는 연기 뒤에 있을 패장의 침묵을 생각한다.

이에는, 이. 우유 한 잔에는, 우유 한 잔. (누구의 탓도 아니다.)

'너를 고소한 자와 함께 법정으로 가는 도중에 어서 타협하여라. 그러지 않으면 고소한 자가 너를 재판관에게 넘기고 재판관은 너를 형리에게 넘겨, 네가 감옥에 갇힐 것이다.

내가 진실로 너에게 말한다. 네가 마지막 한 닢까지 갚기 전에는 결코 거기에서 나오지 못할 것이다.'(마태복음 5:25-6)

소란스러운 늦가을 밤, 나의 완벽한 패배를 깨달았다.

한 푼을 비웃다가, 한 푼에게 얻어맞은 것에 지나지 않는다.

나의 눈동자는, 더럽지 않았다.

25_『改造』. 1919~1955년까지 있었던 종합잡지. 주로 노동문제, 사회문제 등을 다뤘는데 연재소설로도 큰 인기를 끌었다.

한 번도, 향락을 위해 주사를 요구한 적은 없다. 머리! 하는 목소리만 큰 검술선생 둘, 셋을 피한 것에 지나지 않는다. '물이 불보다 강하다는 것을 알라. 예수의 나긋나긋한 위엄을 배우라.'

그 외엔, 없음.

천기天機는, 누설하면 안 되는 것.

(4일, 돌아가신 아버지 기일.)

5일.
만난 게, 지금으로부터, 오 년 전이었다면, 등등.

6일.
'세상의 생활.'
여학교일까? 테니스 코트. 포플러. 석양. 산타 · 마리아. (하모니카.)
'피곤해?'
'으응.'
이것이 세상의 생활. 틀림없음.

7일.
'송장에 매질한다.'라는 말이 있지 않은가. '궁지에 몰린 새를 눌러 죽인다.'라는 말이 있지 않은가.

8일.

덧없는 사람의 정이 마음에 스며, 눈시울이 붉어지는 것도, 늙기 시작했다는 것.

9일.

정원의 검은 흙 위를 버스럭버스럭 기어 다니는 창밖의 추한 가을 나비를 본다. 유별나게 튼튼해서, 죽지 않고 살아 있다. 덧없는 모습은 아님.

10일.

'제가 잘못했습니다. 저야말로 죄송합니다.'라는 말을 못하는 남자. 저의 악惡이, 제게 그대로 되돌아온 것일 뿐입니다.

좋은 스승이여.

좋은 형제여.

좋은 친구여.

좋은 형수여.

누나여.

아내여.

의사여.

돌아가신 아버지도 굽어 살펴 주소서.

'집으로 돌아가고 싶습니다.'

감나무 한 그루 있는, 내가 태어난 곳, 사다쿠로.[26]

비웃음을 사면 살수록, 강해진다.

11일.

재능 없음, 추한 용모에 대한 확실한 자각自覚이야말로 배짱 좋은 남자를 만든다. 덕분인가? (형 한 명, 면회, 대담 한 시간)

12일.

시안 초고.

하나. 쇼와 11년1936년 10월 13일부터 한 달간, 도쿄 시 이타바시 구 M정신병원에 입원. 파비날 중독 완치. 이후에는,

하나. 11년 11월부터 12년(29세) 6월 말까지 요양소 생활. (병원 선택은, S선생, K씨, 일임.)

하나. 12년 7월부터 13년(30세) 10월 말까지, 도쿄에서 네댓 시간도 더 가야 되는 (손님의 왕래가 적을 수밖에 없는) 요양지에, 20엔 내외의 집을 빌려 요양. (K씨, 치쿠라의 별장을 빌려 주시겠다고 하여 빌려서 살려고 했지만, 이 장소 선택도 여러분께 일임.)

상기와 같이 만 일 년, 엄격한 섭생, 왼쪽 폐 완쾌, 이제 정말 괜찮다는 자신감이 생긴 뒤, 도쿄 근교에 정주定住. (창작. 혹독한 정진.)

또한 요양 중의 일은 독서와, 하루에 많아봐야 겨우 원고 두 장 한도限度.

26_ 가부키 주신구라忠臣蔵 5단에 등장하는 인물. 감나무 한 그루밖에 없는 고향을 그리워했던 사다쿠로를 떠올리며 쓴 것이다.

하나.「아침의 카드놀이.」

(쇼와昭和 카드놀이.「일본 이솝 우화집」 같은 소설.)

하나.「유다의 왕.」

(예수의 전기.)

상기 두 작품, 계획을 다 세워놓았으니 천천히 써 나갈 생각입니다. 다른 잡문은, 대부분 거절할 생각입니다.

그 외에 봄이 왔고, 장편소설 삼부곡三部曲,『허구의 방황』 S씨의 서문, I씨의 디자인으로 출판. (시안은 결국, 조릿대 잎의 서리.)

이 날 오후 한 시 반, 퇴원.

너희는 원수를 사랑하고, 너희를 박해하는 자들을 위하여 기도하여라. 그래야 너희가 하늘에 계신 아버지의 자녀가 될 수 있다. 그분께서는 악인에게나 선인에게나 당신의 해가 떠오르게 하시고, 의로운 이에게나 불의한 이에게나 비를 내려주신다. 사실 너희가 자기를 사랑하는 이들만 사랑한다면 무슨 상을 받겠느냐? 그것은 세리들도 하지 않느냐? 그리고 너희가 자기 형제들에게만 인사한다면, 너희가 남보다 잘하는 것이 무엇이겠느냐? 그런 것은 다른 민족 사람들도 하지 않느냐? 그러므로 하늘의 너희 아버지께서 완전하신 것처럼 너희도 완전한 사람이 되어야 한다.[27]

27_ 마태복음 5장 43~48절.

燈籠
등롱

太宰治

「등롱」

1937년 10월 1일에 발행된 『어린 풀若草』 제13권 제10호 창작란에 발표되었다.

「만원」과 더불어 초기에서 중기로 넘어가는 일 년 반의 공백기 사이에 쓰인 작품 중 하나다. 다자이의 전체 작품 중에 최초의 1인칭 여성 독백체 작품이라는 점에서 이 작품이 가지는 의미가 크다고 할 수 있는데, 이 시기의 다자이가 여성 화자에 자신을 기탁하여 소설을 쓴 이유는 무엇일까?

다자이의 여성 독백체 작품을 읽다 보면, 그가 여성을 '다른 사람의 시선으로 자신의 존재감을 확인해가는 존재'라고 생각했다는 것을 알 수 있는데, 어찌 보면 자기 안에서 그러한 '여성'적 요소를 발견한 것이라고 볼 수도 있을 것이다.

'등롱'은 불을 켠 초나 호롱을 담아 한데 내어다 걸거나, 들고 다닐 수 있도록 하여 어둠을 밝히던 기구를 말한다.

말을 많이 하면 할수록, 사람들은 저를 믿어주지 않습니다. 만나는 사람마다, 모두들 저를 경계합니다. 그냥 그리워서, 얼굴을 보고 싶어서 찾아가도, 무슨 일로 왔냐는 듯한 눈빛으로 저를 맞습니다. 이 기분을 견디기 힘듭니다.

이제 아무 데도 가고 싶지 않습니다. 바로 집 근처에 있는 목욕탕에 가더라도, 꼭 해가 저물 무렵에만 갑니다. 아무에게도 얼굴을 보이고 싶지 않기 때문입니다. 그런데도 저는 한여름의 땅거미 속에서 제 유카타가 하얗게 떠올라 눈에 확 띄는 것 같은 느낌이 들어서, 죽도록 당혹스러웠습니다. 어제오늘, 부쩍 선선해져서 이제 가을 옷을 입을 계절이 되었으니, 바로 검은 홑겹 옷으로 바꿔 입을 생각입니다. 이런 처지인 채로 가을도 지나고, 겨울도 지나고, 봄도 지나고, 또 여름이 와서, 다시 흰 유카타를 입고 다녀야만 한다면, 그건 너무합니다. 적어도 내년 여름까지는, 이 나팔꽃 무늬 유카타를 당당하게 입고 나다닐 수 있는 처지가 되었으면 좋겠고, 옅게 화장한 얼굴로 연일緣日 인파 속을 걸어보고 싶은데, 그때의 기쁨을 생각하면 벌써부터 가슴이 뜁니다.

도둑질을 했습니다. 틀림없는 사실입니다. 좋은 일을 했다고는 생각지 않습니다. 하지만, —아니, 처음부터 말씀 드리겠습니다. 저는, 신께 말씀 드리는 것입니다, 저는 다른 사람을 믿지 않지만, 제 얘기를 믿을 수 있는 사람은, 믿는 편이 좋아요.

저는 가난한 신발가게의 딸인데, 심지어는 외동딸입니다. 어젯밤 부엌에 앉아 파를 썰고 있는데, 집 뒤편 공터에서 누나! 하고 소리치면서 우는 아이의 가여운 목소리가 들려왔습니다. 저는 문득 일손을 멈추고 생각했습니다. 제게도 저렇게 저를 따르고 부르면서 울어주는 남동생이나 여동생이 있다면, 이렇게 쓸쓸한 신세가 되지 않을 수 있었을지도 모른다는 생각이 들어, 파 냄새가 스미는 눈동자에 뜨거운 눈물이 터져 나와서, 손등으로 눈물을 닦으니까 파 냄새가 눈을 더 자극했고, 눈물이 그칠 줄을 모르고 계속 나와서 어찌할 바를 모를 지경이었습니다.

미장원 쪽에서부터 저 제멋대로인 계집이 드디어 남자에 미쳤다는 소문이 나기 시작한 것은 올해 벚꽃이 질 무렵으로, 패랭이꽃과 붓꽃이 연일의 밤 노점에 나오기 시작하던 때인데, 그래도 그때는 정말 즐거웠습니다. 미즈노 씨는 해가 지고 나서 저를 데리러 와주었는데, 저는 해가 저물기 한참 전부터 기모노를 다 갈아입고, 화장을 마치고, 몇 번이고 거듭 문간을 들락거렸습니다. 이웃 사람들이 그런 제 모습을 보며 저것 봐, 신발가게의 사키코가 남자에 미치기 시작했다, 라는 식으로 뒤에서 손가락질하며 속닥거리고 비웃었다는 건, 저도 나중에 알게 되었습니다. 아버지와 어머니도 어렴풋이 눈치채고 있었겠지만, 그래도 뭐라고 할 수 없었던 것입니다. 저는 올해로 스물넷이 되었는데, 그래도 시집을 가거나 사위를 들이지 않고 있는 것은 우리 집이 가난하기 때문이기도 합니다. 어머니는 이 마을에서 얼굴이 알려진 스님의 첩이었는데, 저의 아버지와 눈이 맞아, 스님의 은혜를 잊고 아버지의 집으로 들어갔고 얼마 지나지 않아 저를 낳으셨습니다. 저의 눈과 코의 생김새가 스님과도 다르고, 아버지와도 닮지 않았다는 식의 소문이 나서, 결국 나다니기가 부끄러워졌고, 한때는 거의 없는 사람 취급을 받았다는데, 그런 집의 딸이니까 연분을 찾지 못하는 것도 당연한 일이겠지요. 애당초 이런 외모로는 부자인 귀족의 집에 태어난다 한들 역시, 연분을 찾지 못할지도 모르지만요. 그래도 저는, 저의 아버지를 원망하지 않습니다. 어머니를 원망하지도 않습니다. 저는, 아버지의 친자식입니다. 누가 뭐라고 한들 저는, 그렇게 믿고 있습니다. 아버지 어머니 모두, 제게 잘해주십니다. 저도 부모님께, 아주 다정하게 대합니다. 아버지 어머니 모두, 약한 사람들입니다. 자식인 저조차도, 여러모로 조심스럽게 대합니다. 모든 사람들이 약하고 소심한 사람을, 다정하게 돌봐주어야 한다고 생각합니다. 저는 부모님을 위해서라면, 어떤 괴롭고 쓸쓸한 일이 있더라도 참고 견뎌나가려고 했습니다. 하지만 미즈노 씨를 알고 나서는, 이랬던 저도 효도에 조금 소홀해졌습니다.

말하기도 부끄러운 일입니다. 미즈노 씨는, 저보다 다섯 살이나 어린 상업학교 학생입니다. 하지만, 용서해주세요. 제게는 달리 방법이 없었습니다. 올해 봄, 제가 왼쪽 눈병을 앓게 되어 가까운 안과에 다녔는데, 미즈노 씨와는 그 병원의 대기실에서 알게 되었습니다. 저는 늘 한눈에 반해서 사람을 좋아하게 됩니다. 저와 마찬가지로 왼쪽 눈에 흰 안대를 하고, 불쾌한 듯 눈썹을 찡그리고 작은 사전의 책장을 이리저리 넘기며 찾고 있는 모습은, 너무나 가엾어 보였습니다. 저도 안대 때문에 기분이 우울해서, 대기실 창문 밖에 있는 밤나무에 새로 돋아난 잎을 바라봐도, 밤나무 잎이 엄청난 아지랑이에 휩싸여 활활 푸르게 타오르는 것처럼 보여서, 바깥 세계의 모든 것이 머나먼 옛날이야기 속에 있는 것처럼 느껴졌는데, 미즈노 씨의 얼굴이 이 세상의 것이 아닌 것처럼 아름답고 고귀하게 느껴진 것도 아마, 제가 하고 있던 그 안대의 마법이 있었기 때문이라 생각합니다.

미즈노 씨는 고아입니다. 부모처럼 보살펴주는 사람이 아무도 없습니다. 원래는 장사가 꽤 잘되는 약재 도매상의 자식인데, 어머니는 미즈노 씨가 아기 때 돌아가셨고, 아버지도 미즈노 씨가 열두 살이었을 때 돌아가셨습니다. 그 후로는 가정을 유지할 수 없게 되어 형 두 명, 누나 한 명, 모두가 뿔뿔이 흩어져 먼 친척들에게 맡겨졌고, 막내인 미즈노 씨는 가게의 지배인이 키우게 되었습니다. 지금은 상업학교에 다니고 있지만, 몹시 거북하고 쓸쓸한 하루하루를 보내는 듯, 저와 함께 산책하는 시간만 즐겁다고, 나지막이 말씀하신 적도 있습니다. 평소 생활에서도 여러모로 자유롭지 못한 부분이 있는 것 같은데, 올해 여름, 친구와 바다에 수영하러 가기로 약속했다고 말하면서도 전혀 즐거운 기색이 없고 오히려 풀이 죽어 있어서, 그날 밤, 저는 도둑질을 했습니다. 남자 수영복 한 벌을 훔쳤습니다.

동네에서는 가장 다양한 상품을 팔고 있는 다이마루백화점에 불쑥 들어가서, 여자 원피스를 이것저것 고르는 척하며, 뒤쪽에 있던 검은 수영복을 슬쩍 끌어당겨서 겨드랑이 아래쪽에 바짝 끼우고, 아악 하고 큰 소리를 내고 싶을 정도로 공포에 사로잡혀 미친 사람처럼 달렸습니다. 뒤에서 도둑이야! 하는 굵은 목소리가 나는 것을 듣고, 쿵 하고 어깨를 맞고 비틀거리다가, 고개를 돌린 그 순간, 철썩 뺨을 맞았습니다.

저는 파출소로 끌려갔습니다. 파출소 앞에는, 사람들이 새까맣게 모여들었습니다. 모두 우리 동네에 사는 아는 얼굴들이었습니다. 제 머리는 풀렸고, 유카타 옷자락 아래로는 무릎까지 나와 있었습니다.

제 꼴이 한심했습니다.

경찰은 다다미를 깐 파출소 안쪽의 작은 방에 저를 앉히고, 이것저것 캐물었습니다. 피부가 희고 갸름한 얼굴에 철제 테 안경을 쓴, 스물일고여덟 정도 되어 보이는 기분 나쁘게 생긴 경찰이었습니다. 한차례 저의 이름과 주소와 나이를 묻고, 그걸 하나하나 수첩에 받아 적고 나서는 갑자기 히죽히죽 웃더니,

—이번이, 몇 번째지?

라고 물었습니다. 저는 오싹한 한기를 느꼈습니다. 제겐 대답할 말이 떠오르지 않습니다. 우물쭈물 하고 있자니, 감옥에 끌려갑니다. 무거운 죄명이 씌워집니다. 저는 어떻게든 잘 말해서 빠져나가야겠다 싶어 필사적으로 변명할 말을 찾았지만, 뭐라고 우기면 좋을지 갈피를 잡을 수가 없었는데, 그렇게 무서웠던 적은 없습니다. 소리를 지르듯 겨우 꺼낸 말은 제가 생각해도 꼴사납고 당돌했는데, 그래도 한 번 말을 꺼내기 시작하니까, 마치 여우에게 홀린 듯 그칠 줄을 모르고 이야기를 늘어놓았던 걸 생각하면, 분명 미쳤던 것 같습니다.

—저를 옥에 가두시면 안 됩니다. 저의 잘못이 아닙니다. 저는 스물넷입니다. 이십사 년간, 효도를 했습니다. 아버지 어머니를 정말 잘 모셔왔습니다. 제가 뭘 잘못한 건가요? 저는 남들에게 뒷손가락질 받은 적이 없습니다. 미즈노 씨는 훌륭한 분입니다. 머지않아 틀림없이, 훌륭한 사람이 될 분입니다. 그건, 제가 압니다. 저는 그분을 부끄럽게 하고 싶지 않았습니다. 친구와 바다에 가겠다는 약속을 하셨습니다. 남들처럼 준비해서 바다에 보내고 싶었는데, 그게 왜 잘못된 건가요? 저는 바보입니다. 바보지만, 그래도 저는 미즈노 씨가 제대로 준비할 수 있도록 도울 겁니다. 그분은 좋은 집안에서 태어난 분입니다. 다른 사람과는

다릅니다. 저는, 어찌되든 상관없습니다, 그분만 멋지게 사회생활을 하신다면, 그걸로 충분합니다, 제겐 일이 있습니다. 저를 옥에 가두시면 안 됩니다, 저는 스물넷이 되기까지, 무엇 하나 잘못을 저지른 적이 없습니다. 약한 부모님을 열심히 모셔 왔잖아요. 싫어요, 싫어요, 저를 옥에 가두시면 안 됩니다. 저 옥에 갇힐 이유가 없습니다. 이십사 년간 그렇게 애썼고, 그리고 딱 하룻밤, 실수로 손을 갑작스레 움직였다고 해서 그것만 가지고 이십사 년간, 아니, 저의 한평생을 엉망진창으로 만드시면 안 됩니다. 잘못된 일입니다. 저는, 너무 이상하다는 생각이 듭니다. 한평생, 딱 한번, 무심결에 오른손이 한 자약 30cm 움직였다고 해서, 그게 손버릇이 나쁘다는 증거가 되는 건가요? 말도 안 됩니다, 말도 안 돼. 딱 한 번, 딱 2~3분간 있었던 일 아닌가요? 저는 아직 젊습니다. 앞으로 남은 인생이 깁니다. 저는 지금까지와 마찬가지로 괴롭고 가난한 생활을 견디며 살아갈 것입니다. 그뿐입니다. 저는, 아무것도 변할 게 없습니다. 어제의 그 사키코입니다. 수영복 한 벌이, 다이마루 백화점에 어떤 폐를 끼치는 건가요? 남을 속여 천 엔 이천 엔을 빼앗아도, 아니, 한 사람의 재산을 다 빼앗아도, 그걸 모두에게 칭찬받는 사람도 있지 않나요? 감옥은 도대체 누구를 위해 있는 건가요? 돈이 없는 사람들만 옥에 갇혀 있습니다. 저 사람들은, 남을 속일 수 없는 약하고 정직한 사람들입니다. 남을 속이고 잘 살 정도로 영악하지 못하니까 점점 막다른 궁지에 몰려서, 그런 바보 같은 짓을 하고, 이삼 엔을 빼앗은 일로 오 년, 십 년이나 감옥에 갇혀 있어야만 한다니, 하하하하, 이상하다, 이상해, 이게 뭔 일이야, 아아, 어처구니없어.

제가 정말 미쳤던 거겠죠. 틀림없어요. 경찰아저씨는, 창백한 얼굴로 저를 물끄러미 바라보고 있었습니다. 저는, 갑자기 그 경찰아저씨가 좋아졌습니다. 울면서도, 억지로 미소 지었습니다. 아무래도 저는 정신병자 취급을 받았던 것 같습니다. 경찰아저씨는 저를 조심스레 경찰서로 데려다 주었습니다. 그날 밤에는 유치장에 갇혔는데, 아침이 되자 아버지가 마중을 와주셨고, 저는 집으로 돌아갔습니다. 아버지는 집에 가는 길에, 사람들이 때리지는 않았냐고 슬그머니 한마디 물었을 뿐, 달리 아무 말도 하지 않았습니다.

그날 석간신문을 보고, 저의 얼굴은 귀까지 빨개졌습니다. 제 얘기가 실려 있었기 때문입니다. 도둑질에도 3분의 이론이 있다, 특이한 좌익 소녀 도도한 미사여구, 라는 제목이었습니다. 치욕은, 그뿐만이 아니었습니다. 동네 사람들이 우리 집 근처를 어슬렁거렸는데, 저도 처음에는 그게 무슨 의미인지 몰랐습니다. 모두들 내 모습을 엿보러 왔다는 걸 깨달았을 때, 저는 몸이 덜덜 떨렸습니다. 제가 벌인 사소한 행동이 얼마나 큰 사건이었는지 점점 더 확실히 알게 되었는데, 그때 우리 집에 독약이 있었다면 저는 그걸 바로 먹었을 것이고, 가까이에 대나무 숲이라도 있었다면, 아무렇지도 않게 그 안으로 들어가서 목을 매달았겠지요. 이삼일 후에, 우리 가게는 문을 닫았습니다.

끝내 미즈노 씨도 제게 편지를 주셨습니다.

—저는 이 세상에서 사키코 씨를 가장 믿는 사람입니다. 다만, 사키코 씨에게는 교육이 부족합니다. 사키코 씨는 솔직한 사람이지만, 환경면에서 올바르지 못한 점이 있습니다. 저는 그런 부분을 고쳐 주려고 애써 왔지만, 그래도 절대적으로 움직이지 않는 부분이 있습니다. 인간에게는 학문이 없으면 안 됩니다. 며칠 전 친구와 함께 해수욕장에 가서, 해변에서 인간에게 향상심이 왜 필요한지에 대해 오랜 시간 이야기를 나눴습니다. 우리는 머지않아 훌륭한 사람이 되겠지요. 사키코 씨도 앞으로는

행동을 자중하고, 저지른 죄의 만 분의 일이라도 속죄하면서, 세상에 용서를 빌기를. 세상 사람들이, 그 죄를 미워하더라도 사람을 미워하지 않기를. 미즈노 사부로 (읽은 뒤에는 꼭 태울 것. 봉투도 함께 태워주세요. 꼭.)

이게 편지의 전문입니다. 저는, 미즈노 씨가 원래 부잣집에서 자랐다는 사실을 잊고 있었습니다.

바늘방석 같은 하루하루가 지나고, 벌써 이렇게 선선해졌습니다. 오늘밤엔 아버지가, 아무래도 이렇게 전등이 어두워서는 기분이 우울해져서 안 된다면서, 다다미 6장짜리 방의 전구를 밝은 50촉광燭光의 전구로 바꿔주셨습니다. 그리고 우리 세 가족은 밝은 전등 아래서 저녁을 먹었습니다. 어머니는 아아, 눈부시다, 눈부셔 라면서, 젓가락을 쥔 손으로 이마를 가리며 들떠 있었고, 저는 아버지께 술을 따라드렸습니다. 우리의 행복은, 어차피 이런 전구를 바꾸는 것 정도라고 속으로 생각했지만, 기분은 그렇게까지 쓸쓸하지도 않았고, 오히려 이런 소박한 전등을 밝힌 우리 집이 너무나 아름다운 주마등走馬燈 같다는 느낌이 들어서, 아아, 엿보고 싶으면 엿봐라, 우리 가족은 아름답다, 라고 정원에서 우는 벌레에게까지도 알리고 싶은 고요한 기쁨이, 가슴에 복받쳤습니다.

만원 滿願

太宰治

「만원」

1938년 9월 1일에 발행된 『문필文筆』 특집 단편소설집에 발표되었다.

전작들에 비하면 눈에 띄게 밝아진 내용으로 인해, 다자이 오사무 중기의 가장 첫 작품으로 평가되고 있다. 참고로, 의사가 허락했다는 평범한 생활이란 부부간의 성생활을 의미한다고 한다.

'만원'은 신에게 기원하는 일이 끝났다는 뜻의 불교 용어이다.

이 이야기는 지금으로부터 사 년 전에 있었던 일이다. 내가 이즈의 미시마[1]에 있는 지인의 집 2층에서 여름을 보내며 로마네스크라는 소설을 쓰던 무렵의 이야기다. 어느 날 밤, 취한 상태로 자전거를 타고 거리를 다니다가, 다쳤다. 오른쪽 발의 복사뼈 위쪽이 찢어졌다. 상처는 깊지 않았지만, 그래도 술을 마신 상태였기 때문에 출혈이 많아서, 허둥지둥 병원으로 달려갔다. 동네 병원의 의사는 서른두 살에 덩치가 크고 뚱뚱하며, 사이고 다카모리[2]를 닮은 사람이었다. 많이 취해 있었다. 나와 비슷할 정도로 취해서 비틀거리며 진찰실로 왔는데, 나는 그게 우스웠다. 치료를 받으면서, 나는 킥킥 웃어버렸다. 그랬더니 의사도 킥킥 웃기 시작했고, 결국 우리 둘은 참지 못하고 나란히 큰 소리로 웃었다.

그날 밤부터 우리는 친해졌다. 의사는 문학보다도 철학을 좋아했다. 나도 그런 이야기를 하는 게 편해서, 이야기가 활기를 띠었다. 의사의 세계관은 원시이원론原始二元論이라고도 할 수 있는 것이었는데, 세상의

1_ 다자이 오사무가 1934년 여름을 보낸 곳으로 시즈오카현에 위치한다.

2_ 西郷隆盛(1827~1877). 막부 말, 메이지유신 시기의 정치가.

모든 것을 선한 자와 악한 자의 싸움으로 보는 식이라 꽤 시원시원한 것이었다. 나는 사랑이라는 유일신을 믿으려고 내심 애쓰고 있었는데, 그래도 의사의 선한 자 악한 자 설을 듣고 있노라면 울적한 가슴속이 왠지 모르게 상쾌해졌다. 예를 들면 밤에 찾아온 나를 대접하기 위해 바로 부인에게 맥주를 가져오라고 시키는 의사 자신은 선한 자이며, 오늘밤에는 맥주 말고 브리지(트럼프 놀이의 일종)를 합시다, 하고 웃으면서 제안하는 부인이야말로 악한 자라는 의사의 설명에는, 나도 순순히 찬성했다. 부인은 체구가 작고, 둥근 얼굴에 이마와 광대뼈가 튀어나오고 코가 납작했는데, 피부가 희고 기품이 있었다. 아이는 없었지만, 부인의 남동생으로 누마즈[3]의 상업학교에 다니는 얌전한 소년 한 명이 2층에 있었다.

의사의 집에서는 다섯 종류의 신문을 보고 있었기 때문에 나는 그걸 읽기 위해 거의 매일 아침 산책길에 그 집에 들러, 30분이나 한 시간 정도 신문을 읽었다. 뒤쪽 출입구로 돌아가서 툇마루에 걸터앉아, 부인이 가져오는 시원한 보리차를 마시면서, 바람에 날려 후드득거리는 신문을 한 손으로 꽉 누르며 읽었다. 툇마루에서 두 간[약 3.6m]도 못 미치는 곳에 있는 푸른 초원 가운데에는 시냇물이 유유히 흐르고 있었고, 그 시냇물을 따라 난 좁은 길을 자전거로 다니는 우유 배달 청년이 매일 아침마다 안녕하세요, 하고 여행객인 내게 인사를 했다. 그 시간에 약을 받으러 오는 젊은 여자가 있었다. 여름 원피스에 게다를 신은 깔끔한 느낌의 여자였고, 진찰실에서 의사와 함께 웃는 일이 많았는데, 가끔 의사가 그 사람을 현관까지 배웅하면서,

3_ 시즈오카현 위치. 다자이가 『사양』과 「추억」을 집필한 곳이다.

"아주머니, 조금만 더 참으세요."라며 큰 소리로 꾸짖는 일이 있었다.

어느 날 의사의 부인이 내게 그 이유를 얘기해주었다. 초등학교 선생님인 아주머니인데, 선생님은 삼 년 전에 폐에 병이 생겼고, 요즘 들어 부쩍 좋아졌다. 의사는 그 젊은 아주머니께 지금이 가장 중요한 때라고 열심히 말하며, 여러 가지를 엄격하게 금지했다. 아주머니는 그 말을 지켰다. 그래도 가끔 어딘가 가여운 얼굴로 찾아올 때가 있었다. 의사는 그때마다 마음을 독하게 먹고, 아주머니 조금만 더 참으세요, 하고 말투와 표정에까지 의미를 담아 혼낸다는 것이었다.

8월 말, 나는 아름다운 것을 봤다. 아침에 의사의 집 툇마루에서 신문을 읽고 있는데, 내 옆쪽에 다리를 옆으로 포개고 앉아있던 부인이,

"아아, 기분 좋으신 것 같아요."라고 작은 목소리로 살짝 속삭였다.

문득 고개를 드니, 원피스를 입은 깔끔한 차림의 여자가, 바로 눈앞에 나있는 작은 길을 날아갈 듯 빠르게 걷고 있었다. 하얀 양산을 빙글빙글 돌렸다.

"오늘 아침에, 이제 평소와 같은 생활을 해도 좋다는 허락을 받았어요." 부인이 또다시 속삭였다.

삼 년, 이라는 말만으로도, ―가슴이 벅차올랐다. 세월이 지날수록 나는 그 여인의 모습이 아름답게 느껴진다. 그 일은, 의사 부인이 뒤에서 수를 쓴 것일지도 모른다.

姥捨
오바스테

太宰治

「오바스테」

1938년 10월 1일에 발행된 『신조新潮』 제35년 제10호 창작란에 발표되었다.

동반자살을 꾀하는 두 남녀의 이야기. 이 작품을 쓰기 일 년 반 전에 일어났던, 첫 번째 부인이었던 하쓰요와의 동반자살 미수사건을 소재로 한 소설이다. (자세한 설명은 해설 참고)

'오바스테'는 늙은 백모伯母를 어머니처럼 봉양하던 젊은이가 아내의 성화로 산에 백모를 버렸으나, 슬픔에 못 이겨 다시 모셔왔다는 전설을 말한다.

그때,

“괜찮아. 내가 알아서 잘 정리할게요. 처음부터 각오했던 일이에요. 정말로.” 평소와는 다른 목소리로 중얼거리기에,

“그건 안 돼. 네 각오는 내가 알고 있어. 혼자 죽어갈 작정이든가, 아니면, 몸뚱어리만 가지고 나락으로 떨어지든가, 그런 걸 거야. 네겐 말짱히 부모님도 있고, 남동생도 있어. 나는 네가 그런 생각을 하는 걸 알면서도, 어 그러냐?, 하면서 그냥 두고 볼 수는 없어.” 이렇게 사려 깊은 듯 말하면서, 기시치도 문득 죽고 싶어졌다.

“죽을까? 함께 죽자. 신께서도 용서해주실 거야.”

둘은, 숙연히 채비를 시작했다.

잘못을 저지른 사람을 어루만진 부인과, 부인을 그런 지경으로 몰고 갈 만큼 황폐한 생활을 한 남편은, 둘 다 죽음으로써 자신의 신세를 매듭지으려 했다. 어느 이른 봄날의 일이었다. 그 달의 생활비 십사오 엔이 있었다. 그걸, 몽땅 가지고 나섰다. 그 외에 둘이 가진 여벌옷 전부, 라고는 하지만 기시치의 겉옷과 가즈에다의 겹옷 하나, 허리띠 두 개, 그것밖에 남아있지 않았다. 가즈에다가 그것들을 보자기에 싸들

고서, 부부가 오랜만에 어깨를 나란히 하고 외출했다. 남편에게는 외투가 없었다. 구루메가스리[4]로 된 기모노에 사냥모자, 짙은 감색 면으로 된 목도리를 목에 둘렀고, 게다만큼은 흰 색으로 된 새것이었다. 부인에게도 코트는 없었다. 기모노의 짧은 겉옷과 기모노 모두 화살 깃 문양의 명선[5] 감이었고, 외국제 헝겊으로 된 옅은 빨강색 숄이 어울리지 않게 넓게 펼쳐져 상반신을 감싸고 있었다. 부부는 전당포 조금 못 간 지점에서 헤어졌다.

한낮의 오기쿠보[6] 역에는 사람들이 조용히 오가고 있었다. 기시치는 역 앞에 가만히 서서 담배를 피웠다. 가즈에다가 두리번두리번 기시치를 찾다가, 갑자기 그의 모습을 발견하고 거의 구르듯 달려와서는,

"성공이야. 대 성공."이라고 하며 법석을 떨었다. "십오 엔이나 주고 빌리더라. 바보 아냐?"

이 여자는 죽지 않는다. 죽게 하면, 안 되는 사람이다. 나처럼 생활에 못 이겨 부서지지는 않았다. 아직은 살아갈 힘이 남아있다. 죽을 사람은 아니다. 죽기를 계획하고 있다는 것만으로, 세상에 대한 이 사람의 변명이 성립할 것이다. 그러기만 하면, 된다. 이 사람은 용서받을 것이다. 그걸로 됐다. 나만, 혼자서 죽자.

미소 지으며, "거 참 잘했다."라고 칭찬해주고, 가만히 어깨를 두드려 주고 싶었다. "다 해서 삼십 엔이잖아. 잠깐 여행이라도 할 수 있겠다."

신주쿠까지 가는 차표를 샀다. 신주쿠에서 내린 뒤 약국으로 달려갔

4_ 후쿠오카현 구루메 지방에서 나는, 감색 바탕에 붓이 살짝 스친 듯한 규칙적인 무늬가 있는 무명 옷감이다.

5_ 평직의 견직물. 질기고 값이 싸며 옷감, 이불감 등으로 쓰인다.

6_ 도쿄 스기나미 구 위치. 이부세 마스지의 집이 있었으며, 다자이 오사무도 학생시절 이 근처에서 하숙을 하고 있었다.

다. 거기서 큰 상자에 든 최면제 하나를 사고, 다른 약국에 가서 다른 종류의 최면제 한 상자를 샀다. 가즈에다를 가게 밖에서 기다리게 하고, 기시치는 웃으면서 그 약을 샀기에, 딱히 약국 주인이 수상쩍어 할 일은 없었다. 마지막으로 미쓰코시[백화점]에 들어가 약품 코너로 갔는데, 가게가 붐빈 덕에 좀 대담해져서 큰 상자 두 개를 샀다. 검은 눈동자가 돋보이며, 성실해 보이는 갸름한 얼굴의 여자 점원이 의심스럽다는 듯 언뜻 미간에 주름을 보였다. 불길한 표정을 지은 것이다. 기시치도 깜짝 놀랐다. 황급히 미소를 지을 수도 없었다. 점원은 쌀쌀맞게 약을 건네주었다. 발돋움을 하고 우리 뒷모습을 보고 있었다. 그걸 알면서도 기시치는, 일부러 가즈에다에게 딱 붙어서 인파 속을 걸었다. 이렇게 태연히 걷고 있다 해도, 다른 사람이 보면 역시 어딘가 이상한 그림자가 드리워져 있을 것이다. 기시치는, 슬펐다. 그리고 미쓰코시에서, 가즈에다는 특별 할인 매장에 있던 흰 다비 한 켤레 사고, 기시치는 고급 외국 담배를 산 뒤 밖으로 나갔다. 자동차를 타고 아사쿠사로 갔다. 영화관에 갔는데, <황폐한 성에 뜬 달>이라는 영화를 하고 있었다. 첫 부분에는 시골의 소학교 지붕과 목책[木柵]이 나오고, 아이들의 노랫소리가 들려왔다. 기시치는, 그걸 보고 울었다.

"연인 사이에서는 말이지," 기시치는 어둠 속에서 웃으며 부인에게 말을 걸었다. "이렇게 영화를 보면서, 이렇게 손을 잡는 거래." 측은한 마음에, 기시치는 오른손으로 가즈에다의 왼손을 끌어당기고 그 위에 사냥 모자를 덮어서 가리고는 가즈에다의 작은 손을 꼭 쥐어봤다. 하지만, 괴로운 처지에 놓인 부부사이였기에 그게 도리어 마음을 불결하고 두렵게 하여, 기시치는 다시 슬그머니 잡은 손을 놓았다. 가즈에다는 조용히 웃었다. 기시치의 서툰 농담을 듣고 웃은 게 아니라, 영화에 나오는 시답지 않은 개그 때문에 웃은 것이다.

이 사람은, 영화를 보면서 행복해질 수 있는 소박하고 착한 여자다. 이 사람을 죽여서는 안 된다. 이런 사람이 죽다니, 그건 안 될 일이다.

"죽는 거, 관두면 안 되겠어?"

"네, 그러죠." 넋을 놓고 계속 영화를 보면서, 또박또박한 말투로 대답했다. "저, 혼자서 죽을 생각이니까요."

기시치는, 여자의 불가사의함을 느꼈다. 영화관을 나왔을 때는 날이 저물어 있었다. 가즈에다는 초밥을 먹고 싶다는 말을 꺼냈다. 기시치는 비려서 초밥을 싫어했다. 게다가 오늘밤에는, 좀 더 비싼 것을 먹고 싶었다.

"초밥은 좀 그런데."

"그래도 난, 먹고 싶어." 가즈에다에게 제멋대로 구는 것의 미덕을 가르친 사람은, 바로 기시치였다. 고달픔을 참고 견디며 아무렇지 않은 척하는 표정의 불순함을, 몸소 행동으로 가르쳤다.

모든 것이 내게 되돌아온다.

초밥집에서 술을 조금 마셨다. 기시치는 굴튀김을 시켰다. 이게 도쿄에서 먹는 마지막 음식이야, 하고 홀로 중얼거리며 쓴웃음을 지었다. 부인은, 참치회 초밥을 먹었다.

"맛있어?"

"맛없어." 진심으로 싫은 듯, 다시 초밥 하나를 한입 가득 먹고는 "아아 맛없어."라고 말했다.

둘 다 거의 아무 말도 하지 않았다.

초밥집에서 나와서는 만담[7] 극장에 들어갔다. 꽉 차서 앉을 자리가 없었다. 입구에서부터 넘칠 정도로 많은 관객들이 서로 밀치면서 선 채로 보고 있었는데, 그래도 가끔 아하하하 하고 다 같이 웃고 있었다. 관객들 사이에서 이리저리 밀리다가, 가즈에다는 기시치가 있는 곳에서 다섯 간약 9m 이상 멀리 떨어졌다. 가즈에다는 키가 작아서, 관객들 틈으로 무대를 구경하는 모습이 꽤 힘들어보였다. 시골에서 올라온 소녀처럼 보였다. 기시치도 관객들에게 밀리면서 이따금 발돋움을 하고 두리번거렸다. 가즈에다의 모습을 불안한 듯 찾고 있었던 것이다. 무대보다도, 가즈에다가 있는 쪽을 더 많이 보았다. 가슴에 꼭 껴안고 있는 검은 보자기 속에는 약도 들어 있었는데, 고개를 이리저리 움직이며 무대에 있는 연기자의 모습을 보고 싶어서 안달이 난 가즈에다도, 가끔은 문득 뒤돌아보고 기시치를 찾았다. 언뜻 둘의 시선이 맞아도 딱히 미소를 짓지도 않았다. 아무렇지 않다는 듯한 얼굴이었는데, 그래도 서로를 보면 마음이 놓였다.

나는 저 여자에게 꽤 신세를 졌다. 그건, 잊어서는 안 된다. 모든 책임은 내게 있다. 세상 사람들이 만약 저 사람을 지탄한다면, 나는 무슨 수를 써서라도 저 사람을 감싸지 않으면 안 된다. 저 여자는, 착한 사람이다. 그건 내가 알고 있다. 믿고 있다.

이번 일은? 아아, 안 돼, 안 돼. 나는, 웃음으로 때울 수가 없다. 안 된다. 나는 그 일에 대해서만큼은, 태연하게 있을 수가 없다. 참을 수 없다.

용서해. 이건, 내 마지막 에고이즘이다. 나는 윤리적인 면에서는 참을 수 있다. 감각이, 참을 수 없다. 도저히 참을 수 없다.

극장 안에 와아 하고 웃음바다가 일었다. 기시치는 가즈에다에게

7_ 원문은 만자이漫才. 두 사람이 익살스럽게 주고받는 재담.

눈짓을 하고는 밖으로 나갔다.

"미나카미로 가요." 그 전 해의 여름을, 미나카미 역에서 걸어서 한 시간 정도 올라가면 나오는 다니카와[8] 온천이라는, 산속의 온천에서 보냈다. 정말 너무나 괴로운 여름이었는데, 괴로움이 지나쳤던 나머지, 지금은 짙은 색 물감으로 그려진 그림엽서처럼 달콤한 추억으로 느껴지기까지 했다. 흰 땅거미가 내려앉는 산, 하천, 슬프게 죽을 수 있을 것 같았다. 미나카미라는 말을 듣고, 가즈에다의 몸에는 갑자기 생기가 넘쳤다.

"아, 그러면 나, 군밤 사와야겠다. 아줌마가, 먹고 싶다고 몇 번이나 말했어." 가즈에다는 그 여관의 노부인에게 어리광을 피웠고, 사랑도 받았었다. 허술한 하숙집 같은 여관이었는데, 방도 세 개밖에 없었고 안에 목욕탕도 없어서, 바로 옆에 있는 큰 여관에 뜨거운 물을 받으러 가곤 했다. 비가 내릴 때는 우산을 쓰고 밤이면 등불이나 양초를 들고서, 밑에 있는 다니카와 천까지 내려가서 하천이 시작되는 곳의 작은 노천온천에 몸을 담그고 목욕을 했다. 노부부 둘만 사는데 아이는 없었던 것 같고, 그래도 가끔 방 세 개가 찰 때가 있었는데 그럴 때는 노부부가 정신없이 바빠서, 부엌에서 일을 돕기도 하고 폐를 끼치기도 했다. 밥상에도 젓갈이나 낫또 같은 게 놓여 있어서, 아무리 봐도 여관의 요리 같지는 않았다. 기시치는 그곳에 있는 게 마음이 편했다. 노부인이 치통을 앓아서, 보다 못한 기시치가 아스피린을 줬더니, 그게 너무 잘 들어서 바로 스르르 잠들어버렸는데, 평소에 노부인을 애지중지하는 여관 주인은 걱정스러운 듯 어슬렁거렸고, 가즈에다는 그걸 보며 큰

8_ 谷川. 다자이가 1936년 8월부터 약 두 달간 머물렀던 곳. 군마현에 위치.

소리로 웃었다. 한번은 기시치가 혼자서 고개를 숙이고 여관 가까이에 있는 풀숲을 어정어정 걷다가, 문득 여관 현관 쪽을 봤더니, 노부인이 어둑한 현관 계단 아래 마루방에 탈싹 앉은 채로 기시치의 모습을 멍하니 바라보고 있었는데, 그것은 기시치의 소중한 비밀 중 하나가 되었다. 노부인이라고는 해도 마흔 네댓 정도고 복스러운 얼굴에 품위 있는 사람이었다. 주인은 양자로 들어온 사람 같았는데, 그의 부인이다. 가즈에다는 군밤을 샀다. 기시치가 나서서 좀 더 넉넉히 사라고 했다.

우에노 역에는, 고향 냄새가 난다. 고향 사람이 있을까 싶어서, 기시치는 언제나 두려웠다. 특히 그날 밤에는 정초 휴가를 맞은 상점 종업원이나 하녀로 보이는 사람들이 많이 나와 있었기에, 보는 눈이 꽤 많았다. 가즈에다는 매점에서 『모던 일본』의 탐정소설 특집호를 사고, 기시치는 작은 병에 든 위스키를 샀다. 니가타 행, 열시 반 기차에 탔다.

서로 마주보는 의자에 앉고서 둘은 희미하게 웃었다.

"저기 나, 이런 꼴로 가면 아주머니가 이상하게 생각하는 거 아닐까?"

"상관없어. 둘이서 아사쿠사에 영화 보러갔다가 돌아가는 길에 남편이 취해서 미나카미 아주머니 집에 가자고 하는데, 말릴 수가 없어서 그냥 왔다고 말하면 돼."

"하긴 그러네." 태연한 표정으로 말했다.

바로, 다시 말을 꺼낸다.

"아주머니, 놀라겠지?" 기차가 출발할 때까지는 평정을 찾지 못하는 듯 보였다.

"기뻐하겠지. 틀림없어." 출발했다. 가즈에다는 갑자기 굳은 얼굴로 흘끔 플랫폼을 곁눈질 하더니, 다시 시선을 돌렸다. 어디서 나온 배짱인지, 무릎 위의 보자기를 풀어서 잡지를 꺼내어 책장을 넘겼다.

기시치는 다리가 뻐근하고, 기분 나쁘게 가슴만 두근거려서, 약을 먹는 듯한 기분으로 위스키를 마셨다.

돈이 있다면 달리, 이 여자가 죽지 않아도 된다. 상대 남자가 좀 더 확실한 남자라면, 또 다른 방법을 취해도 되는 것이다. 그냥 보고만 있을 수는 없다. 이 여자의 자살은, 의미가 없다.

"저기, 나는 좋은 사람일까?" 기시치는 느닷없이 그런 말을 꺼냈다. "나만 좋은 사람이 되려고 하는 건가?"

목소리가 커서 가즈에다는 당황했고, 그래서 눈썹을 잔뜩 찡그리며 화를 냈다. 기시치는 소심하게 히죽히죽 웃었다.

"하지만 말이지," 장난스럽게, 일부러 필요 이상으로 목소리를 낮춰서 말했다. "너는, 아직까지는 그렇게 불행하진 않아. 왜냐하면, 넌 보통 여자니까. 본질부터가, 나쁘지도 않고 좋지도 않은, 보통 여자야. 하지만, 나는 달라. 어머어마한 놈이지. 아무래도 난, 보통 이하야."

기차는 아카바네를 지나 어둠 속을 세차게 달리고 있었다. 위스키에 취한 탓도 있었고 기차 속도에도 분위기를 타서, 기시치는 달변가가 되어 있었다.

"마누라가 남편한테 정나미가 떨어졌는데, 그렇다 해도 어쩔 도리 없이 이렇게 어정버정 마누라에게 붙어 다니는 게 얼마나 한심한 일인지, 나도 알아. 어리석지. 하지만 난, 좋은 사람이 아니야. 좋은 사람은, 싫어. 내가 사람이 좋아서 여자에게 속고, 그 여자를 포기할 수가 없어서 여자에게 끌려 다니다 죽으면, 예술을 하는 동료들은 순수했다고 하고, 세상 사람들은 마음이 약한 사람이었다고 얘기하겠지만, 그런 엉터리 동정을 사려고 하는 게 아니야. 나는, 내 고통을 견디지 못해서 죽는 거야. 절대, 너를 위해 죽는 게 아냐. 내게도 틀려먹은 점이, 많이 있었어.

다른 사람에게 지나치게 의지했어. 사람의 힘을 과신했어. 그것도 알고, 또, 다른 내 부끄러운 실수도, 다, 잘 알아. 내가, 어떻게든 평범한 사람처럼 살고 싶어서 지금까지 얼마나 애써왔는지, 너도 그건, 조금은 알고 있지 않아? 지푸라기 하나, 거기에 매달려 살았지. 정말 조금이라도 무게가 실리면 그 지푸라기가 끊어질 것 같아서, 난 진짜 죽을힘을 다했는데. 알지? 내가 약한 게 아니라, 고통이 너무 무거운 거야. 이건, 푸념이야. 한이야. 하지만, 그걸 입 밖으로 내어 확실히 말하지 않으면, 다른 사람들은, 아니 너라도, 내 두꺼운 철면피를 과신하고, 내가 괴롭다 괴로워, 라고 말해도, 그건 멋있는 척하는 거, 폼을 잡는 거라며 가볍게 보지."

가즈에다가, 무언가를 말하려고 했다.

"아니, 됐어. 널 비난하는 게 아냐. 넌, 좋은 사람이야. 언제나 넌 솔직했어. 사람들 말을 그대로 믿는 사람이야. 너를 비난할 생각은 없어. 너보다 공부를 더 많이 한 오랜 친구들도, 내 고통을 몰랐어. 내 애정을 믿지 않았지. 충분히 있을 수 있는 일이야. 결국 난, 서툴렀던 거야." 그렇게 말하면서 미소를 지었는데, 가즈에다가 갑자기 짜증을 내는 투로 말했다

"알았어요. 이제 됐어. 다른 사람들이 들으면 큰일이잖아."

"아무것도 모르네. 네겐 내가 어지간히 바보로 보이는구나. 난 말이지 지금, 스스로 좋은 사람이 되려고 하는 내가 마음 한구석 어딘가에 숨어 있는 건 아닐까 싶어서, 그래서 고통스러운 거야. 너와 함께한 지 육칠 년은 됐지만, 넌 한번도, 아니, 그런 일로 너를 비난할 생각은 없어. 그럴 만도 하지. 네 책임이 아니야."

가즈에다는 듣고 있지 않았다. 가만히 잡지를 읽고 있었다. 기시치는

무거운 표정으로, 새까만 창을 향해 혼잣말로 이야기를 이어갔다.

"웃기지 마. 내가 왜 좋은 사람이야? 다른 사람들이, 나에 대해 뭐라고 하냐하면, 거짓말쟁이, 게으름뱅이, 잘난 척쟁이, 사치병자, 난봉꾼, 그 밖에도 훨씬 더 많은 나쁜 이름들을 붙이고 있어. 하지만 난 가만히 있었어. 변명은 한마디도 안 했지. 내겐, 나만의 신념이 있었어. 하지만 그건 입 밖으로 꺼내면 안 되는 거야. 그러면, 아무것도 아닌 게 돼. 난, 역사적 사명이라는 걸 생각해. 내 몸 하나의 행복만 가지고는 살아갈 수 없어. 나는 역사적으로 악역을 사려고 했어. 유다의 악이 강하면 강할수록, 예수의 다정함이 더욱 빛나지. 나는 나를 멸망하는 인종이라고 생각하고 있었어. 내 세계관이 그렇게 가르쳤지. 강렬한 안티테제를 시도해봤어. 멸망하는 자의 악이 강하면 강할수록, 다음에 생겨나는 건강한 빛도 그만큼 더 힘차게 온다는 것, 그걸 믿고 있었지. 난, 그런 기도를 하고 있었어. 내 신세 같은 건, 어찌되든 상관없어. 안티테제로서의 내 역할이, 다음에 생겨날 명랑함에 조금이라도 도움이 된다면, 그걸로 충분하고 난, 죽어도 좋다고 생각했어. 난, 그런 바보야. 내가 잘못 생각하고 있던 건지도 몰라. 나는 어떤 면에서 자만했던 거겠지. 그야말로, 달콤한 꿈이었는지도 몰라. 인생은 연극이 아니니까. 난 패배했고 어차피 곧 죽을 거니까, 너라도 잘 살아, 이런 말은, 잘못된 건지도 몰라. 한 목숨을 버려서 만든, 송장 썩는 냄새가 풀풀 나는 음식은 개를 줘도 안 먹겠지. 오히려 그런 음식을 남에게 주는 게 민폐일지도 몰라. 사람들이 다 함께 좋아지는 게 아니라면, 의미가 없는 건지도 모르지." 창문은 대답할 리가 없었다.

기시치는 일어서서 비틀비틀 화장실 쪽으로 걸어갔다. 화장실에 들어가, 문을 완전히 닫고 나서 조금 머뭇거리다가, 두 손을 똑바로 모았다. 기도하는 자세였다. 절대, 그러는 척 폼을 잡는 게 아니라 진심이었다.

미나카미 역에 도착한 것은 새벽 네 시였다. 아직 어두웠다. 걱정했던 눈도 거의 그쳐서 역 그림자에 고요한 회색빛으로 조용히 남아있을 뿐이었고, 이 정도라면 산 위의 다니카와 온천까지 걸어갈 수 있을지도 모른다고 생각했지만, 그래도 만약을 위해 기시치는 역 앞에 있던 자동차 운전기사를 깨웠다.

자동차가 구불구불 산길을 올라갈수록, 산과 들이 암흑 같은 하늘을 밝힐 정도로 새하얀 눈에 뒤덮여 있는 것을 알 수 있었다.

“춥네. 이렇게 추울 줄은 몰랐어. 도쿄에는 벌써 홑겹 옷을 입고 다니는 사람도 있는데.” 운전기사에게까지 옷차림에 대한 변명을 하고 있었다. “아, 저기서 오른쪽으로 가주세요.”

여관이 가까워지자, 가즈에다는 활기를 되찾았다. “틀림없이 아직 자고 있을 거야.” 이번에는 운전기사에게 “아니, 좀 더 앞쪽으로요.”라고 말했다.

“됐어요, 스톱.” 기시치가 말했다. “남은 길은 걷겠어.” 그 앞은, 길이 좁았다.

자동차에서 내린 기시치와 가즈에다는 같이 다비를 벗고, 여관까지 반 정町약 55m 정도를 걸었다. 노면의 눈은 살짝 녹은 채로 아슬아슬 얇게 쌓여 있어서, 둘의 게다를 흠뻑 적셨다. 여관의 문을 두드리려고 하는데, 조금 뒤쳐져 걷고 있던 가즈에다가 재빨리 앞으로 와서 말했다.

“내가 두드리게 해줘. 내가 아주머니를 깨울 거야.” 자기가 더 잘한다며 싸우는 아이 같았다.

여관 노부부는 놀랐다. 말하자면, 조용히 당황하고 있었다.

기시치는 혼자 서둘러 2층으로 올라가, 작년 여름에 살던 방으로 가서 전등 스위치를 켰다. 가즈에다의 목소리가 들려온다.

"그게 말이지, 아주머니 집에 가자고 하면서, 말을 안 듣는 거예요. 아무튼 예술가란, 애야 애." 자신이 거짓말을 하고 있다는 사실을 잊은 듯 들떠 있었다. 도쿄는 홑겹 옷이라는 이야기를 또 했다.

노부인이 조용히 2층으로 올라와서는 방의 덧문을 천천히 끌어올리며,

"오느라 고생 많았네."

라고 한마디 했다.

밖은 어느 정도 밝아져서, 새하얀 산허리가 바로 눈앞에 나타났다. 골짜기를 들여다보니, 자욱한 아침 안개의 바닥에 한 줄기 다니카와 천이 검게 흐르고 있는 것도 보였다.

"너무 춥다." 거짓말이다. 그렇게까지 춥다는 생각은 안 들었다. "술 마시고 싶다."

"몸은 괜찮아?"

"네, 이제 완전히 나았어요. 살쪘죠?"

그때 가즈에다가 커다란 고타쓰[9]를 직접 가지고 왔다.

"아아, 무거워. 아주머니, 이거 아저씨 걸 빌렸어요. 아저씨가 가지고 가도 된다고 했어요. 추워 죽겠다." 기시치 쪽으로는 눈길도 안 주고, 혼자서 이상하리만치 야단을 떨었다.

둘만 남게 되자 갑자기 진지해졌다.

"나, 지쳤어요. 목욕하고 나서 한숨 잘까 해요."

9_ 일본의 실내 난방기구. 나무틀에 화로를 넣고 그 위에 이불, 포대기 등을 씌운 것.

"아래 쪽 노천온천으로 갈 수 있으려나?"

"응, 갈 수 있대요. 아줌마 아저씨도, 매일 간대요."

주인이 커다란 짚신을 신고, 어제 내려서 쌓인 눈을 밟아 다져가며 길을 만들어줬고, 기시치, 가즈에다가 그 뒤를 따라 어스름한 다니카와 천으로 내려갔다. 둘은 주인이 가지고 있던 돗자리 위에 기모노를 벗고, 탕 안으로 들어갔다. 가즈에다의 몸은 통통하게 살쪄 있었다. 오늘밤에 죽을 사람이라는 게, 아무래도 믿기지가 않았다.

주인이 가고 나서 기시치는,

"저 근천가?"라고 말하면서, 짙은 아침안개가 천천히 흐르고 있는 하얀 산 중턱을 턱으로 가리켰다.

"그런데 눈이 많이 쌓여서, 못 올라가지 않을까?"

"더 하류 쪽이 좋으려나? 미나카미 역 쪽에는 눈이 그렇게 많이 없었으니까."

어디에서 죽을지에 대한 이야기였다.

여관에 돌아가니 이불이 깔려 있었다. 가즈에다는 바로 이불 속으로 뛰어 들어가 잡지를 읽었다. 가즈에다의 발밑에는 커다란 고타쓰가 있어서 따뜻해보였다. 기시치는 자기 쪽 이불을 걷어 올리고, 양반다리를 하고서 화로를 붙들고 테이블 앞에 앉아 술을 마셨다. 안주는 게 통조림과 말린 표고버섯이었다. 사과도 있었다.

"저기, 하룻밤 더 미루지 않겠어?"

"응," 아내는 잡지를 보면서 대답했다. "언제든 상관없어. 하지만, 돈이 부족해질지도 몰라."

"얼마 남아있지?" 그런 걸 물으면서, 기시치는 진심으로 부끄러웠다.

미련. 이건, 불쾌한 것이다. 세상에서 가장 한심한 것이다. 이래서는 안 된다. 내가 이렇게 꾸물거리는 건 다른 이유가 아니라, 이 여자의 몸을 탐하기 때문은 아닐까?

기시치는 말문이 막혔다.

살아서 또다시, 이 여자와 살아갈 생각은 없는 걸까? 빌린 돈, 그것도, 의리에 어긋나게 빌린 돈, 이걸 어쩌면 좋을까. 오명汚名, 반미치광이라는 오명, 이걸 어쩌면 좋을까. 그리고 가족.

"저기, 넌 역시 우리 가족들을 당해낼 수 없었던 거지? 아무래도 그런 것 같아."

가즈에다는 잡지에서 눈을 떼지 않고 바로 대답했다.

"맞아, 난 어차피 맘에 안 드는 며느리야."

"아니, 그렇다고만은 할 수 없어. 분명, 너도 노력이 부족한 건 있었어."

"이제 됐어. 지겨워." 잡지를 집어던지며 말했다. "그럴싸한 이유만 만들어서 늘어놓네? 그러니까 사람들이 싫어하는 거야."

"아아, 그런가? 넌 나를 싫어했었지. 실례했어." 기시치는, 취한 사람처럼 말했다.

왜, 나는 질투를 안 하는 걸까? 역시, 나는 자만에 빠진 걸까? 나를 싫어할 리가 없다. 그렇게 믿고 있는 걸까? 화도 나지 않는다. 언제나처럼 사람이 지나치게 약하다는 그 이유 때문일까? 이런 내 느낌이야말로, 오만함이라는 게 아닐까? 그렇다면 내 사고방식은, 모두 틀렸다. 내가 지금까지 살아온 방식은, 모두 틀렸다. 어째서 단순히 증오하지를 못하고, 그럴 만하다는 식으로 넘어가는 걸까? 그런 질투야말로 조신하고, 아름답지 않은가? 겹쳐서 네 개로 만드는[10] 분노야말로 진정 솔직한

10_ 겹쳐서 네 개로 만든다重ねて四つ는 말은, 에도시대에 간통죄를 일컬어 간통한 여자와 남자를 겹쳐서 잘라 몸통을 네 개로 만들어야 할 죄라고 했던 말에서 나온 것이다.

게 아닐까? 그런데 나는 왜 이런가? 미련이라는 둥, 좋은 사람이라는 둥, 온화한 부처님 얼굴이라는 둥, 도덕이라는 둥, 빌린 돈이라는 둥, 책임이라는 둥, 신세를 졌다는 둥, 안티테제라는 둥, 역사적 의무라는 둥, 가족이라는 둥, 아아, 다 틀렸어.

기시치는 몽둥이를 휘둘러, 자신의 머리를 확 때려 부수고 싶다고 생각했다.

"한잠 자고 나서 출발이야. 행동개시, 행동개시."

기시치는 자기 이불을 퉁탕거리며 펴고, 그 속으로 들어갔다.

꽤 취해 있었기 때문에, 어떻게든 잠들 수 있었다. 어렴풋이 눈을 뜬 것은 점심이 조금 지난 무렵이었는데, 기시치는 쓸쓸함을 견딜 수 없었다. 벌떡 일어나서 또다시 춥다 추워 라는 말을 중얼거리며, 아래층 사람에게 술을 가져와 달라고 했다.

"자, 이제 일어나자. 출발이다."

가즈에다는 입을 살짝 벌리고 자고 있었다. 휘둥그레 눈을 뜨고는,

"아, 벌써 시간이 그렇게 됐어?"

"아니, 점심이 조금 지났을 뿐이지만, 난 이제 못 참겠어."

아무 생각도 하고 싶지 않았다. 빨리 죽고 싶었다.

그러고 나서는, 모든 게 빨랐다. 가즈에다에게 온 김에 이 근처의 온천들을 둘러보고 싶다고 말하게 하고 여관을 떠났다. 하늘도 활짝 개어 있으니, 우리는 천천히 걸으며 지나가는 길의 경치를 구경하면서 산을 내려갈 거니까 필요 없다는 말로 자동차로 가지 않겠냐는 제안을 거절했다. 한 정109.1m을 걷고서 문득 뒤돌아보니, 여관의 노부인이 우리 뒤를 따라 뛰어오고 있었다.

"저기, 아주머니가 왔어." 기시치는 불안했다.

"이거, 말이지." 노부인은 얼굴을 붉히며 기시치에게 종이꾸러미를 내밀었다. "풀솜이야. 집에서 뽑아서 만들었어. 아무것도 없어서 말이지."

"고맙습니다." 기시치가 말했다.

"아주머니, 뭐 이런 것 까지 신경 쓰세요." 가즈에다가 말했다. 둘은, 어쩐지 마음이 놓였다.

기시치는 발걸음을 재촉했다.

"조심해서 잘 가."

"아주머니도 건강하세요." 뒤에서, 아직도 인사를 하고 있었다. 기시치는 오른쪽으로 휙 돌아섰다.

"아주머니, 악수."

손을 꽉 쥔 노부인의 얼굴에는 쑥스러움과 동시에 공포의 빛까지 나타나 있었다.

"취해서 이래요." 가즈에다가 옆에서 덧붙였다.

취해 있었다. 한껏 웃으며 노부인과 헤어지고서, 산을 내려갈수록 쌓인 눈도 얕아졌고, 기시치는 작은 목소리로 저기 어떠냐, 여긴 어떠냐, 하고 가즈에다에게 물어보기 시작했다. 가즈에다는 미나카미 역에 더 가까운 편이 쓸쓸하지 않아서 좋다고 했다. 이윽고 미나카미의 마을이 눈 아래 까맣게 보이기 시작했다.

"이제 더 미룰 순 없어, 그렇지?" 기시치는, 억지로 밝은 척하며 말했다.

"응." 가즈에다는 진지한 표정으로 끄덕였다.

기시치는 일부러 느긋한 걸음으로 길 왼편의 삼나무 숲으로 들어갔다. 가즈에다도 뒤따랐다. 눈은 거의 없었다. 낙엽이 두껍게 쌓여있고, 축축하게 젖어 질퍽거렸다. 개의치 않고, 성큼성큼 걸어갔다. 경사가 가파른 길은 기어 올라갔다. 죽는 데에도 노력이 필요하다. 둘이 앉을 수 있을 만한 초원을 겨우 찾았다. 그곳엔 볕도 살짝 들고, 샘물도 있었다.

"여기로 하자." 지쳐 있었다.

가즈에다는 손수건을 깔고 앉았고 기시치는 그걸 보고 웃었다. 가즈에다는 거의 아무 말도 하지 않았다. 보자기에서 약을 차례로 꺼내고, 봉해진 부분을 뜯었다. 기시치는 그걸 들고 말했다.

"이 약에 대해서는 내가 잘 알지. 어디 보자, 넌, 이것만 먹으면 돼."

"너무 적잖아. 이것만 먹고 죽을 수 있어?"

"처음 먹는 사람은 그것만 먹어도 죽을 수 있어. 난 계속 먹고 있으니까, 너의 열 배는 먹어야 해. 살아남는다면, 차마 눈뜨고 볼 수 없을 테니까." 살아남으면, 감옥행이다.

하지만 나는, 가즈에다를 살아남게 해서 비굴한 복수를 하려고 하는 건 아닐까? 설마 그런, 달콤한 통속소설 같은, —그런 생각에 화까지 치밀어 오른 기시치는, 한손에 넘칠 정도의 알약을 샘물로 꿀꺽, 꿀꺽 들이켰다. 가즈에다도 서툰 손놀림으로 함께 먹었다.

입을 맞추고, 둘은 나란히 누워서 말했다.

"자 이제, 이별이다. 살아남은 사람은 씩씩하게 살아가는 거야."

기시치는, 최면제만 가지고는 죽기 힘들다는 것을 알고 있었다. 슬쩍 자기 몸을 벼랑 끝까지 이동시키고, 허리띠를 풀어서 목에 감아 그 끝을 뽕나무같이 생긴 나뭇가지에 묶어서, 잠듦과 동시에 벼랑에서 미끄러지며 떨어져서 목매 죽도록, 그렇게 해두었다. 전부터 그렇게 하기 위해 구태여 이 절벽 위 초원을, 죽을 장소로 정해두었다. 잠들었다.

어슴푸레 질질 미끄러지고 있다는 느낌이 들었다.

춥다. 눈이 떠졌다. 캄캄했다. 달빛이 비춰 들었고, 여긴 어디지? ……문득 깨달았다.

나는 살아남았다.

목에 손을 대봤다. 허리띠는 제대로 감겨 있었다. 허리가 차가웠다. 물구덩이에 빠져있었다. 그래서 알았다. 벼랑을 따라 수직으로 떨어지지 않고 몸이 옆으로 넘어져서, 벼랑 위의 움푹 파인 땅에 떨어진 것이다. 움푹 파인 땅에는 샘물이 졸졸 흘러들어서, 기시치는 등에서 허리까지가 뼛속까지 얼 정도로 차가웠다.

나는 살았다. 죽을 수 없었던 것이다. 이건, 엄연한 사실이다. 이렇게 된 이상 가즈에다를 죽게 놔둬서는 안 된다. 아아, 살아 있기를, 살아 있기를.

사지에 맥이 빠져서 일어나는 것조차 쉽지 않았다. 혼신의 힘을 다해 다시 일어나, 나뭇가지에 매어놓은 허리띠를 풀어 목에서 빼내고, 물구덩이 속에서 양반다리를 하고 주위를 가만히 둘러보았다. 가즈에다의 모습은, 없었다.

이리저리 기어 다니며 가즈에다를 찾았다. 벼랑 아래서 검은 물체를 발견했다. 작은 강아지처럼 보이기도 했다. 천천히 벼랑을 기어 내려가 가까이 다가가 보니, 가즈에다였다. 다리를 잡아보니 차가웠다. 죽은 건가? 가즈에다의 입에 살짝 손바닥을 대어 호흡이 있는지 확인했다. 없었다. 바보! 죽어 나자빠지다니. 버릇없는 녀석. 이상한 분노가 끓어올랐다. 난폭하게 손목을 잡고 맥을 짚었다. 희미한 맥박이 느껴졌다. 살아 있다. 살아 있다. 가슴에 손을 넣어보았다. 따뜻했다. 뭐야. 바보 같은 녀석. 살고 자빠지다니. 장하다, 장해. 몹시, 사랑스럽게 느껴졌다.

그 정도의 양으로 죽을 리가 없다. 아아, 아. 작은 행복을 느끼며, 가즈에다 옆에 반듯이 드러누웠다. 그것을 끝으로 기시치는 다시 정신을 잃었다.

두 번째 눈을 떴을 때, 가즈에다는 옆에서 큰 소리로 쿨쿨 코를 골고 있었다. 기시치는 그걸 들으며 부끄러울 정도였다. 건강한 녀석이다.

"어이, 가즈에다. 정신 차려봐. 살았어. 둘 다, 살아남았어." 쓴웃음을 지으며 가즈에다의 등을 쓰다듬었다.

가즈에다는 편안한 듯 곤히 잠들어 있었다. 깊은 밤 산의 삼나무는 기다란 모습으로 우뚝 서 있었고, 뾰족한 바늘 같은 가지 끝에는 차가운 반달이 걸려 있었다. 어쩐지 눈물이 났다. 훌쩍훌쩍 오열하기 시작했다. 나는, 아직도 애다. 애가, 어째서 이런 고생을 해야만 하는 걸까?

갑자기 옆에 있던 가즈에다가 소리쳤다.

"아주머니. 아파요. 가슴이, 아파요." 피리소리 같았다.

기시치는 경악했다. 이렇게 큰 소리를 냈다가 혹시 누군가 산기슭을 지나가는 사람이라도 있어서 그 소리를 듣는다면 큰일이라고 생각했다.

"가즈에다, 여긴 여관이 아니야. 아주머니는 없어."

그걸 알 리가 없었다. 아파요, 아파요, 라면서 고통스러운 듯 몸을 비비 꼬더니, 아래로 굴러갔다. 가즈에다의 몸은 완만한 경사에도 기슭에 난 길까지 굴러갈 기세라, 기시치도 억지로 자기 몸을 굴리며 그 뒤를 쫓았다. 삼나무 한 그루에 가로막혀서 멈춘 가즈에다는 그 나무에 달라붙어서,

"아주머니, 추워요. 고타쓰 가져와요."라고 큰 소리로 외치고 있었다.

가까이 가서 달빛에 비친 가즈에다를 보니까, 그녀의 모습은 이미 사람의 모습이 아니었다. 머리는 풀렸고, 게다가 썩은 삼나무 낙엽이

머리에 잔뜩 묻어서, 사자의 정령 같은 머리처럼, 혹은 깊은 산속에 사는 마귀할멈의 머리처럼, 심하게 헝클어져 있었다.

정신을 바짝 차려야 한다. 나라도, 정신을 바짝 차려야 한다. 기시치는 비틀비틀 일어나 가즈에다를 안고, 또다시 삼나무 숲 쪽으로 되돌아가려고 애썼다. 털썩 고꾸라지고, 기어오르고, 미끄러져 떨어지고, 나무뿌리에 매달리고, 흙을 헤치며, 가즈에다의 몸을 조금씩 숲 쪽으로 끌어올렸다. 몇 시간을 그렇게 부단히 애쓰고 있었을까?

아아, 이제 싫다. 이 여자는, 내겐 너무 버겁다. 좋은 사람이지만, 내 분에 넘친다. 나는 무력한 인간이다. 나는 평생 이 사람을 위해, 이런 고생을 해야만 하는 걸까? 싫다, 이제 싫다. 헤어지자. 나는, 내 힘으로 할 수 있는 건 다 했다.

그때, 확실히 결심이 섰다.

이 여자는, 틀렸다. 끝없이 내게만 의지하고 있다. 남들에게서 무슨 말을 들어도 좋다. 나는, 이 여자와 헤어져야겠다.

거의 해가 뜰 시간이 됐다. 하늘이 하얘지기 시작했다. 가즈에다도 점점 얌전해졌다. 아침 안개가 나무숲에 자욱이 차올라 있었다.

단순해지자. 단순해지자. 남자다움이라는 말의 단순함을 비웃으면 안 된다. 인간은 소박하게 사는 것 말고는, 달리 살아갈 방도가 없는 존재다.

옆에서 자고 있는 가즈에다의 머리에 붙은 썩은 삼나무 잎을 하나하나 정성스레 떼어주면서,

나는, 이 여자를 사랑하고 있다. 어쩔 줄을 모를 정도로 사랑하고 있다. 그것이 내 고통의 시작이다. 하지만, 이제 됐다. 나는 사랑하면서 멀어질 수 있는, 어떤 힘을 얻었다. 살아가기 위해서는 사랑도 희생해야

한다. [illegible] 당연한 거잖아. 세상 사람들은 모두 그렇게 살고 있다. 그게 당연하다는 것처럼 산[illegible] 살아가기 위해서는, 그럴 수밖에 없다. 나는, 천재가 아니다. 미치광이도 아니다.

점심때가 조금 지날 때까지, 가즈에다는 푹 잤다. 기시치는 그 [illegible] 비틀거리면서 자신의 젖은 기모노를 벗고, 말리고, 또 가즈에다의 게다를 찾아 헤매다가, 빈 약상자를 땅에 묻고, 가즈에다의 기모노에 묻은 진흙을 손수건으로 닦아내고, 그 밖에도 많은 일을 했다.

가즈에다는 깨어난 뒤에, 기시치에게서 어젯밤에 있었던 일을 이것저것 듣고,

"정말, 죄송합니다."라고 말하며 머리를 꾸벅 숙였다. 기시치는, 웃었다.

기시치는 이제 걸을 수 있었지만, 가즈에다는 걸을 수 없었다. 둘은 잠시 앉아서 앞으로 어떻게 할지에 대해 의논했다. 돈은, 아직 십 엔 가까이 남아 있었다. 기시치는 둘이 함께 도쿄로 돌아가자고 주장했지만, 가즈에다는 기모노도 많이 더러워져서 도저히 이대로는 기차를 탈 수 없다고 했다. 결국 가즈에다는 다시 차를 타고, 다니카와 온천으로 돌아가서, 아주머니께 다른 온천에서 산책하다가 넘어지는 바람에 기모노가 더러워졌다는 둥, 어쩐지 어설픈 거짓말을 하고, 기시치가 도쿄로 먼저 돌아가서 갈아입을 기모노와 돈을 가지고 다시 데리러 올 때까지 여관에서 조용히 몸을 추스르기로 했다. 기시치의 기모노가 다 마르자, 기시치는 혼자 삼나무 숲을 빠져나가 미나카미 시내로 나가서 센베일본식 쌀과자와 캐러멜, 사이다를 샀고, 다시 산으로 돌아와서 가즈에다와 함께 먹었다. 가즈에다는 사이다를 한 모금 마시고 토했다.

어두워질 때까지 둘은 함께 있었다. 가즈에다가 어떻게든 걸을 수

있게 되자, 둘이서 삼나무 숲을 빠져나왔다. 가즈에다를 차에 태워 다니카와로 보내고 나서, 기시치는 혼자 기차를 타고 도쿄로 돌아갔다.

그 뒤 가즈에다의 숙부님께 사정을 털어놓고, 모든 것을 부탁했다. 말수가 적은 숙부님은,

"유감이네."

라고 말하면서 정말로 유감스럽다는 표정을 지었다.

숙부님이 가즈에다를 데리고 돌아왔고, 숙부님의 집에서 맡아 돌보게 되었는데,

"가즈에다는 그 여관집 딸처럼, 밤에 잘 때는, 주인장과 부인 사이에 이불을 깔고, 태평스레 자고 있었어. 이상한 녀석이지."라고 말하면서 목을 움츠리고 웃었다. 그 외에는 아무 말도 하지 않았다.

이 숙부님은 좋은 사람이었다. 기시치가 가즈에다와 완전히 헤어지고 나서도, 기시치와 아무 거리낌 없이 함께 술을 마시며 놀았다. 그래도 지금은,

"가즈에다도 불쌍하지."

그렇게 문득 생각난 듯 얘기했고, 기시치는 그때마다 마음이 약해져서 난처했다.

I can speak
I can speak

太宰治

「I can speak」

1939년 2월 1일에 발행된 『어린 풀若草』 제15권 제2호에 '엄동설한 콩트 다섯 편' 중의 한 편으로 발표되었다. 작은 에피소드로 고뇌와 침묵으로 보낸 일 년 반의 생활에서 벗어나(해설 참고), 자기 재생을 다짐하는 다자이의 심경을 엿볼 수 있다.

괴로움은, 인내의 밤. 포기의 아침. 이 세상이란, 포기를 위해 애쓰는 곳인가. 쓸쓸함을 견디기 위한 곳인가. 젊음은 이렇게 하루하루 좀먹혀 가고, 행복도, 더러운 속세에서 찾는 것, 인즉.

내 노래는 소리를 잃고, 얼마동안 도쿄에서 무위도식했는데, 그러던 중에 무언가, 노래가 아니라, 말하자면 '생활 속의 중얼거림'이라고 할 법한 것을 끼적이기 시작해서, 스스로의 작품으로 내 문학이 나아갈 길을 조금씩 알게 되었고, 음, 이런 거겠지? 하고 다소, 자신감 비슷한 것을 느끼며, 전부터 구상하고 있던 긴 소설을 쓰기 시작했다.

작년 9월, 고슈의 미사카 고개[1] 정상에 있는 텐카차야라는 찻집 2층을 빌려서, 거기서 조금씩 그 일을 하며, 가까스로 100장을 쓰고 나서 다시 읽어 봤는데, 그렇게 못 쓴 작품은 아니었다. 새로이 힘을 얻어, 어쨌든 이것을 완성하기 전에는 도쿄에 돌아가지 말아야지, 하고 미사카의 찬바람이 세게 불던 날, 혼자 멋대로 자신에게 약속했다.

1_ 다자이 오사무가 1938년 9월부터 11월까지 머물렀던 곳으로, 지금의 야마나시현에 위치한다.

바보 같은 약속을 한 것이다. 9월, 10월, 11월, 미사카의 추위를 견디기가 힘들어졌다. 그 무렵에는 밤마다 마음이 불안했다. 어떻게 할지 많은 고민을 했다. 혼자 멋대로 자신에게 약속하고는, 이제 와서 그걸 어기지도 못하고, 도쿄로 어서 돌아가고 싶어도 그건 어쩐지 계율을 어기는 것 같은 기분이 들어서, 고개 위에서 어찌할 바를 모르고 있었다. 고후[2]로 내려가야겠다고 생각했다. 고후라면 도쿄보다도 따뜻할 정도라서, 이 겨울도 잘 날 수 있을 거라고 생각했다.

고후로 내려갔다. 살았다. 더 이상 이상한 기침이 나오지 않았다. 고후 변두리에 있는 하숙집의 볕이 잘 드는 방 하나를 빌려서, 책상 앞에 앉아보고, 여기로 오길 잘했다는 생각을 했다. 다시, 조금씩 하던 일을 계속했다.

점심때쯤부터 혼자 끼적끼적 일을 하고 있자니, 젊은 여자들의 합창이 들려왔다. 나는 펜을 움직이던 손을 멈추고, 귀를 기울였다. 하숙집과 골목길 하나를 사이에 둔 실공장이 있었다. 그곳의 여공들이 작업을 하면서 하는 노랫소리였다. 그 중에 한 명의 목소리가 특히 좋았는데, 그 사람이 리드하면서 노래하는 것 같았다. 군계일학, 그런 느낌이었다. 좋은 목소리구나, 싶었다. 고맙다는 말을 하고 싶을 정도였다. 공장의 담을 기어올라 그 목소리의 주인공을 한번 보고 싶다는 생각까지 들었다.

여기, 쓸쓸한 남자 한 명이 있는데, 매일매일 당신의 노랫소리 덕에 얼마나 큰 힘을 얻고 있는지 모를 겁니다, 당신은 그걸 모르시겠죠, 당신은 저와 저의 일에 정말 큰 격려가 되고 있어요. 진심으로 감사의 말씀을 드리고 싶습니다. 그런 말을 써 갈기고, 공장 창문으로 던져

2_ 다자이 오사무가 덴카차야에서 이사한 후 살았던 야마나시현에 위치한 도시. 고후에는 1939년 9월 도쿄의 미타카로 이사하기 전까지 머물렀다.

넣으려는 생각도 해봤다.

하지만 그런 짓을 했다가 그 여공이 놀라고 겁에 질려서 갑자기 목소리가 안 나오기라도 하면, 그건 큰일이다. 내 감사의 말이 천진난만한 노래를 더럽힌다면, 그건 죄악이다. 나는 혼자서 이러지도 저러지도 못하고 있었다.

사랑, 이었을지도 모른다. 2월, 춥고 조용한 밤이었다. 공장 앞 골목길에서 갑자기 입이 건 취객의 목소리가 들려왔다. 나는 귀를 기울였다.

—나, 나 우습게보지 마. 뭐가 웃겨? 가끔 술을 마시기는 해도, 난 비웃음을 살 만한 일을 한 기억은 없어. I can speak English. 난, 야학에 다니고 있어. 누나는 알고 있어? 모르지? 엄마한테도 비밀로 하고, 몰래 야학에 다니고 있어. 훌륭한 사람이 돼야 하니까. 누나, 뭐가 웃겨. 뭘 그렇게 웃어? 저기, 누나. 난 말이지, 머지않아 군대에 갈 거야. 그땐 놀라지 마. 주정뱅이 남동생도, 보통 사람들처럼 일은 할 수 있어. 거짓말이야. 아직 군대에 가는 건 안 정해졌어. 하지만 말이지, I can speak English. Can you speak English? Yes, I can. 좋다, 영어라는 건. 누나, 확실히 말해줘, 난, 좋은 아이지, 그렇지, 좋은 아이지? 엄마는, 아무것도 몰라…….

나는 장지문을 살짝 열고, 골목길을 내려다봤다. 처음에는 흰 매화인가 싶었다. 아니었다. 남동생의 하얀 비옷이었다.

계절에 어울리지 않는 비옷을 입고, 남동생은 추운 듯 공장 담에 등을 딱 붙이고 서 있었고, 한 여공이 그 담 위에 있는 공장 창문 밖으로 상반신을 내밀어 취한 남동생을 바라보고 있었다.

달빛이 있었지만, 여공 남동생의 얼굴과 여공의 얼굴 모두, 뚜렷이 보이지는 않았다. 누나의 얼굴은 둥글고 희끄무레하고, 웃고 있는 것 같았다. 남동생의 얼굴은 검었고, 아직 어린 티가 났다. I can speak라는 그 취객의 영어가, 괴로울 정도로 내 마음을 울렸다. 태초에 말이 있었으니. 모든 것이, 여기에서 비롯된다. 나는 문득, 잊고 있던 노래를 떠올린 듯한 기분이 들었다. 하잘것없는 풍경이었지만, 그래도 나는 잊을 수가 없다.

그날 밤의 여공이 그 목소리 좋은 사람인지 아닌지, 그건 모른다. 아니겠지.

富嶽百景
후지산 백경

太宰治

「후지산 백경」

1939년 2월 1일에 발행된 『문체文体』 제2권 제2호의 '창작특집'란에 「후지산 백경」으로 전반부가 발표되고, 후반부는 같은 해 3월 1일 발행된 『문체』 제2권 제3호 창작란에 「속 후지산 백경」으로 발표되었다.

다자이는 이 작품이 단편집 『추억』에 수록될 당시, 이 작품을 '스케치의 연속'이라고 자평했다. 그의 말대로, 이 작품은 1938년 당시 작가가 머물렀던 미사카 고개에서의 생활과 더불어 바라본 후지산의 풍경이 스케치되어 있는 작품이라 할 수 있다. 일본에서는 작품 중에 나오는 '후지산에는, 달맞이꽃이 잘 어울린다.'는 문장이 굉장히 유명한데, 다자이 사후 미사카 고개에는 그 문장이 새겨진 비석이 세워졌을 정도다.

후지산 정상, 히로시게[1]의 후지산은 85도, 분초[2]의 후지산도 84도 정도지만, 육군의 실측도로 동서 및 남북으로 단면도를 만들어보면, 동서종단은 정상이 124도고, 남북은 117도다. 히로시게와 분초뿐만 아니라, 거의 대부분의 그림 속 후지산은 예각이다. 정상이 얇고, 높고, 날씬하다. 호쿠사이[3]는 후지산의 정상을 거의 30도 정도로, 에펠탑처럼 그렸다. 하지만 실제 후지산은, 둔각도 보통 둔각이 아니라 넓적하게 퍼져서, 동서 124도, 남북은 117도로 뾰족하고 높게 잘빠진 산이 아니다. 예를 들면 내가 인도나 어느 다른 나라에서 갑자기 독수리에 채여, 일본의 누마즈 근처 해안에 쿵 하고 떨어져서 우연히 이 산을 보게 되더라도, 그렇게 놀라지는 않을 것이다. 이미 일본의 후지산을 동경하고 있으니까 '원더풀'한 것이다. 나와 달리 후지산에 대한 통속적인 선전을 전혀 모르는 소박하고, 순수하고, 공허한 마음을 가진 사람에게는 과연, 어느 정도의 호소력이 있을까? 그런 생각을 하면 좀, 미덥지

1_ 우타가와 히로시게歌川廣重(1797~1858). 에도 말기 우키요에浮世繪 화가.

2_ 다니 분초谷文晁(1763~1840). 에도 말기의 화가.

3_ 가쓰시카 호쿠사이葛飾北齋(1760~1849). 에도 말기 우키요에浮世繪 화가.

못한 산이다. 낮다. 기슭이 펼쳐져 있는 정도에 비해 낮다. 저 정도 기슭이 있는 산이라면, 적어도 1.5배는 더 높아야 한다.

짓코쿠 고개에서 바라본 후지산만큼은 높았다. 그건, 좋았다. 처음에는 구름 때문에 정상이 보이지 않아서, 나는 그 기슭의 경사로 판단하여 아마 저기쯤이 정상일 거라고 구름 위의 한 점에 표시를 했는데, 잠시 뒤 구름이 걷히고 나서 보니 그게 아니었다. 내가 미리 표시를 해둔 곳보다 몇 배나 더 높은 곳에 푸른 정상이 환하게 보였다. 놀랐다기보다 어쩐지 쑥스러워서, 껄껄 웃었다. 좀 하는데, 싶었다. 사람은 완전히 믿음직한 것을 접하면 우선, 칠칠치 못하게 껄껄 웃게 되나보다. 온몸의 나사가 어이없이 풀려서, 이건 이상한 말이지만, 허리띠를 풀고 웃는 듯한 기분이었다. 여러분이 애인을 만났는데 애인이 당신을 만나자마자 껄껄 웃는다면, 그건 축하할 일이다. 절대로 애인의 무례함을 나무라서는 안 된다. 애인은 당신을 만나서, 당신이 완벽하게 믿음직스러운 사람이라는 사실을 온몸으로 느끼고 있는 것이다.

도쿄의 아파트 창으로 보는 후지산은, 답답하다. 겨울에는 확실히 잘 보인다. 작고 새하얀 삼각형이 지평선에 오도카니 나와 있는데, 그게 후지산이다. 별다를 건 없고, 크리스마스 때 쓰는 장식용 과자다. 게다가 왼쪽 어깨가 기울어져서 불안하고, 배의 뒷부분부터 점점 침몰해 가는 군함의 모습과 닮았다. 삼 년 전 겨울, 나는 어떤 사람에게 의외의 사실을 듣고 어쩔 줄을 몰랐다. 그날 밤 어느 아파트의 방에서, 혼자 꿀꺽꿀꺽 술을 마셨다. 한숨도 안 자고 술을 마셨다. 동틀 무렵 소변을 보려고 서 있는데, 철망이 쳐진 아파트 변소의 네모난 창문 밖으로 후지산이 보였다. 작고 새하얗고, 왼쪽으로 조금 기울어진, 그 후지산을 잊을 수가 없다. 생선장수가 자전거를 타고 창문 아래 아스팔트길을 쌩 하고 지나가면서, 오, 오늘 아침은 후지산이 유난히 뚜렷하게 보이네, 너무 춥다, 라는 혼잣말을 했고, 나는 어두운 변소에 한참을 서서 창문의 철망을 만지작거리며 훌쩍훌쩍 울었는데, 그런 기분은 두 번 다시 맛보고 싶지 않다.

쇼와 13년1938년 초가을, 나는 마음을 새로이 하자는 각오로 가방 하나만 들고 여행을 떠났다.

고슈. 이곳에 있는 산들의 특징은, 산의 능선이 묘하게 공허하고 완만하다는 것이다. 고지마 우스이라는 사람의 일본산수山水론에도, '산에는 비뚤어진 사람들이 많고, 신선처럼 노는 것 같다.'라는 말이 있었다. 고슈의 산들은, 어쩌면 산 중에서도 값싸고 대중적인 느낌의 산인지도 모른다. 나는, 고후 시에서 버스를 타고 한 시간을 갔다. 미사카 고개에 도착했다.

미사카 고개, 해발 1,300미터. 이 고개의 정상에 덴카차야라는 작은 찻집이 있는데, 이부세 마스지 씨가 초여름쯤부터 여기 2층에 틀어박혀 일을 하고 있었다. 나는 그걸 알고 여기로 왔다. 이부세 씨의 일에 방해가 되지 않는다면, 옆방이라도 빌려서 나도 당분간 여기서 신선놀음을 하고 싶었다.

이부세 씨는 일을 하고 있었다. 나는 이부세 씨의 허락을 받아 당분간 그 찻집에 머물게 되었고, 그 이후로는 매일, 싫어도 후지산을 정면으로 마주볼 수밖에 없었다. 그 고개는 고후에서 도카이도로 나가는 방향에 있는 가마쿠라를 오가는 교통의 요충지이자, 후지산의 북쪽을 볼 수 있는 대표적인 조망지라 불린다. 그곳에서 본 후지산은 예로부터 후지산 삼경의 하나로 꼽히고 있다지만, 나는 별로 좋아하지 않았다. 좋아하지 않은 정도가 아니라, 경멸하기까지 했다. 너무, 주문을 받아서 그대로 찍어낸 것 같은 후지산이다. 한가운데에 후지산이 있고 그 아래로 가와구치 호가 하얗고 황량하게 펼쳐져있으며, 가까이 있는 봉우리들이 기슭 양쪽에 조용히 웅크려서 호수를 안고 있는 듯하다. 나는 한번 보고 당황스러워서 얼굴을 붉혔다. 이건 마치, 목욕탕에 있는 페인트 그림 같다. 연극의 무대배경 그림이다. 정말로 주문 그대로 그린 것 같은 경치라, 나는 너무나 부끄러웠다.

내가 그 고개의 찻집에 온 지 이삼일이 지나고, 이부세 씨의 일도 일단락이 지어진 어느 맑은 날 오후, 우리는 미쓰 고개를 올랐다. 미쓰 고개, 해발 1,700미터. 미사카 고개보다 조금 높다. 급경사의 고개를 기다시피 올라, 한 시간 정도 지나 미쓰 고개의 정상에 도착했다. 담쟁이 덩굴을 헤집으면서, 가느다란 산길을 기다시피 오르는 내 모습은 정말 보기에 안쓰러웠다. 이부세 씨는 제대로 된 등산복을 입고 있어서 말쑥한 차림이었는데, 나는 가지고 간 등산복이 없어서 도테라[4]를 걸치고 있었다. 찻집에 비치된 도테라가 짧아서, 털 많은 내 정강이가 한 자 이상 나왔고, 심지어는 거기에 찻집 할아버지에게서 빌린, 바닥이 고무로 된 작업화를 신고 있었는데 내가 생각해도 누추했다. 조금 머리를 써서 허리띠를 매고, 찻집 벽에 걸려 있던 낡은 밀짚모자를 써봤는데 그게 더 이상해서, 이부세 씨는 절대로 남의 차림새를 경멸하는 사람이 아닌데도, 이때만큼은 좀 딱하다는 표정으로, 그래도 남자는 옷차림 같은 것에 신경 쓰지 않는 편이 좋다며 작은 목소리로 나를 위로한 것을, 나는 잊을 수가 없다. 아무튼 정상에 도착했는데 갑자기 짙은 안개가 끼어서, 전망대라는 정상의 절벽 끝에 서 봐도, 보이는 게 전혀 없었다.

4_ 보통 기모노보다 길고 큼직하게 만든 방한용 솜옷이다.

아무것도 안 보인다. 이부세 씨는 짙은 안개 아래 바위에 앉아, 느긋하게 담배를 피우면서 방귀를 뀌었다. 정말 따분해 보였다. 전망대에는, 찻집 세 개가 늘어서 있었다. 그 중에 할아버지와 할머니가 단둘이 경영하는 수수한 가게에 들어가, 거기서 뜨거운 차를 마셨다. 찻집 할머니는 우리를 딱하게 여기며, 정말 어쩌다 낀 안개라 조금만 있으면 안개는 개일 것 같고, 후지산은 바로 앞에 뚜렷이 보입니다, 라면서, 찻집 안에서 커다란 후지산 사진을 꺼내 오더니 절벽 끝에 서서 그 사진을 양손으로 높이 들고는, 바로 저 근처에, 이대로, 이렇게 커다랗게, 이렇게 뚜렷이, 이대로 보입니다, 라고 열심히 설명했다. 우리는 엽차를 마시면서, 그 후지산을 바라보고 웃었다. 멋진 후지산을 보았다. 안개가 짙은 것이 아쉽지도 않았다.

그 다다음 날이었을까, 이부세 씨가 미사카 고개를 떠나게 되어, 나도 고후까지 동행했다. 나는 고후에서 어떤 아가씨와 선을 보게 되었다. 그 일로 이부세 씨를 따라 고후 변두리에 있는 그 아가씨네 집으로 찾아갔다. 이부세 씨는 아무렇게나 입은 등산복 차림이었다. 나는 허리띠를 매고 하오리[5]를 입고 있었다. 아가씨네 집 정원에는 장미가 한가득 심어져 있었다. 마중 나와주신 어머니께 객실로 가서 인사를 하고, 잠시 후 아가씨도 나왔는데, 나는 아가씨의 얼굴을 쳐다보지도 않았다. 이부세 씨와 어머니는, 어른들끼리 하는 이런저런 얘기를 했는데, 갑자기 이부세 씨가 '어, 후지산'이라고 중얼거리며 내 등 뒤 천장 아래쪽을 올려다보았다. 나도 몸을 비틀어 뒤쪽 천장 밑을 올려다보았다. 후지산 정상의 대분화구 조감사진이 걸려 있었다. 새하얀 수련 꽃을 닮았다.

5_ 기모노 위에 입는 짧은 겉옷.

나는 그걸 한동안 바라보다가 다시 몸을 원래대로 서서히 돌렸을 때, 아가씨를 흘끗 보았다. 결심했다. 다소 힘들더라도, 이 사람과 결혼해야겠다고 생각했다. 그 후지산이, 고맙게 느껴졌다.

이부세 씨는 그날 도쿄로 돌아갔고, 나는 다시 미사카로 돌아갔다. 그리고 9월, 10월, 11월 15일까지, 미사카 찻집의 2층에서 조금씩 일을 해가며, 별로 좋아하지 않는 이 '후지산 삼경 중 하나'와 지칠 정도로 대화를 나눴다.

한번, 크게 웃은 적이 있었다. 대학 강산지 뭔지를 하는 한 낭만파 친구가 하이킹 도중에 내가 묵고 있던 곳에 들렀는데, 그때 둘이서 2층 복도로 나와서 후지산을 보며,

"너무 저속하지. 미스터 후지산 같은 느낌 아냐?"

"보는 사람이 오히려 민망해지네."

이런 건방진 얘기를 하면서 담배를 피우는데, 잠시 뒤 친구는 갑자기,

"어, 저 스님같이 생긴 건 뭐지?"라고 하면서 턱으로 먼 곳을 가리켰다.

찢어진 검은 천을 몸에 두르고 긴 지팡이를 끌며, 쉰 살 정도로 보이는 작은 남자가 후지산을 올려다보면서 고개를 올라오고 있었다.

"후지산 사이교법사[6] 같은 사람이네. 모양새가, 딱 이야." 나는, 그 스님에게 정이 갔다. "어떤 유명한 성승聖僧일지도 모르지."

"말도 안 되는 말 하지 마. 거지야." 친구는 냉담했다.

"아니, 아니. 세속을 벗어난 구석이 있어. 걷는 모습도 정말 그렇잖아. 옛날에 노인법사[7]가 이 고개에서 후지산을 칭송하는 노래를 만들었다는데, ―."

6_ (1118~1190). 헤이안 말기의 승려.

7_ (788~?). 헤이안 중기의 승려.

내가 말하는 중에 친구는 웃음을 터뜨렸다.

"저거 봐. 그게 아니라니깐."

노인법사는, 찻집에서 기르는 하치라는 개가 짖는 소리에 허둥대며 쩔쩔매고 있었다. 그 모습은 짜증이 날 정도로 꼴사나웠다.

"아니구나. 역시." 나는, 맥이 풀렸다.

거지는 한심할 정도로 우왕좌왕 쩔쩔매고 있었고, 결국은 지팡이를 내팽개치고 걸음아 날 살려라 하며 도망갔다. 정말, 그건 아니었다. 후지산도 저속하고, 법사도 저속하다. 결국 이야기가 그렇게 되었으니, 지금 떠올려 봐도 어처구니없다.

니다라는 온후한 성격의 스물다섯 살 청년이 언덕 아래 산기슭에 있는 요시다라는 가늘고 길게 생긴 마을의 우체국에서 일하고 있었는데, 그 사람이 우편물을 보고 내가 여기에 와있다는 것을 알았다면서, 고개 위에 있는 찻집에 찾아왔다. 2층에 있는 내 방에서 잠시 이야기를 나누다가 서로 조금 친해졌을 때쯤, 니다는 웃으면서 "사실, 동료 두세 명이 더 있어서 다 같이 찾아올 생각이었는데, 막상 오자고 하니까 다들 어쩐지 꽁무니를 빼더라고요. 다자이 씨는 굉장한 데카당이고, 게다가 성격파탄자라는 얘기가 사토 하루오 선생님의 소설에 쓰여 있었는데, 설마, 이렇게 성실하고 제대로 된 분일 거라고는 생각하지 못했던지라, 저도 억지로 다 데려올 수는 없었습니다. 다음에는 다 데리고 올게요. 그래도 될까요?"라고 물어왔다.

"그건, 상관없는데." 나는 쓴웃음을 지었다. "그럼 당신은, 필사적으로 용기를 내어, 당신 친구들을 대표해서 나를 정찰하러 온 거군요."

"결사대죠." 니다는 솔직했다. "어젯밤에도 사토 선생님의 그 소설을 다시 한 번 읽고, 이런저런 각오를 하고 왔습니다."

나는 방의 유리창 너머로 후지산을 보고 있었다. 후지산은 말없이 우두커니 서 있었다. 기특하다는 생각이 들었다.

"좋다. 후지산은 역시, 좋은 데가 있어. 잘하고 있어." 후지산에는 못 당하겠다 싶었다. 시시각각 변하는 나의 애증이 부끄러워서, 후지산이 대단하게 느껴졌다. 잘하고 있다고 생각했다.

"잘하고 있나요?" 니다에게는 내 말이 이상하게 들렸는지, 총명한 눈빛으로 웃고 있었다.

니다는 그 이후 여러 명의 청년들을 데리고 왔다. 모두 조용한 사람이었다. 모두가 나를 선생님, 이라고 불렀다. 나는 진지하게 그것을 받아들였다. 내겐 자랑할 만한 게 아무것도 없다. 학식도 없다. 재능도 없다. 육체는 더러워졌고, 마음도 가난하다. 하지만 고뇌만큼은, 이 청년들에게 선생님, 이라고 불리면, 그것을 순순히 받아들여도 충분할 정도의 고뇌는, 겪어 왔다. 단지 그것뿐. 지푸라기 한 줄기 같은 자부심이다. 하지만 나는 이 자부심만큼은, 확실히 간직하고 싶다. 제멋대로 구는 응석받이라는 말을 들어온 내 마음속 고뇌를, 대체 몇 명이나 알고 있을까? 니다와, 단가短歌를 잘 짓는 다나베라는 청년은 이부세 씨의 독자였는데, 그런 점에 마음이 놓이기도 해서, 나는 이 둘과 가장 친해졌다. 한번은 그들이 나를 요시다로 데려갔다. 가늘고 길게 생긴 마을이었다. 산기슭이라는 느낌이 났다. 해와 바람이 모두 후지산에 가로막혀서, 호리호리하게 자란 줄기같이 어둡고 으스스한 느낌이 나는 마을이었다. 도로를 따라 맑은 물이 흐르고 있다. 이것은 산기슭 마을의 특징인 듯, 미시마에도 이렇게 맑은 물이 마을 한가운데를 기세 좋게 흐르고 있다. 그 지방 사람들은 후지산의 눈이 녹아서 흘러오는 것이라고 진지하게 믿고 있다. 요시다의 물은 미시마의 물에 비하면 수량도 적고 더럽다.

나는 물을 바라보며 얘기했다.

"모파상 소설에, 어떤 아가씨가 매일 밤 강을 헤엄쳐서 귀공자를 만나러 갔다는 얘기가 쓰여 있었는데, 옷은 어떻게 했을까? 설마, 알몸은 아니겠지?"

"그러게요." 청년들도 생각에 잠겼다. "수영복이 아닐까요?"

"머리 위에 옷을 이고, 동여매고서 헤엄친 걸까?"

청년들은, 웃었다.

"아니면 옷을 입은 채로 들어가서, 흠뻑 젖은 모습으로 귀공자를 만나고, 둘이서 난로에 말린 걸까? 그러면 돌아갈 때는, 어떻게 하는 걸까? 애써 말린 옷을 또 흠뻑 적시면서 헤엄쳐야 하는데. 걱정이네. 귀공자가 헤엄쳐 오면 좋을 텐데. 남자라면 팬티 한 장만 입고 헤엄쳐도 그렇게 추하진 않으니까. 귀공자는, 헤엄을 못 치는 사람이었을까?"

"아니, 아가씨 쪽에서 더 많이 좋아했기 때문이었을 것 같아요." 니다는 진지하게 말했다.

"그럴지도 모르지. 외국 이야기에 나오는 아가씨는 용감하고, 귀여워. 좋아하게 되면, 강을 헤엄치기까지 하니까. 일본에서는, 그렇지가 않아. 뭔가 그런 연극 있잖아. 한가운데에 개천이 흐르고, 물가 양쪽에서 남자와 귀인의 딸이 슬퍼하는 연극. 그럴 때, 아가씨는 절대로 슬퍼할 필요가 없어. 헤엄쳐 가면 어떨까? 연극에서 보면 정말 작은 개천이야. 철벙철벙 건너가면, 어떨까? 그렇게 슬퍼하는 건 의미가 없어. 동정이 안 가. 아사가오의 오이카와강,[8] 그건 꽤 깊고, 게다가 아사가오는 장님이

8_ 일본의 전통 인형극 조루리 중 하나인 <세이사아사가오바나시生寫朝顔話> 중 오이카와강 편에 실린 이야기로, 연인을 찾아 헤매다 장님이 된 아사가오가 오이카와강 앞에서 눈을 뜬다는 내용이다.

니까 그건 좀 동정이 가는데, 그렇다고 해도 수영을 못 하라는 법은 없어. 오이카와강 말뚝에 매달려서 태양을 원망한다 한들, 의미가 없어. 아, 한 명 있다. 일본에도 용감한 녀석이 한 명 있구나. 그 사람은 굉장해. 그게 누군지 알아?"

"그런 사람이 있어요?" 청년들도, 눈을 반짝였다.

"기요히메.[9] 안친을 쫓아서, 히다카강을 헤엄쳤어. 무턱대고 헤엄쳤지. 그 사람은 굉장해. 책에 나온걸 보면, 겨우 열 넷이었대."

바보 같은 이야기를 하며 길을 걷다가, 다나베가 아는 집인 듯한, 변두리의 고요하고 낡은 여관에 도착했다.

거기서 술을 마셨는데, 그날 밤의 후지산은 아름다웠다. 밤 열 시쯤 청년들은 나 혼자만 여관에 남겨두고 제각기 집으로 돌아갔다. 나는 잠이 안 와서 도테라를 걸치고 밖으로 나와 보았다. 놀라울 정도로 밝은 달밤이었다. 후지산이, 좋았다. 달빛을 받아 푸르고 투명해 보여서, 여우가 된 것 같은 기분이 들었다. 후지산은, 푸르름이 철철 넘쳐보였다. 인비금속 원소인 인이 타오르는 듯한 느낌이었다. 도깨비불. 반딧불. 참억새. 칡 잎. 나는 발이 없는 것 같은 기분으로 밤길을 걸었다. 딸깍딸깍 게다 소리만이 마치 내 것이 아닌 짐승의 소리처럼 맑게 울려 퍼졌다. 슬쩍 뒤돌아보니, 후지산이 있다. 푸르게 타오르며 하늘에 떠있다. 나는 한숨을 쉰다. 메이지 유신의 지사志士. 구라마 텐구.[10] 나는 내가, 그 사람인 듯한 기분이 들었다. 조금 거드름을 피우며, 주머니에 손을

9_ 기슈 도성사紀州道成寺(현재 와카야마현에 위치)의 전설 중 등장인물. 기요히메가 젊은 승려인 안친을 연모하였는데, 안친이 약속을 어기자 큰 뱀으로 변하여 그 뒤를 쫓아서, 도성사의 종에 숨어있던 안친을 종과 함께 태워서 죽였다는 전설이 있다.

10_ 오사라기 지로大仏次郎의 연작소설 제목이자 주인공 이름. 근왕勤王파 지사志士로, 신센구미에 대항한 인물.

넣고 걸었다. 내가 꽤 괜찮은 남자인 듯한 기분이 들었다. 꽤 한참을 걸었다. 지갑을 떨어뜨렸다. 오십 전짜리 은화가 20개 정도 들어 있었기 때문에, 너무 무거워서 주머니에서 스르륵 떨어졌겠지. 나는, 이상하게도 태연했다. 돈이 없으면 미사카까지 걸어 돌아가면 된다. 그대로 걸었다. 문득, 지금 온 길을 그대로 다시 걸으면, 지갑이 있을 거라는 사실을 깨달았다. 주머니에 손을 넣고 어슬렁어슬렁 되돌아갔다. 후지산. 달밤. 메이지 유신의 지사. 지갑을 떨어뜨렸다. 즐거운 로맨스 같았다. 지갑은 길 한가운데서 빛나고 있었다. 정말 있었다. 나는 그걸 줍고 숙소로 돌아와서, 잤다.

후지산에 홀린 것이다. 나는 그날 밤, 바보였다. 의지가 전혀 없었다. 그날 밤의 일은 지금 떠올려 봐도 이상하게 나른하다.

요시다에서 하룻밤을 자고 다음날 미사카로 돌아오니 찻집 여주인은 히죽거렸고, 열다섯이 된 아가씨는 새침한 표정이었다. 나는 불결한 일을 하고 온 게 아니라는 것을 우회적으로 알리고 싶어서, 어제 하루 동안 한 일을, 듣는 사람도 없는데, 혼자서 자세히 이야기했다. 머문 여관의 이름, 요시다의 술맛, 달밤의 후지산, 지갑을 떨어뜨린 일, 모두 말했다. 아가씨도 기분이 풀렸다.

"손님! 일어나 봐요!" 어느 날 아침, 아가씨가 찻집 밖에서 들뜬 목소리로 그렇게 외치는 통에, 나는 마지못해 일어나 복도로 나가 봤다.

아가씨는 흥분해서 볼이 새빨개져 있었다. 조용히 하늘을 가리켰다. 보니까, 눈이 있었다. 깜짝 놀랐다. 후지산에 눈이 내린 것이다. 산 정상이 새하얗게 빛나고 있었다. 미사카의 후지산도 우습게 볼 수 없다는 생각이 들었다.

"좋다."

이렇게 칭찬하니까 아가씨는 자신 있다는 투로,

"멋지죠?"라고 하면서 웅크려 앉은 채, "미사카의 후지산은, 이래도 안 되나요?"라고 물었다. 예전에, 이런 후지산은 저속해서 안 된다고 해서, 아가씨는 내심 서운해 하고 있었을지도 모른다.

"역시 후지산은, 눈이 안 오면 안 돼." 나는 점잔 빼는 표정으로, 다시 그렇게 말했다.

나는 도테라를 입고 산을 돌아다니며 달맞이꽃 씨를 두 손 가득 주워 와서, 그걸 찻집 뒷마당에 뿌려주며 말했다.

"알았지? 이건 내 달맞이꽃이니까, 내년에 또 와서 볼 거니까, 여기에 빨랫물 같은 거 버리면 안 돼." 아가씨는 끄덕였다.

새삼스레 달맞이꽃을 택한 것은, 후지산에는 달맞이꽃이 잘 어울린다고 확신하게 된 사정이 있었기 때문이다. 미사카 고개의 그 찻집은, 말하자면 산속 딱 한 채만 있는 집이라서, 우편물 배달이 안 된다. 고개 정상에서 버스로 30분 정도를 가면 고개의 기슭, 가와구치 호반의 가와구치 마을이라는, 말 그대로 한촌寒村에 다다르는데, 가와구치 마을의 우체국에 내 앞으로 온 우편물이 보관된다. 나는 3일에 한 번 꼴로 그 우편물을 받으러 나가야만 한다. 날씨가 좋은 날을 골라서 간다. 여기 버스의 여자차장은 딱히 유람객을 위한 풍경설명을 해주지는 않는다. 그래도 가끔 생각난 듯, 지나치게 산문적인 어조로 저게 미쓰 고개, 건너편이 가와구치 호, 빙어가 있습니다, 이런 식으로, 내키지 않는 듯 중얼거리며 설명을 해줄 때도 있다.

가와구치 우체국에서 우편물을 받고, 다시 버스를 타고 고개의 찻집으로 돌아가는 도중에 내 바로 옆 자리에는 짙은 갈색 겉옷을 입은 창백하고 단정한 얼굴의, 예순 정도로 보이는, 우리 어머니와 많이 닮은 노파가 꼿꼿이 앉아 있었다. 여자 차장이 갑자기 생각났다는 듯이, '여러분, 오늘은 후지산이 잘 보이네요.'라는, 설명이라고도 할 수 없고 자기 혼자 하는 감탄이라고도 할 수 없는 말을 꺼냈다. 배낭을 멘 젊은 샐러리맨과, 일본식으로 머리를 올리고 손수건으로 입가를 잘 가린, 비단옷을 걸친 게이샤풍의 여자는 일제히 몸을 비틀어 차창 밖으로 고개를 내밀고 새삼스레, 별다를 것 없는 삼각형 산을 바라보고는, 와아, 라든가, 어, 같은 멍청한 탄성을 냈고, 차내는 한동안 수런거렸다. 하지만 내 옆에 앉은 노인은 가슴속 깊은 곳에 근심거리라도 있는지, 다른 유람객들과 달리 후지산에는 눈길도 안 주고, 오히려 후지산과 반대쪽 산길을 따라 있는 절벽을 가만히 바라보고 있었는데, 내겐 그 모습이, 온몸에 전율이 느껴질 정도로 통쾌했다. 나 또한 후지산 같은, 그런 저속한 산은 보고 싶지도 않다는 고상하고 허무한 마음을 노파에게 보여주고 싶어졌고, 당신의 그 괴로움, 쓸쓸함, 모두 잘 안다는 듯, 누가 부탁한 것도 아닌데, 공감하는 기색을 보여주고 싶었기에, 노파에게 슬쩍 가까이 다가가서, 노파와 같은 자세로 멍하니 절벽 쪽을 바라봤다.

노파도 내게 어쩐지 마음이 놓였는지, 무의식적으로 이런 한마디를 내뱉었다.

"어머, 달맞이꽃."

그렇게 말하며 가는 손가락으로 길가의 한 지점을 가리켰다. 버스는 휙 지나갔고, 그때 내 눈에는 언뜻 본 노란색 달맞이꽃 한 송이가, 꽃잎 한 장까지 선명하게 남았다.

3,778미터의 후지산과 멋지게 맞서서 조금도 흔들림 없이, 뭐랄까, 금강역초金剛力草라고도 말하고 싶을 정도로, 씩씩하게 우뚝 서 있던 그 달맞이꽃은, 좋았다. 후지산에는, 달맞이꽃이 잘 어울린다.

10월 중순이 지나도, 내 일은 지지부진했다. 사람이 그리웠다. 붉은 노을과 먹구름 아래, 2층 복도에서 홀로 담배를 피우며, 일부러 후지산에는 눈길도 주지 않고, 그야말로 피가 떨어지는 것 같은 새빨간 산의 단풍을 응시하고 있었다. 찻집 앞에 쌓인 낙엽을 쓸어 모으고 있던 찻집 여주인에게 말을 걸었다.

"할머니! 내일은, 날씨 좋겠죠?"

스스로도 깜짝 놀랄 정도로 들뜬 환성 같은 목소리였다. 할머니는 비질을 하던 손을 멈추고 고개를 들더니 수상하다는 듯 미간을 찌푸리고는,

"내일, 무슨 일 있어?"라고 물어왔다.

할머니가 그렇게 물어오자, 나는 말문이 막혔다.

"아무것도 없어요."

할머니는 웃음을 터뜨렸다.

"외롭지? 산에라도 올라가 보는 게 어때?"

"산은 올라가도 바로 다시 내려와야 하니까, 재미없어요. 어떤 산을 올라가도, 똑같은 후지산만 보이니까 그 생각을 하면 마음이 무거워요."

내 말이 이상했던 거겠지. 할머니는 그냥 애매하게 끄덕이기만 하다가 다시 낙엽을 쓸었다.

자기 전에, 방 커튼을 살짝 열어 유리창 너머 후지산을 본다. 달이 뜬 밤에는 후지산이 푸르스름하고, 물의 정령 같은 모습으로 서 있다. 나는 한숨을 쉰다. 아아, 후지산이 보인다. 별이 크다. 내일은 맑겠구나, 그것만이 살아가는 데 있어 희미한 기쁨이라는 생각을 하며 다시, 살며시 커튼을 치고 바로 누웠다. 내일 맑다고 해도, 딱히 내게 특별한 일이 있는 것도 아니라는 생각을 하자 왠지 웃겨서, 혼자 이불 속에서 쓴웃음을

짓는다. 괴로운 것이다. 일이, —순수하게 붓을 놀리는 일의 그 고통보다도, 아니, 붓을 놀리는 것은 오히려 내 즐거움이라고 할 수 있는데, 그게 아니라 나의 세계관, 예술이라는 것, 내일의 문학이라는 것, 말하자면 새로움이라는 것, 나는 그것들에 대해, 아직 우물쭈물 고민하고, 과장이 아니라 정말, 몸부림치고 있었다.

소박한 자연의 것, 간결하고 선명한 것, 그것을 훽 잡아채고 그대로 종이에 옮겨 담는 것, 그 외엔 달리 방법이 없다고 생각했고, 그런 생각이 들 때면 눈앞에 있는 후지산의 모습도 눈에 다른 의미로 비친다. 이 모습과 이 표현은 결국, 내가 생각하는 '단일표현'의 아름다움일지도 모른다며 후지산과 조금 타협을 했는데, 그래도 역시 후지산이 지닌, 어딘가 막대기 같은 소박함에는 질린 부분도 있다. 이게 좋은 거라면, 포대스님布袋 당나라 말기 스님 장식품도 좋은 거다. 포대스님 장식품을 생각하면 도저히 참을 수가 없다. 그런 건 절대 좋은 표현이라고는 볼 수 없다. 이 후지산의 모습도 역시 어딘가 잘못됐고, 이건 아니다 싶어서 또 헷갈린다.

아침저녁으로 후지산을 보면서 음울한 하루를 보내고 있었다. 10월 말, 산기슭의 요시다 마을의 유녀遊女 단체가 아마 일 년에 한 번 정도 있는 휴가 날인 듯, 자동차 다섯 대로 나눠 타고 미사카 고개에 왔다. 나는 2층에서 그 모습을 보고 있었다. 자동차에서 내린 색색의 옷을 입은 유녀들은, 바구니에서 쏟아진 우편배달 비둘기 떼처럼, 처음에는 일정한 방향도 없이 그냥 다 같이 이리저리, 아무 말도 없이 밀고 밀리며, 서로 밀어대고 있었다. 얼마 안 가서 그런 이상한 긴장이 점점 풀리더니, 제각기 어슬렁어슬렁 거닐기 시작했다. 찻집 앞에 진열되어 있는 그림엽서를 얌전히 고르는 사람, 가만히 서서 후지산을 바라보는 사람, 다들 우울하고 쓸쓸해 보여서, 보기 안쓰러운 풍경이었다. 2층에 있는 한 남자가 목숨도 아깝지 않을 정도로 공감을 느낀다 한들, 이 유녀들의 행복에는 손댈 수 있는 구석이 없다. 나는 그냥, 보고 있지 않으면 안 되는 것이다. 괴로워할 사람은 괴로워하라. 떨어질 사람은 떨어지라. 내겐 상관없는 일이다. 그게 세상이다. 그렇게 억지로 차가운 체를 하며 그들을 내려다보고 있었는데, 나는, 정말 괴로웠다.

후지산에게 부탁하자. 갑자기 그런 생각이 들었다. 어이, 이 사람들을 잘 부탁해, 그런 기분으로 올려다보니, 차가운 하늘 속에 우뚝 서 있는 후지산, 그때의 후지산은 마치 도테라를 걸치고 주머니에 손을 넣은 채 거만한 포즈로 있는 큰형님처럼 보이기까지 했다. 그런 후지산에게 부탁하고, 크게 한시름 놓고는 마음이 가벼워져서 찻집의 여섯 살 남자아이와 하치라는 삽살개를 데리고 유녀 일행을 내버려 둔 채, 고개 가까이에 있는 터널 쪽으로 놀러 나갔다. 서른 살쯤으로 보이는 마른 유녀가 터널 입구에서 홀로 조용히, 어쩐지 보잘것없는 들꽃을 뽑아서 모으고 있었다. 우리가 옆을 지나가도 돌아보지도 않고 열심히 꽃을 뽑았다. 이 여자도, 하는 김에 부탁드립니다, 하고 또다시 후지산을 올려다보며 부탁해 두고, 나는 아이의 손을 당겨 서둘러 터널 안으로 들어갔다. 터널의 차가운 지하수를 볼과 목덜미에 뚝뚝 맞으면서, 내가 알 바 아니라는 듯 일부러 큰 보폭으로 걸었다.

그 무렵, 내 결혼 이야기도 갑자기 엎어진 꼴이 되었다. 고향 쪽에서 조금도 도움을 주지 않을 것이라는 것을 확실히 알게 되어, 나는 힘들어졌다. 적어도 백 엔 정도는 도와줄 거라고, 염치없이 내 멋대로 생각하고, 조촐하더라도 그걸로 엄숙한 결혼식을 올리고 나서 후에 자식을 키울 비용은 내가 일을 해서 벌려고 했었다. 하지만 편지가 두세 통 오가고 나서는, 우리 집에서 전혀 도움을 주지 않을 것이 확실해져서, 나는 어쩔 줄을 모르고 있었다. 이런 상황이니 혼담을 거절당해도 할 수 없다는 각오를 하고, 어쨌든 상대 집에 일의 경과를 모조리 말해 보려고 홀로 고개를 내려가, 고후의 아가씨네 집에 찾아갔다. 다행히 아가씨도 집에 있었다. 나는 손님방으로 안내 받았고, 아가씨와 어머니 둘을 앞에 놓고 모든 사정을 털어놓았다. 가끔 연설조가 되어 당황스러웠다. 하지만, 비교적 솔직하게 다 말한 듯싶었다. 아가씨는 침착하게,

"그러면, 집에서는 반대하는 건가요?"라고, 고개를 갸우뚱거리며 내게 물었다.

"아뇨, 반대라는 게 아니라," 나는 오른손 손바닥을 탁자 위에 살짝 올려놓고 말했다. "네가 알아서 하라는 뜻인 듯합니다."

"괜찮아요." 어머니는 기품 있게 웃으면서 말했다. "우리 집도 보시다시피 부자가 아니라서, 결혼식이 야단스러우면 오히려 곤란해요. 그저 당신의 애정과 직업에 대한 열의만 있다면, 우리는 그거면 충분합니다."

나는 인사하는 것도 잊고, 잠시 멍하니 정원을 바라보았다. 눈시울이 뜨거워지는 것을 느꼈다.

돌아오는 길에는 아가씨가 버스 정류장까지 배웅해주었다. 걸으면서,

"어때요. 좀 더 사귀어 볼까요?"

비위에 거슬릴 말을 했다.

"아뇨, 이미 충분해요." 아가씨는 웃고 있었다.

"뭔가, 물어보고 싶은 거 없어요?" 이런 말을 하다니, 나는 바보다.

"있어요."

나는 아가씨가 무엇을 물어보든, 있는 그대로 대답하려고 마음먹고 있었다.

"후지산에는 벌써 눈이 왔나요?"

나는, 그 질문에 맥이 빠졌다.

"내렸어요. 정상 쪽에, —."라고 말하다 말고 문득 앞을 보니, 후지산이 보인다. 기분이 이상했다.

"뭐야. 고후에서도 후지산이 보이잖아. 날 바보 취급하다니." 깡패 말투로 말해버렸다. "지금 질문은 우문입니다. 저를 바보 취급한 겁니다."

아가씨는 고개를 숙이고 킥킥 웃으며 말했다.

"왜냐하면 미사카 고개에 계신다고 하니까, 후지산에 대한 거라도 물어보지 않으면 안 될 것 같았어요."

웃기는 아가씨구나 싶었다.

고후에서 돌아와서는 숨쉬기가 힘들 정도로 어깨가 뻐근했다.

"좋네요, 할머니. 역시 미사카는 좋아요. 우리 집에 돌아온 듯한 기분마저 들어요."

저녁 식사 후, 여주인과 아가씨가 교대로 내 어깨를 두드려준다. 여주인의 주먹은 단단하고 날카롭다. 아가씨의 주먹은 부드럽고 별로 소용이 없다. '더 세게, 더 세게'라는 말을 듣고, 아가씨는 장작을 꺼내어 그걸로 내 어깨를 쿵쿵 두들겼다. 그 정도로 하지 않으면 뭉친 어깨가 풀리지 않을 정도로, 나는 고후에서 긴장한 채, 열심히 대화하고 생각한 것이다.

고후에 다녀와서 이삼일, 나는 머리가 하얘져서 일을 할 마음도 생기지 않았는지라 책상 앞에 앉아 종잡을 수 없는 낙서를 하기도 하고, 담배를 일고여덟 갑 피우고, 아무렇게나 드러누워서 금강석이라도 갈지 않으면, 이라는 노래를 부르기도 했는데, 소설은 한 장도 쓸 수 없었다.

"손님. 고후에 다녀와서 상태가 안 좋아졌네요."

아침에 내가 책상에 턱을 괸 채 눈을 감고 이런저런 생각을 하고 있는데, 열다섯 살 아가씨는 내 등 뒤에서 바닥을 닦으며, 진심으로 못마땅하다는 듯 약간 가시 돋친 말투로 그렇게 말했다. 나는 뒤도 안 돌아보고 말했다.

"그런가? 나빠졌나?"

아가씨는 바닥을 닦던 손을 멈추지 않고 말했다.

"네, 나빠졌어요. 요 이삼일, 일에 진전이 전혀 없잖아요. 저는 매일 아침, 손님이 아무렇게나 쓴 원고용지를 번호순서대로 정리하는 게 정말 즐거워요. 많이 써두시면 기뻐요. 어젯밤에도 저, 2층으로 상태를 보려고 살짝 와봤는데 아세요? 손님은 이불을 머리까지 뒤집어쓰고 자고 계셨어요."

나는 고마움을 느꼈다. 과장해서 말하면, 이건 인간이 꿋꿋이 살아나가는 노력에 대한 순수한 성원이다. 아무런 보답도 기대하지 않고 있다. 나는 아가씨가, 아름답게 느껴졌다.

10월 말에 접어들자 산의 단풍은 거무스름해졌고, 그러던 어느 날 밤 폭풍이 몰아쳐서 산은 순식간에 새까만 겨울나무 숲으로 변해버렸다. 유람객도 지금은 거의 손에 꼽을 정도밖에 없다. 찻집도 한산해져서, 가끔 여주인이 여섯 살짜리 남자아이를 데리고 산기슭의 항구나 요시다로 장을 보러 나갔고, 그럴 때면 유람객도 없이, 하루 종일 나와 아가씨 둘만 고개 위에 남아 조용히 지낼 때가 있다. 내가 2층에 있기가 지겨워져서 바깥을 어슬렁거리다가 찻집 뒷마당에서 빨래를 하는 아가씨 쪽으로 다가가서,

"지루하다."

라고 큰 소리로 말하고는 나도 모르게 웃었더니 아가씨가 고개를 숙였다. 나는 아가씨의 얼굴을 들여다보고 깜짝 놀랐다. 울상을 짓고 있었다. 공포를 느끼는 것 같았다. 그렇게 생각하니 불쾌했다. 나는 오른쪽으로 빙 돌아, 낙엽이 쫙 깔린 가느다란 산길을, 불쾌한 기분으로 아무렇게나 걸어 다녔다.

그 후로는 조심했다. 아가씨 혼자만 있을 때는 되도록이면 2층 방에서 밖으로 나가지 않았다. 찻집에 손님이라도 왔을 때는, 내가 아가씨를 지키려고 슬슬 아래층에서 내려가서, 찻집 한구석에 앉아 느긋하게 차를 마셨다. 언젠가 신부 복장을 한 손님이 가문의 문장家紋이 새겨진 예복을 입은 할아버지 둘과 함께 자동차를 타고 와서, 이 찻집에서 잠시 쉰 적이 있다. 그때도 찻집에는 아가씨 혼자였다. 나는 또 2층에서 내려가서 구석에 놓인 의자에 앉아 담배를 피웠다. 신부는 무늬가 있는 긴 기모노를 입고, 금실 자수가 놓인 허리띠를 매고 머리에 흰 천을 쓴, 제대로 갖춰 입은 정식 예복 차림이었다. 색다른 손님이어서 아가씨도 어떻게 접대하면 좋을지 몰라 했고, 신부와 두 노인에게 차를 따랐을 뿐, 내 등 뒤에 숨은 채로 신부의 모습을 보며 가만히 있었다. 평생 한 번 있는 맑은 날에, —언덕 건너편에서, 반대쪽의 항구 아니면 요시다로 시집을 가는 거겠지만, 그 도중에 이 언덕의 정상에서 잠시 쉬면서 후지산을 바라본다는 것은, 옆에서 봐도 쑥스러울 정도로 로맨틱했다. 잠시 후 신부는 살그머니 찻집에서 나가더니, 찻집 앞의 절벽 끝에 서서 느긋하게 후지산을 바라보았다. 다리를 X자로 꼬고 대담한 포즈로 서 있었다. 나는 여유가 있는 사람이라고 생각하며 계속해서 신부를, 후지산과 신부를 감상하고 있었는데 곧 신부는, 후지산을 향해 큰 하품을 했다.

"저런!"

등 뒤에서 작은 외침이 들렸다. 아가씨도, 바로 그 기지개를 본 모양이다. 결국 신부 일행은 대기 중이던 자동차에 타고 고개를 내려갔는데, 그 후 신부에 대해서 지독한 얘기를 나눴다.

"저렇게 태연하다니. 그 사람은 틀림없이 두 번째, 아니, 세 번째 결혼일 거야. 신랑이 고개 아래서 기다리고 있을 텐데, 차에서 내려서 후지산을 구경하다니, 처음 결혼하는 신부라면 그런 뻔뻔한 짓을 할 리가 없어."

"기지개를 켰어요." 아가씨도, 강한 동의를 표했다. "그렇게 입을 크게 벌리며 기지개를 켜다니, 뻔뻔하죠. 손님, 그런 여자랑 결혼하면 안 돼요."

나는 나잇값도 못하고 얼굴을 붉혔다. 내 결혼 얘기도 점점 호전되어, 어떤 선배가 혼사 과정 일체를 책임져주게 되었다. 결혼식도, 정말 가까운 가족 두 세 명만 초대하고, 가난해도 엄숙하게, 그 선배의 집에서 하게 되어, 나는 사람의 정에 소년처럼 흥분하고 있었다.

11월이 되자 벌써 미사카의 한기를 견디기 힘들어졌다. 찻집에서는 난로를 마련했다.

여주인이 "손님, 2층은 춥죠? 일하실 때는 난로 옆에서 하시는 게 어때요?"라고 권해줬지만, 나는 다른 사람이 보고 있는 데서는 일을 할 수 없는 성격이라, 거절했다. 여주인이 걱정 끝에 고개 기슭의 요시다에서 고타쓰를 하나 사왔다. 나는 2층 방에서 고타쓰를 쓰며 찻집 사람들의 친절에는 진심어린 감사의 말을 전해야겠다고 생각했다. 하지만, 이미 전체의 3분의 2 정도가 눈으로 뒤덮인 후지산의 모습을 보고,

또 근처 산봉우리에 우거진 소슬한 겨울 숲을 보고서는, 더 이상 이 고개에서 살을 에는 추위를 참고 지내는 것은 무의미하다는 생각 끝에, 산을 내려가기로 결심했다. 산을 내려가기 전날, 내가 도테라를 두 개 겹쳐 입고 찻집 의자에 앉아 뜨거운 차를 마시고 있자니, 겨울 외투를 입은, 타이피스트 같아 보이는 젊고 지적인 아가씨 두 명이 터널 쪽에서 무슨 얘기를 하는지 꺅꺅거리고 웃으면서 걸어왔다. 갑자기 눈앞에 새하얀 후지산이 있는 것을 보고는 감동한 듯 멈춰 섰고, 다시 소곤소곤 의논을 하는 듯 보였는데, 그 중 안경을 쓴 살결이 흰 아이 한 명이 생글생글 웃으면서 내게 다가왔다.

"죄송한데요. 사진 좀 찍어주세요."

나는 당황했다. 나는 기계에 관해서는 별로 아는 것도 없고, 사진에 대한 취미도 전혀 없는데다, 심지어는 도테라를 두 벌이나 겹쳐 입고 있었다. 찻집 사람들마저도 산적 같다고 말하며 웃는 누추한 차림이라, 도쿄에서 온 것 같은 화려한 아가씨로부터 그런 서양식 부탁을 받고 내심 적잖이 당황했던 것이다. 하지만 또 달리 생각해보면, 이런 꼴로 있긴 해도, 역시 뭘 볼 줄 아는 사람이 보면 어딘가 모르게 섬세한 구석이 있어서, 사진 셔터 정도는 잘 다룰 수 있는 사람으로 보일지도 모른다. 그런 생각을 하며 약간 들뜬 마음으로, 나는 아무렇지 않은 척하며 아가씨가 내민 카메라를 받아 들고, 태연히 셔터를 누르는 방법을 물어보고 나서, 떨리는 손으로 카메라를 들고 렌즈를 들여다보았다. 한가운데에 커다란 후지산, 그 밑에 작은 양귀비꽃 두 송이. 둘이서 똑같이 붉은 외투를 입고 있었다. 둘은 꼭 껴안듯 바싹 붙어 진지한 표정으로 렌즈를 보고 있었는데, 양귀비꽃은 너무 얌전해서 딱딱할 정도다. 아무래도 어디에 초점을 맞출지 몰라, 나는 둘의 모습을 렌즈에서 빼고 렌즈 가득 후지산만 담았다. 후지산, 안녕히 계세요, 신세 많이 졌어요. 찰칵.

"네, 찍었어요."

"감사합니다."

둘은 함께 감사의 인사를 했다. 집으로 돌아가서 현상해보면 놀라겠지. 후지산만 커다랗게 찍혀 있고, 둘의 모습은 어디에도 보이지 않을 것이다.

다음날, 산에서 내려갔다. 우선 고후의 저렴한 여관에서 1박을 했는데 다음날 여관 복도의 더러운 난간에 기대어 후지산을 보니, 고후의 후지산은 겹겹이 늘어선 산봉우리 뒤에서 고개를 3분의 1 정도 내밀고 있었다. 꽈리 같았다.

黃金風景

황금풍경

太宰治

「황금풍경」

1939년 3월 2일에 발행된 『국민신문國民新聞』 제16979호 학예란 '단편소설 콩쿠르(17)'에 「황금풍경(上)」이 실렸고, 3월 3일 발행 『국민신문』 제16980호에 「황금풍경(下)」가 발표되었다.

이 책에 실린 「푸른 나무의 말」과 마찬가지로, 다자이 특유의 자기부정과 더불어 자기 갱생의 방향성을 함께 엿볼 수 있는 작품이다.

바닷가의 푸른 떡갈나무,
그 떡갈나무에 가느다란 황금사슬이 묶여 있고
—푸시킨

나는 어린 시절, 그다지 질 좋은 아이는 아니었다. 하녀를 괴롭혔다. 나는 느려터진 걸 싫어했는데 그 때문에 느려터진 하녀를 특히나 괴롭혔다. 오케이는 느려터진 하녀였다. 사과 껍질을 깎으라고 해도, 깎으면서 무슨 생각을 하는지 두 번 세 번이나 일손을 멈췄다. 그때마다 어이, 하고 따끔하게 잔소리를 하지 않으면, 한 손에는 사과, 한 손에는 칼을 든 채로 언제까지나 멍하니 있었다. 머리가 모자란 거 아닐까, 싶었다. 부엌에서 아무것도 안 하고 그냥 멍청히 서 있는 모습을 자주 보곤 했는데, 어린 마음에도 그게 보기 싫고, 묘하게 비위에 거슬려서, '어이, 오케이, 해는 짧다고.'라는 식으로 어른스러운, 지금 생각해도 등골이 오싹할 정도로 버릇없는 말을 던졌다. 그걸로도 모자라 한 번은 오케이를 불러, 관병식觀兵式이 그려진 내 그림책에 나온, 말을 타고 있는 사람, 깃발을 들고 있는 사람, 총을 지고 있는 사람, 몇 백 명이 우글거리는 군대 그림에서, 그 군인들을 한 명 한 명 가위로 오려내라고 시켰는데, 손재주가 없는 오케이는 아침부터 점심도 먹지 않고 저녁까지 겨우 서른 명 정도, 그것도 대장의 수염 한쪽을 잘라 내거나, 총을 멘 군인의 손을 곰의 손처럼 지나치게 크게 잘라 내서는 내게 일일이 잔소리를 들었다. 그때가 여름이었는데, 오케이는 땀을 많이 흘리는 체질이라 잘라 낸 군인들 모두가 오케이의 손에 난 땀 때문에 흠뻑 젖어버렸다. 나는 결국 짜증이 나서 오케이를 발로 찼다. 분명 어깨를 찼을 텐데, 오케이는 손으로 오른쪽 볼을 억누르며 엎드려 울었고, 울며불며 말했다. "부모님께도 얼굴을 채인 적은 없어요. 평생 기억할 거예요." 신음하듯 띄엄띄엄 그렇게 말했기에, 나도 불쾌했다. 그 외에도 나는 그게 거의 천명이기라도 한 듯, 오케이를 못살게 굴었다. 지금도 약간 그렇지만, 나는 무지하고 우둔한 사람은 짜증이 나서 도저히 참을 수가 없다.

재작년, 나는 집에서 쫓겨났고, 하룻밤 사이에 궁핍해져서 거리를 헤맸다. 가는 곳마다 울고 애원하며 하루하루 목숨을 연명하다가, 겨우 글재주로 혼자 살아갈 수 있는 길이 트였다고 생각한 그 순간, 병을 얻었다. 사람들의 정에 힘입어, 치바현 후나바시 초[1], 진흙 빛 바닷가 바로 앞에 있는 작은 집을 빌려 자취생활을 하며 몸조리를 할 수 있게 되었다. 매일 밤마다 잠옷을 다 적실 정도의 땀과 싸웠고, 그래도 일을 해야만 했는데, 매일 아침마다 차가운 우유 한 그릇, 그저 그것만이, 묘하게 살아가는 기쁨으로 느껴졌고, 정원 구석에 핀 협죽도夾竹桃 꽃이 불길이 활활 타오르고 있는 것으로밖에 느껴지지 않았을 정도로, 내 머릿속도 아픔에 몹시 지쳐 있었다.

그 무렵, 마흔 정도 되어 보이는 마르고 덩치 작은 호적 조사반 순경이 현관에서 장부에 있는 내 이름과, 수염을 안 깎아서 지저분한 내 얼굴을 주의 깊게 살피더니, 아니 당신은……도련님 아니세요? 하고 물었다. 그런 순경의 말에서 강한 고향 사투리가 느껴졌다. "그렇습니

1_ 1935년 7월부터 이듬해 2월까지 다자이 오사무가 요양을 위해 머물렀던 곳이다.

다.” 나는 퉁명스럽게 대답했다. “당신은?”

순경은 마른 얼굴에 한가득 미소를 머금고 말했다.

“와. 역시 그런가요. 잊으셨을지 모르지만, 거의 이십 년 전쯤에, 저는 K에서 마차를 몰았었습니다.”

K란, 내가 태어난 마을이름이다.

“보시다시피,” 나는 웃지도 않고 대답했다. “저도 지금은 신세가 이렇게 됐습니다.”

“천만에요.” 순경은, 여전히 즐거운 듯 웃고 있었다. “소설을 쓰신다면, 그건 꽤 출세한 거예요.”

나는 쓴웃음을 지었다.

“그런데,” 순경은 조금 목소리를 낮추며 말했다. “오케이가 항상 당신 얘기를 해요.”

“오케이?” 얘기를 바로 알아듣지는 못했다.

“오케이요. 잊으셨겠죠. 댁의 하녀로 있었던…….”

생각났다. 나도 모르게 아아, 하는 신음소리를 내고 나는 현관 입구에 웅크려 앉은 채로 고개를 묻었다. 지금부터 이십 년 전, 느려 터졌던 한 하녀에게 했던 나의 악행이 하나하나 떠올라서, 더 이상 앉아 있기가 힘들 정도였다.

“행복한가요?” 문득 고개를 들어 그런 엉뚱한 질문을 하는 내 얼굴은, 분명 죄인, 피고처럼 비굴한 웃음까지 띠고 있었던 것으로 기억한다.

“네, 뭐, 그럭저럭.” 밝은 표정으로 명랑하게 대답하고 나서, 순경은 손수건으로 이마에 난 땀을 닦으며 말했다. “괜찮으시면, 다음에 오케이를 데리고 한번 여유롭게 찾아올게요.”

나는 벌떡 일어날 정도로 깜짝 놀랐다. 아뇨, 뭐 그렇게까지는 안

해도 되는데, 라는 말로 강하게 거절하고, 나는 말 못할 굴욕감에 몸부림쳤다.

하지만 순경의 태도는 여전히 밝았다.

"아이가 말이죠, 당신이 사는 이곳 역에서 일하게 되어서요, 그 아이가 장남이에요. 그리고 아들, 딸, 딸이에요. 막내가 여덟 살인데 올해 초등학교에 다니게 됐어요. 이제 약간 마음이 놓여요. 오케이도 고생 많았죠. 뭐랄까, 음, 댁처럼 큰 집에서 행동거지를 배운 사람은 역시 어딘가 다르지 말입니다." 약간 얼굴을 붉히며 웃더니 다시 말했다. "반가웠습니다. 오케이도 항상 당신 얘기를 해요. 다음 공휴일에는 꼭 함께 인사하러 올게요." 그러더니 갑자기 진지한 표정으로 말했다. "그러면, 오늘은 이만 실례하겠습니다. 몸 잘 추스르세요."

그 일이 있고 나서 사흘 후, 나는 일보다도 돈 문제로 고민하다가, 집에 가만히 있을 수가 없어서 대나무 지팡이를 가지고 바닷가로 나섰다. 현관문을 달그락거리며 열고 나오자, 밖에 세 명, 유카타를 입은 아버지 어머니와, 붉은 옷을 입은 여자아이가 그림처럼 아름답게 늘어서 있었다. 오케이 가족이다.

나는 스스로도 의외라는 생각이 들 정도로, 화를 내는 것처럼 큰 목소리로 말했다.

"오셨어요? 오늘 전 볼일이 있어서 외출해야 합니다. 죄송하지만 다른 날 와주세요."

오케이는 품위 있는 중년의 부인이 되어 있었다. 여덟 살 아이는 하녀 시절의 오케이와 많이 닮아서, 멍청하고 탁한 눈동자로 멍하니 나를 올려다보고 있었다. 나는 슬퍼서, 오케이가 무슨 얘기라도 하기 전에 도망치듯 해변으로 달려갔다. 대나무 지팡이로 해변의 잡초를 하염없이 베어 넘기며, 한 번도 뒤돌아보지 않고, 한 걸음, 한 걸음, 발을 동동 구르듯 거친 걸음걸이로, 해안에 있는 읍내를 향해 똑바로 걸었다. 나는 읍내에서 무엇을 했을까? 그냥 의미 없이 영화관의 그림 간판을 올려다보거나, 포목전의 진열창을 들여다보기도 하고, 쯧쯧 하고 혀를 차기도 했는데, 마음속 어디에선가 '졌다, 졌다'라는 속삭임이 들려와서, 이러면 안 되지 싶어 몸을 세차게 흔들고 나서 또 걷고, 30분 정도 그렇게 있다가, 나는 다시 집으로 돌아갔다.

바닷가에 이르러, 나는 멈춰 섰다. 보라, 앞에 평화로운 그림이 있다. 오케이 가족 세 명이, 한가로이 바다에 돌을 던지며 즐거운 듯 웃고 떠들고 있다. 소리가 여기까지 들려온다.

"꽤," 순경은, 한껏 힘을 실어 돌을 던지며 말했다. "머리 좋아 보이는 분이잖아. 그 사람은 머지않아 훌륭한 사람이 될 거야."

"그럼요, 그럼요." 오케이가 자랑스럽다는 듯 큰 목소리로 말한다. "그분은 어렸을 때부터 남달랐어요. 손아랫사람도 친절하게 보살펴주셨지요."

나는 멈춰 선 채 울었다. 격렬한 흥분이 눈물에, 기분 좋게 녹아 없어지는 듯했다.

졌다. 이건, 좋은 일이다. 그렇지 않으면, 안 되는 것이다. 그들의 승리는, 내일 있을 나의 출발에도 빛을 비추리라.

女生徒

여학생

太宰治

「여학생」

1939년 4월 1일에 발행된 『문학계文学界』 제6권 제4호 창작란에 발표되었다. 다자이가 자신 있어 했던 여성 1인칭 독백체 작품 중에 가장 평가가 높고 유명한 작품이기도 하다.

한국에도 이미 번역본이 나와서 많은 다자이 팬의 지지를 받고 있는 작품인데, 이 작품에 모델이 있다는 사실은 의외로 알려지지 않은 듯하다. 아리아케 시즈(당시 19세)라는 다자이의 독자가, 자신의 일기를 다자이 앞으로 보내어 소설의 제재로 써달라고 요청한 것을 다자이가 받아들여 소설로 쓴 것이 이 작품이다.

아침에 눈뜰 때의 기분은, 재미있다. 숨바꼭질을 하면서 새까만 벽장 속에 가만히 웅크리고 숨어 있는데, 갑자기 술래가 문을 벌컥 열어서, 햇빛이 쨍 하고 들어오면, "찾았다!" 하는 술래의 큰 목소리, 눈부심, 그리고 묘한 어색함, 그러고는 가슴이 두근거려서, 기모노 앞부분을 만지작거리며 조금 멋쩍게 옷장에서 나오는데, 갑자기 울컥하고 화가 치미는 그런 기분, 아니, 아냐, 그런 기분도 아냐, 왠지, 더 견딜 수 없어. 상자를 열면, 그 안에 더 작은 상자가 있고, 그 작은 상자를 열면 또 그 안에 더 작은 상자가 있어서, 그걸 열면 또, 또, 작은 상자가 있고, 그 작은 상자를 열면 또 상자가 있고, 그리고 일곱 개, 여덟 개나 열고 나면, 결국 마지막에는 주사위만한 작은 상자가 나오는데, 그걸 슬쩍 열어보면 아무것도 없는, 텅 빈 느낌, 그 느낌과 약간 비슷하다. 눈이 번쩍 떠진다니, 그건 거짓말이다. 점점 더 탁해지다가, 어느새 점차 녹말이 아래로 가라앉고, 조금씩 윗물이 생기고 나서야, 지쳐서 겨우 눈이 떠진다. 아침은 어쩐지, 그저 그렇고 따분하다. 슬픈 일들이, 가슴에 가득가득 차올라서, 견딜 수 없다. 싫다, 싫어. 아침의 나는 가장 못났다. 두 다리가 기진맥진 지쳐서, 더 이상 아무것도 하고 싶지 않다. 잠을 깊이 자지 못한 탓일까? 아침엔 건강하다는 말 같은 거, 그건 거짓말. 아침은 회색. 언제고 똑같다. 가장 허무하다. 아침의 침대 안에서, 나는 언제나 염세적이다. 싫다. 이런저런 추잡한 후회들이 우르르 몰려와서는 가슴을 틀어막아서, 몸서리치게 된다.

아침은, 심술쟁이.

"아빠." 하고 작은 소리로 불러본다. 묘하게 쑥스럽고 기쁜 맘으로 일어나서, 잽싸게 이불을 갠다. 이불을 들어 올릴 때 웃쌰, 하는 기합소리를 내고, 뜨악했다. 나는 지금까지, 내가 웃쌰, 같은 천박한 소리를 내는 여자라는 생각은 해본 적이 없다. 웃쌰, 라니, 할머니 기합 소리 같아서 싫다. 어째서 그런 소리를 낸 걸까? 내 몸속 어딘가에 할머니라도 들어 있는 것 같아서, 기분 나쁘다. 이제부터는 조심해야지. 다른 사람의 품위 없는 걸음걸이를 욕하면서, 문득 자신도 그런 걸음을 걷고 있다는 걸 느꼈을 때처럼, 기운이 쭉 빠졌다.

아침에는, 항상 자신이 없다. 잠옷 차림으로 거울 앞에 앉는다. 안경을 안 쓰고 거울을 들여다보면, 얼굴이 약간 흐릿해서 참해 보인다. 내 얼굴에서 안경이 제일 싫지만, 다른 사람은 알지 못하는 안경의 좋은 점도 있다. 안경을 벗고 먼 곳을 보는 게 좋다. 모든 게 흐릿해서 꿈결 같고, 작은 구멍으로 들여다보는 그림처럼 근사하다. 지저분한 건, 아무것도 보이지 않는다. 큰 것, 선명하고 강렬한 색, 빛만이 눈에 들어온다. 안경을 벗고 다른 사람을 보는 것도 좋다. 상대방의 얼굴이 모두 다정하고 예쁘게, 웃는 것처럼 보인다. 게다가 안경을 벗고 있을 때는, 다른 사람과 싸워야겠다는 생각도 절대 안 하고, 험담도 하기 싫다. 그저 아무 말 없이, 멍하니 있을 뿐. 그리고 그런 내 모습이 다른 사람에게도 좋은 사람으로 보일 거라고 생각하면, 나는 더더욱 마음이 놓이고, 한결 상냥해진다.

그렇다고는 해도 역시 안경은, 싫다. 안경을 쓰면 얼굴이라는 느낌이 없어져버린다. 얼굴에서 나오는 여러 가지 정서, 로맨틱함, 아름다움, 격렬함, 연약함, 천진난만함, 애수哀愁, 그런 것들을 안경이 모두 가로막아 버린다. 게다가 눈으로 대화를 하는 것도, 이상할 정도로 불가능하다.

안경은, 도깨비.

내가 안경이 싫다고 생각하기 때문인지는 몰라도, 눈이 예쁜 게 가장 좋다는 생각이 든다. 코가 없어도, 입이 가려져 있어도, 눈이, 그 눈을 보고 있으면, 자기가 더 아름답게 살지 않으면 안 된다는 생각이 들 정도의 눈이라면 좋겠다. 내 눈은 크기만 컸지, 별다를 게 없다. 가만히 내 눈을 보고 있으면 맥이 풀린다. 엄마마저도 재미없게 생긴 눈이라고 하실 정도다. 이런 눈을 빛이 없는 눈이라고 하는 거겠지. 검은 동그라미 같다고 생각하면 기운이 쭉 빠진다. 눈이 이렇게 생기다니. 정말 너무해. 거울을 볼 때마다 눈이 촉촉하고 예뻐졌으면 좋겠다는 생각이 간절해진다. 파란 호수 같은 눈, 푸른 초원에 누워 드넓은 하늘을 보고 있는 듯한 눈, 때때로 흘러가는 구름이 비치는. 새의 그림자까지 뚜렷이 비치는. 아름다운 눈을 가진 사람을 많이 만나보고 싶다.

아침부터 5월이라고 생각하니, 어쩐지 조금 설렌다. 기쁘다. 이제 조금만 있으면 여름이다. 정원으로 나가 보니 딸기 꽃이 눈에 확 들어온다. 아빠가 돌아가셨다는 사실이 이상하게 여겨진다. 죽어서 없어진다는 건, 이해하기 힘든 일이다. 납득이 안 된다. 언니와, 헤어진 사람들, 오랫동안 만나지 못한 사람들이 그립다. 아무래도 아침에는 지나간 일들, 옛날에 함께 했던 사람들이 너무나도 익숙하게, 단무지 냄새처럼 무미건조하게 생각나서 견딜 수가 없다.

자피와, 가아(불쌍한 개니까, 가아[1]라고 부른다), 두 마리 다 데리고, 함께 뛰다 왔다. 두 마리를 앞에 나란히 놓고, 자피만 한껏 귀여워해줬다. 자피의 새하얀 털은 빛이 나서 아름답다. 가아는 더럽다. 자피를 귀여워해주고 있으면 가아가 옆에서 울상을 짓고 있는 건 잘 알고 있다. 가아에게 장애가 있다는 것도 안다. 가아는 슬퍼서, 싫다. 너무나 불쌍하니까, 일부러 심술궂게 대하는 거다. 가아는 떠돌이 개처럼 보이니까, 언제 개장수에게 잡혀갈지 모른다. 가아는 다리가 이러니까, 도망가는 것도 느리겠지. 가아, 어서 산속에라도 가버려. 너는 누구에게도 사랑받지 못하니까, 빨리 죽는 게 나아. 나는 가아뿐만 아니라, 다른 사람에게도 몹쓸 짓을 하는 아이이다. 다른 사람을 곤혹스럽게 하고 자극하는, 정말 몹쓸 아이이다. 툇마루에 앉아 자피의 머리를 쓰다듬어 주면서 눈에 스며드는 푸른 나뭇잎을 보고 있자니 내가 한심해져서, 바닥에 주저앉고 싶어졌다.

울고 싶었다. 숨을 꾹 참고 눈에 핏대를 세우면, 눈물이 조금이라도 나올지 모르겠다 싶어서 해봤지만, 안 나왔다. 벌써, 눈물이 없는 여자가 된 건지도 모른다.

포기하고 방청소를 시작한다. 청소를 하면서 느닷없이 <외국인 오키치>[2]를 부른다. 조금 나 자신을 되돌아보게 됐다. 평소에는 모차르트나 바흐에 빠져있는 내가, 무의식적으로 <외국인 오키치>를 부르다니, 재미있다. 이불을 들어 올릴 때 읏쌰, 라는 말을 하기도 하고, 청소하면

1_ 가와이소可哀想. 불쌍하다는 뜻의 일본말에서 따왔다.

2_ 唐人お吉(1841~1890). 본명은 사이토 기치齊藤きち로, 일본의 개화기 때 미국인 초대 영사의 시중을 들던 여인이다. 후에 게이샤가 된다. 그녀의 이야기는 소설, 연극, 노래 등으로 널리 알려졌는데, 당시 일본인들은 외국인에게 몸을 맡기는 것을 부끄러운 것으로 여겨, '외국인唐人' 이라는 별명을 붙여 놀렸다.

서, 외국인 오키치를 부른다니, 내가 생각해도 이제 다 틀렸나 싶다. 이런 상태라면 잠꼬대를 하면서도 얼마나 천박한 말을 할지, 불안해서 견딜 수가 없다. 그래도 왠지 우스워져서, 비질을 하던 손을 멈추고 혼자 웃는다.

어제 바느질을 마친 새 속옷을 입는다. 가슴 부분에 작고 하얀 장미꽃 자수를 놓았다. 웃옷을 입으면, 이 자수가 안 보인다. 아무도 모른다. 흐뭇하다.

엄마는 누군가의 혼담을 위해, 아침 일찌감치 서둘러 외출하셨다. 내가 어렸을 때부터 엄마는 다른 사람들 일에 열심이라 별로 놀랄 것도 없지만, 정말 놀라울 정도로 쉴 새 없이 움직이신다. 감탄하게 된다. 아빠가 너무 공부에만 매달려 살았으니, 엄마가 아빠 몫까지 하는 것이다. 아빠는 사교 같은 것과는 담을 쌓고 살았지만, 엄마는 정말 기분 좋은 사람들의 모임을 만든다. 두 분은 다른 점이 있지만, 서로 존경했다고 한다. 보기 흉한 데가 없는 아름답고 평온한 부부란, 바로 이런 거겠지? 아아, 내가 이런 건방진 소리를 하다니, 주제넘게.

된장국이 데워질 때까지 부엌 입구에 앉아 눈앞에 있는 잡목림을 멍하니 바라보았다. 그랬더니 옛날에도, 그리고 앞으로도 이렇게, 부엌 입구에 앉아, 이런 자세로, 심지어는 완전히 똑같은 생각을 하면서 눈앞의 잡목림을 보고 있었고, 보고 있을 거라는, 그런 생각에, 과거, 현재, 미래, 그것들이 한순간에 느껴지는 듯한 이상한 기분이 들었다. 이런 일은, 가끔 있다. 방에 앉아 누군가와 이야기를 하고 있다. 시선이 테이블 구석에 딱 고정된다. 입만 움직인다. 이럴 때면 이상한 착각이 든다. 언젠가 이와 같은 상태로, 같은 얘기를 하면서, 지금처럼 테이블 구석을 보고 있었다, 또 앞으로도, 지금과 똑같은 일이, 그대로 내게 찾아올 것이라고 믿고 싶다. 어느 먼 시골의 들길을 걷고 있어도 항상, 이 길은 언젠가 와본 적이 있는 길이라는 생각이 든다. 걷다가 길옆의 콩잎을 훽 잡아 뽑아도, 전에도 이 길 이쯤에서 이 잎을 잡아 뽑았던 적이 있는 것 같다. 그리고 또 앞으로도 몇 번이고 계속 이 길을 걷고, 이 지점에서 콩 잎을 뽑게 된다고 믿는 것이다. 또, 이런 적도 있다. 언젠가 목욕을 하다가 문득 손을 봤다. 그랬더니, 몇 년 후 목욕을 하면서 지금 우연히 손을 본 것을, 그리고 손을 보면서 문득 느꼈던 것을 그때도 똑같이 느끼게 될 거라는 생각이 들었다. 그런 생각을 하니 어쩐지, 우울해졌다. 또 어느 날 저녁, 목욕을 하는데, 영감, 이라고 말하면 과장된 표현이지만, 무언가 몸속을 휘익 하고 지나가는 걸 느꼈는데, 뭐랄까, 쥐꼬리만 한 철학이라고 해두고 싶은데, 그게 지나가고 나서는 머리와 마음이 모두 구석구석까지 투명해져서, 어쩐지 살아가는 게 푹신하게 안정된 듯하여, 아무 말 없이, 아무 소리도 안 내고, 우뭇가사리가 슈욱 하고 나올 때 같은 유연함으로, 이대로 파도에 몸을 맡기고 아름답고 가볍게 살아갈 수 있을 것 같았다. 아니 이건, 철학에 그치는 문제가 아니다. 도둑고양이처럼 아무 소리도 안 내고 살아가는 예감 같은 건 좋을 게 없고, 오히려 두려웠다. 그런 기분이 오래가면 사람은 신 내림 받은 사람처럼 되어버리는 거 아닐까? 예수. 하지만, 여자 예수라니, 그건 싫다.

결국 난 한가하니까, 생활이 고생스럽지 않으니까, 매일 보고 들으면서 생긴 수많은 감수성을 감당하지 못하고 멍하니 있는 사이에, 그 녀석들이 도깨비 같은 얼굴로 여기저기서 떠오르고 있는 것은 아닐까?

식당에서 혼자 밥을 먹는다. 올해 처음으로 오이를 먹는다. 오이의 푸르름에서, 여름이 온다. 5월 오이의 푸르름에는 마음이 텅 비고,

욱신거리고, 근질거리는 듯한 슬픔이 있다. 혼자 식당에서 밥을 먹고 있으려니까, 무턱대고 여행을 떠나고 싶다. 기차를 타고 싶다. 신문을 읽는다. 고노에[3] 씨의 사진이 나와 있다. 고노에 씨는 괜찮은 남자일까? 나는 이런 얼굴을 좋아하지 않는다. 이마부터가 내 취향이 아니다. 신문에서는 책 광고문이 가장 재미있다. 글씨 한 자 한 줄을 싣기 위해 백 엔 이백 엔 광고료를 내야 할 테니까, 모두 열심이다. 구구절절, 최대의 효과를 거두기 위해 끙끙 신음하며 쥐어 짜낸 것 같은 명문이다. 이렇게 돈이 드는 문장은 세상에 조금밖에 없겠지. 어쩐지, 고소하다.

밥을 다 먹고 문단속을 하고, 등교. 비가 안 올 것 같기는 하지만, 그래도 어제 엄마가 준 좋은 우산을 기어코 들고 싶어서, 그걸 든다. 이 우산은 엄마가 옛날에 처녀 때 쓰던 것. 재미있는 우산을 발견해서 기분이 좋다. 이런 우산을 가지고 파리의 변두리를 걷고 싶다. 아마, 지금의 전쟁이 끝날 즈음이면, 이렇게 꿈꾸는 느낌의 고풍스러운 우산이 유행하겠지. 이 우산에는 분명 보닛 풍의 모자[4]가 잘 어울릴 것이다. 긴 핑크색 소매가 달리고 옷깃이 커다란 기모노를 입고, 검은 비단레이스로 짠 긴 장갑을 끼고, 차양이 넓은 커다란 모자에는 아름다운 보라색 수선화를 단다. 그리고 녹음이 짙어질 무렵 파리의 레스토랑에 점심을 먹으러 간다. 근심이 있는 것처럼 가볍게 턱을 괴고 밖을 지나가는 사람들의 물결을 보고 있으면, 누군가가 살며시 내 어깨를 두드린다. 갑자기 흘러나오는 음악, 장미의 왈츠. 아아, 우습다, 우스워. 현실은 이런 낡아빠지고 이상한 모양의, 얇고 길쭉한 손잡이가 달린 우산 하나. 내가 비참하고 불쌍하다. 성냥팔이 소녀님. 어디, 풀이라도 뽑고 가요.

3_ 고노에 후미마로近衛文麿(1891~1945). 정치가. 중일전쟁기의 일본 수상.

4_ 여성 또는 어린이용 모자로, 머리 위에서 뒷머리에 걸쳐 깊이 쓰고 끈을 턱에 매는 모자.

나가다 말고 우리 집 앞 풀을 조금 뽑아서, 엄마께 근로봉사. 오늘은 뭔가 좋은 일이 생길지도 모른다. 같은 풀이라도, 어째서 이렇게 잡아 뽑고 싶은 풀과 가만히 남겨두고 싶은 풀, 여러 가지 풀이 있는 걸까? 귀여운 풀과, 귀엽지 않은 풀과, 모양은 조금도 다르지 않은데, 안쓰러운 풀과 밉살스러운 풀, 어째서 이렇게 딱 갈리는 걸까? 논리적인 문제가 아니다. 여자의 좋고 싫음은, 꽤나 엉성한 것 같다. 10분간의 근로봉사를 마치고 정류장으로 발길을 서두른다. 밭두렁을 지나면서, 무턱대고 그림을 그리고 싶어진다. 도중에 신사에 있는 숲의 샛길을 지난다. 여기는, 내가 혼자서 찾아낸 지름길이다. 숲속의 샛길을 걸으면서 문득 밑을 보니, 보리가 두 치[약 6㎝] 정도 여기저기 무리지어 자라고 있다. 그 파릇파릇한 보리를 보고 있으면, 아아, 올해도 군인 아저씨가 왔구나, 싶다. 작년에도 많은 군인 아저씨와 말이 와서 이 신사의 숲속에서 쉬고 갔다. 얼마 후 그곳을 지나가 봤더니, 보리가 오늘처럼 쑥쑥 자라고 있었다. 하지만 그 보리는 더 이상 자라지 않았다. 올해도 군인 아저씨의 말에 달린 통에서 쏟아져 나와 싹을 틔워 가냘프게 자라난 이 보리는, 숲이 이렇게 어둡고 볕이 전혀 안 드니까, 불쌍하게도 더 이상 못 자라고 죽어버리겠지.

신사의 숲속 샛길을 지나 역 가까이 와서, 노동자 네댓 명과 일행이 된다. 그 노동자들은 언제나처럼 입에 담기도 싫은 나쁜 말을 내게 뱉어낸다. 나는 어떻게 하면 좋을지 망설였다. 그 노동자들을 앞질러서 앞으로 가버리고 싶지만, 그러려면 노동자들 사이를 뚫고 지나가지 않으면 안 된다. 무섭다. 그렇다고 해서 가만히 서서 노동자들을 먼저 보내고, 거리가 꽤 벌어질 때까지 기다리는 건 더더욱 담력이 필요한 일이다. 그건 실례가 되는 일이니까, 노동자들이 화낼지도 모른다. 몸이 달아오르고, 울고 싶어졌다. 나는 내가 울려고 하는 모습이 부끄러워서, 그들을 향해 웃어주었다. 그리고 천천히, 그들 뒤에 붙어 걸어갔다. 그때는 그걸로 끝이었지만, 그 억울함은 전철을 타고 나서도 지워지지 않았다. 이런 별것 아닌 일에 태연해질 수 있도록, 어서 강하고, 맑은 내가 되고 싶다.

전철 입구 바로 옆쪽에 빈자리가 있기에, 나는 거기에 살며시 내 짐을 놓고 잠깐 스커트의 주름을 바로잡고 나서 앉으려고 했는데, 안경 쓴 남자가 내 짐을 치워버리고 그 자리에 앉았다.

"저기, 그 자리는 제가 맡아 둔 자린데요."라고 말해봤지만, 남자는 쓴웃음을 짓고는 아무 일도 없다는 듯 신문을 읽기 시작했다. 잘 생각해보면, 어느 쪽이 뻔뻔한 건지 모르겠다. 내가 더 뻔뻔한 건지도 모르지.

하는 수 없이 우산과 짐을 선반 위에 올리고, 나는 손잡이에 매달려서 언제나처럼 잡지를 읽으려고, 한 손으로 팔랑팔랑 페이지를 넘기면서 엉뚱한 생각을 했다.

내가 책을 읽지 않는다면, 나는 인생 경험도 없으니 울상을 짓게 되겠지. 그 정도로 나는, 책에 적혀 있는 말들에 의지하고 있다. 책 한 권을 읽으면, 그 책에 정신이 완전히 팔려서, 신뢰하고, 동화되고, 공감하고, 거기에 억지로 생활을 갖다 붙인다. 또 다른 책을 읽으면 순식간에 태도를 바꾸어, 그 책에 완전히 동화된다. 다른 사람의 것을 훔쳐 와서 온전한 자신의 것으로 다시 만드는 재능, 그 교활함, 이건 내 유일한 특기다. 정말, 이 교활함, 속임수에는 진력이 난다. 매일매일 실수를 거듭하며 심한 창피만 당하게 된다면, 조금은 중후해질지도 모른다. 하지만 그런 실수에도 어떻게든 억지 설명을 갖다 붙여서는 잘 꾸며내고, 그럴싸한 이야기를 짜내어, 불쌍한 척 연기할 것 같다.

(이런 말도 어느 책에선가 읽은 적이 있다.)

정말로 나는, 어떤 게 진짜 나인지 모르겠다. 읽는 책이 없어지고 흉내 낼 교본이 아무것도 없어졌을 때, 나는 대체 어떻게 될까? 옴짝달싹 못하고 위축된 모습으로, 무턱대고 코만 풀고 있을지도 모른다. 어쨌든 전철 안에서 매일 이렇게 종잡을 수 없는 생각만 해서는, 안 된다. 몸에 불쾌한 온기가 남아서 너무 싫다. 무언가를 해야만 하고, 어떻게든 해야만 한다는 생각은 하지만, 어떻게 하면 나 자신을 확실히 파악할 수 있을까? 이제까지 내가 한 자기비판 같은 건, 전혀 의미가 없었던 것이다. 비판을 해도 마음에 안 드는 점이나, 내 약점을 깨달으면, 바로 그것에 몰입해서는 스스로를 위안하고, 빈대 잡으려다 초가삼간 태우는 건 좋지 않다고 결론지어버리니까, 비판이고 뭐고 없던 일이 된다. 아무것도 생각하지 않는 편이, 오히려 양심적이다.

이 잡지에도 「젊은 여성의 결점」이라는 제목의, 다양한 사람들이 쓴 글이 실려 있다. 읽으면서 나한테 하는 말 같다는 기분이 들어서 부끄럽기도 했다. 게다가 쓴 사람에 따라서, 평소에 바보 아닌가 싶은 사람은 바보 느낌이 나는 말을 하고 있고, 사진을 봤을 때 멋쟁이 느낌이 나는 사람은 멋스러운 말씨를 쓰고 있는 게 우스워서, 중간 중간 킥킥 웃으면서 읽어내려 간다. 종교인은 바로 신앙 얘기를 꺼내고, 교육가는 처음부터 끝까지 은혜, 은혜라는 말을 쓰고 있다. 정치가는 한시漢詩를 들고 나왔다. 작가는 멋있는 척하면서 멋스러운 말을 쓰고 있다. 혼자 우쭐해있다.

하지만 모두, 그럭저럭 확실한 것만 썼다. 개성이 없는 것. 깊은 맛이 없는 것. 바람직한 희망, 바람직한 야심, 그런 것들로부터 멀리 떨어져 있는 것. 즉, 이상이 없는 것. 비판은 있어도, 자기 생활과 직접 관련짓는 적극성이 없는 것. 반성 없음. 진정한 자각, 자기애, 자중이 없다. 용기 있는 행동을 하더라도, 그로 인한 모든 결과에 대해 책임을 질 수 있을지 모르겠다. 자기 주위의 생활양식에는 순응하고, 그걸 처리하는 것엔 능숙하지만, 자신, 그리고 자기 주위의 생활에 마땅히 가져야 할 강렬한 애정이 없다. 진정한 의미의 겸손함이 없다. 독창성이 모자라다. 모방뿐이다. 인간 본래의 '사랑'이라는 감각이 없어져버렸다. 고상한 척하지만, 기품이 없다. 그 외에도 많은 얘기가 쓰여 있다. 정말, 읽으면서 정신이 번쩍 드는 부분이 많다. 절대로 부정할 수 없는 얘기다.

하지만 여기에 쓰여 있는 모든 말이 어쩐지 낙관적이라, 그 사람들의 평소 생각과는 다른 것을 그냥 써본 것 같다는 느낌이 든다. '진정한 의미의'라든가 '본래의' 같은 형용사가 많이 있지만, '진정한' 사랑, '진정한' 자각이란 어떤 것인지, 마음에 확실하게 와 닿지는 않는다. 이 사람들은 알고 있을지도 모른다. 그렇다면 더 구체적으로 단 한마디, 오른쪽으로 가라거나 왼쪽으로 가라는 식으로, 단 한마디, 권위 있게 손가락으로 가리켜주는 편이 훨씬 더 고마울 텐데. 우리는 사랑 표현의 방침을 잃어버렸으니, 이것도 안 되고 저것도 안 된다고 말하지 말고, 이렇게 해라, 저렇게 해라, 하고 딱 잘라 다그쳐 준다면, 모두 그대로 따를 것이다. 아무도 자신이 없는 걸까? 여기에 의견을 발표하는 사람들도, 언제든, 어떤 경우에든, 이런 의견을 가지고 있는 건 아닐지도 모른다. 바람직한 희망, 바람직한 야심이 없다고 혼내고 있지만, 그렇다면 우리가 바람직한 이상을 좇아 행동했을 때, 이 사람들은 우리를 어디까지 지켜보고, 이끌어 가줄까?

우리는 어렴풋이나마 자신이 가야 할 최선의 장소, 가고 싶은 아름다운 곳, 자신을 성장시킬 장소를 알고 있다. 좋은 생활을 하고 싶다는 생각도 한다. 그야말로 바람직한 희망, 야심을 가지고 있다. 마음을 기댈 만한 굳건한 신념을 가지고 싶어서 초조해한다. 하지만 이 모든 것을, 딸이라면 딸로서 생활 속에서 구현하려면 얼마만큼의 노력이 필요한 걸까? 엄마, 아빠, 언니, 오빠들의 사고방식도 있다. (입으로는 그건 너무 낡은 생각이라는 둥 뭐라는 둥 하지만, 절대로 인생의 선배, 노인, 기혼자들을 경멸하는 건 아니다. 그러기는커녕, 언제나 몇 번이고 보고 듣고 배우고 있을 터이다.) 늘 얽히며 살아가는 친척이라는 사람들도 있다. 지인도 있다. 친구도 있다. 그리고 언제나 거대한 힘으로 우리 등 뒤를 떠미는 '세상'이라는 것도 있다. 이런 모든 것들을 생각하고, 보고, 고려하면, 자신의 개성을 키우는 건 그것 하나만의 문제가 아니다. 그저 그렇게 눈에 띄지 않게, 수많은 보통 사람들이 지나가는 길로 묵묵히 나아가는 게 가장 현명한 것이라는 생각이 든다. 소수를 위한 교육을 모든 사람에게 실시하는 것은, 정말 잔인한 일이다. 학교의 도덕 교육과 세상의 법도가 무척 다르다는 사실을, 크면서 조금씩 알게 됐다. 학교의 도덕을 필사적으로 지키고 있으면, 그 사람은 바보가 된다. 이상한 사람이라고 불리기도 한다. 출세도 못하고, 언제나 가난하다. 거짓말을 안 하는 사람이 과연 있을까? 있다면, 그 사람은 영원히 패배자다. 내 친척 중에도 행실이 바르고, 굳은 신념을 가지고 이상을 추구하면서, 그야말로 진정한 의미로 살아가는 사람이 하나 있는데, 친척들 모두 그 사람을 나쁘게 얘기한다. 바보 취급한다. 나도 그렇게 바보 취급당하고 패배자가 되는 걸 알면서도, 엄마나 모든 사람들을 거스르면서까지 내 사고방식을 고집할 수는 없다. 두렵기 때문이다. 어렸을 때는 나도, 내 생각과 다른 사람의 생각이 완전 어긋나면, 엄마한테,

"왜?"라고 물어보곤 했다. 그럴 때마다 엄마는 대충 한마디로 정리해

버리면서 화를 냈다. 나쁜 생각이야, 불량한 아이처럼 구는구나. 엄마는 그렇게 말하면서 슬퍼했던 것 같다. 아빠에게 말한 적도 있다. 아빠는 그냥 가만히 웃었다. 그리고 나중에 엄마한테 '비뚤어진 아이'라고 말했다고 한다. 크면서 나는 점점, 무서움에 벌벌 떠는 사람이 되어버렸다. 옷 한 벌 만드는 데도 사람들의 시선을 신경 쓰게 되었다. 사실 속으로는 나의 개성을 사랑하고 있고, 앞으로도 사랑하고 싶다고 생각하기는 하지만, 그것을 확실하게 자신의 것으로 표현하는 건, 무서운 일이다. 사람들이 괜찮다고 생각하는 아이가 되고 싶다는 생각은 항상 한다. 많은 사람들이 모이면, 나는 얼마나 비굴해질까? 입 밖으로 내고 싶지도 않은 말, 생각과는 전혀 동떨어진 말을, 본심과는 달리 마구 해대고 있다. 그러는 편이 낫다고 생각하니까 그렇다. 불쾌한 일이다. 지금의 도덕이 완전히 다른 개념으로 바뀌는 때가 어서 왔으면 좋겠다. 그러면 이런 비굴함도 없어지고, 자신이 아닌, 다른 사람들의 시선 때문에 하루하루를 쩔쩔매며 살지 않아도 되겠지.

어머, 저기, 자리가 났다. 서둘러 선반에서 짐과 우산을 내리고, 재빨리 끼어들어가 앉는다. 오른쪽은 중학생, 왼쪽은, 아이를 업고 포대기를 한 아줌마. 아줌마는 나이든 주제에 두꺼운 화장을 하고, 유행하는 머리 모양을 하고 있다. 얼굴은 예쁘지만, 목 쪽에 검은 주름이 잡혀있는 게 꼴사나워서, 때려주고 싶을 정도로 싫었다. 인간은 서 있을 때와 앉아 있을 때, 생각하는 게 완전 딴판이 된다. 앉아 있으면 왠지 미덥지 않고, 무기력한 생각만 한다. 내 맞은편 자리에는 네댓 명, 또래로 보이는 샐러리맨들이 멍하니 앉아 있다. 서른 정도 됐을까? 모두, 싫다. 눈이 퀭하니 흐리멍덩하다. 패기가 없다. 하지만 내가 지금 이 중에 누군가 한 명에게 방긋 웃어주면, 겨우 그것만으로 나는 질질 끌려가서, 그 사람과 결혼하지 않으면 안 되는 처지가 될지도 모른다. 여자는 자신의 운명을 결정하는 데, 미소 하나면 충분하다. 무섭다. 이상할 정도다. 조심해야지. 오늘 아침에는 정말 이상한 생각만 한다. 이삼일 전부터 우리 집 정원을 손질해주러 오는 정원수 아저씨 얼굴이 눈에 어른거려 죽겠다. 어디까지나 정원수 아저씨인데, 얼굴 느낌이 아무래도 독특하다. 과장해서 말하면, 사색가 같은 얼굴이다. 피부색이 어두운 만큼 야무져 보인다. 눈이 멋있다. 미간도 좁다. 코는 납작코지만, 그게 또 까무잡잡한 피부에 어울려서, 의지가 강해 보인다. 입술 모양도 꽤 괜찮다. 귀는 조금 지저분하다. 손은 그야말로 정원수 아저씨 손이지만, 검은 모자를 깊게 눌러쓴 그늘진 얼굴은 그냥 정원수 아저씨로 두기엔 아까운 느낌이다. 엄마한테 세 번 네 번이나, 저 정원수 아저씨는 처음부터 정원수였을까? 하고 물어봤는데, 결국은 혼났다. 오늘 짐을 싸온 이 보자기는 마침 그 정원수 아저씨가 처음 왔던 날 엄마가 주신 것이다. 그날은 우리 집 대청소 날이라 부엌 수리공과 바닥 수리공이 다녀갔는데, 엄마는 장롱 안을 정리했고, 그때 이 보자기가 나와서 내게 주셨다. 예쁘고 여성스러운 보자기. 예뻐서, 묶기가 아깝다. 이렇게 앉아 무릎 위에 올려놓고 몇 번이고 슬쩍슬쩍 보고 있다. 문지른다. 전철 안에 있는 모든 사람들에게도 보여주고 싶은데, 아무도 보지 않는다. 이 귀여운 보자기를 그냥 살짝 바라봐주시기만 한다면 나는, 그분께 시집을 가도 좋다. 본능이라는 말을 마주하면, 울고 싶어진다. 본능의 거대함, 우리의 의지로는 움직일 수 없는 힘, 그런 것이 가끔 나의 이런저런 경험에서 느껴지면, 미칠 것 같다. 어떻게 하면 좋을지 모르겠어서 머릿속이 하얘진다. 긍정할 수도 부정할 수도 없는, 그냥 굉장히 커다란 게, 머리에 푹 씌워지는 느낌이다. 그러고는 나를 마음대로 질질 끌고 돌아다닌다. 끌려 다니면서도 만족스러운 마음과, 그것을 슬픈 마음으로 바라보는 또 다른 감정. 왜 나는, 나 하나만으로 만족하고, 평생 나 하나만을 사랑하며 살 수 없는 걸까? 본능이 지금까지의 내 감정과 이성을 좀먹는 것을 보는 건, 비참한 일이다. 조금이라도 나 자신을 잊어버리고 나면, 그저 맥이 풀린다. 그때의 나와, 지금의 나에게도 본능이 분명히 존재한다는 걸 생각하면, 눈물이 날 것 같다. 엄마, 아빠를 부르고 싶어진다. 하지만 또 진실이라는 게 의외로 내가 싫어하는 데에 있을지도 모른다고 생각하면, 더욱더 비참하다.

벌써 오차노미즈. 플랫폼에 내려섰더니, 언제 그랬냐는 듯 머리가 말끔해졌다. 지금 지나간 일들을 서둘러 기억해내려고 애썼지만, 전혀 떠오르지 않는다. 그 다음을 생각하고 싶어서 초조했지만, 아무것도 생각나지 않았다. 머리가 텅 비었다. 때로는, 내 심금을 울린 것도 있었을 테고, 괴롭고 부끄러운 일도 있었을 텐데, 지나가버리고 나면 아무것도 없었던 것과 똑같다. 지금이라는 순간은 재미있다. 지금, 지금, 지금이라며 손가락을 까딱이는 중에도, 지금은 멀리 날아가버리고 새로운 '지금'이 와있다. 육교 계단을 타박타박 오르면서, 이게 뭔가 싶었다. 바보 같다. 나는, 좀 지나치게 행복한 건지도 모른다.

오늘 아침의 고스기 선생님은 아름답다. 내 보자기처럼 예쁘다. 아름다운 파란색이 어울리는 선생님. 가슴의 진홍색 카네이션도 눈에 띈다. '폼'만 잡지 않으면, 이 선생님을 지금보다 더 좋아할 텐데. 지나치게 폼을 잡는다. 어딘가, 무리하는 부분이 있다. 저러면 피곤할 텐데. 성격도, 어딘가 난해한 데가 있다. 알 수 없는 부분이 많다. 성격이 어두운데도, 억지로 밝아 보이려고 하는 구석도 있다. 하지만, 누가 뭐래도 끌리는 여자다. 학교 선생님으로 그냥 두기에는 아깝다는 생각이 든다. 반

아이들에게 예전만큼의 인기는 없지만, 나는 전과 다름없이 선생님을 좋아한다. 숲속, 호숫가의 고성古城에 사는 부잣집 따님, 그런 느낌이 난다. 이런, 칭찬이 너무 지나쳤다. 고스기 선생님이 하는 이야기는, 어째서 늘 이렇게 딱딱할까? 머리가 나쁜 거 아닐까? 슬퍼진다. 아까부터 애국심에 대해서 장황하게 설명하는데, 그런 거 다 알지 않나? 어떤 사람이든 자신이 태어난 곳을 사랑하는 마음은 있는데 말이다. 재미없다. 책상에 턱을 괴고 멍하니 창밖을 내다본다. 바람이 강한 탓인지, 구름이 예쁘다. 정원 구석에 장미꽃이 네 송이 피어 있다. 노란색이 하나, 흰색이 둘, 핑크가 하나. 멍하니 꽃을 바라보며, 인간에게도 정말 좋은 구석이 있다는 생각이 들었다. 꽃의 아름다움을 발견한 건 인간이고, 꽃을 사랑하는 것도 인간이니까.

점심시간에는 귀신 이야기가 나온다. 야스베이 언니의 제1고등학교[5] 7대 불가사의 중 하나, '열리지 않는 문' 이야기에는 정말, 모두 꺄악, 꺄악. 억지로 무서운 분위기를 만드는 얘기가 아니라, 심리적인 얘기라서 재미있다. 너무 법석을 떨어서, 방금 밥을 먹은 참인데도 벌써 배가 고파졌다. 바로 찐빵 부인으로부터 캐러멜을 대접받는다. 그러고 나서 또, 모두 한바탕 무서운 이야기에 몰두한다. 귀신이야기 같은 것에는 누구든 흥미를 느끼는 모양이다. 일종의 자극일까? 그리고 이건 괴담은 아니지만, '구하라 후사노스케[6] 이야기는 정말 재미있다.

오후의 미술시간에는 모두 교정에 나가, 사생 연습. 이토 선생님은 어째서 항상 이유 없이 나를 난처하게 만들까? 선생님은 오늘도 내게

5_ 현 도쿄대학교 교양학부, 치바대학교 의학부, 약학부의 전신이다.

6_ 일본의 실업가 겸 정치가(1869~1965). 현 히타치 제작소 창립의 기반이 된 구하라 재벌의 총수로서 '광산왕'이라는 별명으로 불리기도 했다. 후에 정계에도 진출했다.

자신의 그림 모델이 되어달라고 했다. 아침에 가져온 내 낡은 우산을 반 아이들 모두가 좋아하며 떠들썩거리자, 결국 이토 선생님이 그걸 알게 되어, 그 우산을 가지고 교정 구석에 피어 있는 장미 옆에 서 있으라고 한 것이다. 선생님은 이런 내 모습을 그려서, 다음에 있을 전람회에 낼 거라고 한다. 30분 동안만 모델이 되어주기로 한다. 남에게 조금이라도 다른 사람에게 도움을 주는 일을 하면 기쁘기 마련이다. 하지만 이토 선생님과 둘이서 마주보고 있으면 너무 지친다. 이야기가 느끼한 구석이 있는 데다 덧붙이는 말이 많고, 나를 지나치게 의식해서 그런지 스케치하면서 하는 얘기가 전부 내 얘기뿐이다. 대답하는 것도 귀찮고, 성가시다. 알 수 없는 사람이다. 이상하게 웃기도 하고, 선생님 주제에 부끄러워하기도 하고, 아무튼 느끼한 것에는 진력이 난다.

"죽은 여동생이 생각납니다."라니, 참을 수 없다. 사람은 좋은 사람이겠지만, 제스처가 너무 많다.

제스처라면, 나도 지지 않을 정도로 많이 가지고 있다. 게다가 내 제스처는 꾀바르고 영리하다. 정말 보기에 아니꼬워서 처치곤란이다. '나는 너무 폼을 잡아서, 그 폼에 끌려 다니는 거짓말쟁이 도깨비다'라는 식의 말을 하는 것, 이것도 또 하나의 폼이니까, 이 말에도 끌려다니게 된다. 이렇게 얌전히 선생님의 모델이 되어주면서도, 자연스럽고 솔직한 사람이 되게 해달라고 간절한 마음으로 기도하는 중이다. 책 같은 거 그만 읽어. 관념뿐인 생활에서, 의미 없이, 시건방지게 아는 척하다니, 꼴사나워. 어머, 생활의 목표가 없다고? 생활에, 인생에, 더 적극적인 자세를 취하면 되는데, 나에게는 모순이 있다는 둥 어떻다는 둥, 계속 생각하고 고민하는 것 같은데, 네가 하는 건 감상感傷에 불과해. 자신을 가여워하고, 위로하는 것일 뿐이야. 그리고 자신을 너무 높이 사고 있는 거야. 아아, 이런 지저분한 마음을 가진 나를 모델로 쓰다니, 선생님의 그림은 틀림없이 낙선이다. 아름다울 리가 없어. 이런 생각을 하면 안 되지만, 이토 선생님이 바보로 보이는 건 어쩔 수가 없다. 선생님은, 내 속옷에 장미꽃 자수가 있는 것도 모른다.

같은 자세로 가만히 서 있으니까, 무턱대고 돈이 있었으면 좋겠다는 생각이 든다. 십 엔이 있으면 좋을 텐데. 『퀴리부인』을 제일 읽고 싶다. 그리고 문득, 엄마가 오래 살았으면 좋겠다. 선생님의 모델을 하고 있으면, 왠지 힘들다. 기진맥진 녹초가 됐다.

방과 후에는, 절집의 딸인 긴코와 몰래 할리우드 미장원에 들러 머리를 했다. 완성된 머리모양이 내가 부탁한 것처럼 되지 않아서 실망스러웠다. 아무리 봐도 나는, 조금도 귀엽지 않다. 한심하다는 생각이 들었다. 기운이 쭉 빠졌다. 이런 곳에 와서 몰래 머리를 만지다니, 너더분한 암탉이 된 것 같은 기분마저 들고, 지금은 몹시 후회된다. 이런 데를 오다니, 자기 자신을 우습게 보는 행동이라는 생각이 들었다. 긴코는, 들떠서 아주 신이 났다.

"이대로 맞선 보러 갈까?"라는 엉뚱한 말을 꺼냈는데, 그러던 중에 긴코는 어쩐지 자신이 정말 맞선을 보러 가게 된 것 같은 착각을 일으켰는지,

"이런 머리엔 무슨 색 꽃을 꽂으면 좋을까?"라든가, "일본식 옷을 입을 때, 허리띠는 어떤 게 좋을까?" 같은 말을 하면서, 진짜 선을 보러 가는 것처럼 행동한다.

정말, 아무 생각이 없는 사랑스러운 사람.

"어떤 분이랑 선보는 거야?" 나도 웃으면서 이렇게 물었더니,

"방앗간은, 방앗간이라고 하니까."라고 시치미를 떼며 대답했다.

조금 놀라서 그게 무슨 의미냐고 물어보니, "절집 딸은 절에 시집가는 게 제일 좋은 거야, 평생 먹고 살 일에 걱정 없고"라고 대답해서, 긴코는 다시 한 번 나를 놀라게 했다. 긴코는 눈에 띄는 성격이 전혀 없어 보이고, 그 때문에 여성스러움이 가득하다. 학교에서 내가 그렇게까지 잘해 준 것도 없는데, 긴코는 옆자리에 앉는 사이라는 이유만으로 나를 자기와 가장 친한 친구라고 모두에게 말한다. 귀여운 아가씨다. 이틀마다 한 번씩 편지를 써주기도 하고, 어쨌든 여러모로 신경을 써줘서 고맙지만, 오늘은 너무 지나치게 신나 있어서, 나는 좀 짜증이 났다. 긴코와 헤어지고 나서, 버스를 탔다. 왠지, 왠지 우울하다. 버스 안에서 짜증나는 여자를 봤다. 깃이 더러운 기모노를 입고 있는데 텁수룩한 빨간 머리를 빗 하나에 휘감아 꽂고 있고, 손발도 더럽다. 게다가 남잔지 여잔지 알 수 없는 화난 표정에 검붉은 얼굴이다. 게다가, 아아, 가슴에 역겨움이 치밀어 오른다. 이 여자는, 배가 크다. 이따금 혼자 히죽히죽 웃고 있다. 암탉. 몰래 머리를 만지러 할리우드 같은 곳에 가는 나도, 저 여자와 별반 다를 게 없는 것이다.

오늘 아침, 전철에서 옆에 앉았던 두꺼운 화장을 한 아줌마도 떠오른다. 아아, 더럽다, 더러워. 여자는, 싫다. 내가 여자인 만큼, 여자 안의 불결함을 잘 알아서, 이가 갈릴 정도로 싫다. 금붕어를 만지고 난 뒤의 참을 수 없는 비린내가 내 몸 가득 배어 있는 것 같고, 아무리 씻어도 없어지지 않는 것처럼, 이렇게 하루하루, 나도 암컷의 체취를 내뿜는 사람이 되어가는 건가, 하고 생각해보면, 정말 그렇다는 생각이 들어서, 더욱더 이대로, 소녀인 채로 죽고 싶어진다. 문득, 병에 걸리고 싶다는 생각이 든다. 굉장히 무거운 병에 걸려서, 땀을 폭포처럼 흘리고 깡마른 몸이 되면, 나도 맑고 깨끗해질지도 모른다. 살아 있는 한, 도저히 피할 수 없는 일일까? 진정한 종교의 의미도 알게 된 것 같은 기분이 든다.

버스에서 내리자, 약간은 마음이 놓였다. 어쩐지 버스나 전철은 싫다. 공기가 미적지근해서 짜증난다. 땅은, 좋다. 흙을 밟고 걸으면, 나 자신이 좋아진다. 아무래도 나는 좀 덜렁이다. 만사태평한 사람이다. 두껍아 두껍아 헌 집 줄게 새 집 다오, 이렇게 작은 소리로 노래하고는, 어쩜 얘는 이리도 태평할까, 싶어서 스스로도 답답한 마음에, 키만 커가는 꺽다리 같은 내가 싫어진다. 괜찮은 아가씨가 되어야겠다고 생각했다.

집으로 돌아가는 시골길은 매일같이 보니까 너무 익숙해서, 얼마나 조용한 시골인지 잊어버렸다. 그냥 나무, 길, 밭밖에 없으니까. 오늘은 한번, 다른 곳에서 처음으로 이곳 시골에 온 사람 흉내를 내봐야지. 나는, 음, 간다 근처에 있는 신발가게 딸이고, 태어나 처음으로 교외의 흙을 밟는 것이다. 그러면 이 시골은 어떻게 보일까? 멋진 생각. 처량한 생각. 나는 진지한 표정으로, 일부러 과장되게 두리번거려본다. 작은 가로수 길을 내려갈 때는, 고개를 들어 막 돋아난 푸른 나뭇가지들을 보며 와, 하고 작은 소리로 감탄하고, 흙으로 덮인 다리를 건너다가 잠시 시냇물을 들여다보며 물에 얼굴을 비춰보고, 개 흉내를 내며 멍멍 짖어보기도 하고, 멀리 있는 밭을 볼 때는 눈을 가늘게 뜨고 넋 나간 표정으로 '좋다'라고 중얼거리면서 한숨. 신사에서는, 또 잠시 휴식. 신사의 숲속은 어두워서, 황급히 일어나 아아, 무섭다 무서워, 라고 하면서 어깨를 잔뜩 움츠리고 허둥지둥 숲을 빠져나갔다. 숲 밖의 눈부신 풍경에 일부러 놀란 척을 하며, 여러모로 새롭다, 새롭다는 마음가짐으로 시골길을 열심히 걷다가, 어쩐지, 견딜 수 없이 슬퍼졌다. 결국 길가의 초원에 털썩 주저앉아버렸다. 풀 위에 앉았더니, 방금 전까지 들떠 있던 마음이 쿵 하는 소리를 내며 사라지고, 갑자기 진지해졌다. 그리고 요즘의 나에 대해서 가만히, 곰곰이 생각해보았다. 나는 어쩌다가 이렇게 잘못되어버린 걸까? 어째서 이렇게 불안한 걸까? 언제나, 무언가를 두려워하고 있다. 요전에 이런 말을 들었다. "넌, 점점 속물이 되어가는구나."

그럴지도 모른다. 나는 확실히 틀려먹은 사람이 되었다. 하찮아졌다. 안 되지, 안 돼. 약해, 약해 빠졌어. 느닷없이 아악 하고 크게 소리를 지르고 싶어졌다. 쳇, 그런 비명소리를 내서 자신의 나약함을 감추려 해도, 안 돼. 어떻게든 다른 수를 써봐. 나는, 사랑에 빠진 건지도 모른다. 푸른 초원에 엎드려 뒹굴었다.

'아빠.' 하고 불러본다. 아빠, 아빠. 석양이 지는 하늘은 아름다워요. 그리고 저녁 안개는 핑크빛. 석양의 빛이 안개 속에 녹아, 스며들어서, 안개가 이렇게 부드러운 핑크색이 된 거겠죠. 이 핑크색 안개가 한들한들 흘러서, 숲 사이로 기어들어가고, 길 위를 걷고, 초원을 쓰다듬다가, 내 몸을 살포시 감싸요. 핑크빛은 내 머리카락 한 올 한 올까지 아련히 비추면서, 부드럽게 쓰다듬어줍니다. 어쨌든 이 하늘은, 아름다워요. 이 하늘에는, 태어나서 처음으로 고개를 숙이고 싶어요. 저는, 지금 이 순간 신을 믿습니다. 이건, 이 하늘색은 무슨 색이라고 해야 할까? 장미. 불. 무지개. 천사의 날개. 큰 사원. 아니, 그런 게 아냐. 훨씬 더 성스러워.

눈물이 날 정도로 모두를 사랑하고 싶다는 생각이 들었습니다. 가만히 하늘을 보고 있자니, 하늘이 점점 변해갑니다. 점점 푸른빛으로 물들어 가요. 그저 한숨만 나오고, 옷을 다 벗어버리고 싶어졌어요. 그리고 나뭇잎과 풀이 지금처럼 투명하고 아름다워 보인 적도 없습니다. 살며시 풀을, 만져 봤어요.

아름답게 살고 싶습니다.

집에 돌아와 보니 손님이 와있다. 엄마도 벌써 돌아와 있었다. 언제나처럼 무언가 떠들썩한 웃음소리. 엄마는 나와 둘만 있을 때는, 아무리 얼굴은 웃더라도, 소리를 내지는 않는다. 하지만 손님과 이야기할 때는, 얼굴은 전혀 안 웃으면서 소리만 크게 내서 웃는다. 인사하고 바로 집 뒤로 돌아가면 있는 우물가에서 손을 씻고, 양말을 벗고, 발을 씻고 있는데, 생선장수 아저씨가 와서 많이 기다리셨죠, 매번 감사합니다, 라면서 커다란 생선 한 마리를 우물가에 두고 갔다. 뭐라고 하는 생선인지는 모르지만 비늘이 잔잔한 걸 보니, 북쪽 바다에서 난 것 같다. 생선을 접시에 옮겨 담고 또 손을 씻고 있으려니까, 홋카이도의 여름 향기가 났다. 재작년 여름방학 때 홋카이도의 언니네 집에 놀러 갔던 게 생각난다. 도마코마이에 있는 언니네 집은 해안에서 가깝기 때문인지, 계속 생선 냄새가 났다. 언니가 덩그러니 넓은 부엌에서, 저녁에 홀로, 희고 여성스러운 손으로 능숙하게 생선요리를 하고 있던 모습도, 선명히 떠오른다. 나는 그때, 왠지 언니에게 응석을 부리고 싶어서 견딜 수 없었는데, 그때는 이미 조카인 도시도 태어난 뒤라, 언니는 내 것이 아니었다. 그런 생각을 하니 문틈으로 들어오는 차가운 바람이 더 차갑게 느껴졌고, 언니의 가냘픈 어깨에 안길 수가 없어서, 죽도록 쓸쓸한 기분으로 가만히, 그 어두컴컴한 부엌 구석에 선 채, 정신이 아찔해질 정도로 부드럽게 움직이는 언니의 흰 손끝을 바라보고 있던 일도, 기억난다. 지나간 일은, 모든 게 그립다. 가족이란 이상한 것이다. 다른 사람은 멀어지면 점점 더 희미해지고 잊히기 마련인데, 가족은 더욱더 그립고 아름다운 것만 기억나니까.

우물가의 산수유가 어렴풋이 발갛게 물들어 있다. 이제 2주일만 지나면 먹을 수 있을지도 모른다. 작년엔, 재미있었다. 내가 저녁에 혼자 산수유를 따먹고 있는데, 자피가 물끄러미 쳐다봤다. 불쌍해서 하나를 던져줬더니, 자피가 그걸 얼른 받아먹었다. 두 개, 세 개도 주는 대로 다 먹었다. 너무 재미있어서 나무를 흔들어서 산수유를 뚝뚝 떨어뜨리니까, 자피는 정신없이 먹기 시작했다. 바보 같은 녀석. 산수유를 먹는 개라니, 그런 개가 있다는 얘기는 들어본 적이 없다. 나도 발돋움을 하고 산수유를 따먹었다. 자피도 밑에서 산수유를 먹었다. 재미있었다. 그 일을 떠올리니까 자피가 보고 싶어져서,

"자피!" 하고 자피를 불렀다.

자피는 현관 쪽에서, 멋있는 척을 하며 달려 왔다. 갑자기 자피가 너무나 귀여워서 꼬리를 꽉 쥐었더니, 자피는 내 손을 부드럽게 물었다. 눈물이 날 것 같은 기분에, 머리를 때려준다. 자피는 태연히, 우물가에 있는 물을 소리 내어 마신다.

방으로 들어가니 전등이 환하게 켜져 있다. 조용하다. 아빠가 없다. 역시 아빠가 없으면, 집안 어딘가에 휑하게 빈자리가 남아 있는 것 같아서, 괴로움에 몸부림치고 싶어진다. 옷을 갈아입고, 벗어놓은 속옷의 장미자수에 살짝 키스하고 나서 거울 앞에 앉았는데, 응접실 쪽에서 엄마와 손님이 까르르 하고 웃는 소리가 들려서, 나는 어쩐지 울컥 화가 치밀었다. 엄마는 나와 둘이서만 있을 때는 좋은데, 손님이 오면 이상하게 내게서 멀어지고, 차갑고 쌀쌀맞아져서, 나는 그럴 때 아빠 생각이 가장 간절해지고, 슬퍼진다.

거울을 보니까, 이상하다 싶을 정도로 얼굴에 생기가 넘쳤다. 얼굴은, 다른 사람이다. 나의 슬픔과 고통, 그런 기분과는 전혀 상관없이, 멋대로 생기가 넘친다. 오늘은 볼연지도 바르지 않았는데, 볼이 이렇게나 눈에 띄게 불그스름하고, 게다가 입술도 살짝 붉게 빛나서, 귀엽다. 안경을

벗고 빙긋 웃어본다. 눈이, 굉장히 예쁘다. 푸르디푸르고, 맑다. 아름다운 저녁 하늘을 오랫동안 바라봐서 이렇게 예쁜 눈이 된 걸까? 기쁘다.

조금 들뜬 맘으로 부엌으로 가서 쌀을 씻는 중에 또 슬퍼졌다. 전에 살던 고가네이의 집이 그립다. 가슴이 타들어갈 정도로 그립다. 그 좋은 집에는 아빠도 있었고, 언니도 있었다. 엄마도 젊었다. 내가 학교에서 돌아오면, 엄마와 언니가 부엌이나 거실에서 무언가 재미난 이야기를 하고 있었다. 과자를 받고, 두 사람에게 한바탕 어리광을 피우고, 언니한테 싸움을 걸기도 하고, 그러다가 항상 혼나고, 밖으로 뛰어나가서는 멀리까지 자전거를 내달리고, 저녁에 돌아오면 즐거운 식사 시간이었다. 정말 즐거웠다. 나 자신을 가만히 응시하거나, 불결함에 안절부절 하는 일도 없이, 그저 어리광만 피우면 됐다. 나는 얼마나 커다란 특권을 누리고 있던 걸까? 게다가 아무렇지도 않게. 걱정도 없고, 쓸쓸함도 없고, 괴로움도 없었다. 아빠는, 훌륭하고 좋은 아빠였다. 언니는 다정했고, 나는 언제나 언니에게 매달려 있기만 했다. 하지만 조금씩 커가면서, 무엇보다 내가 스스로 생각해도 징그러워져서, 내 특권은 어느새 없어지고 벌거숭이가 되었다. 추하다 추해. 다른 사람에게 어리광을 부릴 수 없게 되었고, 내 생각에만 빠져서 고통스러운 일만 많아졌다. 언니는 시집가버렸고, 아빠는 이제 없다. 이제 엄마와 나만 남아버렸다. 엄마도 쓸쓸한 일투성이겠지. 요전에도 엄마는, "이제 사는 재미가 없어졌어. 나는 너를 봐도 사실, 별로 즐겁지가 않아. 용서해줘. 행복도 아빠가 없다면, 오지 않는 편이 나아."라고 말씀하셨다. 모기가 나오면 문득 아빠 생각이 나고, 옷 솔기를 뜯으면서 아빠를 생각하고, 손톱을 깎을 때도 아빠를 생각하고, 차가 맛있을 때도 꼭 아빠를 생각한다고 한다. 내가 아무리 엄마를 위로하고 이야기 상대를 해드려도, 역시 아빠를 대신할 수는 없는 것이다. 부부애라는 것은 이 세상에서 가장 강한 것이며, 틀림없이 가족 간의 사랑보다도 고귀한 것이다. 건방진 생각을 하니까 혼자 얼굴이 빨개져서, 나는 젖은 손으로 머리를 쓸어 올렸다. 사락사락 쌀을 씻으면서, 나는 엄마가 사랑스럽고 안쓰럽다는 생각이 들어서, 잘 해드리자고 진심으로 다짐했다. 웨이브를 넣은 머리는 풀어 버리고, 머리를 더 길게 기르자. 엄마는 전부터 내 머리가 짧은 걸 싫어했으니까, 훨씬 더 길게 길러서 말끔히 묶은 걸 보여주면 기뻐하겠지. 하지만, 그렇게까지 해서 엄마를 위로하는 것도 싫다. 불쾌하다. 생각해보면 내가 요즘 초조한 것은, 엄마와 아주 관계가 깊다. 엄마 마음에 쏙 드는 착한 딸이고 싶은데, 그렇다고 해서 억지로 비위를 맞추는 것도 싫다. 가만히 있더라도, 엄마가 내 기분을 제대로 이해하고 안심하는 게 제일 좋다. 내가 아무리 제멋대로 굴어도, 세상의 비웃음거리가 될 법한 짓은 절대로 하지 않으며, 괴롭고 쓸쓸해도 중요한 건 제대로 지키고, 그러면서 엄마와 이 집을 무척 사랑하고 있으니까, 엄마도 나를 절대적으로 믿고 마음을 놓고 걱정 없이 지낸다면, 그걸로 충분하다. 나는, 꼭 멋지게 해낼 것이다. 뼈가 부서지도록 노력할 것이다. 그것이 지금의 내게도 가장 큰 기쁨이고 살아갈 길이라고 생각하는데, 엄마는 나를 조금도 믿어주지 않고 있고, 아직도 아이 취급한다. 엄마는 내가 어린애 같은 말을 하면 기뻐하는데, 얼마 전에도 내가 바보같이, 일부러 우크렐레를 꺼내 들고 퉁퉁 튕기며 소란을 피웠더니, 엄마는 정말 기뻤는지 시치미를 떼며 나를 이렇게 놀렸다.

"어머, 비가 오나? 비오는 소리가 들리네." 내가 진짜로 우크렐레 같은 것에 빠졌다고 생각하는 것 같아서, 나는 그게 한심해서 울고 싶었다. 엄마, 나도 이제 어른이에요. 세상일들은 뭐든 다 이미 알고 있어요. 안심하고, 제게 뭐라도 의논해주세요. 우리 집 경제사정도 전부 제게 털어놓고, 이런 상태라는 걸 너도 알고 있으라고 말씀해주신다면, 저는 절대로 구두 같은 거 사달라고 조르지 않겠어요. 착실하고, 알뜰살뜰한 딸이 되겠어요. 정말로, 그건 진짜예요. 그런데도, <아아, 그런데도>라는 노래가 있다는 게 생각나서, 혼자서 큭큭 웃어버렸다. 정신을 차려보니, 나는 멍하니 냄비에 두 손을 넣은 채로 바보같이 이런저런 생각에 빠져 있었다.

이러면 안 돼, 이러면 안 되지. 손님께 서둘러 저녁 식사를 대접해야 한다. 좀 전의 커다란 생선은 어떻게 할까? 일단 세 토막을 내서 된장을 발라두자. 그렇게 먹으면 틀림없이 맛있을 거다. 요리는 모두, 감으로 해야 한다. 오이가 조금 남아있으니까, 그걸로 양념을 해야지. 그리고 자신 있는 계란말이. 그리고 하나 더. 아, 맞다. 로코코 요리를 하자. 이건 내가 개발해낸 요리다. 그릇마다 하나씩, 각각, 햄이랑 계란이랑, 파슬리랑, 양배추, 시금치, 부엌에 남아있는 모든 것을 모조리 알록달록 예쁘게 합쳐서 보기 좋게 내놓는 것인데, 수고롭지 않고, 경제적이고, 전혀 맛있진 않지만, 그래도 식탁이 꽤 화려해져서 어쩐지 반찬이 잘 차려진 것처럼 보인다. 계란 뒤쪽에 푸른 파슬리 잎, 그 옆에 붉은 산호초 햄이 불쑥 고개를 내밀고 있고, 노란 양배추 잎은 모란 잎이나 깃털로 만든 부채처럼 그릇에 깔리고, 푸르름이 철철 넘치는 시금치는 목장이나 호수. 이런 그릇이 두 개 세 개나 식탁에 나오면, 손님은 뜻밖에 루이 왕조를 떠올린다. 뭐 설마, 그 정도는 아니겠지만, 어차피 나는 맛있는 반찬은 못 만드니까 적어도, 모양만이라도 아름답게 해서 손님을 현혹시키고, 속인다. 요리는, 모양이 제일 중요하다. 대체로 그렇게만 하면 속일 수 있답니다. 하지만 이 로코코 요리에는, 상당한 미적 감각이 필요하다. 다른 사람보다 훨씬 더 뛰어난 감각을 가지고 색체를 배합하지 않으면 실패한다. 적어도 나 정도로 섬세하지 않으면 말이지. 얼마 전에 로코코라는 단어를 사전에서 찾아보니까, 화려하기만 하고 내용이 없는 장식양식이라고 정의되어 있는 걸 보고, 웃어버렸다. 명답이다. 아름다움에 내용이 있어서 뭐해. 언제나 순수한 아름다움에는, 의미도 없고, 도덕도 없다. 꼭 그렇다. 그래서 나는, 로코코가 좋다.

항상 그렇지만, 나는 요리를 하고 나서 이것저것 맛을 보고 있으면, 왠지 걷잡을 수 없는 허무함에 휩싸인다. 죽도록 지치고 우울해진다. 온갖 노력이 포화상태에 빠지는 것이다. 이제, 이젠, 뭐든, 어떻든, 상관없다. 결국은, 으악! 하고 자포자기 상태가 되어, 맛도 모양도, 엉망진창으로 집어 던져서 대충해버리고, 짜증스러운 얼굴로 손님에게 내놓는다.

오늘 손님은 유난히 더 우울한 사람. 오모리에 사는 이마이다 씨 부부와, 올해 일곱 살인 요시오. 이마이다 씨는 벌써 나이가 마흔에 가까운데, 피부가 뽀얗고 하얘서 불쾌하다. 어째서 시키시마[7] 같은 걸 피우는 걸까? 필터 없는 담배가 아니면 어쩐지 불결한 느낌이 든다. 담배는 뭐니 뭐니 해도 필터 없는 담배다. 시키시마 같은 걸 피우고 있으면 그 사람의 인격까지 의심스러워진다. 매번 천장을 향해 연기를 내뿜고, 하아, 하아, 그렇군, 같은 말을 하고 있다. 지금은 야학 선생님을 하고 있다고 한다. 부인은 몸집이 작고, 주뼛주뼛하고, 품위가 없다. 재미없는 얘기에도 얼굴이 바닥에 닿을 만큼 몸을 구부리며, 숨이 막힐 정도로 웃는다. 웃기는 거 하나도 없는데. 그렇게 야단스럽게 엎드려

7_ 1904년부터 1943년까지 있었던 종이 필터가 달린 담배의 이름.

웃는 게 뭔가 품위 있는 거라고 착각하는 모양이다. 요즘 세상에서 이런 계급의 사람들이 제일 나쁜 거 아닐까? 가장 더럽다. 쁘띠 부르주아랄까. 말단 관리랄까. 아이도 이상하게 되바라져서, 솔직하고 건강한 면이 조금도 없다. 그런 생각을 하면서도, 나는 그 생각을 전부 억누르고 인사를 하고, 웃고, 얘기하고, 요시오 아이고 귀엽다, 하면서 머리를 쓰다듬는 등, 새빨간 거짓말을 하면서 모두를 속이고 있으니까, 이마이다 부부도 그나마 나보다는 순수한 건지도 모르겠다. 모두가 나의 로코코 요리를 먹고 내 솜씨를 칭찬해줬는데, 나는 쓸쓸하고, 화도 나고, 울고 싶지만, 그래도 열심히 기쁜 척을 하며 함께 밥을 먹었다. 이마이다 씨 부인의 끈질기고 무식한 인사말에 결국은 울컥 화가 치밀어서, 좋아, 이제 거짓말은 하지 말아야지 싶어서 정색을 하고 말했다.

"이런 요리는 절대 맛있는 게 아니에요. 아무것도 없으니까, 제가 궁여지책으로 만든 거예요."라고, 진실을 있는 그대로 말했는데, 이마이다 씨 부부는 궁여지책이라니, 어려운 말을 다 쓰네, 라고 하면서 손뼉을 치며 웃었다. 나는 분해서, 젓가락과 밥공기를 집어던지고 크게 소리 내어 울까 싶었다. 꾹 참고 억지로 히죽히죽 웃으니까 엄마까지,

"이 아이도, 점점 도움이 되고 있어요."라고 말했다. 엄마는 우울한 내 마음을 잘 알면서, 이마이다 씨의 기분을 맞추려고 그런 시시한 말을 하고는 호호 하고 웃었다. 엄마, 그렇게까지 해서 이마이다 같은 사람의 기분을 맞춰줄 필요는 없어. 손님을 대할 때의 엄마는, 엄마가 아니다. 그저 연약한 여자다. 아빠가 돌아가셨다고 이렇게나 비굴해지는 건가? 너무 한심해서 말문이 막힌다. 돌아가 주세요, 돌아가 주세요. 우리 아빠는 훌륭한 분이다. 다정하고 훌륭한 인격을 지니셨다. 아빠가 없다고 우리를 이런 식으로 바보취급할 거라면, 지금 당장 돌아가 주세

요. 정말이지 이마이다에게 그렇게 말해주려고 했다. 그래도 나는 소심해서, 요시오에게 햄을 잘라주고, 부인께 절임 요리를 집어 드리며 그들의 시중을 들었다.

식사를 마치고 나서, 나는 바로 부엌에 틀어박혀 뒷정리를 시작했다. 빨리 혼자가 되고 싶었기 때문이다. 절대로 남을 업신여기는 건 아니지만, 더 이상 저런 사람들과 억지로 얘기를 하거나, 함께 웃을 필요도 없다는 생각이 든다. 저런 자들에게 예의를, 아니, 아부를 떨 필요는 없다. 싫다. 이제, 더 이상은 싫다. 나는 할 만큼 했다. 엄마도 오늘 내가 꾹 참고 붙임성 있게 행동하는 걸 흐뭇하다는 듯 보고 있지 않았나. 그것만으로도 충분한 걸까? 세상 사람들과의 인간관계는, 인간관계, 나는 나라고, 확실히 선을 긋고, 상황에 맞게 일을 척척 처리해 나가는 편이 좋을까? 아니면, 다른 사람에게 안 좋은 말을 듣더라도 항상 자신을 잃지 않고, 본심을 숨기지 않는 게 좋을까? 어떤 게 좋은 건지 모르겠다. 평생 자신과 비슷하게 약하고 다정하고 따뜻한 사람들 속에서만 살아갈 수 있는 사람이 부럽다. 평생 고생 없이 살 수 있다면, 구태여 고생할 필요는 없다. 그러는 편이, 좋다.

자신의 마음을 숨기고 다른 사람을 대할 때 애쓰는 건 분명 좋은 일이지만, 앞으로 매일 이마이다 부부 같은 사람들에게 억지로 웃어주거나, 맞장구쳐 줘야 된다면, 나는 미치광이가 될지도 모른다. 나는 절대로 감옥엔 못 들어가겠지, 하고 우스운 생각을, 문득 한다. 감옥은커녕, 하녀도 될 수 없다. 부인도 될 수 없다. 아니, 부인의 경우는 다르다. 이 사람을 위해서 평생을 바치겠다는 각오를 한다면, 아무리 괴로워도 열심히 일하고, 또 충분히 보람도 있고 희망도 있으니까, 나라도 멋지게 할 수 있다. 당연한 것이다. 아침부터 밤까지, 다람쥐 쳇바퀴 돌리듯

일해 주겠다. 쉴 새 없이 빨래를 할 것이다. 더러운 것들이 많이 쌓였을 때만큼 불쾌할 때는 없다. 초조해서, 히스테리에 걸린 것처럼 마음이 가라앉질 않는다. 죽어도 눈을 못 감을 것 같다. 더러워진 것을 모조리, 하나도 남김없이 빨아 널 때, 나는 이제, 언제 죽어도 상관없다는 생각이 든다.

이마이다 씨가 집으로 돌아가신다. 볼일이 있다면서 엄마를 데리고 갔다. 네네 하면서 따라가는 엄마도 못마땅하다. 이마이다가 여러모로 엄마를 이용하는 건 이번뿐만이 아니지만, 이마이다 부부의 뻔뻔함이 너무 싫어서, 냅다 갈기고 싶다. 문 쪽까지 모두를 배웅하고 혼자 멍하니 땅거미가 지는 길을 바라보고 있자니, 울고 싶다.

우편함에는, 석간신문과 편지 두 통. 한 통은 엄마 앞으로 마쓰자카야백화점에서 온 여름 세일 안내. 한 통은, 내게 온 것, 사촌 준지로부터. 이번에 마에바시의 연대로 옮기게 되었습니다. 어머님께도 잘 전해주세요, 라는 간단한 통지다. 장교라 하더라도 그리 훌륭한 생활을 기대할 수는 없겠지만, 그래도 매일매일 엄격하고 군더더기 없이 생활하는 그 규율이 부럽다. 언제든 몸이 해야 할 일이 딱딱 정해져 있는 거니까, 마음도 편할 것 같다. 나는, 아무것도 하기 싫으면 그냥 아무것도 안 해도 되고, 아무리 나쁜 일이라고 해도 하고 싶으면 할 수 있는 상태고, 또 공부하고 싶으면 무한대라고 해도 좋을 만큼 공부할 시간이 있고, 다른 사람에게 소원을 말하면 어지간한 건 다 들어줄 것 같은 기분이 드는데, 여기에서부터 여기까지만 하면 된다는 노력의 한계가 주어진다면, 마음이 얼마나 편할까. 몸을 단단히 묶어주면, 오히려 고마울 것 같다. 전쟁터에서 일하는 군인아저씨들의 욕망은 단 하나, 푹 자고 싶다는 욕망뿐이라는 말이 어떤 책에 쓰여 있었는데, 그 군인아저씨의

고생이 딱하다는 생각은 들었지만 한편으로는 너무나 부러웠다. 불쾌하고, 번잡하다고 느끼는 내 감정에는 아랑곳 않고 돌고 도는, 밑도 끝도 없는 생각의 홍수 속에서 깨끗하게 벗어나, 그저 자고 싶다고 갈망하는 상태는, 정말 청결하고 단순하며, 생각만으로도 상쾌하다. 나도 어디 군대 생활이라도 해서 실컷 훈련을 받고 나면, 조금은 모범적이고 아름다운 아가씨가 될지도 모른다. 군대 생활을 하지 않아도 신しん처럼 솔직한 사람도 있는데, 나는 지지리도 몹쓸 여자다. 나쁜 아이다. 신은 준지의 남동생으로 나와는 동갑인데, 어째서 그렇게 착할까? 나는 친척 중에서, 아니, 세계에서 신을 가장 좋아한다. 신은, 앞을 못 본다. 아직 어린데 실명하다니, 무슨 이런 일이 있을까? 이렇게 조용한 밤에 방에 혼자 있으면 기분이 어떨까? 우리들은 쓸쓸해도 책을 읽거나, 경치를 보면서 어느 정도 기분을 달랠 수 있는데, 신은 그걸 못한다. 그저, 가만히 있다. 지금까지 다른 사람보다 공부도 훨씬 더 열심히 하고, 테니스, 수영도 잘했던 아이인데, 지금은 얼마나 쓸쓸하고 괴로울까? 어젯밤에도 신을 생각하면서, 이불 속에 누워 5분간 눈을 감아 보았다. 이불 속에 누워 눈감고 있는 것만으로도, 5분도 길어서 숨이 막힐 지경인데, 신은 아침 점심 저녁으로, 며칠이고 몇 달이고, 아무것도 못 본다. 불평을 하거나, 짜증을 내거나, 억지를 부려주면 나도 마음이 편할 텐데, 신은 아무 말도 하지 않는다. 신이 불평을 하거나 다른 사람을 욕하는 걸 들어본 적이 없다. 항상 언제나 밝은 말씨, 무심한 표정이다. 그게 더욱, 내 마음을 후벼 판다.

이런저런 생각을 하면서 방을 쓸고, 목욕물을 데운다. 욕실에서 귤 상자에 앉아, 자작자작 타오르는 석탄불에 의지하며 학교 숙제를 전부 끝낸다. 그래도 아직 목욕물이 데워지질 않아서, 『묵동기담』[8]을 다시 읽어본다. 내용만 보면, 전혀 불쾌하거나 더럽지는 않다. 하지만 군데군데 작가의 잘난 척이 눈에 띄는데, 그게 어쩐지 미덥지 못하고 케케묵은 느낌이다. 노인이기 때문일까? 그래도 외국 작가들은 아무리 나이가 들어도, 더 대담하고 쉽게 대상을 사랑하는 것 같다. 그래서 오히려 거북하지 않다. 그나마 이 작품은, 일본 작품치고는 나은 편 아닐까? 비교적 꾸밈없고 고요한 체념이, 작품 근저에 느껴져서 마음에 든다. 나는 이 작가의 작품들 중에서도, 이 작품이 가장 깊이 있게 느껴져서 좋다. 이 작가는 책임감이 무척 강한 것 같다. 일본의 도덕에 지나치게 얽매여 있어서, 오히려 그에 대한 반발심을 일으켜서 강렬한 느낌을 주는 작품이 많아 보인다. 넘치는 애정을 주체할 수 없는 사람들에게 있는 위악한 취미. 일부러 악랄한 도깨비 가면을 쓰고, 연약한 작품을 쓴다. 하지만 『묵동기담』에는, 꿈쩍도 않을 쓸쓸함의 굳건한 힘이 존재한다. 나는, 이 작품이 좋다.

목욕물이 데워졌다. 욕실에 전등을 켜고, 기모노를 벗고, 창을 활짝 열어놓고, 가만히 목욕물에 몸을 담근다. 푸른 산호수 잎이 창밖으로 들여다보이고, 잎들이 저마다 빛을 받아서 눈부시게 빛나고 있다. 창밖에는 별이 반짝반짝. 아무리 다시 봐도, 반짝반짝. 고개를 들어 하늘을 보면서 멍하니 있으려니, 평소에는 일부러 안 보는 내 몸의 희끄무레함이 어렴풋이 눈에 비쳤다. 또 가만히 있다 보니, 어린 시절의 하얗던 살과는 다르다는 생각도 든다. 더는 참을 수 없다. 내 기분과 상관없이 몸만 멋대로 성장해가는 것이 정말 싫다. 무럭무럭 어른이 되어가는 자신을 어떻게 할 수가 없어서, 슬프다. 될 대로 되라며 내버려두고 자신이

8_『濹東綺譚』 나가이 가후의 소설(1937). 사창가를 무대로, 박복한 창부인 오유키와 나가이 카후 자신을 모델로 한 작가와의 교제를 담담하게 그린 작품이다.

어른이 되어가는 걸 잠자코 지켜보는 수밖에 없는 걸까? 언제까지나 인형 같은 몸으로 살고 싶다. 목욕물을 철벙철벙 휘저으며 아이인 척을 해봐도, 어쩐지 마음이 무겁다. 앞으로 살아갈 이유가 없는 것만 같아 우울하다. 정원의 건너편에 있는 들판에서 누나! 하고 반은 우는 소리로 누나를 부르는 이웃 아이의 목소리가 마음을 파고들었다. 나를 부르는 건 아니지만, 지금 저 아이가 울면서 찾는 그 '누나'가 부러웠다. 내게도 저렇게 나를 따르고 응석을 부리는 남동생이 한 명이라도 있었다면, 나는 이렇게 꼴사납고 혼란스러운 하루하루를 살지는 않을 것이다. 사는 게 꽤 보람도 있을 거고, 한평생을 남동생에게 바치겠다는 각오도 할 수 있다. 어떤 괴로운 일이라도 견디겠다. 혼자서 이렇게 큰소리를 치고는, 내가 너무나 가엾게 느껴졌다.

목욕을 마치고, 왠지 오늘밤은 별을 보고 싶어서 정원에 나가본다. 별이 쏟아질 듯하다. 아아, 벌써 여름이 다가왔다. 개구리가 여기저기서 울고 있다. 보리가 와글거리고 있다. 몇 번을 올려다보아도, 별이 잔뜩 빛나고 있다. 작년에 있었던 일, 아니 작년이 아니지, 벌써 재작년이 되어버렸다. 내가 산책가고 싶다고 억지를 부리면, 아빠는 병에 걸렸는데도 함께 산책을 가주었다. 언제나 젊었던 아빠, <너는 100까지, 나는 99까지>라는 독일어 노래를 알려주기도 했고, 별 이야기를 하거나, 즉흥시를 짓기도 하고, 지팡이를 짚고 침을 퓻퓻 뱉으며 끔뻑거리는 놀이를 하면서 함께 걸어 준 좋은 아빠. 가만히 별을 올려다보면, 아빠에 대한 기억이 또렷해진다. 그로부터 일이 년이 지났는데, 나는 점점 더 몹쓸 딸이 되었다. 혼자만의 비밀이, 너무 많아졌어요.

방으로 돌아와서 책상 앞에 앉아 턱을 괴고, 책상 위에 놓인 백합꽃을 바라본다. 좋은 향기가 난다. 백합향기를 맡으면 아무리 따분해도 나쁜 생각은 전혀 들지 않는다. 이 백합은 어제저녁에 역 근처까지 산책 갔다가 돌아오는 길에 꽃집에서 한 송이 사온 건데, 백합을 놓고 나니 내 방은 완전히 다른 방처럼 상쾌해졌다. 문을 드르륵 열면 바로 백합 향기가 확 느껴져서, 얼마나 좋은지 모르겠다. 이렇게 가만히 보고 있으면, 정말로 솔로몬의 영화榮華 그 이상의 만족감이 온몸에 실감나게 느껴진다. 문득, 작년 여름에 갔던 야마가타[9]를 떠올린다. 산에 갔을 때 벼랑 중턱에 백합이 흐드러지게 피어 있었는데, 그걸 보고 놀라서 머리가 하얘졌다. 하지만 그렇게 경사가 심한 벼랑 중턱에는 절대로 기어 올라갈 수 없다는 걸 알고 있었으니까, 아무리 가고 싶다는 마음이 들어도 그저 바라만 보고 있을 수밖에 없었다. 그때 마침 옆에 있던 모르는 광부가 말없이 성큼성큼 절벽을 기어 올라갔고, 눈 깜짝할 사이에 두 손으로 다 안지 못할 정도로 많은 백합꽃을 꺾어다 주었다. 그러고는 조금도 웃지 않고, 그것을 모두 내게 주었다. 그야말로 한 아름, 한 아름이었다. 아무리 호화로운 무대나 결혼식장이라도, 이렇게 많은 꽃을 받아본 사람은 없겠지. 꽃 때문에 현기증이 난다는 기분을 그때 처음으로 맛보았다. 두 팔을 벌려 새하얗고 커다란 꽃다발을 겨우 안았더니, 앞이 하나도 안 보였다. 젊고 착실해 보였던 맘씨 좋은 광부는, 지금 어떻게 지내고 있을까? 위험한 곳으로 가서 꽃을 따주었다는 것, 그것뿐이지만, 백합을 보면 꼭 그 광부 생각이 난다.

책상서랍을 열어 휘저어봤더니, 작년 여름에 쓰던 부채가 나왔다. 흰 종이에 겐로쿠시대1688년~1704년의 여자가 얌전치 못하게 앉아 있고, 그 옆에 파란 꽈리 두 개가 함께 그려져 있다. 그 부채를 보니 작년

9_ 일본 동북부 위치. 현의 대부분이 산간지대에 해당된다.

여름의 일이 연기처럼 훅 떠올랐다. 야마가타에서의 생활, 기차 안, 유카타, 수박, 강, 매미, 풍경風鈴. 갑자기, 이걸 가지고 기차를 타고 싶다. 부채를 펼치는 느낌이란, 정말 좋다. 부챗살이 듬성듬성 흩어져서, 마음이 깃털처럼 가벼워진다. 뱅글뱅글 돌리며 놀고 있는데, 엄마가 돌아왔다. 엄마 기분이 좋다.

"아아, 지친다, 지쳐."라고 하면서도, 그렇게 불쾌한 얼굴은 아니다. 다른 사람의 일을 해주는 것을 좋아하니까 어쩔 수 없다.

"아무튼, 얘기가 복잡해서 말이지."라는 말을 하면서 옷을 갈아입고 목욕을 한다.

목욕을 마치고 나와 둘이서 차를 마시면서, 엄마가 이상하게 웃는다. 엄마가 무슨 얘기를 할까 싶었는데,

"너 요전부터 <맨발의 소녀>를 보고 싶다고 했었지? 그렇게 가고 싶으면, 가도 돼. 그 대신 오늘밤엔, 엄마 어깨 좀 주물러줘. 일하고 나서 가는 거면, 더 재미있겠지?"

나는 정말 기뻐서 미칠 것 같다. <맨발의 소녀>라는 영화를 보고 싶다는 생각은 하고 있었지만, 요즘 놀기만 했기 때문에 참고 있었다. 엄마가 그걸 헤아리고는 할 일을 시키고, 내가 떳떳한 마음으로 영화를 볼 수 있게 해주셨다. 정말 기쁘고, 엄마가 좋아서, 나도 모르게 웃었다.

엄마와 이렇게 밤에 단둘이 있는 것도 꽤 오랜만인 것 같다. 엄마는 사람 만날 일이 많으니까. 엄마도, 세상에서 바보취급 받지 않으려고 여러모로 열심히 노력하는 거겠지. 이렇게 어깨를 주무르고 있으면, 엄마의 피로가 내 몸에 전해질 정도로 잘 느껴진다. 엄마께 잘해 드려야지. 아까 이마이다 씨가 왔을 때 엄마를 몰래 원망했던 것이 부끄럽다. 죄송해요, 하고 입속으로 작게 얘기해본다. 나는, 언제나 내 생각만

하려고 들어서, 엄마한테는 아무래도 마음속으로 어리광을 피우고 난폭하게 군다. 그럴 때마다 엄마가 얼마나 아프고 괴로울까? 나는 그런 건, 애당초 모른 척하고 있다. 아빠가 돌아가시고 나서 엄마는 정말로 약해져 있다. 나는 괴롭다는 둥, 짜증난다는 둥 하면서 엄마한테 완전히 매달려 있는 주제에, 엄마가 조금이라도 내게 기대려고 하면 불쾌하고 지저분한 것을 본 듯한 기분이 들다니, 정말 너무 버릇없다. 엄마나 나나, 연약한 여자이기는 마찬가지다. 앞으로는 엄마와 둘이서만 사는 것에 만족하고, 언제나 엄마 기분에 맞춰드리며 옛날이야기나 아빠이야기를 하고, 단 하루만이라도 좋으니, 엄마 중심으로 하루를 보내게 해드리고 싶다. 그렇게 해서, 멋지게 사는 보람을 느끼고 싶다. 마음속으로는 엄마를 걱정하고 좋은 딸이 되자고 다짐하지만, 내 말과 행동을 보면 제멋대로 구는 아이일 뿐이다. 게다가 나는 요즘, 아이처럼 순수한 구석도 없다. 지저분하고 부끄러운 일뿐이다. 괴롭다는 둥, 고민스럽다는 둥, 쓸쓸하다는 둥, 슬프다는 둥, 그런 건 대체 뭐냔 말이다. 확실히 말하면, 죽음이다. 잘 알고 있으면서도, 한마디라도 그것과 비슷한 명사 하나 형용사 하나도 말 못하잖아. 그냥 갈팡질팡하다가 결국은 발끈성을 내니, 마치 뭣 같다. 옛날 여자들은, 노예라거나, 자신을 무시하는 버러지 같은 인간이라거나, 인형이라는 험담을 들었지만, 지금의 나 같은 사람보다는 훨씬 더 좋은 의미의 여성스러움을 가지고 있어서 마음의 여유도 있고, 모든 일을 잘 참아낼 수 있는 지혜도 있고, 순수한 자기희생의 아름다움도 알며, 대가가 전혀 없는 봉사의 기쁨도 알고 있었다.

"와, 훌륭한 안마사잖아. 천재네."

엄마는, 언제나처럼 나를 놀린다.

"그렇지? 마음이 담겨 있으니까. 하지만 내 솜씨는 온몸을 주무르는 게 다가 아니에요. 그뿐이라면, 뭔가 부족하겠지. 더 좋은 점도 있어요."

생각을 솔직하게 있는 그대로 말해보니까, 그건 내 귀에도 굉장히 상쾌하게 들렸다. 근래 이삼 년 동안, 내가 이렇게 순수한 마음으로 어떤 말을 확실히 한 적은 없었다. 자신의 분수를 정확히 알고 포기했을 때 비로소 침착하고 새로운 자신이 태어나는 건지도 모른다고, 기쁜 맘으로 생각했다.

엄마께 여러 가지로 고마운 마음에, 밤에 안마를 마치고 『사랑의 학교』[10]를 읽어드렸다. 엄마는 내가 이런 책을 읽는다는 걸 알고 안심했다는 듯한 표정을 지으셨다. 하지만 전에 케셀의 『세브린느』[11]를 읽었을 때는, 내게서 책을 빼앗아서 표지를 흘끗 보더니, 어두운 표정으로 아무 말 없이 바로 책을 돌려주셨다. 그 일이 있고 나서 나도 어쩐지 그 책을 읽을 마음이 없어졌다. 엄마는 『세브린느』를 읽은 적이 없을 텐데도, 감으로 아는 것 같았다. 고요한 밤, 소리 내어 『사랑의 학교』를 읽고 있으려니, 내 목소리가 너무 크고 멍청하게 들려서, 읽으면서도 가끔 바보 같아서 엄마께 부끄러워진다. 주위가 너무 조용하니까, 바보 같다는 생각이 더 선명하게 든다. 『사랑의 학교』는 언제 읽어도, 어렸을 때와 조금도 다름없는 감격을 느낄 수 있고, 내 마음도 솔직하고 깨끗해지는 기분이 들어서 좋지만, 소리 내어 읽으면, 눈으로 읽는 것과는 느낌이 너무 달라서, 놀랍고 당황스럽다. 하지만 엄마는 엔리코가 나오는 부분

10_ 이탈리아 작가 드 아미치스의 1886년 소설. 초등학생 엔리코의 일기 형식으로, 서민 생활과 감정을 그린 작품이다.

11_ 프랑스 작가 조셉 케셀의 1929년 소설. 성적 욕망에 사로잡힌 여성인 세브린느의 생활을 그린 작품이다.

과 가론의 사연이 나오는 부분에서 엎드려 우셨다. 우리 엄마도, 엔리코의 엄마처럼 훌륭하고 아름다운 엄마다.

엄마는 아까 잠드셨다. 오늘 아침 일찍부터 외출하셔서 많이 피곤하실 것이다. 이불을 제대로 덮어드리고, 이불 위쪽을 톡톡 두드려준다. 엄마는 언제나 이불 속에 들어가면 바로 눈을 감으신다.

그러고 나서 나는, 욕실에서 빨래를 한다. 요즘 이상한 버릇이 생겨서, 12시쯤이 되어야 빨래를 시작한다. 낮에 철벙철벙 시간을 보내는 건 시간이 아깝다는 생각이 들어서인데, 반대일지도 모른다. 창문에 달님이 보인다. 쪼그려 앉아 쓱쓱 빨래를 하면서, 달님에게 가만히 웃어 보인다. 달님은, 모르는 척하는 얼굴이었다. 문득 지금 이 순간, 어딘가에 있을 불쌍하고 쓸쓸한 여자아이가, 나와 똑같이 빨래를 하면서 달님에게 가만히 웃어보였다, 틀림없이 웃었을 것이며, 그건 먼 시골에 있는 산 정상의 외딴집, 깊은 밤 뒷마당에서 조용히 빨래를 하는 고통스러운 여자아이이다. 그런 소녀가 지금, 어딘가에 있다. 그리고 파리의 뒷골목에 있는 지저분한 아파트 복도에서, 내 또래 여자아이가 혼자 조용히 빨래를 하면서 이 달님에게 웃어 보이는 광경이, 조금도 의심할 여지없이, 망원경으로 속속들이 들여다보는 것처럼, 선명한 색으로 또렷이 떠오른다. 우리의 고통은 정말 아무도 모르니까. 언젠가 어른이 되고 나면, 우리의 고통과 쓸쓸함은 우스운 거였다고 아무렇지도 않게 추억할 수 있게 될지 모르지만, 어른이 될 때까지 그 길고 짜증나는 시간을 어떻게 살아가면 좋을까? 아무도 가르쳐주지 않는다. 그냥 내버려 둘 수밖에 없는, 홍역 같은 병인 걸까? 하지만 홍역으로 죽은 사람도 있고, 홍역으로 죽을 수 있는 사람도 있다. 가만히 내버려 두면, 안 된다. 우리는 이렇게 매일 우울하기도 하고, 울컥 화가 치밀기도 하는데,

이러다가 그만 발을 헛디뎌서, 나락으로 떨어져서는 돌이킬 수 없는 몸이 되어 한평생을 엉망진창으로 보내는 사람도 있다. 또, 순식간에 자살해버리는 사람도 있다. 그렇게 되고 나면, 세상 사람들이 아아, 조금 더 살면 알 텐데, 조금 더 커서 어른이 되면, 저절로 알게 될 텐데, 라며 안타까워하겠지. 아무리 안타까워한들, 당사자 입장에서 보면 너무 괴롭고, 그래도 겨우 어떻게든 참고, 뭔가 세상의 얘기를 들으려고 열심히 귀를 기울여도, 여전히 세상 사람들은 무언가 크게 와 닿을 게 없는 얘기를 늘어놓으며 우리를 대강 달래기만 할 뿐, 우리를 언제까지고 내팽개친다. 우리가 찰나주의자인 것은 절대 아니지만, 너무나 먼 산을 손가락질하며 저기까지 가면 전망이 좋다고 한다. 물론 그건 틀림없이 그럴 테고, 티끌만한 거짓도 없다는 건 알고 있지만, 지금 이렇게 격렬한 복통을 일으키고 있는데도 그 복통은 보고도 못 본 척을 하면서, 그저 좀 더, 조금만 더 참아라, 저 산의 정상까지 가면 끝이다, 라고 그냥, 그렇게 말할 뿐이다. 틀림없이, 이건 누군가의 잘못이다. 나쁜 건, 당신이다.

빨래를 마치고, 욕실 청소를 하고 나서 조용히 방문을 여니, 백합 향기가 난다. 가슴이 후련해졌다. 마음 깊은 곳까지 투명해져서, 숭고한 니힐리즘이라고 할 정도의 상태가 되었다. 조용히 잠옷으로 갈아입고 나니, 지금까지 잠들어 있다고만 생각했던 엄마가 눈을 감은 채 갑자기 말을 해서, 흠칫 놀랐다. 엄마는, 가끔 이런 식으로 나를 놀라게 한다.

"여름 구두를 갖고 싶다고 했었잖아, 그래서 오늘 시부야에 간 김에 보고 왔어. 구두도 비싸졌더라."

"괜찮아, 그렇게까지 필요하진 않아."

"그래도, 없으면 불편하잖아?"

"응."

내일도 또, 똑같은 하루가 오겠지. 행복은 평생, 오지 않는 것이다. 그건, 알고 있다. 하지만, 반드시 온다, 내일이면 온다고 믿으며 자는 편이 좋겠지. 일부러 털썩 하고 큰 소리를 내며 이불 위로 쓰러진다. 아아, 기분이 좋다. 차가운 이불에 등이 적당히 싸늘해져서, 나도 모르게 넋을 잃는다. 행복은 하룻밤 늦게 찾아온다. 멍하니, 이런 말을 떠올린다. 행복을 하염없이 기다리다가 결국 참지 못하고 집을 뛰쳐나갔는데, 다음날 행복을 알리는 멋진 소식이 버려진 집에 찾아온다. 그러나 때는 이미 늦었다. 행복은 하룻밤 늦게 찾아온다. 행복은, …….

정원을 걷는 가아의 발소리가 난다. 탁탁탁탁, 가아의 발소리에는 특징이 있다. 오른쪽 앞발이 조금 짧고, 게다가 앞다리는 O자 모양으로 휘어져서, 발소리에도 쓸쓸한 느낌이 있다. 이런 한밤중에 정원을 돌아다니다니, 뭘 하는 걸까? 가아는, 불쌍하다. 오늘 아침엔 심술궂게 대했지만, 내일은 귀여워해 줄게요.

내겐 슬픈 버릇이 있어서, 얼굴을 두 손으로 딱 감싸고 있지 않으면 잠이 오지 않는다. 얼굴을 감싸고, 가만히 있는다.

잠들 때의 기분이란, 이상한 것이다. 붕어나 장어가 낚싯줄을 쭉쭉 당기듯, 뭔가 무거운 납 같은 힘이 내 머리를 실로 묶어 쭉 잡아당기고, 내가 스르르 잠이 들면, 또다시 실을 조금 느슨하게 한다. 그러면 나는, 정신이 번쩍 든다. 또, 쭉 당긴다. 스르르 잠든다. 또, 살짝 실을 놓는다. 그런 걸 세 번, 네 번이나 되풀이하다가, 비로소 쭈욱 세게 당기고, 이번엔 아침까지.

안녕히 주무세요. 저는, 왕자님이 없는 신데렐라 공주. 제가 도쿄의 어디에 있는지, 알고 계신가요? 이젠, 두 번 다시 뵙지 않겠어요.

懶惰の歌留多
게으름뱅이 카드놀이

太宰治

「게으름뱅이 카드놀이」

1939년 4월 1일에 발행된 『문예文藝』 제7권 제4호 '소설 특집'란에 발표되었다.

작품 제목 중 '카드놀이'란 구 가나旧仮名의 50음(이, 로, 하, 니, 호, 헤……)으로 시작하는 말이 쓰인 종이 카드를 가지고 하는 '가루타歌留多'라는 놀이. 카드를 읽는 편과 가져가는 편으로 나누어, 상대가 읽은 카드를 빨리 찾아 가져가는 방식으로 이루어지는 놀이다. 이 작품은 그 카드에 적힌 글귀의 형식을 차용하여, 각 음으로 시작하는 제목으로 된 작은 에피소드를 나열한 작품이다. 신선한 문학적 시도와 다자이 특유의 자기 희화화를 동시에 즐길 수 있는 작품이라 할 수 있다.

나의 수많은 악덕 가운데 가장 심한 것은, 게으름이다. 이건 이제 의심할 여지가 없다. 어마어마하다. 다른 건 다 못해도 게으름에 관해서 만큼은 제대로다. 설마하니 그런 걸 자랑하는 건 아니다. 정말 나 스스로도 진력이 난다. 이건 나의 가장 큰 결점이다. 분명, 부끄러워해야 마땅한 결점이다.

게으름만큼 여러모로 둘러대기 좋은 악덕도, 별로 없다. 엎드린 용. 나는, 생각을 하고 있다. 낮에 켜놓은 등불.[1] 벽보고 구 년 좌선. 생각을 더 짜내고, 구상하라. 참고 기다리기. 현명한 자가 움직이려고 할 때, 반드시 어리석은 기색이 있다. 숙려熟慮. 결벽潔癖. 몰두. 내 고통, 모르는 거야? 선탈仙脫. 무욕無欲. 세상이 제대로 된 세상이어야 말이지. 침묵은 금. 세상사가 시끄럽다. 구석에 놓인 주춧돌. 아직은 때가 아니다. 모난 돌이 정 맞는다. 누워 있으면 넘어질 염려가 없다. 천의무봉天衣無縫. 덕이 있는 사람에게는, 잠자코 있어도 사람들이 저절로 모여든다. 절망. 돼지 목에 진주 목걸이. 하루아침에 될 일이라야 말이지. 자신의 생각을

1_ 있어도 소용없는 사람이라는 뜻이다.

입 밖으로 꺼내지 않는 나라.[2] 시시해서 말이지. 대기만성. 자긍, 자애. 마지막으로 남는 것에는, 복이 있다.[3] 어째서 그들은 걱정이 없어 보이는가.[4] 사후의 명성. 다시 말해서, 고급이야. 격 높은 인기 배우니까. 맑은 날에는 밭을 갈고, 비가 오면 글을 읽는다. 세 번을 고사하고 움직이지 않는다. 갈매기, 그 새는 벙어리입니다. 하늘을 상대로 살라.[5] 지드앙드레 지드는, 부자겠지?

모든 것이, 게으름뱅이의 변명이다. 나는, 정말 부끄럽다. 괴로움이고, 나발이고 없다. 어째서 쓰지 않는 걸까. 실은 몸 상태가 좀 안 좋아서 그렇다는 식으로, 시선을 자주 내리깔면서, 궁지에 몰렸다는 듯 불쌍한 표정으로 고백하기도 하지만, 담배는 하루에 50대 이상을 피우고, 술은 한번 마시면 한 되 정도는 아무렇지도 않게 마시고, 그러고 나서 찬밥에 더운 물을 부은 것을 세 그릇이나 그러넣는, 그런 환자가 또 있을까?

요컨대, 게으른 것이다. 언제까지고 이런 상태라면, 나는 가망이 전혀 없는 인간이다. 그렇게 단언해버리는 건 나도 괴롭지만, 이제 더 이상, 우리는 자신의 응석을 받아줘서는 안 된다.

괴로움이나 고매함이나 순결, 솔직, 이제 그런 말은 듣고 싶지 않다. 쓰라. 만담이라도, 짤막하고 우스운 이야기라도 좋다. 쓰지 않는 것은,

2_ 759년경 만들어진 것으로 추정되는 일본에서 가장 오래된 시가집 『만엽집萬葉集』 제13권 3,253번째 시에 나오는 말이다. 인용 부분의 앞 구절을 포함하여 해석하면, 일본은 가만히 있으면 모든 것이 신의 뜻대로 잘 되는 나라(원문: 葦原の 瑞穗の國は 神ながら 言擧げせぬ國)라는 의미를 담고 있다.

3_ 남들이 다 골라가고 난 후의 남은 물건에 뜻밖에 좋은 것이 있다는 뜻의 관용구.

4_ 시인 이시카와 다쿠보쿠石川啄木(1886~1912)가 1910년 8월에 지은 시. 시집 『모래 한 줌一握の砂』에 수록. 一隊の兵を見送りて / かなしかり / 何ぞ彼等のうれひ無げなる 병사를 배웅하며 슬프도다 / 어째서 그들은 걱정이 없어 보이는가.

5_ 사이고 다카모리西郷隆盛(1828~1877. 메이지 유신의 최고 공로자 중 한 명. 사쓰마 번의 하급 무사 출신 정치가.)가 남긴 말. '사람을 상대로 살지 말고, 하늘을 상대로 살라.'

예외 없이 게으른 것이다. 너무나, 어리석은 맹신이다. 사람은, 자기 이상의 일도 못하고, 자기 이하의 일도 못 한다. 일하지 않는 자에게는 권리가 없다. 당연히, 인간 실격이다.

그런 생각을 하며 얼굴을 찡그리고 책상 앞에 앉는데, 그러고는, 아무것도 하지 않는다. 턱을 괴고, 멍하니 있다. 딱히 심오한 생각을 하는 것도 아니다. 게으름뱅이의 공상만큼 한심하고 얼토당토않은 것도 없다. 나쁜 짓은 이내 널리 퍼진다고 하는데, 게으름뱅이의 공상 또한, 졸졸 그칠 줄을 모르고 흘러, 용솟음친다. 무슨 생각을 하는 걸까? 이 남자는 지금, 여행에 대한 생각을 하고 있다. 기차 여행은 지루하다. 비행기가 좋다. 흔들림이 심하겠지. 비행기 안에서 담배를 피울 수 있을까? 골프 바지를 입고, 포도를 먹으면서 비행기를 타면, 폼 좀 나겠지. 포도는, 씨를 뱉어야 하는 걸까, 씨도 함께 삼키는 걸까? 포도를 제대로 먹는 법을 알고 싶다. 이런 식으로, 생각하는 것들이 정말, 지독히도 부질없다. 황급히 책상 서랍을 확 열어서 너저분한 서랍 속을 휘젓고, 가만히 귀이개 하나를 꺼내어 얼굴을 일부러 심하게 찡그리면서 귀 청소를 시작한다. 대나무로 된 귀이개 끝에는 하얀 토끼털이 치렁치렁 달려 있어서, 남자는 그 털로 자기 귓속을 간질이며 눈을 가늘게 뜬다. 귀 청소가 끝난다. 딱히 이렇다 할 건 없다. 그러고 나서 또, 책상 서랍을 뒤죽박죽으로 휘젓는다. 독감을 예방하는 검은 마스크를 발견했다. 그걸 재빨리 얼굴에 쓰고는, 굳은 얼굴로 눈썹을 치켜 올리고 눈을 번득이며 좌우를 살핀다. 이렇다 할 건 없다. 마스크를 벗어 서랍 안에 넣고서 탁 닫아버린다. 다시 턱을 괸다. 옥수수, 그건 볼품없는 음식이다. 그걸 어떻게 먹으면 제대로 먹는 걸까? 옥수수 하나에 들러붙어 있는 모습은, 하모니카를 열심히 불고 있는 것처럼 보인다. 이런 바보 같은 생각을, 문득 한다. 아무리 심한 니힐리스트라도, 마지막까지 그에게 들러붙어 있는 것은 먹을 것이라고 한다. 게다가 이 남자는, 미각을 모른다. 맛보다도 방법이 문제인 듯하다. 먹기 귀찮은 음식은 거들떠보지도 않는다. 꽁치 같은 건 먹어보면 맛있을지도 모르는데, 이 남자는 그걸 싫어한다. 가시가 있기 때문이다. 생선은 거의 싫어하는 것 같다. 맛 때문이 아니라, 가시를 발라내는 것이 싫은 것이다. 굉장히 비싸다는 은어구이 같은 건, 전혀 좋아하지 않는다. 그저 형식적으로 젓가락으로 조금 건드리다가 그 이상은 거들떠보지도 않는다. 계란말이를 좋아한다. 가시가 없기 때문이다. 두부를 좋아한다. 역시, 먹는 데 아무런 수고를 들이지 않아도 되기 때문이다. 음료수를 좋아한다. 우유. 수프. 죽. 맛있는 것도, 맛없는 것도 없다. 단지, 먹는 데 수고를 들이지 않아도 되기 때문이다. 이 얘기를 하니까 생각나는데, 이 남자는 아무래도 덥고 추운 것을 모르는 것 같다. 여름이 아무리 더워도, 부채 같은 것은 안 쓴다. 귀찮기 때문이다. 다른 사람이 오늘은 꽤 덥네요, 라고 하면서 건네주는 부채를 받고, 처음으로 아아 그런가, 오늘은 더운가, 하고 그제야 허둥지둥 부채를 집어 들고, 시원하다는 듯 펄럭펄럭 부쳐보는데, 바로 지겨워져서는 부채질하던 손을 멈추고, 맥없이 무릎 위에 놓고 나서 그 부채를 만지작거린다. 추위도 모르는 거 아닐까? 누군가 다른 사람이 화로에 숯을 넣어주지 않으면, 하루 종일 불이 없는 화로를 안고 가만히 있다. 움직이지도 않는다. 사람들한테 무슨 얘기를 듣기 전까지는 늦가을, 초겨울, 엄동설한에도, 아무렇지도 않은 얼굴로 여름에 입는 흰 셔츠를 그대로 입는다.

나는 팔을 뻗어 책상 옆의 책장에서 어떤 일본 작가의 단편집을 꺼내어, 입을 일자로 굳게 다문다. 현미경을 들여다보며 연구라도 시작한 것처럼 진지하게 폼을 잡고 한 장, 한 장 천천히 책장을 넘겼다. 이 작가는 지금 거장이라 불린다. 문장이 이상하긴 하지만 읽기 쉬워서, 나는 이렇게 마음이 공허할 때면 꺼내어 읽어본다. 좋아하는 거겠지. 점잔을 빼며 읽다가, 갑자기 껄껄 웃기 시작했다. 이 남자의 웃음소리에는 특색이 있다. 말의 웃음소리와 비슷하다. 기가 막히다. 작가 자신으로 보이는 주인공이 똑똑해 보이는 얼굴로 보자기를 들고, 호반의 별장에서 저녁 반찬을 사러 시내로 나가는 부분이 있었는데, 주인공이 너무 들떠 있는 게 내 눈에는 한심해 보여서, 웃어버렸다. 나이를 먹을 만큼 먹은 사내대장부가 마누라가 하라는 대로 보자기를 가지고 부랴부랴 시내로 파를 사러 나가다니, 이건 해도 너무했다. 틀림없는 게으름뱅이다. 이런 생활은, 안 된다. 아무것도 하지 않고 어슬렁거리는 것을 마누라가 보다 못해, 저녁 장보기를 부탁한다. 자주 있는 일이다. 마누라의 말을 듣고는, 음, 파 오 전어치 말이지? 하고 수긍하다니, 바보 같은 녀석. 허리띠를 고쳐 매고 자신이 무언가 조금이라도 도움이 된다는 것을 기뻐하며, 부랴부랴 보자기를 챙겨서 장을 보러간다. 한심하다, 한심해. 눈썹이 두껍고, 수염을 깎은 자국이 퍼런 멋진 남자인데 말이다. 나는 조금 당황해서는, 그 책을 덮고 원래 있던 책장에 슬쩍 다시 넣고, 또, 이렇다 할 일도 없다. 턱을 괴고, 멍하니 있다. 게으름뱅이를 육지의 동물에 비유하자면, 우선, 나이 들고 병든 개겠지. 겉모습에는 개의치 않고, 네 다리를 내던지고 발그스름한 배를 실룩실룩 움직이면서, 하루 종일 햇볕 아래서 꼼짝 않고 있다. 사람이 그 옆을 지나가도, 짖기는커녕 눈을 가늘게 뜨고 가만히 지켜보기만 하다가, 다시 눈을 감는다. 꼴사나운 일이다. 추접스럽다. 바다의 동물에 비유하자면, 해삼 아닐까? 해삼을 생각하면 미칠 것 같다. 불쾌하다. 불가사리 아닐까? 바위에 찰싹 달라붙어서 이따금 다리를 천천히 움직이고, 그러면서도 불가사리는 아무 생각도 안 한다. 아아, 짜증나. 짜증나. 나는 맹렬한 기세로 벌떡 일어선다.

놀랄 건 없다. 화장실에 다녀왔다. 기대에 부응하지 못하는 일이, 심히 많다. 서서 잠시 생각에 잠겼다가 느릿느릿 옆방으로 들어간다.

"어이, 내가 뭐 도와줄 거 있어?"

옆방에서는 집사람이 바느질을 하고 있다.

"네, 있어요." 고개를 숙인 채 그렇게 답한다. "이 인두를 데워주세요."

"아, 알았어."

인두를 건네받고, 덩치 큰 사내는 또다시 책상 앞에 앉아 옆에 놓인 화로의 재속에 인두를 끼워 넣는다.

끼워 넣고서는, 무언가 큰 역할을 해낸 사람처럼 아주 침착하게 담배를 피운다. 이건, 보자기를 들고 파를 사러 가는 모습과 조금도 다를 바가 없다. 더 흉하다.

정말 지겹고, 싫고, 자신을 죽이고 싶어지기까지 해서, 자포자기의 심정으로 쓰기 시작한 글자가 뭐냐 하면,

게으름뱅이의 카드놀이.

띄엄, 띄엄, 생각에 생각을 거듭하며 쓴다.

이.[6] 사는 것만으로 벅차고 느끼기에도 급급하거늘.[7]

6_ 이 소설의 원제에 들어있는 가루타歌留多가, 구 가나旧仮名의 50음(이, 로, 하, 니, 호, 헤……)으로 시작하는 말이 적힌 종이 카드를 가지고 하는 놀이이기 때문에, 원문은 해당 음으로 시작되는 문장이 쓰였다.

7_ 푸시킨의 『예브기니 오네긴』 1장의 프롤로그로, 푸시킨의 친구였던 낭만주의 시대 시인 바젬스끼 공작P.viazemskii(1792~1878)이 쓴 엘레지 「첫눈」에서 인용하였다.

비너스는 바다의 거품에서 태어나, 서풍에 이끌려 파도가 치는 대로 흘러가다가 사이프러스섬의 해변에 표착했다. 팔다리는 훌륭한 기품이 느껴질 정도로 가늘고 길며, 촉촉하고 육중한 유백색 피부 곳곳, 즉 귓불, 볼, 손바닥이 하나같이 엷은 장밋빛으로 물들어 있고, 작은 얼굴은 티 없이 맑고 깨끗했다. 몸에서 레몬 향기 같은 진한 향기가 났다. 이러한 비너스의 아름다움에 매혹된 신들은 비너스야말로 사랑과 미의 여신이라며 숭상하고, 마음속으로는 무례한 희망을 품기까지 했다.

비너스가 흰 새가 끄는 마차를 타고 숲속과 과수원을 뛰어다니며 놀고 있으면, 무례한 희망을 가진 수십 명의 신들은 마차가 낸 자욱한 먼지를 맞고 땀을 뻘뻘 흘리며 그 뒤를 따라다녔다. 놀다 지친 비너스가 깊은 숲속에 있는 옹달샘에서 땀에 젖은 팔다리를 가만히 씻고 있으면, 저쪽 나무 사이에도, 바로 가까이에 있는 우거진 풀숲 뒤에도, 신들의 징그러운 눈동자가 빛나고 있었다.

비너스는 생각했다. 이렇게 매일 시끄러울 바에야, 차라리 누군가에게 이 몸을 던져버릴까? 이 사람이다 싶은 한 남자에게, 이 몸을 던져버릴까?

비너스는 결심했다. 1월 1일 아침 이른 시간, 신들의 아버지 주피터 님의 궁전으로 참배를 가는 도중에 만나는 세 번째 남자를 내 생애의 남편으로 삼자. 아아, 주피터 님, 부탁드립니다, 좋은 남편을 하사해 주소서.

1월 1일. 새하얀 덧옷을 머리부터 뒤집어쓰고, 하늘을 날 듯 집을 나섰다. 숲의 오솔길에서 첫 번째 남자를 만났다. 지저분해 보이는 털북숭이 신이었다. 숲 출구의 자작나무 아래서 두 번째 남자를 만났다.

비너스의 다리는, 갑자기 멈춰 서서 움직이지 않았다. 남자는 늠름한 미남이었다. 아침 안개 속에서 팔짱을 낀 채, 비너스의 얼굴을 쳐다보지도 않고 느긋하게 걸어갔다. “아아, 이 사람이다! 세 번째는 이 사람이다. 두 번째는, ……두 번째는 이 자작나무.” 그렇게 외치고는 그 남자의 드넓은 품으로 몸을 던졌다.

운명의 바람이 부는 대로 몸을 맡기고, 중요 지점에서 훌쩍 몸을 섞어, 더욱 고귀한 운명을 만들어낸다. 숙명과, 약간의 인위적인 기술. 비너스의 결혼생활은 행복했다. 이 남자야말로 주피터 님의 후계자로 마땅한 이, 바로 천둥과 번개의 정복자 발칸이었다. 큐피드라는 사랑스러운 아이도 생겼다.

여러분이 20세기 도회의 거리에서, 다른 사람의 눈을 피해 이런 점괘를 몰래 시도한다면, 규칙에 따라 반드시 세 번째 사람을 택할 필요는 없다. 때에 따라서는 전신주, 우체통, 가로수를 각각 한 명으로 간주해도 좋다. 큐피드가 태어난다는 보장은 못하지만, 발칸을 손에 넣는 것은 확실하다. 저를 믿으세요.

로. 감옥은 어둡다.

어두울 뿐 아니라, 겨울엔 춥고, 여름엔 덥고, 냄새 나고, 모기 떼 백만 마리. 이래서야 살겠나.

감옥, 여긴 피해야만 한다.

하지만, 가끔 생각하는 건데, 수신修身, 제가齊家, 치국治國, 평천하平天下, 라는 순서에, 딱히 구애받을 필요는 없다. 몸은 아직 수양이 덜 됐고, 가정은 원래 정돈할 수 없는 건데, 치국, 평천하를 생각해야만 하는 경우도 있는 것이다. 오히려 순서를 거꾸로 해보면, 상쾌하다. 평천하, 치국, 제가, 수신. 기분 좋다.

나는, 가와카미 하지메[8] 박사의 인품을 좋아한다.

하. 어머니여, 아이를 위해 분노하라.

"아니, 난 믿을 수 없어. 나쁜 건 당신이야. 이 아이는, 정이 많은 아이였어요. 이 아이는, 항상 약한 사람을 감싸줬어요. 이 아이는, 내 아이입니다. 오오, 착하지. 울 거 없어. 이렇게 엄마가 왔으니, 이제, 손끝 하나 건드리지 못할 테니까!"

니. 미움을 받으면 받을수록 강해진다.

가끔은, 제대로 된 소설을 써. 너 요즘, 세상의 평판도 겨우 좋아졌는데, 또 이렇게 게으른, 이로하[9] 카드놀이 같은 걸 쓰다니, 이건 아니잖아. 세상 사람들은 네가 아직 병이 낫지 않은 거 아닌가 하고, 또다시 의심할지도 몰라.

나의 좋은 친구들은 그렇게 말하며 걱정해 줄지도 모르지만, 그건 이제 걱정하지 않아도 된다. 나는 아직, 노인이 아니다. 요즘 그걸 깨달았다. 과거의 일은 별 의미가 없고, 모든 건 이제부터 시작이다. 미숙하다.

8_ 河上肇(1879~1946). 도쿄대 출신. 교토대 교수. 인도주의적 입장에서 빈곤 문제의 해결에 관심을 보이며 후에 마르크스주의 경제학의 연구, 계몽에 전념하였다. 1928년 대학에서 쫓겨나, 노동농민당, 일본 공산당 등의 운동에 종사하다가 33~37년 투옥되었다. 저서로는 『자본론 입문』, 『가난 이야기』, 『자서전』 등이 있다.

9_ 구 가나旧仮名의 50음 순에서 첫 세 글자를 말한다.

한 문장을, 생각에 생각을 거듭하면서 쓰고 있다. 아직도 나 스스로를 감당하기가 벅차다. 화내고, 슬퍼하고, 웃고, 몸부림치며, 하루하루를 보내고 있는 형편이다. 역시 서른한 살은, 서른한 살 만큼의 일밖에 못 한다. 그걸 깨달았다. 당연한 말이지만 나는, 이 깨달음을 고맙게 생각한다. 『전쟁과 평화』나 『카라마조프 형제』 같은 걸, 나는 아직 쓸 수 없다. 그건 이제, 확실히 말할 수 있다. 절대로 쓸 수 없다. 마음으로는 그런 감정을 느끼고 있어도, 그걸 지탱할 수 있는 역량이 없다. 하지만, 나는 그렇게까지 슬프지는 않다. 나는 오래 살아볼 생각이다. 해볼 생각이다. 이런 각오도, 요즘 겨우 하게 되었다. 나는, 문학을 좋아한다. 문학을 좋아하는 마음은, 꽤 크다. 그걸 얼렁뚱땅 넘겨서는 안 된다. 좋아하지 않고서는 할 수 있는 게 아니다. 신앙, ……조금씩, 그걸 알게 되었다. 덩치 큰 사내가 진지한 얼굴로 이런 카드놀이나 만들고 있는 모습은, 마치 장사가 공을 치고 놀고 있는 모습이나, 금강신[10]이 색종이를 접고 있는 모습이나, 모세가 빠칭코에서 참새를 노리고 있는 모습만큼, 굉장히 신기해 보일 것 같다. 그건, 알고 있다. 하지만, 그래도 된다고 생각한다. 예술이란, 그런 것이다. 아주 진지하다. 볼 수 있는 사람은, 보라.

물론 나는, 이런 형식의 글만 쓰면서 만족하는 건 아니다. 이런 까다로운 형식은 나 스스로도 힘이 들어서, 싫다. 기존의 소설 작법도, 제대로 빠짐없이 마스터하고 있다. 실은 이 소설에도 군데군데 교묘하게 이용하고 있다. 나도 장사치니까, 그런 소양은 있다. 소위 얌전한 소설이라 불리는 것도, 앞으로는 쓸 것이다. 아무래도 이런 글을 쓰면, 꼴사납게

10_ 불법을 수호한다는 두 신으로 절 문의 양쪽에 세워져 있다.

얼굴이 달아올라 죽겠다. 하지만 이것도, 나의 좋은 친구들을 안심시키기 위해서 꼭 써두고 싶다. 나는 순수를 좇다 질식하기보다는, 혼탁해지더라도 큰 인물이 되고 싶다. 지금은, 그렇게 생각한다. 특별할 건 없고, 한마디로 말할 수 있다. 지기 싫다.

이 작품이 건전한지 건전하지 않은지, 그건 독자가 판단해주겠지만, 이 작품은 절대로 게을리 쓴 것이 아니다. 게을리 쓰기는커녕, 나는 정말 열심히 썼다. 이런 소설을 지금 발표하는 건, 내게 불리할지도 모른다. 하지만 서른한 살인 사람은 서른한 살 나름대로 이런저런 모험을 해보는 게 바람직하다고 생각한다. 나는 아직 『전쟁과 평화』 같은 것은 쓸 수 없다. 나는, 앞으로도 여러모로 방황하겠지. 괴로워하겠지. 물결은 거친 법이다. 그건, 자만하지 않는다. 충분히, 소심할 정도로 조심하고 있다. 이 작품의 형식과 느낌 모두, 결국 서른한 살의 그것을 조금도 벗어나지 않았다. 하지만 나는, 그것에 자신감을 가져야만 한다. 서른한 살은, 서른한 살처럼 쓰는 것 말고는 달리 방법이 없다. 그게 가장 좋은 거라고 생각한다. 쓰면서, 어쩐지 슬퍼졌다. 이런 걸 쓰면 안 되는 것이었을지도 모른다. 하지만 가슴이 두근두근해서, 아무래도 쓰지 않고서는 배길 수가 없었다. 요즘은, 아주 조심조심 살얼음판을 건너는 기분으로 생활하고 있다. 꽤, 호되게 혼쭐이 났으니까.

하지만, 이제 됐다. 나는, 해볼 것이다. 아직은 약간 휘청거리고 있지만, 조금만 있으면 건강해질 것이다. 거짓말을 하지 않는 생활을 하면 절대로 무너질 일은 없다는 것, 나는 우선, 그걸 믿지 않으면 안 된다.

각설하고, 옛날이야기를 하나 하자.

불행하다고 생각했다. 사람들은 모두 나를, 아직은 행복한 편이라고 평했다. 나는 소심하게, 그렇죠, 그렇죠, 하고 수긍했다. 무언가 부족해서 몸부림치는 거겠지, 자기가 구태여 괴로움을 사고 있는 것이다, 인생, 생활의 딜레탕트[11], 운이 지나치게 좋아서 그걸 황송해 하며 싫어한다, 그런 여자가 있어 그걸 걱정병이라고 하는데 남들이 하는 험담에만 신경 쓰지. 남들은 내게 이런 말들을 했다.

또는, 미인박명, 회옥유죄懷玉有罪 같은 말을 하며 부끄럽고, 당황하게 만들어서 내게 술을 많이 먹이는 장난을 하는 사람까지 나왔다.

하지만 어느 날 밤, 자네는 불행한 남자구먼, 하고 보통 때와 다름없는 목소리로 말하고 아무렇지 않은 듯 있었던 사람은, 사토 하루오[12]다. 나는 나아갈 길이 활짝 열린 느낌이 들어서, 정말로 그리 생각합니까?, 하고 되물었다. 나는, 엷은 미소를 띠고 있었던 것 같다. 응, 불행해, 라며 역시 쉬이 수긍했다.

또 한 명, 『문예춘추文藝春秋』사의 어둑한 응접실에서, M・S씨. 당신과 동반자살을 할 정도로 당신을 좋아해주는, 그런 편집자라도 나오지 않는 한, 당신은 불행한 작가라며 한마디씩 띄엄띄엄 분명히 말했다. 그처럼 단호하게 속을 털어놓아 주는 S씨의 여윈 몸에 들어찬 결의를, 나는 존경스럽게 여겼다.

대체로, 사람들은 내게 그저 쓴웃음으로 답했다. 나는 많은 사람들에게, 어딘가 시끄럽고 건방지기만 한 존재였다. 하지만 나는 모두를 두려워했고, 또 모두에게 조금이라도, 한 시간이라도 더 즐거움을 주고, 자신감을 주고, 큰 웃음을 주고 싶다는, 그런 것만 염두에 두고 있었다.

11_ dilettante. 아마추어 예술가. 예술 애호가.

12_ 佐藤春夫(1892~1964) 시인 겸 소설가. 서정시와 환상적, 탐미적인 작풍의 소설로 유명하다. 대표작으로 『전원의 우울』, 『도회의 우울』 등이 있다.

나는 도적인 척했다. 거지 흉내도 냈다. 마음 한구석에 진짜 도적을 품고, 거지의 감정을 가지고, 번뇌로 갈피를 잡지 못하고 밤낮을 보내는 마음 약하고 가난한 사람의 아들은, 틀림없이 내 행동의 그늘에서 죄를 지은 선배의 모습을 발견하고 남몰래 안도하며, 살아간다는 것에 대해 자부심을 가질 것이라고 믿고 있었다. 바보 같은 생각을 했던 것이다. 금세 세상은, 나를 내동댕이쳤다. 심판의 가을. 나는, 미움의 대상으로 변해 있었다. 나는 어떤 중요한 점에 있어, 정말 어리석었다. 나태했다. 상황은 맹렬한 기세로 흐트러져, 남들은 내가 태어나자마자 허울뿐인 악인惡人이라며 손가락질했다. 약하고 가난한 사람의 아들의 원망, 조소와 매도의 불꽃은, 한때 죄를 지은 선배였던 사람의 귓불을 태웠다. 뜨, 뜨, 뜨거워, 라며 우스꽝스러운 비명을 지르고 우왕, 좌왕, 화롯가에 다가가면, 도토리 폭발, 물병의 물을 마시려고 하면, 게의 집게발, 깜짝 놀라서 튀어 올라 엉덩방아를 찧자, 엉덩이 밑에는 왕벌의 집, 이건 무슨 일인가 싶어 정원으로 튀어나가니, 지붕에서 데굴데굴 절구의 병문안, 그 유명한 원숭이와 게의 싸움[13], 원숭이에게 내려진 형벌, 그야말로 사면초가, 숨이 곧 끊어질 듯, 기생촌 방으로 굴러들어갔다.

그날 밤의 일을, 나는 잊지 못한다. 죽으려고 했다. 어쩔 수가 없었다. 만취해서, 망토도 안 벗고 그냥 쓰러져서는,

"어이, 옛날 명기란 말이지," 여자는 옆에서 웃고 있었다. "어떤 녀석에게든, 아무렇지도 않게 몸을 맡겼어. 물처럼, 가게 앞에 쳐진 천처럼, 그대로 몸을 맡기지. 그리고 모나리자처럼 조금 입술을 삐죽이며 가만히 있으면, 손님은 미치는 거야, 논밭을 다 팔아다 바치는 거지.

13_ 「원숭이와 게」는 일본의 전래동화로, 식탐이 강해 게를 죽인 원숭이에 대해 게의 자식들과 벌, 밤, 절구, 소똥이 모여 복수하는 내용이다.

알겠지? 그게 중요한 거야. 옛날부터 명기라고 칭송 받는 사람은, 모두 그랬어. 무턱대고, 반지 같은 거 사달라고 조르면 안 돼. 언제까지나, 가만히 부족한 듯 있는 거야. 재주는 팔아도 몸은 팔지 않는다며, 정조를 굳게 지키는 사람, 그게 진정한 여자야, 역시 몸을 맡기면, 그 후로는 손님이 안 붙고, 아무리 해도 명기가 될 수는 없지." 지독한 얘기다. 사탄의 미학, 명기론名妓論의 일부라고나 할까. 말도 안 되는 이야기를 큰 소리로 떠들어대다가, 곤히 잠들었다.

문득 눈을 뜨니, 방은 깜깜했다. 고개를 드니 머리맡에 새하얀 봉투 하나가 똑바로 놓여 있었다. 왜일까, 심장이 철렁했다. 빛이 날 정도로 새하얀 봉투다. 손을 뻗어 집으려고 했는데, 허무하게 바닥을 긁었다. 이게 뭔가 싶었다. 달빛이었다. 그 기생촌의 방 커튼 틈으로 달빛이 스며들어, 내 머리맡에 반듯한 사각형 달빛을 떨어뜨리고 있었던 것이다. 온몸이 굳었다. 나는, 달에게서 편지를 받았다. 무어라 표현할 수 없는 공포였다.

더는 참지 못하고 벌떡 일어나서 커튼을 젖혀 창을 열고, 달을 보았다. 달은, 모르는 사람 같은 표정을 짓고 있었다. 무언가 말을 걸어 보려고 나는 놀란 숨을 들이마셨다. 달은, 그래도 모른 척이다. 냉혹, 엄격, 애당초 인간 따위 신경 쓰지 않는다. 격이 다르다. 나는 꼴사납게 언제까지고 멍하니 서 있었는데, 쓴웃음이 나오지도 않았고, 부끄럽지도 않았다. 그런 단순한 감정이 아니었다. 신음했다. 그대로 작은, 귀뚜라미가 되고 싶었다.

세상은 그리 만만한 곳이 아니었다. 자연 속에서 작은 존재로 살아간다는 것의 고독, 준엄함을 알았습니다. 번개에 집이 타버리고 박꽃만 남았네.[14] 그 쓰레기더미 속 박꽃 한 송이를 튼튼하고, 소중하게 기르자고 생각했습니다.

호. 반딧불 빛, 창밖의 눈.[15]

맑은 창에 깨끗한 책상, 굉장한 수재라도 되는 듯 책을 펴고 정좌해도, 아아, 저 창밖에, 호외를 알리는 방울 소리가 나고 있어. 그래도 우리는, 공부하지 않으면 안 된다. 들어봐, 금붕어도 그냥 풀어놓기만 하면, 한 달도 못 산다는 말이 있지.

헤. 병사를 배웅하며 슬프도다.[16]

전쟁터로 떠나는 병사를 배웅하면서, 울면 안 되는 걸까? 아무리 참으려 해도 눈물이 나와서 어쩔 수가 없어, 용서해주세요.

도. 어차피 이 세상은, 모두 지옥.

시노바즈 연못[17], 이라고 어느 날 밤 문득 소리 내어 말하고 나니, 어? 이상한 명사다, 싶었다. 이 말에는, 틀림없이 이런 유래가 있었을 것이다. 틀림없다.

14_ 에도 중기의 하이쿠 시인이자 화가인 요사 부손与謝蕪村(1716~1784)의 하이쿠.

15_ 스코틀랜드의 민요 <올드랭 사인>에 가사를 붙인 노래 <반딧불 빛>의 가사로, 같은 가락의 곡인 우리나라 <작별>과 마찬가지로 졸업식에서 많이 불렀다.

16_ 시인 이시카와 다쿠보쿠石川啄木(1886~1912)가 1910년 8월에 지은 시. 시집 『모래 한 줌一握の砂』에 수록. 一隊の兵を見送りて / かなしかり / 何ぞ彼等のうれひ無げなる 병사를 배웅하며 슬프도다 / 어째서 그들은 걱정이 없어 보이는가.

17_ 도쿄 우에노 공원 남서쪽에 있는 연못. '시노바즈不忍'는 '참지 못하는'이라는 뜻.

정확한 연대는 모른다. 에도시대 어느 무사의 집에 간무리 와카타로라는 17세 청년이 있었다. 벚꽃 잎처럼 아름다운 소년이었다. 그의 죽마고우인, 유라 고지로라는 18세의 소년 무사가 있었다. 그는 초승달처럼 아름다운 소년이었다. 흐린 겨울날, 애마의 고삐를 잡는 법을 두고 둘 사이에 의견 차이가 생겼는데, 논쟁 끝에 한 소년이 한쪽 뺨으로 빙긋이 웃은 것이, 다른 소년을 격노케 했다.

"죽여버리겠어."

"좋아, 용서하지 않겠다." 결투 약속을 하고 말았다.

약속한 그날 유라가 집을 나서려 하자, 차가운 비가 주룩주룩 내렸다. 집으로 다시 들어가 우산을 쓰고 나왔다. 약속장소는, 우에노의 산[18]이었다. 가는 도중에, 우산이 없어 남의 집 처마 밑에서 비를 피하고 있는 간무리의 모습을 봤다. 간무리는 추운지, 연분홍 애기동백처럼 어깨를 잔뜩 움츠리고 곤혹스러워하고 있었다.

"어이." 하고 유라가 말을 걸었다.

간무리는 유라를 보더니 눈을 동그랗게 뜨고, 씩 웃었다. 유라도 살짝 얼굴을 붉혔다.

"가자."

"응." 둘은 차가운 빗속을 나란히 걸었다.

둘은 우산 하나에 머리를 맞대고 걸었다. 그리고 약속 장소에 도착했다.

"준비는?"

"다 됐어."

18_ 우에노 공원의 별칭.

바로 칼을 빼들고 마주보고 있던 둘은 동시에 훽 하고 힘차게 칼을 휘둘렀다. 칼날을 맞부딪히며 격렬하게 싸우다가, 간무리가 졌다. 유라가 간무리의 숨통을 끊은 것이다.

칼에 묻은 피를, 우에노의 연못에 씻어 헹궜다.

"원한은 원한이다. 무사의 의지. 약속은 그 뜻을 굽힐 수 없으니."

그날부터 사람들이 말하기를, 시노바즈不忍 연못. 시시한 세상이다.

치. 짐승의 슬픔.

옛날에 성을 짓던 대가는, 성을 설계할 때 그 성이 폐허가 되었을 때의 모습을 가장 먼저 고려해서 도면을 그렸다. 폐허가 되고 나서, 훨씬 더 멋있어지도록 설계해 두는 것이다. 옛날에 불꽃놀이의 명인은, 불꽃을 쏘아 올렸을 때 불꽃의 파편이 공중에서 펑 하고 흩어지는, 그 소리에 가장 고심했다. 불꽃놀이는 듣는 것. 도자기는, 손바닥에 올려놨을 때의 무게가 가장 중요하다. 예부터 명공이라 불릴 정도의 사람들은, 모두 이 무게에 가장 많은 신경을 썼다.

이런 얘기를, 진지한 얼굴로 가족들에게 들려주고 있자니, 가족들은 감탄하며 듣고 있다. 이건 모두, 엉터리 이야기다. 이런 말도 안 되는 이야기는, 어떤 책에도 나와 있지 않다.

또 다른 이야기.

그리우면, 찾아와 보라 이즈미, 시노다 숲의 한 맺힌 구즈노하[19].

19_ こいしくば, たずね來て見よいずみなる, しのだの森のうらみくずの葉. 구즈노하는 헤이안시대의 음양사 아베노 세메이安部晴明(921~1005)를 낳았다는 전설 속 여성의 이름이다. 아베노 세메이의 아버지인 아베노 야스나가 구한 흰 여우가 미녀로 변신했을 때 말한 이름으로, 정체를 들켰을 때 이 시를 남기고 사라졌다고 전해진다.

이건, 누구나 알고 있다. 암컷 여우가 지은 시다. 한 맺힌 구즈노하라는 부분에는 짐승의 애처로운 연정이 담겨 있어서, 덧없고 슬프다. 저 밑바닥에서 무언가 어마어마하고 초자연적인 두려움이 느껴진다. 옛날에 에도 후카가와 무사집안의 처녀가 젊은 나이에 죽었다. 여자아이를 한 명 남기고 갔다. 어느 날 밤 남편의 머리맡에 나타나, 노래를 읊었다. 어두운 밤, 니오이 산길을 가다가, 가나의 통곡 소리에 사라져 방황했네. 니오이 산길은, 저승에 있는 산의 이름일지도 모른다. 가나는, 여자아이의 이름이겠지. 사라져 방황했다는 건 젊은 여자의 유령 같은데, 애처롭지 않은가?

또 하나, 이것도 요괴가 만든 노래인데, 그 배경은 분명하지 않다. 의미도 확실하지는 않지만, 이것 역시 초자연적인 처참함이 느껴진다. 그건 이런 노래다. 아내를 사랑스럽게 바라보는 왜가리는, 표현할 수 있는 언어가 없음을 원망하지 않을 텐데.

그리고 고백하자면, 모든 게 나의 픽션이다. 픽션의 동기는 그것을 만든 이의 애정이다. 나는, 그렇게 믿고 있다. 사탄이즘Satanism이 아니다.

리. 용궁 대왕님은 해저에.

노쇠한 몸을 이끌고 못다 이룬 꿈을 좇아 황량한 물가를 헤매는 자, 백발의 우라시마 다로[20]는, 여전히 이 세상에 득실거리고 있다. 풍뎅이를 담뱃갑에 넣어 그 벌레가 버둥거리는 소리, 버석버석 하는

20_ 浦島太郞. 일본의 용궁전설(거북이와 함께 간 용궁에서 영화로운 삼 년을 보낸 뒤, 헤어질 때 공주에게 보물 상자를 받았는데, 귀향 후 계율을 어기고 그 상자를 열어 흰 연기와 함께 노인이 되었다는 전설)의 주인공 이름.

소리를 들으며 눈을 가늘게 뜨고, 그게 자신의 오르골이라고 생각하다니, 꽤나 비참한 일이다. 옛날사람으로 치자면 폐위된 독일 황제. 혹은, 에티오피아 황제. 어제 석간에 따르면, 스페인 대통령 아사니아 씨도 결국 사직했다. 애당초 이런 사람들은, 의외로 태평한 마음으로 유유자적하고 있는지도 모른다. 벚꽃 동산[21]을 팔아버린다 하더라도, 산과 들판에는 벚꽃 명소가 많다. 호걸들은 그것을 모두 제 것이라는 생각으로 바라보고 즐기며 마음을 비우고 있을지도 모른다. 하지만 나는, 가끔 생각하는 게 있다. 송미령[22]은 과연, 어떻게 할까?

누. 늪의 도깨비불

북쪽 지방의 여름밤은, 유카타 하나만 입으면 쌀쌀한 느낌이다. 당시 나는 18세, 고등학교 1학년이었다. 여름방학 때 고향에 내려갔는데, 마을 어귀에 있는 신사의 늪에 매일 밤 도깨비불 대여섯 개가 나타난다는 소문을 들었다.

달 없는 밤, 나는 자전거에 등을 달고 도깨비불을 보러 나갔다. 폭이 한 자에서 다섯 치약 30~15㎝ 정도 되는 불안한 들길을, 여름풀에 내린 서리를 피하면서 비틀거리며 자전거를 타고 갔다. 가는 길에는 귀뚜라미의 울음소리가 시끄러웠고, 반딧불도 흩뿌려진 듯 잔뜩 빛나고 있었다. 신사 문을 지나 옻나무 가로수 길을 빠져나가며, 나는 이유도 없이 자전거에 달린 종을 마구 울려댔다.

21_ 러시아의 몰락해 가는 지주계층을 날카롭게 묘사한 안톤 체호프의 희곡 『벚꽃 동산』(1903)을 차용한 말로, 여기에서는 부와 권세를 은유적으로 표현한 것으로 볼 수 있다.

22_ 宋美齡(1897~2003). 중화민국의 옛 지도자 장개석의 부인이다.

늪 기슭에 이르자, 자전거 앞바퀴가 질퍽질퍽 질척였다. 나는 자전거에서 내려 휴우, 하고 낮은 한숨을 쉬었다. 도깨비불을 보았다.

늪 건너편에 하나, 둘, 세 개의 붉고 둥근 불이, 흔들거리며 나란히 떠 있었다. 나는 자전거를 끌면서 늪 기슭을 따라 걸어갔다. 둘레가 십 정약 1km 정도 되는 작은 늪이다.

가까이 다가가 보니, 노인 다섯 명이 돗자리를 깔고 술판을 벌이고 있었다. 도깨비불은 버드나무 가지에 달아놓은 등불 세 개다. 노인들은 내 얼굴을 기억하고, 모두 손뼉을 치고 웃으며 나를 환영했다. 나는 다섯 명 중 두 명의 노인을 알고 있었다. 한 명은 쌀집 주인이었는데 파산했고, 한 명은 더러운 여자를 첩으로 삼았다가 치매에 걸린 노인이었는데, 두 노인 모두 마을의 웃음거리였다. 늪의 물을 타고 불어오는 바람은, 냄새가 지독하다.

이 다섯 노인들은, 매일 밤 이곳에 모여 구회[23]를 연다고 한다. 내 자전거 등의 불을 보고, 저거 도깨비불 아닌가, 하고 깜짝 놀라서 가슴이 철렁했다고 서로를 돌아보며 말하고, 또 한바탕 웃고 떠든다. 그들은 내게 차가운 탁주 두세 잔 먹이더니, 그들이 지었다는 시 몇 편을 보여주었다. 죄다, 정말 형편없는 수준이었다. 억새풀 그늘의 백골, 이라는 시도 있었다. 나는 그대로 자전거를 타고 집으로 돌아갔다.

'보름달이 떴으니, 이 자리에 아름다운 얼굴도 없네.' 바쇼[24]도, 형편없는 시를 지었었다.

23_ 句會. 하이쿠를 짓는 모임을 말한다.

24_ 마쓰오 바쇼松雄芭蕉(1644~1694). 에도 막부 초기의 하이쿠 시인. 이 시는 환하게 빛나는 보름달을 보다가 정신을 차리고 그 자리에 모인 사람들을 보면, 눈에 띄는 얼굴이 없다는 뜻.

루. 유전윤회流轉輪廻

여기에는 어떤 제국대 교수의 신상에 대한 이야기를 쓰려고 했는데, 그게 상당히 까다롭다. 그 교수는 이삼일 전에 기소되었다. 좌경사상이라는 이유다. 하지만 이 교수는 오륙 년 전 우리가 학생이었을 때, 학생 좌경사상을 선도하는 역할을 맡고 있었다. 그리고 그 시절에 교수가 선도하고자 했던 말들도, 오늘날의 기소 이유 중 하나가 되었다. 그 부분이, 꽤 어렵다.

앞으로 사오 일 여유가 있다면, 나도 이런저런 구상을 하고, 궁리를 해서, 이걸 하나의 이야기로 정리하고 보여드릴 텐데, 벌써 오늘이 3월 2일이다. 이 잡지는 3월 10일 전후에 발매된다고 하니까, 오늘쯤은 그야말로 아슬아슬한 마감일이겠지. 나는, 오늘은 무슨 일이 있어도 이 원고를 인쇄소에 넘기지 않으면 안 된다. 그러기로 약속했다. 이렇게 마음이 괴로운 것도, 결국은 일상의 나태함 때문이다. 이대로라면, 정말 안 된다. 각오만으로 끝나서도 안 되지만, 지금까지처럼 게으름을 피워서는 제대로 된 소설가가 될 수 없다.

오. 오바스테산[25] 봉우리의 솔바람.

그렇게 스스로를 경계할 것. 또다시 이런 추태를 반복한다면, 그야말

25_ 姥捨山. 나가노현에 있는 오바스테산의 전설에서 온 말. 오바스테산은 젊은이가 늙은 백모를 어머니처럼 봉양하다가, 아내의 성화에 못 이겨 백모를 버렸으나, 슬픔에 못 이겨 다시 모셔 왔다는 전설에서 온 산 이름이다. 주위로부터 소외되어 노후를 보내는 곳을 일반적으로 일컫는 말로 쓰인다.

로 오바스테산이다. 게으름뱅이 카드놀이. 말 그대로, 이건 게으름뱅이 카드놀이가 되어버렸다. 처음부터 그럴 생각이 아니었나? 아뇨, 이제, 그런 거짓말은 하지 않겠어요.

와. 나는 산을 향해 눈을 들리라.[26]

가. 천한 백성을 괴롭히기는 쉽고, 고귀한 하늘을 속이기는 어렵다.[27]

요. 밤이 지나면, 아침이 온다.

26_ 구약성서 시편 121편 1절.

27_ 중국의 5대10국 시대 후촉의 마지막 황제 맹창孟昶의 『계론사戒論辭』에 나오는 말로, 일본에서는 후쿠시마현의 니혼마쓰성 문 앞에 있는 비석의 글귀로 유명하다.

독자에게*

전부 미발표 작품이니까, 독자도 그 점은 즐기면서 읽을 수 있지 않을까 싶다.

이런 이야기를 써서 일상의 황량함에 덧칠하고 있는 셈이지만, 그래도 쓸쓸함이라는 것은, 행복의 일종인지도 모른다. 모두가 참고, 나를 받아들여주고 있다. 생각해보면 그건, 꽤 고생스러울 때가 많을 텐데도.

「불새」는 쓰던 걸 잠깐 멈추고 생각을 정리 중이다. 꽤, 어렵다. 이 작품에 대해서는, 좀 더 생각해보고 싶다.

쇼와 14년1939년 5월
다자이 오사무

* 저자의 네 번째 창작집 『사랑과 미에 대하여』의 서문에 해당하는 글이다. 작품집에는 이 한국어판 전집 제2권의 뒷부분에 수록된 「추풍기」에서 「불새」까지 다섯 편의 단편이 수록되어 있다. 따라서 이 서문 또한 그 다섯 편에 한정된 내용으로 이해하면 될 것이다.

秋風記

추풍기

太宰治

「추풍기」

이미 수차례 여성과 동반자살 시도 경험이 있었던 다자이가 자신의 체험을 소재로 한 소설.

가만히 서서,
생각에 잠겨보니,
세상 모든 것이 이야기더라.
—이쿠타 초코[1]

으음, 나는 어떤 소설을 쓰면 좋을까. 나는, 이야기의 홍수 속에 살고 있다. 연기자가 됐으면 좋았을 텐데. 나는, 내가 잘 때의 얼굴도 그릴 수 있다.

내가 죽어도 죽은 나의 얼굴을 깨끗하게 화장해 줄, 가여운 사람도 있다. K가, 그걸 해주겠지.

K는 나보다 두 살 위니까, 올해로 32살인 여자다.

K에 대한 이야기를 할까.

K는 나와 피 한 방울 섞이지 않았는데도, 그래도 어린 시절부터 우리 집을 오가며 가족 같은 사이가 되었다. 그리고 지금은 K도 나와 마찬가지로, 태어나지 않았으면 좋았을 거라고 생각한다. 태어나서 십 년도 지나지 않아, 이 세상에서 가장 아름다운 것을 봐버렸다. 언제 죽어도 억울하지 않다. 하지만 K는, 살아 있다. 아이를 위해서 살아 있다. 그리고 나를 위해, 살아 있다.

"K, 내가 밉지?"

1_ 生田長江(1882~1936). 소설가 겸 번역가. 니체의 『짜라투스트라는 이렇게 말했다』, 다눈치오 『죽음의 승리』 등을 번역했다.

"응," K는, 조용히 끄덕인다. "죽었으면 좋겠다는 생각이 들 때도 있어."

꽤 많은 가족이 죽었다. 큰누이는, 스물여섯에 죽었다. 아버지는, 쉰셋에 돌아가셨다. 막내 남동생은, 열여섯에 죽었다. 셋째 형은, 스물일곱에 죽었다. 올해 들어 그 바로 다음 누이가, 서른넷에 죽었다. 조카는 스물다섯에, 사촌은 스물 하나에, 둘 다 나를 많이 따랐었는데, 그들 또한 올해 연이어 죽었다.

어떻게 해서든 죽지 않으면 안 되는 이유가 있는 거라면, 털어놓아 봐, 나는 할 수 있는 게 아무것도 없지만, 둘이서 얘기해보자. 하루에 한마디씩이라도 좋다. 한 달이 걸려도, 두 달이 걸려도 좋다. 나와 함께 놀아줘. 그러고 나서도 살아갈 목적을 못 찾겠다면, 아니, 그렇게 되더라도 당신 혼자 죽어서는 안 된다. 그때는, 우리 모두 함께 죽자. 남게 될 사람이 불쌍하다. 당신은 아는가, 체념한 백성의 깊은 애정을.

K는 그리하여, 살아 있다.

올해 늦가을, 나는 격자무늬 사냥 모자를 깊숙이 눌러쓰고 K를 찾아갔다. 휘파람을 세 번 불었더니, K가 쪽문을 열고 살그머니 나온다.

"얼마?"

"돈 얘기를 하러온 게 아냐."

K는 내 얼굴을 쳐다본다.

"죽고 싶어졌어?"

"응."

K는 아랫입술을 살짝 깨문다.

"이맘때쯤이 되면, 매년 그런가 보네. 추워서 그런 건가? 겉옷 없어? 어머, 어머, 맨발로."

"이런 게 세련된 멋이라더라."

"누가 그렇게 가르쳤어?"

나는 한숨을 쉬고 나서 말했다. "누가 가르쳐준 건 아냐."

K도 작게 한숨을 내쉰다.

"누구, 좋은 사람 없나?"

나는, 미소 짓는다.

"K와 둘이서 여행가고 싶은데."

K는, 진지한 얼굴로 끄덕인다.

아는 것이다. 모두, 다, 아는 것이다. K는, 나를 데리고 여행을 떠난다. 이 사람을 죽게 해서는 안 돼.

그날 한밤중에 둘이서 기차를 탔다. 기차가 움직이기 시작하니, K도, 그리고 나도 겨우, 어쩐지 마음이 놓인다.

"소설은?"

"못 쓰겠어."

칠흑 같은 어둠 속 기차 소리는, 칙칙폭폭, 칙칙폭폭, 칙칙폭폭폭폭.

"담배, 피울래?"

K는 핸드백에서 세 종류의 외국 담배를 하나하나 꺼낸다.

언젠가 나는 이런 소설을 쓴 적이 있다. 죽으려고 했던 주인공이 죽기 직전에 향이 짙은 외국 담배를 피워보았다, 그 희미한 기쁨 때문에, 죽으려고 했던 것을 관두게 되었다, 그런 소설을 쓴 적이 있다. K는, 그걸 알고 있다.

나는, 얼굴을 붉혔다. 그래도 아무렇지 않은 척, 그 세 종류의 외국 담배를 똑같이 한 대씩, 차례로 피워본다.

요코하마에서 K는, 샌드위치를 산다.

"안 먹을래?"

K는 일부러 게걸스럽게, 우적거리며 먹는다.

나도, 침착하게 한 조각을 한입 가득 넣는다. 짰다.

"한마디라도 무슨 말을 하면, 그만큼 모두를 괴롭히는 것 같고, 쓸데없이 괴롭히는 것 같으니까, 그냥 입 다물고 미소 짓고 있으면 좋겠지만, 나는 작가니까, 무언가, 말을 안 하고는 살아갈 수 없는 작가니까, 꽤 힘이 들어. 난, 꽃 한 송이조차도 적당히 사랑할 수가 없어. 어렴풋한 향기를 사랑하는 것만 가지고는, 도무지 견딜 수가 없어. 쏜살같이 꺾어서 손바닥 위에 올려놓고, 꽃잎을 쥐어뜯고, 비비대고 구기고, 눈물을 참지 못하고 울면서, 입술에 끼워 넣어서 흐물흐물하게 씹고, 뱉어내고, 게다로 밟아 뭉개면서도, 내가 나 자신을 주체할 수가 없어. 나를 죽이고 싶어져. 나는, 인간이 아닐지도 몰라. 나는 요즘 정말로, 그런 생각이 들어. 나는 사탄이 아닐까? 살생석.[2] 독버섯. 설마, 요시다 오덴[3]이라곤 안 해. 난, 남자니까."

"글쎄." K는, 굳은 표정이다.

"K는, 날 미워해. 내가 여러 가지를 잘하는 걸 싫어하지. 아아, 알았다. K는, 내가 강하다고 믿고 있어. 내 재능을 높이 평가하고 있어. 그리고 내 노력을, 남모를 바보 같은 노력을 모르는 거야. 락교[4] 껍질을, 계속 벗기는데, 심까지 벗기면, 아무것도 없어. 분명히 있다고, 무언가 있다고

2_ 도치기현 온천 부근에 있는 용암. 부근에는 유독가스가 끊임없이 나오고 있어, '짐승이 근처에 다가가면 목숨을 빼앗기는 살생의 돌'이라는 얘기가 예로부터 내려오고 있다.

3_ 센히메(1597~1666)에 관한 전설에서 센히메가 살던 집의 명칭. 요시다 오덴이라는 저택에 남자를 불러서 놀고, 비밀이 새어나가지 않도록 그 남자들을 죽였다는 속설이 있다.

4_ 파의 머리 부분으로 만든 절인 음식을 말한다.

믿고, 또 다른 락교 껍질을 아무리 벗기고 또 벗겨 봐도, 아무것도 없는, 이 원숭이의 슬픔, 이해해? 닥치는 대로 모든 사람을 죄다 사랑한다는 건, 그 누구도 사랑하지 않는다는 거야."

K가 내 소맷자락을 당긴다. 내 목소리가 보통 이상으로 컸던 것이다.

나는, 웃으며 말한다. "여기에도, 내 숙명이 있어."

유가와라.[5] 하차.

"아무것도 없다는 건, 거짓말이야." K는 여관에 비치된 도테라로 갈아입으면서 그렇게 말했다. "이 옷 무늬는, 이 푸른 줄무늬는, 이렇게 아름답잖아?"

"으음," 나는 지쳐 있었다. "아까 했던 락교 얘기야?"

"응," K는 옷을 갈아입고 조용히 내 옆에 앉았다. "당신은, 현재를 믿지 않아. 지금, 이 순간을 믿을 수 있어?"

K는 소녀처럼 천진난만하게 웃으며, 내 얼굴을 들여다본다.

"순간은, 누구의 죄도 아니야. 누구의 책임도 아냐. 그건 알고 있어." 나는 어르신처럼 단정하게 방석에 앉아, 팔짱을 끼고 있다. "하지만 그건 내게 생명의 기쁨이 되진 않아. 죽는 순간의 순수함만큼은, 믿을 수 있어. 하지만 이 세상에서 기쁨의 순간은——."

"뒷일을 책임지는 게 무서운 거야?"

K는, 살짝 들떠 있다.

"아무래도, 뒤처리를 못하겠어. 불꽃놀이는 한순간이지만, 육체는 죽지도 않고 꼴사납게 언제까지나 남아 있으니까. 아름다운 오로라를

5_ 가나가와현에 위치한 온천마을. 다자이는 친구들과 함께 1935년 가을 이곳을 여행했다.

본 순간에, 육체도 함께 흔적도 없이 타버린다면 좋을 텐데, 그렇게 되지도 않아."

"무기력해서 그래."

"아아, 이제 말은 싫다. 어떤 말이건 할 수 있어. 순간에 대한 건, 찰나 주의자에게 물어봐. 친절하게 가르쳐 줄 거야. 모두가 자기 요리법 자랑이지. 인생에 양념하기야. 추억으로 살 것인가, 지금 이 순간에 몸을 맡길 것인가, 그게 아니면, —장래 희망 같은 것으로 살 것인가. 의외로, 그런 데서 인간의 멍청함과 영리함의 차이가 생기는 건지도 몰라."

"당신은, 바보야?"

"관둬, K. 우리는 멍청하지도 않고 영리하지도 않아. 우리들은, 더 나빠."

"가르쳐 줘!"

"부르주아."

그것도, 영락한 부르주아. 죄스러운 추억만 가지고 살고 있다. 둘은, 지나치게 흥이 깨져서 허둥지둥 일어나, 수건을 가지고 계단 밑 목욕탕으로 내려간다.

과거에 대한 얘기도, 내일에 대한 얘기도, 하지 말자. 그저 이 한때를, 정이 넘치는 한때를 보내자고 침묵 후에 굳게 약속하고, 나와 K는 여행을 왔다. 집안 얘기를 하면 안 된다. 자신의 괴로움에 대해 얘기하면 안 된다. 내일에 대한 공포에 대해 얘기하면 안 된다. 다른 사람의 평판에 대한 얘기를 하면 안 된다. 어제 있었던 부끄러운 일을 얘기하면 안 된다. 그저, 적어도 이 시간만큼은, 잠깐이라도 평온한 마음으로 지내자고 마음속으로 빌면서, 둘은 조용히 몸을 씻었다.

"K, 내 배 여기쯤에 상처 있지? 이거, 맹장 수술 자국이야."
K는 엄마처럼 상냥하게 웃는다.
"K 다리도 길지만 내 다리, 이것 봐, 꽤 길지? 기성복 바지는 못 입어. 모든 면에서 불편한 남자야."
K는, 칠흑 같은 창문을 바라본다.
"저기, 좋은 나쁜 일이라는 말, 없을까?"
"좋은 나쁜 일." 나도 무심코 중얼거려본다.
"비?" K가 갑자기, 귀를 기울인다.
"다니가와 천이야. 바로 요 아래 있어. 아침이 되면 이 목욕탕 창문 전체가 단풍이지. 바로 앞쪽에 본 순간 우와, 라는 말을 내뱉을 법한 높은 산이 있어."
"가끔 와?"
"아니, 한 번."
"죽으러."
"맞아."
"그때 놀았어?"
"안 놀았어."
"오늘밤엔?"
K는, 아무렇지도 않게 그런 말을 한다.
나는 웃는다. "뭐야, 그게 K의 좋은 나쁜 일인가? 뭐야. 나는 또, ……."
"뭐."
나는 결심하고 말했다. "나랑 같이 죽으려나, 하고 생각했어."
"아아," 이번에는 K가 웃었다. "나쁜 선행이라는 말도 있어."

목욕탕의 긴 계단을 한 단, 한 단, 천천히, 천천히 오를 때마다, 좋은 나쁜 일, 나쁜 선행, 좋은 나쁜 일, 나쁜 선행, 좋은 나쁜 일, 나쁜 선행, …….

게이샤기생 한 명을 불렀다.

"우리 둘이 있으면, 함께 죽을 것 같아서 위험하니까, 오늘밤엔 자지 말고 저희를 감시해주세요. 사신死神이 오면, 내쫓는 거예요." K가 진지하게 그렇게 말하니까,

"알겠습니다. 만일의 경우에는, 세 명 동반자살이라는 방법도 있어요."라고 대답했다.

종이로 된 노끈에 불을 붙이고, 그 불이 꺼지기 전에 상대가 낸 문제의 답을 말하고 옆 사람에게 건네주는, 그런 놀이를 시작했다. 아무 짝에도 쓸모없는 것. 시작.

"한쪽이 부러진 나막신."

"걷지 않는 말."

"줄이 끊어진 샤미센.일본 현악기"

"찍히지 않는 사진기."

"켜지지 않는 전구."

"날지 않는 비행기."

"그리고 또, —."

"빨리, 빨리."

"진실."

"음?"

"진실."

"뭐야 촌스럽잖아. 그렇다면, 인내."

"어렵네, 난, 고생."

"향상심."

"데카당[퇴폐주의]."

"그저께 날씨."

"나." K다.

"나."

"그럼, 나도, ―나." 불이 꺼졌다. 게이샤가 졌다.

"이건 너무 어렵잖아요." 게이샤는, 천진한 표정으로 스스럼없이 말했다.

"K, 농담이겠지. 진실, 향상심, K 자신, 모두 다 쓸모없다니, 농담이겠지. 나 같은 남자도 살아 있는 한, 어떻게든 멋지게 살고 싶어서 버둥거리는데. K는, 바보야."

"정신이 돌아왔네." K도 순간적으로 정색을 했다. "당신의 진지함을, 당신의 진지한 고통을, 그렇게 모두에게 과시하고 싶어?"

게이샤의 아름다움이, 안 좋았다.

"가야겠다. 도쿄로 돌아갈래. 돈 줘. 가야겠어." 나는 일어나서 여관에 비치된 옷을 벗었다.

K는 내 얼굴을 올려다보며 울고 있다. 흐릿한 미소를 머금은 채, 울고 있다.

나는, 가고 싶지 않았다. 아무도 나를 말려주지 않았다. 에잇, 죽자, 죽자. 나는 기모노로 갈아입고 다비를 신었다.

여관을 나섰다. 달렸다.

다리 위에 멈춰 서서 아래를 흐르는 다니가와 천의 하얀 물살을 바라보았다. 내가, 바보라는 생각이 들었다. 바보, 바보구나, 싶었다.

“미안해요.” 어느새 K가 내 뒤에 서 있다.

“남을, 남을 보살피는 것도, 적당히 하는 게 좋아.” 나는 울음을 터뜨렸다.

여관에 돌아가니 잠자리가 두 개 깔려 있었다. 나는 베로날수면제의 일종을 한 모금 먹고, 바로 잠든 척했다. 잠시 후 K는 조용히 일어나더니 같은 약을 한 모금 먹었다.

다음날은, 점심 넘어서까지 이불 속에서 비몽사몽간이었다. K는 먼저 일어나, 복도의 덧문 하나를 열었다. 비가 온다.

나도 일어나서 K에게는 아무 말 않고 혼자서 목욕탕으로 내려갔다.

어젯밤의 일은, 어젯밤의 일. 어젯밤의 일은, 어젯밤의 일. —억지로 스스로를 타이르며, 가볍게 헤엄치면서 큰 욕조를 돌았다.

욕조에서 기어나가서, 창을 열고 굽이굽이 흐르고 있는 흰 다니가와 천을 내려다보았다.

내 등에 차가운 손이 느껴진다. K가 알몸으로 서 있다.

“할미새.” K는 다니가와 천의 낭떠러지에 앉아 움직이고 있는 작은 새를 가리킨다. “할미새가 지팡이 같다니, 엉터리 시인. 저 할미새는, 엄격하고 씩씩해서, 애당초 인간 따위 신경 쓰지 않아.”

나도 그 생각을 하고 있었다.

K는, 욕조에 미끄러지듯 들어가서 말했다.

“단풍이란 건, 화려한 꽃이지.”

“어젯밤엔, —.” 내가 머뭇거리고 있자니,

“잘 잤어?”라고 무심하게 물어오는 K의 눈동자는, 호수처럼 맑다.

나는 욕조에 첨벙 뛰어들며 말했다. “K가 살아 있는 동안, 나는 안 죽어. 그렇지?"

"부르주아라는 거, 나쁜 거야?"

"난 나쁜 녀석이라고 생각해. 쓸쓸함, 고뇌, 감사, 모든 게 취미야. 독선적이야. 자존심만 가지고 살아."

"다른 사람 소문에만 신경 쓰고," K는 유유히 욕조에서 나와, 재빨리 몸의 물기를 닦으면서 말했다. "거기에 자기 육체가 있다고 생각하는 거지."

"부유한 자가 천국에 가기는,[6] —" 그런 농담을 하다 말고, 쿵 하고 뒤통수를 맞은 듯했다. "평범한 수준의 행복은, 어렵다더라."

K는 살롱에서 홍차를 마시고 있었다.

비 때문인지, 살롱은 붐비고 있었다.

"이 여행이 무사히 끝나면," 나는 K와 함께 산이 보이는 창가 의자에 앉았다. "나, K에게 선물이라도 줄까?"

"십자가." 그렇게 중얼거리는 K의 목은, 얇고 가냘파보였다.

"여기, 우유." 하녀에게 그렇게 말하고 나서 말했다. "K, 화난 거 맞지? 어젯밤에 돌아가겠다는 심한 말 한 거, 그거 연극이야. 나, —무대 중독인지도 몰라. 하루에 한 번, 뭔가 이렇게 잘난 척하면서 연기하지 않으면, 마음이 홀가분하지가 않아. 살아갈 수가 없어. 지금도, 여기에 이렇게 앉아 있는 것도, 죽도록 열심히 연기하고 있는 거야."

"사랑은?"

"내 다비에 구멍이 뚫린 게 신경 쓰여서 여자를 차버린 적도 있었지."

6_ 마태복음 19장 23절. '예수께서 제자들에게 이르시되 내가 진실로 너희에게 이르노니 부자는 천국에 들어가기가 어려우니라.'

“저기, 내 얼굴, 어때?” K가, 고개를 똑바로 들고 다가온다.

“어때 라니?” 나는 얼굴을 찡그린다.

“예뻐?” 생판 남처럼 물어본다. “젊어 보여?”

나는, 후려갈기고 싶어진다.

“K, 그렇게 쓸쓸해? K, 기억해 둬. K는 현모양처고, 나는 불량소년, 인간쓰레기야.”

“당신만,” 말을 하다 멈췄을 때, 하녀가 우유를 가지고 온다. “아, 고마워요.”

“괴로워하는 건, 자유야.” 나는 뜨거운 우유를 홀짝이며 말했다. “기뻐하는 것도, 그 사람 자유야.”

“하지만 나는 자유롭지 않아, 둘 다.”

나는 깊은 한숨을 내쉰다.

“K, 뒤에 있는 남자 대여섯 명 중에, 어떤 사람이 좋아?”

월급쟁이 같은 젊은 사람 네 명이 마작을 하고 있다. 위스키소다를 마시면서 신문을 읽고 있는 중년 남자가, 두 명.

“제일 가운데.” K는 산봉우리마다 걸쳐 있는 안개의 물결을 바라보며, 천천히 대답한다.

뒤돌아보니 어느새 한 청년이 살롱 한가운데에 서 있고, 손을 주머니에 넣은 채 입구 오른쪽 구석에 있는 국화 꽃꽂이를 쳐다보고 있다.

“국화는 어려우니까.” K는, 어떤 전통 꽃꽂이 유파의 좋은 지위에 있었다.

“아아, 고리타분하다, 고리타분해. 저 녀석의 옆얼굴, 아키스케 형이랑 꼭 닮았잖아. 햄릿.”

그 형은 스물일곱의 나이로 죽었다. 조각을 잘 했었다.

"난 남자, 다른 사람은 그렇게 많이 모르니까." K는, 부끄러운 기색을 보였다.

호외.

하녀가 모두에게 한 장씩 나눠주며 걸어갔다. —사변 이래 89일째. 상하이 포위 완전 성공. 적군 무너져 전선에서 완전 퇴각.

K는 호외를 힐끗 보고 나서 말했다.

"당신은?"

"병종丙種[7]."

"나는 갑종甲種인 거네." K는 깜짝 놀랄 정도로, 큰 소리로 웃기 시작했다. "나는 산을 보고 있었던 게 아니란 말이지. 이거 봐, 여기, 바로 앞에 있는 낙숫물 모양을 보고 있었던 거야. 다들, 제각기 개성이 있어. 점잖은 척하면서 뚝 하고 떨어지는 것도 있는가 하면, 성급한 나머지 가늘게 떨어지는 것도 있고, 잘난 척하려는 듯 찰싹 하고 큰 소리를 내면서 떨어지는 것도 있고, 지루한 듯 바람에 내맡긴 채 둥실 떨어지는 것도 있고, —."

K와 나는, 기진맥진 지쳐 있었다. 그날 유가와라를 떠나 아타미[8]에 도착했을 무렵, 아타미는 밤안개에 휩싸여 있었고, 집집마다 불이 밝게 켜져 있어서, 어쩐지 불안했다.

여관에 도착해서 저녁 식사 때까지는 산책을 하려고, 여관 우산을

7_ 병종丙種은 일본의 옛 군대 신체검사에서 최하위에 해당했던 등급으로 현역으로 복무할 수 없고, 국민병역에 편입되었다. 갑종甲種은 최상위 등급으로 현역 판정.

8_ 시즈오카현 동부에 위치해 있으며, 1936년 11월 말과 자살 직전인 1948년 3월에 다자이가 지냈던 곳이다.

두 개 빌려서 해변으로 나왔다. 비오는 하늘 아래 바다는 나른한 듯 너울거렸고, 차가운 물보라를 일으키며 흩어지고 있었다. 통명스럽고, 될 대로 되라는 식의 느낌이었다.

뒤돌아 마을 쪽을 보니, 드문드문 불빛만 산재해 있었다.

"어린 시절의 나," K는 멈춰 서서, 말을 건다. "그림엽서에 바늘로 뿅뿅 구멍을 뚫고 전등 빛에 비춰 보면, 그 그림엽서에 있는 서양식 건물이랑 숲, 군함에, 예쁜 일류미네이션이 생겼는데, —그 생각나지 않아?"

"나는, 이런 풍경," 나는, 일부러 어눌한 말투로 말한다. "슬라이드로 본 적 있어. 모든 게 희미하게 번져 있는."

해안을 따라 난 길을 천천히 걸었다. "춥네. 목욕하고 나서 나왔으면 좋았을 텐데."

"우리, 이제 갖고 싶은 게 아무것도 없지?"

"아아, 아버지에게서 다 받아버렸어."

"죽고 싶다는 네 마음, —." K는, 웅크리고 앉아 맨발의 진흙을 털어내며 말한다. "알고 있어."

"우리는," 나는 열두, 세 살 소년처럼 응석을 부린다. "어째서 자기 힘으로 생활할 수가 없는 걸까? 생선장수가 되어도 좋을 텐데."

"아무도 시켜 주질 않아. 모두들, 우리에게 짓궂을 정도로 친절하니까."

"맞아, K. 나도 아주 천한 일을 하고 싶은데, 모두들 비웃어서, —." 고기 낚는 사람의 모습이, 눈에 들어왔다. "그럴수록 평생 낚시라도 하면서 바보처럼 살아볼까?"

"안 돼. 생선의 마음을 너무 잘 알아서."

둘은, 웃었다.

“대충 알지? 내가 사탄이라는 것. 내가 사랑한 사람들은, 모두 엉망이 되어버리는 거.”

“나는, 그렇게 생각하지 않아. 아무도 널 미워하진 않아. 나쁜 척하는 취미.”

“너무 안이한 생각인가?”

“아아, 여기에 있는 비석 같아.” 길 한편에, 『금색야차』[9]의 비석이 서 있다.

“내가, 제일 단순한 얘길 해볼까? K, 진지한 얘기야. 괜찮겠어? 나를, —.”

“관둬! 알아.”

“정말?”

“난 뭐든 알고 있어. 나는, 내가 첩의 자식이라는 것도 알아.”

“K, 우리, —.”

“아, 위험해.” K는 내 몸을 감쌌다.

K의 우산이 우지끈 소리를 내며 버스 바퀴에 끼었고, 뒤이어 K의 몸이 다이빙처럼 스윽 하고 흰 일직선을 그리며 바퀴 아래로 빨려 들어갔고, 뱅글뱅글 꽃차.

“멈춰! 멈춰!”

나는 묵직한 통나무로 머리를 얻어맞은 기분으로 분노했다.

가까스로 멈춘 버스 옆을 발로 힘껏 찼다. K는 버스 밑에 비를 맞은 도라지꽃처럼, 아름답게 엎드려 있었다.

9_ 오자키 고요의 1897년 소설. 가난으로 사랑을 잃은 남자가 옛 애인과 세상에 복수하는 이야기로, 우리나라 이수일과 심순애의 원형이기도 하다.

이 여자는, 불행한 사람이다.

"아무도 건드리지 마!"

나는 정신을 잃은 K를 안아 올리고, 소리 내어 울었다.

K를 가까운 병원까지 업고 갔다. K는 작은 목소리로 아파, 아파, 라고 하면서 울고 있었다.

K는 이틀간 병원에서 지내고, 달려온 가족들과 함께 자동차를 타고 자기 집으로 돌아갔다. 나는 혼자서 기차를 타고 돌아왔다.

3일 전, 나는 볼일이 있어 신바시에 갔다가, 오는 길에 긴자 거리를 돌아다녔다. 문득 어떤 가게의 장식 창에 은으로 된 십자가가 있는 걸 보고, 그 가게에 들어가서 은 십자가가 아닌, 가게 선반에 있던 청동 반지 하나를 샀다. 그날 밤 내 주머니에는, 그날 잡지사에서 받은 돈이 조금 있었다. 그 청동 반지에는 노란 돌로 된 수선화 하나가 달려 있었다. 나는 그것을 K 앞으로 보냈다.

K는 그 답례로 올해 세 살이 된 K의 큰 딸 사진을 보내주었다. 나는 오늘 아침에 그 사진을 보았다.

新樹の言葉

푸른 나무의 말

太宰治

「푸른 나무의 말」

다자이 자신으로 보이는 주인공과 유모의 자식과 재회하는 이야기로 과거와 결별을 선언하고 새로운 삶을 다짐하는 각오를 따뜻하게 그려낸 작품이다.

고후[1]는 분지다. 사방이 모두 산이다. 소학교 시절, 지리과목에서 처음으로 분지라는 말을 접하면서, 선생님에게서 여러 가지 설명을 들었는데, 아무리 애를 써도 실제 풍경을 상상할 수가 없었다. 고후에 와보고 나서야 비로소 아 이거구나, 하고 납득할 수 있었다. 굉장히 커다란 늪에서 물을 빼서 그 늪의 밑바닥에 밭을 일구고 집을 지으면, 그게 분지다. 원래 고후 분지 정도의 큰 분지를 만들려면, 주위가 오륙십 리나 되는 큰 호수의 물을 빼야 한다.

늪 밑바닥의 수수께끼라 하면, 고후도 어쩐지 음산한 동네라는 생각이 들겠지만, 사실은 굉장히 작고 활기찬 곳이다. 종종 사람들은 고후를 '절구통 바닥'이라 평하는데, 그건 아니다. 고후는, 더 세련됐다. 실크 모자를 뒤집어서 그 모자 바닥에 아주 작은 깃발을 세우고, 그게 고후라고 생각하면 된다. 깔끔한 문화가 스며들어 있는 동네다.

이른 봄쯤, 나는 여기서 잠시 일을 한 적이 있다. 비 오는 날, 우산도 안 쓰고 목욕탕에 갔다. 목욕탕은, 굉장히 가깝다. 도중에 비옷을 입은

1_ 다자이 오사무가 덴카차야에서 이사한 후에 살았던, 야마나시현에 위치한 도시. 다자이는 이곳에서 1939년 9월 도쿄의 미타카로 이사하기 전까지 머물렀다.

집배원과 우연히 얼굴을 마주쳤는데,

"아, 저기요." 집배원이 작은 목소리로 나를 불러 세웠다.

나는 놀라지 않았다. 내 앞으로 무언가 우편이 온 거라고 생각했기에, 조금도 웃지 않고 집배원에게 말없이 손을 내밀었다.

"아뇨, 오늘 우편은 없어요." 그렇게 말하며 미소 짓는 집배원의 코끝에는 빗방울이 빛나고 있었다. 스물 두셋 정도로 보이는 볼이 빨간 청년이다. 귀여운 얼굴이었다.

"당신은, 아오키 다이조 씨. 맞죠?"

"네, 그런데요." 아오키 다이조는 나의 원래 호적상 이름이다.

"닮았네요."

"무슨 소리죠?" 나는 조금 당황스러웠다.

집배원은 생글생글 웃고 있었다. 우리 둘은 길가에서 비를 맞으며 마주보고 서서 잠시 그대로 있었다. 이상한 사람이었다.

"고키치를 아시나요?" 미묘하게 친한 척, 약간 놀리는 말투로 그렇게 말을 꺼냈다.

"나이토 고키치를, 알고 계시죠?"

"나이토, 고키치, 요?"

"네, 그래요." 집배원은 이미 내가 그 사람을 알고 있다고 확신한 듯, 자신감 넘치는 얼굴로 끄덕였다.

나는 또 잠시 생각한 뒤에,

"모르겠는데요."라고 답했다.

"그래요?" 이번에는 집배원도 진지한 표정으로 고개를 갸웃거린다. "당신 고향이, 쓰가루[2] 쪽이죠?"

어쨌든 이렇게 비를 맞으면 안 되겠다 싶어, 나는 슬쩍 두부가게의 처마 밑으로 들어가 비를 피했다.

"이리로 오세요. 비가 더 심해졌어요."

순순히 "네."라고 답한 그는 나와 함께 나란히 두부가게 처마 밑에서 비를 피했다. "쓰가루죠?"

"그렇습니다." 내가 생각해도 깜짝 놀랄 정도로 불쾌한 말투로 대답해 버렸다. 고향에 관한 얘기를 단 몇 마디라도 들으면, 나는 온몸에 힘이 쭉 빠진다. 마음이 쓰리기 때문이다.

"그럼, 확실하다." 집배원은 복사꽃 같은 뺨에 보조개를 띄우며 웃었다. "당신은, 고키치 씨의 형이에요."

나는 왠지 모르게 가슴이 철렁했다. 안 좋은 예감이 들었다.

"이상한 말씀을 하시네요."

"아뇨, 틀림없어요," 혼자서 들뜬 말투다. "닮았어요. 고키치, 기뻐하겠는데?"

비오는 거리로 제비처럼 사뿐하게 나가면서 말했다.

"그럼, 나중에 또 뵙죠." 조금 뛰어가다가 다시 뒤돌아서서 말했다. "바로 고키치한테 알려줄 테니까요."

홀로 두부가게 처마 밑에 남겨진 나는, 꿈꾸는 기분이었다. 백일몽白日夢. 그런 기분이 들었다. 정말 리얼리티가 없다. 말도 안 되는 이야기다. 어쨌든, 목욕탕까지 잠시 내달렸다. 욕조에 몸을 담그고 천천히 생각해 보니, 이건 정말 기분 나쁜 일이다. 왠지 화가 치밀었다. 나는 얌전히 낮잠을 자고 있었고 아무것도 안 했는데, 벌 한 마리가 날아와서는 내 볼을 쏘고 가버린, 그런 느낌이다. 완벽한 재난이다. 도쿄의 이런저런

2_ 아오모리현 서부의 호칭. 다자이 오사무의 고향이다.

무서운 것들을 피해 몰래 고후로 와서는, 누구에게도 주소를 알리지 않고, 겨우 안정을 찾고 조금씩 비루한 일을 해가며, 요즘은 일도 그럭저럭 궤도에 올라서 어렴풋이 기뻐하고 있었는데, 또 다시, 생각지도 못한 재난이 닥치다니. 아무것도 모르는 사람이 나타나서 졸졸 따라와서는 나를 보고 웃고, 말 걸고, 나는 그 도깨비들에게 포위당하고, 뭐라 인사를 할지도 모르겠어서 허둥대는 모습은, 상상만 해도 불쾌하다. 일이고 뭐고, 여기 오는 게 아니었다. 틀림없이 나를 적당히 휘젓다가 아, 이거 죄송합니다, 사람을 착각했네요, 라고 하면서 떠날 것이다. 나이토 고키치. 아무리 생각해도, 그런 사람은 모르겠다. 게다가 형제라니, 말도 안 된다. 사람을 착각한 게 확실하다. 언젠가 만나면, 옳고 그름은 모두 가려질 것이다. 그렇다고 하더라도, 나의 이 불쾌함은 어찌해 줄 것인가. 듣도 보도 못한 타인에게서 형님, 보고 싶었어유, 같은 말을 듣는다니, 말도 안 되는 얘기다. 싫다. 미적지근하고, 끈적거리고, 코미디도 아니다. 무식하다. 저속하다.

참을 수 없는 굴욕감에 휩싸여 목욕을 끝내고 나와서 탈의실 거울에 내 얼굴을 비춰 보니, 나는 보기 싫고 흉악한 표정을 짓고 있었다.

불안하기도 하다. 오늘 있었던 생각지 못한 일로, 내 생애가 또다시 뒤집어져서 처참한 구렁텅이로 떨어지는 거 아닐까, 비참했던 옛일도 생각났다. 이런, 생각지 못한 난제, 정말이지, 이건 난제다, 그 웃지 못 할, 바보 같기만 한 난제를 두고 어쩔 줄을 몰라, 결국 기분이 까칠해져서 숙소에 돌아가서도 이유 없이, 쓰다 만 원고용지를 북북 찢고, 그 와중에 이 재난에 기대고 싶은 비열한 근성도 고개를 들어서, 이렇게 불쾌해서 일 같은 걸 할 수 있겠나, 하고 변명처럼 중얼거리면서, 옷장에서 고슈산 백포도주가 한 되 들어 있는 병을 꺼내어 찻잔으로 벌컥벌컥

들이켜고, 취해서 이불을 깔고 자버렸다. 나도 어지간히, 바보 같은 남자다.

숙소의 하녀가 나를 깨웠다.

"저기, 손님이 왔어요."

올 게 왔구나, 싶어서 벌떡 일어났다.

"들여보내 줘."

전등불이 환하게 켜져 있었다. 장지문은, 옅은 노란색. 여섯 시쯤 됐을까.

나는 재빨리 이불을 개어 옷장에 쳐 넣고, 방을 정리하고, 하오리를 걸치고, 하오리의 허리띠를 매고, 책상 옆에 똑바로 앉아 마음의 준비를 했다. 묘한 긴장감을 느꼈다. 아마 이런 이상한 경험은 내 인생에서 두 번 다시는 없을 것이다.

손님은 한 명이었다. 구루메가스리를 입고 있었다. 하녀의 안내로 들어와서는, 조용히 내 앞에 앉아 정중하고 긴 인사를 했다. 나는 마음이 조급했다. 인사도 제대로 안 하고 말했다.

"사람을 착각한 거예요. 안 됐지만, 사람을 착각한 겁니다. 말도 안 되는 일이죠."

"아니요." 낮은 목소리로 그렇게 말하고, 인사를 한 그 자세 그대로 위로 치켜든 그의 얼굴은, 단정했다. 눈이 너무 커서 조금 약하고 이상한 느낌을 주지만, 이마, 코, 입술, 턱 모두, 조각처럼 선이 또렷했다. 나와 전혀 닮지 않았다. "쓰루의 자식입니다. 잊으셨나요? 어머니는 당신 유모였습니다."

똑똑한 그의 말투를 듣고, 아, 하고 생각났다. 뛰어오르고 싶을 만큼 큰 충격을 받았다.

"그렇구나. 그렇구나. 그렇습니까." 나는 내가 생각해도 꼴사나울 정도로 큰 소리를 내며 웃었다. "이건, 너무하다. 정말, 너무하다. 그렇구나. 진짜예요?" 달리 할 말은 없었다.

"네," 고키치도 흰 이를 드러내고 밝게 웃었다. "언젠가 만나고 싶었어요."

괜찮은 청년이다. 이 사람, 괜찮은 청년이다. 나는 그걸 한눈에 안다. 몸이 굳어버릴 정도로 기뻐서, 나는 정말 만세를 부르고 싶었다. 떨 듯한 기쁨. 그런 말이 어울린다. 미칠 것 같은, 기쁨이다.

나는 태어나자마자 유모에게 맡겨졌다. 이유는 잘 모른다. 어머니의 몸이 약했기 때문일까. 유모의 이름은, 쓰루였다. 쓰가루반도의 어촌 출신이다. 그때는 아직 젊은 나이로 보였다. 남편과 아이가 연이어 죽어서 혼자 있던 쓰루를, 우리 집에서 고용해주었다. 이 유모는 언제나 든든한 내 편이었다. 세계에서 가장 훌륭한 사람이 되어야 한다고, 그렇게 말하며 나를 가르쳤다. 쓰루는 내 교육에 전념했다. 내가 대여섯 살 때 쯤 다른 하녀들에게 떼를 쓰자, 쓰루가 나를 진지하게 걱정하며 저 하녀는 착하다, 저 하녀는 못됐다, 왜 착하냐 하면, 왜 못됐냐 하면, 이런 식으로 똑바로 앉아서 내게 어른의 도덕을 일일이 가르쳐 준 것을, 나는 아직도 잊을 수가 없다. 이런저런 책을 읽어주며 내게서 한시도 손을 떼지 않았다. 여섯 살 때쯤이었던 것 같다. 쓰루는 나를 마을의 초등학교로 데려가서, 3학년 교실 뒤쪽에 있던 빈자리에 앉혀서 수업을 듣게 했다. 읽는 건, 할 수 있었다. 아무렇지도 않게 할 수 있었다. 하지만 산수 시간이 되자, 나는 울었다. 단 하나도, 아무것도 할 수 없었기 때문이다. 쓰루도 분명 아쉬웠을 것이다. 나는 그때 쓰루에게 창피한 마음에 더더욱 요란스럽게 울었다. 나는 쓰루를 엄마라고 생각하고 있었다. 아아, 이 사람이 엄마인 건가, 하고 진짜 엄마를 처음 안 것은, 그로부터 한참 뒤의 일이다. 어느 날 밤 이후, 쓰루가 없어졌다. 꿈꾸는 듯한 느낌으로 기억하고 있다. 입술이 차가운 느낌에 눈을 뜨니, 쓰루가 내 머리맡에 꼿꼿이 앉아 있었다. 램프는 어둑어둑했는데, 쓰루는 눈이 부실 정도로 아름답고 하얗게 단장하고, 마치 다른 사람처럼 차갑게 앉아 있었다.

"일어나지 않을래?" 작은 목소리로 그렇게 말했다.

나는 일어나려고 애썼지만, 졸려서 도저히 일어날 수가 없었다. 쓰루는 조용히 일어나 방을 나갔다. 다음날 아침에 일어났을 때 쓰루가 집에서 없어진 것을 알고, 쓰루가 없어, 쓰루가 없어, 하면서 울고불고 뒹굴었다. 아이의 마음에도, 마음이 갈기갈기 찢어지는 것 같은 애끓는 슬픔이 느껴졌다. 그때 쓰루의 말대로 일어났다면 어떤 일이 있었을지, 그런 생각을 하면 나는 아직도 슬프고, 분하다. 쓰루는 머나먼 지방으로 시집을 갔다. 그 사실은, 한참 나중에야 들었다.

내가 초등학교 2, 3학년 때 즈음 추석 때, 쓰루가 우리 집에 한 번 왔다. 완전히 다른 사람이 되어 있었다. 작고 살결이 흰 남자아이를 데리고 왔다. 그 남자아이와 둘이 부엌 화로 옆에 나란히 앉아, 손님처럼 차분히 있었다. 내게도 공손히 인사를 했는데, 정말 서먹서먹했다. 할머니가 쓰루에게 내 학교 성적을 자랑하듯 말해서, 내가 무심결에 히죽거리고 있으니까, 쓰루가 나를 똑바로 바라보면서,

"시골에서는 1등이라도, 다른 동네에는 더 잘하는 애들이 많아요."라고 말했다.

나는 깜짝 놀랐다.

그 이후로 쓰루를 보지 못했다. 세월이 흐르면서 쓰루에 대한 기억도

희미해졌고, 내가 고등학교에 들어간 해에 여름방학을 맞아 고향에 갔을 때, 가족들로부터 쓰루가 죽었다는 얘기를 들었지만, 딱히 울지도 않았다. 쓰루의 남편은 고슈에 있는 비단 도매상 지배인이었는데 첫 번째 부인은 죽었고, 아이도 없었다. 중년의 나이에 독신으로 지내면서 일 년에 한 번씩 우리 고향으로 출장을 왔는데, 소개를 해준 사람이 있어서 쓰루를 아내로 맞았다. 그런 사실도 그때 들어서 처음 알았고, 가족들도 더 자세한 소식은 모르는 모양이었다. 십 년간 떨어져 있었기 때문에, 쓰루가 죽었건 살았건 내 기억에 남아있는 건, 나를 열심히 길러준 부모 같은 젊은 쓰루였고, 그걸 그리워하는 마음은 있었다. 하지만 그 외에 쓰루는 완전 다른 사람이었고, 쓰루가 죽었다는 소식을 들었을 때도, 나는 아, 그런가 보다, 하고 생각했을 뿐, 별다른 감흥이 없었다. 그로부터 또다시 십 년이 지나, 쓰루는 내 먼 기억 속에서 작게, 하지만 절대로 지워지지 않고 고귀하게 빛나고는 있었지만, 그 모습은 순수하게 기억 속에 완성되고 고정된 상태여서, 설마 지금 이런 현실 생활로 이어질 거라고는 생각지도 못했다.

"쓰루는 고후에 있었나요?" 나는, 그런 것조차도 몰랐다.

"네, 아버지가 이 지역에서 가게를 하고 있었어요."

"비단 도매상에서 일하고 있었다는, —." 쓰루의 남편이 비단 도매상의 지배인이었다는 얘기는 나도 전에 가족들로부터 들은 적이 있어서, 그건 잊지 않고 기억하고 있었다.

"네, 야무라의 마루산이라는 가게에서 고용살이를 하고 있었는데, 나중에 독립해서 고후에서 포목전을 열었어요."

말투가 살아 있는 사람의 이야기를 하는 것 같지도 않아서 이렇게 물었다.

"건강하신가요?"

"음, 돌아가셨어요." 분명한 말투로 대답하며 약간 쓸쓸한 표정을 짓더니, 웃었다.

"그럼, 부모님 두 분 다."

"그렇습니다." 고키치는 담담하게 말했다. "어머니께서 돌아가신 건 알고 계시네요?"

"알고 있어요. 제가 고등학교에 들어간 해에 들었어요."

"십이 년 전이에요. 제가 열세 살 때, 갓 초등학교를 졸업한 해였어요. 그로부터 오 년이 흘러 제가 중학교를 졸업하기 직전에, 아버지는 미쳐서 돌아가셨어요. 어머니가 돌아가시고 나서는 계속 기운이 없어 보였는데, 그 뒤로는 좀 놀기 시작하셨죠, 가게는 꽤 컸었는데, 형편이 기울기만 했어요. 그때는 전국적으로 포목전이 잘 안 되는 분위기였어요. 여러모로 괴로운 일도 있었겠죠. 안 좋게 돌아가셨어요, 우물에 뛰어들었죠. 주위사람들에게는 심장마비라고 해두었지만요."

주눅이 든 기색도 없었고, 그렇다고 해서 일부러 나쁜 사람처럼 거친 말투로 아무렇게나 말하는 것도 아니었고, 무심한 태도로 사실을 간결하게 말하는 태도였다. 나는 그의 말에 상쾌함을 느꼈을 정도였는데, 그래도 남의 집안 사정을 세세히 듣는 건 안 내키고 싫어서, 바로 화제를 돌렸다.

"쓰루는 몇 살 때 죽었죠?"

"어머니요? 어머니는, 서른여섯에 돌아가셨어요. 훌륭한 어머니였어요. 죽기 직전까지, 당신 얘기를 했어요."

그러고 나서 대화가 끊겨버렸다. 내가 아무 말도 하지 않으니, 청년도 아무 말 없이 가만히 앉아 있었다. 내가 시간이 지나도 할 말을 찾지

못하고 어쩔 줄 모르고 있자니,

"나가지 않으실래요? 바쁘신가요?"라고 말하며 나를 도와주었다.

"아 네, 나가죠. 함께 저녁이라도 먹을까요?" 바로 일어섰다. "비도 그친 것 같네요."

둘은, 나란히 숙소를 나섰다.

청년은 웃으며 말했다.

"오늘밤엔 계획이 있어요."

"아아, 그래요?" 이미 내게는 아무런 불안도 없었다.

"아무것도 묻지 말고, 함께 해주세요."

"알겠습니다. 어디든 가겠습니다." 오늘은 이것 때문에 일을 전혀 못한다 하더라도, 후회가 되지는 않을 것 같았다.

걸으면서 말했다.

"그런데 정말, 이렇게 만난 게 신기하네요."

"네, 성함은 전부터 어머니께 밤낮으로 듣고 있었기 때문에, 실례지만 진짜 형님 같은 기분이 들어서, 언젠가는 만날 수 있겠지, 하고 이상하게 낙관적으로 생각하고 있었습니다. 언젠가는 만날 수 있다고 확신하고 있었기 때문에, 전 이상하게 느긋했어요. 저만 건강하게 살아 있다면."

문득 나는, 눈시울이 뜨거워지는 것을 느꼈다. 이렇게 뒤에서 나를 기다리는 사람도 있었던 것이다. 살아 있어서 다행이라고 생각했다.

"내가 열 살 정도였고, 당신이 서너 살쯤이었을 때, 한번 만난 적이 있지 않나? 쓰루가 추석 때 작고 피부가 흰 아이를 데려왔는데, 그 아이가 굉장히 예의 바르고 얌전해서 내가 그 아이를 좀 질투했었는데, 그게 자네였던 건가?"

"저일지도 모르겠네요. 기억이 잘 안 나요. 크고 나서 어머니에게서 그런 얘기를 듣고, 희미하게 기억이 나는 것 같기도 했어요. 어쨌든 긴 여행이었죠. 댁 앞엔, 멋있는 강이 흐르고 있었어요."

"강 아니야. 그건 도랑이야. 정원에 있는 연못물이 넘쳐서, 거기로 흘러버린 거야."

"그래요? 그리고 또, 커다란 백일홍 나무가 집 앞에 있었어요. 새빨간 꽃이 잔뜩 피어 있었어요."

"백일홍이 아닐 거야. 자귀나무라면 한 그루 있지. 그것도, 그렇게 크진 않아. 자네는 그때 작았으니까, 도랑이든 나무든, 뭐든 커다랗게 보인 거겠지."

"그럴지도 모르죠." 고키치는 순순히 끄덕이면서, 웃고 있다. "그것 말곤, 전혀, 아무것도 기억나지 않네요. 당신 얼굴 정도는, 기억해 둬도 좋았을 텐데."

"세 살이나 네 살 때 일은, 기억에 없는 게 당연하지. 근데 어때, 처음 만난 형님 같은 사람이 그런 싸구려 숙소에서 뒹굴고 있고, 풍채도 변변치 못해서, 실망스럽지 않나?"

"아뇨." 딱 잘라 부정했지만, 어딘가 거북해 보였다. 실망스러울 것이다. 이런 사람이 있는 줄 알았다면, 적어도 중학교 선생님 정도는 하면 좋았을 텐데, 싶어 억울했다.

"좀 전에 왔던 집배원은 자네 친구인가?" 나는, 화제를 바꿨다.

"맞아요." 고키치는 갑자기 밝은 표정으로 말했다. "친한 친구예요. 오기노라는 친구인데, 좋은 사람이에요. 그 친구가 이번에 공을 세웠네요. 제가 전부터 그 친구한테 당신에 관한 얘기를 해둬서, 그 친구도 당신의 이름을 알았는데 당신 숙소에 몇 번 우편배달을 갔다가 문득, 이 사람 아닐까 싶었대요. 오륙일 전쯤, 저희 집에 와서 그런 얘길 하기에, 저도 설레는 맘에 어떤 사람이냐고 물었더니, 숙소에 우편물을 넣은 것밖에 없으니 얼굴은 본 적이 없다고 했어요. 그러면, 다음에는 얼굴을 몰래 살펴봐 달라고 부탁했어요. 만약에 사람을 착각한 거라면 큰일이라고 했는데 여동생까지 합심해서는, 난리였지요."

"여동생도 있나요?" 내 기쁨은, 더욱더 커진다.

"네, 저랑 네 살 차이니까, 스물하나예요."

"그럼, 자네는," 나는 갑자기 얼굴이 달아올라서, 당황해서는 딴 얘기를 했다. "스물다섯이네요. 나랑은 여섯 살 차이네. 어디에서 일하고 있나요?"

"저기 있는 백화점입니다."

고개를 드니 다이마루 백화점 5층 빌딩 창문이 반짝반짝 화려하게 불을 밝히고 있다. 이제, 이 주위는 사쿠라 초다. 고후에서는 가장 번화한 거리로, 동네 사람들은 고후의 긴자라고 부른다. 도쿄의 도겐자카 도쿄 시부야 구 남서부를 아담하게 정돈한 것 같은 거리다. 길 양 옆을 졸졸 흐르며 지나가는 사람들도 여유로워 보이고, 어딘가 서양 분위기가 난다. 화분을 파는 노점에는 벌써 철쭉이 나와 있다.

백화점을 끼고 오른쪽으로 꺾으면 야나기 초다. 여기는, 조용하다. 하지만 양옆에 늘어선 집들은 모두 거무스름하고 오래된 점포다. 고후에서는 가장 격조 높은 거리일 것이다.

"백화점에서 일한 지는 오래됐나요?"

"중학교 졸업하고 나서 바로 시작했죠. 집이 없어지니까, 모두가 저를 동정해서는, 아버지가 알던 사람이 신경을 써줘서 저 백화점의 포목점에 들어갈 수 있었어요. 모두 친절해요. 여동생도 1층에서 일하고 있어요."

"장하네." 예의상 하는 말이 아니었다.

"제멋대로라 큰일이에요." 갑자기 어른스럽고 생각이 깊은 말투로 말해서, 이상했다.

"아니, 자네도 장하지. 하나도 기죽지 않고."

"해야 할 일을 할 뿐이에요." 조금 어깨를 펴고 그렇게 말하고는 멈춰 섰다. "여깁니다."

보니까, 여기도 거무스름하고 폭이 열 칸약 18m 정도 되는 고풍스러운 요정料亭이다.

"너무 좋은데. 비싼 거 아냐?" 내 지갑에는 오 엔짜리 지폐 한 장과 동전 이삼 엔밖에 없었다.

"괜찮아요. 상관없어요." 고키치는 묘한 의욕에 차 있었다.

"이 집은 틀림없이 비쌀 거야." 나는 아무래도 마음이 안 내켰다. 붉은 빛의 커다란 간판에 새겨진 망부각望富閣이라는 이름부터가, 너무 요란스럽고 비싸보였다.

"저도 처음이지만요," 고키치도 조금은 기가 꺾여서 작은 목소리로 그렇게 털어놓고는, 잠시 생각에 잠겼다가 정신을 차렸다. "괜찮아. 상관없어. 여기가 아니면 안 돼. 자, 들어갑시다."

뭔가 이유가 있는 듯했다.

"괜찮을까 모르겠네." 나는 고키치에게도 별로 돈을 쓰게 하고 싶지 않았다.

"처음부터 계획하고 있었던 거예요." 고키치가 단호하게 말하더니, 자신의 흥분을 깨달았는지 부끄러운 듯 웃고 나서 말했다. "오늘은 어디든 함께하겠다고 약속해주셨잖아요."

그 말을 듣고, 나도 결심했다.

그 요정에 들어서자, 고키치는 여기 처음 온 사람 같지도 않았다.

"바깥쪽 2층 다다미 8장짜리 방으로 해줘요."

안내하는 하녀에게 그런 말을 했다.

"우와, 계단도 넓혔네요."

그리운 듯, 두리번두리번 주위를 둘러보고 있다.

"뭐야, 처음도 아닌 것 같잖아." 내가 작은 소리로 그렇게 말하니까,

"아뇨, 처음이에요."라고 대답하더니, "다다미 8장짜리 방은 어두워서 안 되려나? 10장짜리 방은 비어 있나요?" 이런 식으로 하녀에게 끊임없이 물어보았다.

2층 바깥쪽 다다미 10장짜리 방에 들어갔다. 좋은 집이다. 창, 벽, 장지문이 모두 낡고 묵직한 걸 보니, 대충 지은 건물은 아니다.

"여기는 조금도 변한 게 없네." 고키치는 나와 테이블을 사이에 두고 앉아서는 천장을 올려다보기도 하고, 뒤돌아서 창밖을 바라보기도 하며, 안절부절 못하면서 중얼거렸다. "흠, 마루가 약간 달라졌나?"

그러고 나서 내 얼굴을 똑바로 바라보며 생글생글 웃는 얼굴로 이렇게 말했다.

"여기는 저희 집이었어요. 언젠가, 한번은 와보고 싶었는데 말이죠."

그런 말을 듣고, 나도 갑자기 흥분했다.

"아, 그렇구나. 어쩐지 집 구조가 식당 같지는 않다 싶었다. 아, 그렇구나." 나도, 다시금 방을 둘러봤다.

"이 방엔 여기 이렇게 가게의 상품이 잔뜩 쌓여 있어서, 우리는 그 천 더미로 산을 만들거나 골짜기를 만들어서, 거기에 올라가서 놀곤 했어요. 여긴 이렇게 볕이 잘 들잖아요? 그래서 어머니는 바로 당신이 앉아 있는 그 언저리에 앉아 바느질을 했었죠. 십 년이나 된 옛날 일인데

도, 이 방에 오니까 옛날 일이 하나하나 또렷이 기억나요." 조용히 일어서서, 거리에 면해 있는 환한 장지문을 살며시 열면서 말했다.

"아아, 건너편도 똑같다. 구루시마 씨네 집이다, 그 옆이 실 가게. 또 그 옆이 저울 가게. 하나도 안 변했구나. 아, 후지산이 보인다." 내가 있는 쪽을 돌아보며 말했다. "바로 정면으로 보인다. 보세요. 옛날이랑 똑같다."

나는 조금 전부터, 견딜 수 없었다.

"저기, 돌아가자. 안 돼. 여기에선 술도 못 마셔. 이제 알았으니 돌아가자." 불쾌하기까지 했다. "나쁜 계획이었구나."

"아뇨, 감상 같은 건 없어요." 장지문을 닫고, 테이블 옆에 와서 다리를 옆으로 하고 앉아서 말했다. "이젠 어차피 남의 집이에요. 하지만 오랜만에 와보니 보이는 게 다 신기하고, 기뻐요." 거짓말이 아니고, 진심으로 즐겁다는 듯 미소 짓고 있다.

조금도 집착하지 않는 그 태도에, 나는 감탄사가 터져 나올 지경이었다.

"술 마실까요? 전 맥주라면 조금은 마실 수 있는데."

"청주는 못 마셔?" 나도 여기서 술을 마시기로 마음을 정했다.

"안 좋아해요. 아버지는 주사가 있었죠."라고 말하면서, 귀엽게 웃었다.

"나는 주사는 없지만, 꽤 좋아하는 편이야. 그럼 나는 청주를 마실 테니, 자네는 맥주로 하게." 오늘밤은 밤새도록 술을 마셔도 된다고 스스로를 허락했다.

고키치는 하녀를 부르려고 손뼉을 쳤다.

"이봐, 여기 방울이 있지 않은가."

"아, 그렇구나. 우리 집이었을 때는 이런 거 없었는데."

우리는 함께 웃었다.

그날 밤 나는, 꽤 많이 취했다. 게다가, 안 좋게 취했다. 자장가를 부르는 게 아니었다. 나는 취해서 노래를 하는 식의 주사는 전혀 없었는데, 그날 밤은 어쩐 일인지 문득, 엄마가 섬 그늘에, 굴 따러 가면, 이런 노래를 엉망진창으로 부르면서, 고키치도 낮은 목소리로 함께 불렀는데, 그게 원인이었다. 전 세계의 감상을 죄다 짊어진 것 같은 기분이 들어서, 도무지 참을 수가 없었다.

"근데, 좋다. 젖형제라니, 좋네. 혈연이라는 건 좀 지나치게 진하고, 끈적거려서 싫은 점이 있는데, 젖형제라는 건 젖으로 이어진 관계야. 산뜻하고 좋아. 아아, 오늘 좋았어." 그런 말을 하며 당장의 슬픔에서 어떻게든 벗어나보려고 애썼지만, 어쨌든 유모 쓰루가 매일 부지런히 바느질을 하고 있었던 바로 그 자리에 양반 다리를 하고 앉아서 술을 마시는지라, 아무래도 곱게 취할 도리가 없었다. 문득 보니, 바로 옆에 등을 구부리고 바느질을 하는 쓰루가 진짜로 앉아 있는 것 같아서, 도저히 고키치와 느긋한 마음으로 이야기를 할 수가 없었다. 혼자서 술을 벌컥벌컥 들이켜고, 그러면서 고키치를 상대로 무턱대고 어려운 문제를 냈다. 약한 사람 괴롭히기를 시작한 것이다.

"저기, 아까도 말했지만, 자네가 나를 만나고 얼마나 실망했을까 싶어. 아니, 알고 있어. 변명은 듣고 싶지 않아. 내가 대학교 교수 정도 되어 있었다면, 자네는 진즉에 더 빨리 내 도쿄 집을 찾아내서, 자네의 여동생과 둘이 나를 찾아왔을 거야. 아니, 변명은 듣고 싶지 않아. 그런데 나는 지금 이렇다 할 집도 없고, 내가 생각해도 무기력한 작가야. 하나도 안 유명해. 나는 소설을 쓸 때만 아오키 다이조라는 이름 말고, 또

다른 이름을 쓰고 있어. 이상한 이름이 있지. 있지만, 그건 말하지 않겠어. 말해도, 어차피 자네들은 모를 거야. 한 번도 들어본 적 없을, 이상한 이름이야. 말하면, 손해야. 하지만, 경멸해서는 안 돼. 세상에는 나 같은 인간도, 분명히 필요해. 없으면 안 되는, 중요한 톱니바퀴 중 하나지. 나는, 그렇게 믿고 있어. 그러니까 괴로워도, 이렇게 기운 내어 살아 있어. 죽지 않아. 자애自愛. 인간은 이걸 잊으면 안 돼. 결국 기댈 것은, 이 마음 하나야. 머지않아 나도, 훌륭한 사람이 될 거야. 까짓것, 이런 집 한두 채. 멋지게 사들여 보일 테다. 기죽지 마, 기죽지 마. 자애. 이것만 잊지 않으면 괜찮아." 말하면서도, 견딜 수가 없었다. "기죽으면 안 돼. 알겠나? 자네 아버지와, 자네 어머니, 두 분이 힘을 합쳐서 이 집을 세웠어. 그러고는, 운이 나빠서 다시 이 집을 넘겼지. 하지만 내가, 만약에 자네 아버지, 어머니라면, 별로 그걸 슬퍼하지 않을 거야. 자식들이 둘 다 잘 자라서, 다른 사람에게 손가락질 받지도 않고, 하루하루를 잘 보내고 있으니, 이렇게 기쁜 일은 없지 않은가. 대승리야. 빅토리야. 이런 집 한두 채. 너무 그립다고 집착해선 안 돼. 던져 버려, 과거의 숲. 자애自愛다. 내가 옆에 있어. 울긴 왜 울어." 우는 건 나였다.

그러고 나서는, 엉망진창이었다. 내가 무슨 말을 했고 어떤 행동을 했는지, 거의 기억이 없다. 한번은 변소에 갔다. 고키치가 안내했다.

"어디든 다 아는구먼."

"어머니는, 변소를 가장 깨끗하게 청소하셨었어요." 고키치는 웃으며 그렇게 대답했다.

그 일과, 또 한 가지 기억나는 게 있다. 술에 곯아 떨어져서 아무렇게나 뒹굴고 있는데, 머리맡에서 이런 얘기가 들려왔다.

"오기노 씨는, 정말 많이 닮았다고 했는데." 소녀의 목소리다. 여동생이 왔다는 생각이 들어서, 나는 누운 채로 이렇게 말했다.

"맞아, 맞아. 고키치 씨는, 나와는 남이지. 피로 이어진 관계가 아니지. 젖으로 이어졌을 뿐이야. 닮았을 리가 없지." 그렇게 말하고서, 일부러 크게 뒤척이며 말했다. "나 같은 술꾼은, 못 써."

"그렇지 않아요." 천진난만한 소녀의, 또박또박한 목소리다. "저희는 기뻐요. 정신 차리세요. 술을 너무 많이 마시면 안 돼요."

엄격한 말투가 유모 쓰루의 말투와 똑같았기 때문에, 나는 실눈을 뜨고 머리맡의 소녀를 슬쩍 올려다봤다. 똑바로 앉아 있었다. 내 얼굴을 빤히 쳐다봐서, 취한 내 눈과 슬쩍 시선이 마주쳤다. 소녀는 미소 짓고 있었다. 꿈결처럼 아름다웠다. 시집가던, 그날 밤의 쓰루와 많이 닮아 있었다. 그때까지 심하게 취했던 게 시원하게 풀려가서, 나는 마음이 놓였고, 그러고 나서 또, 잠들어버린 듯하다. 많이 취해 있던 것이다. 변소에 갔던 일과 소녀의 미소, 그 두 가지, 그것만큼은, 그 후에도 똑똑히 기억해낼 수 있었지만, 그것 말고는 아무것도 기억나지 않는다.

나는 반쯤 자면서 차에 태워졌고, 고키치 남매도 내 왼쪽 오른쪽으로 탄 모양이었다. 도중에 끽끽거리는 괴상한 새의 울음소리를 듣고,

"저건 뭐지?"

"백로예요."

그런 대화를 했던 것도, 희미하게 기억난다. 산골짜기로 들어가는구나, 하고 취한 와중에도 여수旅愁를 느꼈다.

숙소에 도착하고 나서는 고키치 남매가 이불을 펴주었을 것이다. 나는 이튿날 정오쯤까지, 내동댕이쳐진 생선처럼 흐트러진 자세로 잤다.

"집배원 아저씨예요. 현관으로 오세요." 숙소의 하녀가 나를 깨우며 말했다.

"등기인가요?" 나는, 약간 잠에 취해 있었다.

"아뇨," 하녀도 웃고 있었다. "좀 뵙고 싶다는데요."

겨우 생각났다. 어제 하루 있었던 일이 차례로 생각났는데, 그래도 어쩐지, 처음부터 끝까지 모든 게 꿈같고, 현실에서 일어난 일로 여겨지지는 않았다. 손바닥으로 콧방울의 기름을 닦아내면서 현관으로 나가 봤다. 어제 왔던 집배원이 서 있다. 여전히 귀여운 얼굴로 생글생글 웃으면서 말했다.

"이런, 아직 주무시고 계셨군요. 어제는 많이 취하셨다고 들었는데. 좀 괜찮으세요?" 아주 넉살 좋은 말투다.

괜찮다고, 겸연쩍어서 언짢은 투의 쉰 목소리로 대답했다.

"이거, 고키치의 여동생이 준 거예요." 백합 꽃다발을 내밀었다.

"뭔가요, 이건?" 나는 그 흰 꽃 서너 송이를 물끄러미 바라보다가, 입을 크게 벌리고 하품을 했다.

"어제 당신이 그런 말을 했다고 들었어요. 아무것도 신경 써줄 필요 없다. 방에 장식할 꽃 하나만 있으면, 그걸로 충분하다고."

"그런가. 그런 말을 했었나?" 나는, 어쨌든 꽃을 받았다. "아, 정말, 고맙네. 고키치와 여동생에게도 그렇게 전해줘요. 어젯밤에는 정말 실례가 많았어요. 평소엔 안 그러니까 무서워하지 말고, 숙소에 자주 놀러오라고."

"하지만, 제가 들은 얘기는 좀 다른데요. 일에 방해가 되니까 숙소에 오지 말라는 얘기를 들었으니, 조만간 일이 끝나고 나서 다 함께 미타케[3]에 놀러 가자고, 그러셨다던데요?"

3_ 야마나시현 북부, 긴푸산 지맥 중의 한 봉우리.

"그래? 내가 그런 바보 같은 말을 했단 말이지? 일은 어찌되든 상관없으니까, 미타케든 어디든, 꼭 함께 가자고 그렇게 전해줘요. 나는, 언제든 괜찮아요. 빠를수록 좋겠다. 이삼일 내에 가고 싶네. 아무튼 그건 자네들 시간 괜찮을 때로 하자고, 그렇게 말해주세요. 나는 정말, 언제든 좋으니까." 정색을 하며 말했다.

"알겠습니다. 저도 함께 가요. 앞으로도, 잘 부탁드려요." 인사를 하며 이상하게 허둥대기에, 집배원의 얼굴을 다시 봤다. 새빨개져 있었다.

나는 잠시 생각하고 나서 바로 알았다. 이 집배원과 그 소녀는 아마, 조신하게 잘 어울릴 거라는 생각이 들었다. 조금 쓸쓸하고 당황스러웠던 내 감정도, 그 자리에서 바로 깨끗이 정리할 수 있었다. 그건, 그걸로 됐다고 생각했다.

백합은 어울리는 꽃병에 꽂아서 방으로 가져오라고 하녀에게 시키고, 나는 내 방으로 돌아가서 책상 앞에 앉아보았다. 일을 잘하지 않으면 안 되겠다는 생각이 들었다. 착한 남동생과 착한 여동생의 보이지 않는 성원이 등 뒤로 시원하게 느껴져서, 그들을 위해서라도, 조금이라도 더 훌륭해지고 싶었다. 문득 옆으로 눈길을 돌리니, 내가 어제 입었던 옷이 깔끔하게 개어져 머리맡에 놓여 있다. 틀림없이 새로 생긴 내 작은 여동생이, 어젯밤에 옷을 벗기고 개켜주고 간 것이다.

그 일이 있고 나서 이틀째 되던 날, 불이 났다. 나는 일을 하느라 안 자고 깨어 있었다. 새벽 두 시쯤 비상용 종이 요란하게 울렸는데, 그 소리가 너무 커서, 나는 일어나서 유리로 된 장지문을 열어보았다. 활활 타오르고 있다. 숙소에서는 꽤 거리가 있다. 하지만 오늘은 바람이 하나도 없어서, 불길이 제멋대로 뻗어나가면서 하늘까지 솟아, 활활 타오르는 불길의 기운이 여기까지 똑똑히 들리는 것 같았는데, 그 모습은 몸이 떨릴 만큼 장관이었다. 문득 보니 달밤에 후지산이 어렴풋이 보이는데, 기분 탓인지 후지산도 불길에 비쳐 연홍색이 되어 있다. 사방을 둘러싸고 있는 산들의 모습도, 어쩐지 땀이 나서 홍조를 띤 것처럼 보인다. 고후의 화재는, 늪 밑바닥의 커다란 아궁이불이다. 넋을 놓고 바라보는 동안, 지난밤에 갔던 야나기 초의 망부각을 떠올렸다. 가깝다. 틀림없이 그 근처다. 나는 바로 겉옷을 걸쳐 입고, 목에는 털실로 짠 머플러를 둘둘 감고 밖으로 나갔다. 고후 역 앞까지 열대여섯 블록을 단숨에 달리니까, 픽 하고 쓰러질 것 같았다. 전봇대에 달라붙듯 기대어 쌕쌕거리며 잠시 쉬고 있는데, 내 앞을 지나 뛰어가는 모든 사람들이 내 예상대로 야나기 초, 망부각, 이라고 입을 모아 외치고 있다. 나는 오히려 침착해졌다. 이번에는 천천히 걸어 현청縣庁 앞까지 갔는데, 사람들이 성에 가자, 성에 가자, 하고 속삭이는 소리가 들린다. 그렇지, 성에 오르면 틀림없이 화재가 손에 잡힐 듯 또렷이 보일 거라는 생각에, 사람들 뒤를 따라 마이쓰루 성 터의 돌계단들을, 후들거리는 다리로 올라가서, 겨우 돌담 위 광장에 도착했다. 불은 바로 아래에서 요란하고 처참한 소리를 내며 타오르고 있었다. 분화구를 내려다보는 느낌이다. 기분 탓인지, 왠지 모르게 내 눈썹까지 뜨거워지는 것 같았다. 나는, 금세 덜덜 떤다. 불이 난 것을 보면 어째서인지 이렇게 온몸이 덜덜 떨리는 게, 내가 어렸을 때부터 지니고 있는 나쁜 버릇이다. 무서워서 이가 덜덜 떨린다는 말이, 그때의 정확한 느낌이었다.

누군가 어깨를 툭 쳤다. 뒤돌아보니, 뒤에 고키치 남매가 미소 지으며 서 있다.

"어, 탔네." 나는 혀가 엉켜서, 제대로 말을 할 수 없었다.

"네, 구울 수 있는 집이었네요.[4] 아버지, 어머니도 행복하셨겠네요." 불길에서 뿜어져 나오는 빛을 받으며 나란히 서 있는 고키치 남매의 모습은, 어딘가 의연해서 아름다웠다. "어, 뒤에 있는 2층 쪽에도 불길이 번진 모양이네. 다 타버렸네요." 고키치는 홀로 그렇게 중얼거리고, 미소 지었다. 확실히, 단순한 '미소'였다. 나는 절실히, 요 십 년 이래, 감상에 타서 문드러져버린 내 마음의 어리석음이 부끄럽게 느껴졌다. 내가 이제까지 지녀온, 지혜와는 동떨어진 맹목적이고 격한 감정이, 추악하다는 생각마저 들었다.

짐승이 포효하는 소리가 끊임없이 들린다.

"뭐지?" 나는 조금 전부터 그 소리를 미심쩍어하고 있었다.

"바로 뒤에 있는 공원에 동물원이 있어요." 여동생이 가르쳐주었다. "사자 같은 게 도망가면 큰일인데." 명랑하게 웃고 있다.

자네들은, 행복하다. 대승리다. 그리고 더욱더, 행복해질 수 있다. 나는 어깨를 쫙 펴고 팔짱을 끼고 있었지만, 그래도 덜덜 떨면서 몰래 힘을 주고 있었다.

4_ 불에 타다라는 뜻과 굽다라는 뜻이 있는 동음이의어燒ける를 이용한 유머.

花燭
화촉

太宰治

「화촉」

'남작'이라 불리는 남자와 여배우의 연애담이 주축을 이루는 작품이다. 이 작품과 관련해서는 1930년경 도쿄 제대 불문과 재학시절 마르크스주의 운동에 가담한 후 전향했던 다자이의 과거 경력과 관련지어 비평하는 연구가 많다.

좌익운동에서 이탈하고, 가정생활과 가족관계에서 실패를 맛본 다자이가 갱생을 위해 추구하게 된 '새로운 사상'이 무엇일까?

—촛불을 밝혀 낮을 이으리.

1

혼례를 치른 날 늦은 밤, 신랑과 신부가 미래에 대한 이야기를 하고 있는데, 방문 밖에서 사각거리는 소리가 났다. 눈이 휘둥그래져서, 둘이 조심조심 기어가 문을 살짝 열어 보니, 결혼식 장식물에 쓰인 왕새우가 아직 살아서 큰 수염을 느릿느릿 움직이고 있었다. 소리의 정체를 확인하고, 둘은 얼굴을 마주보고 어렴풋이 웃었다. 이런 추억을 가지게 된 이 부부는, 오래오래 잘 살 것이다. 반드시, 좋은 가정을 꾸려갈 것이다.

내가 지금부터 하려는 이야기 속 남녀도 이렇게 미소 짓는 첫날밤을 보내기를, 진심으로 바란다.

도쿄 교외에 남작男爵이라고 불리는 남자가 있었다. 나이는 서른 두셋쯤 되어 보이는데, 더 젊을지도 모른다. 도쿄제대 경제학과를 중간에 그만뒀고, 지금 하는 일은 없다. 매월 시골에서 충분한 생활비를 보내줘서, 다다미 4장 반, 6장, 8장짜리 방이 있는, 혼자 살기에는 너무 크다 싶은 집을 빌려, 매일 밤 시끄럽게 놀고 있다. 시끄럽게 노는 사람은 남작이 아니었다. 많은 방문객들이다. 정말 많다. 남작과 마찬가지로, 아무것도 안 하고 생각만 하며 사는 류의 사람들이다. 예외 없이 가난했다. 어떤 의미에서는, 다들 세상에서 배덕자背德者[1]라는 딱지가 붙은 사람들이었다. 진짜 그냥 지나가던 사람인데요, 집이 너무 재미있어 보이기에 저도 모르게 그만 들어왔습니다, 그럼, 실례하겠습니다, 이런 말을 하며, 일면식도 없는 생판 남이 태연스레 방으로 들어오는 일도 있었다. 이런 경우, 자 여기 앉으세요, 하고 순순히 방석을 권하는 남자는, 남작이었다. 큰맘 먹고 와주셨네요, 라고 칭찬하며 차를 따라주는 또 다른 남자, 이 사람도 남작이었다. 당신의 눈은 거짓말쟁이의 눈이네요, 라고 느닷없이 말해서 새로 온 손님을 경악시키는 마른 남자, 이 사람도 남작이었다. 그러면 남작은 어디에 있을까? 다다미 8장 크기의 객실 구석에 없는 듯 웅크리고 앉아, 모두의 담론을 공손히 듣고 있는 남자가, 남작이다. 정말 눈에 안 띈다. 키가 다섯 자 두, 세 치약 157~160cm 정도로 작고, 게다가 말랐다. 얼굴을 유심히 들여다보아도, 딱히 어떻다고 말할 수 있는 얼굴이 아니다. 까무잡잡하고 기름졌고, 약간 턱수염이 자라 있다. 둥근 얼굴이라고는 할 수 없고, 그렇다고 긴 얼굴도 아니고, 참 애매하다. 머리는 꽤 길었는데, 그렇다고 쑥대머리 같다고 할 정도는 아니고, 그렇다고 머릿기름으로 손질한 흔적도 보이지 않는다. 평범한 철제 테 안경을 쓰고 있다. 꽤나, 특징이 없다. 그 때문에 방문객들은, 자기들끼리 이야기에 빠져 남작의 존재를 잊는 경우가 많다. 얘기하다, 웃다, 지쳐서, 문득 구석에 남작이 있다는 걸 깨닫고, 어, 당신 아직도 여기 있군, 하고 입을 크게 벌리고 하품을 하면서 말한다.

1_ 도덕에 반하는 행동을 하는 사람이라는 뜻. 학문밖에 모르는 생활을 하던 주인공이 폐결핵을 앓고 난 뒤 삶의 기쁨을 알게 되어 도덕에 반하는 관능적인 생활을 하게 된다는 내용의 앙드레 지드의 1902년 작 장편소설 제목.

"담배가 다 떨어졌네."

남작은 "그래요?"라고 말하고는 미소 지으며 일어나더니, "나도, 아까부터 담배를 피우고 싶었는데."라고 한다. 거짓말이다. 남작은, 담배를 안 피우는 사람이었다. "사와야지." 가볍게 나간다.

남작이라는 것은, 말하자면 별명이다. 북쪽 지방 지주의 아들에 불과하다. 이 남자는 학창시절, 두세 가지 눈에 띄는 일을 했다. 연애와 술, 어떤 정치운동. 감방에 들어간 적도 있었다. 자살을 세 번 시도했는데, 세 번 다 실패했다. 식구가 많은 대가족 사이에서 자란 아이에게 자주 있는, 자기 자신을 쓸데없는 사람이라고 굳게 믿고, 자신을 업신여기고, 보람 없는 목숨을 버릴 곳을 찾아 허둥지둥 헤매는 경향이, 이 남작이라 불리는 남자의 신상에서도 눈에 띈다. 뭐든 상관없다, 한시라도 빨리 희생양이 되어 이 세상을 떠나서, 가능하면 그로써 두세 명의 사람에게 도움이 되고 싶었다. 자기 마음의 추악함과, 육체의 비루함과, 지주의 집에서 태어나 수고를 들이지 않고 이런저런 권리를 가지게 된 것에 대한 꺼림칙함, 그런 것들에 대한 과도한 생각이 이 남자의 자아를 지독하게 때리고, 발길질했다. 그것은 완전히, 기묘한 왜곡이었다. 정나미 떨어지는 자신의 거품 같은 목숨을, 도움이 되는 곳이 있다면, 부디 아무쪼록 써주세요. 비열함과 비슷했다. 하지만 그것이 그 남자에게 남겨진 유일한, 그리고 최소한의 행동원칙이 되어 있었다. 남자는 그 원칙에 따라 행동했다. 하지만 남자의 행동, 그 행동의 외견은 다소 화려했다. 나는 약한 자의 편. 나는 약한 자의 친구. 자포자기의 행동은, 종종 순교자의 그것과 매우 비슷하다. 짧은 시간이었지만, 남자는 순교자와 다름없는 쓴맛을 보았다. 바람을 거스르고, 파도에 치이고, 비를 무릅썼다. 이 고생만큼은, 신뢰할 수 있다. 하지만, 본디 절망스러운 행동이다. 자신은 멸망하는 백성이라는 생각 하나는 변함없었다. 빨리 죽고 싶다는 소망 하나다. 자기 혼자 죽을 곳을 찾아 여기저기를 헤매며, 광분하고 있었다는 얘기일 뿐이다. 다른 사람에게 도움이 되기는커녕, 자기 자신조차도 주체하지 못했다. 보기 좋게 실패했다. 희생양이라는 영광스러운 이름 아래서 그렇게 쉽사리 죽을 수는 없었다. 말하자면 인생의 준엄함은, 한 남자가 제멋대로 떠드는 얼토당토않은 말을 허용하지 않은 것이다. 염치가 없다. 어차피, 인간은 불꽃놀이의 불꽃이 될 수 없는 법이다. 모르긴 몰라도 전향轉向이라는 글자는, 구원과 광명 모두를 의미하고 있을 터다. 그렇다면 그의 경우, 전향이라는 말조차도 허용되지 않는다. 영락이다. 파산이다. 영광의 십자가가 아니라, 잿빛 묵살을 당한 것이다. 좋은 꼴은 못 되었다. 한 막이 끝나서 과장된 표정을 지었는데, 시간이 지나도 막이 내려오지 않아서 난처해하는 배우와 비슷했다. 그는 할 수 없이 무대 위에 몸을 누이고 죽은 시늉을 했다. 궁지에 몰린 광대다. 이것이 폐인으로서의 유일한 의무일까? 그는 이 지경이 되어도, 여전히 무언가를 '위해'라는 이유를 버리지 못했다. 아직 내 몸 어딘가에 먹을 곳이 있다면, 아무쪼록 마음대로 먹어주세요, 하고 누워 뒹굴고 있다. 먹을 수 있는 곳은 아직 있었다. 그는 지주의 아들이고, 기본적인 생활에는 어려움이 없다. 어떤 이유로 그와 비슷하게 세상에서 좌절을 겪고, 폐인, 배덕자라며 손가락질 받고, 그러면서도 그보다 가난한 사람들은 물이 낮은 데로 흐르듯, 자연스레 그 주변에 와글와글 모여들어 찰싹 들러붙었다. 그리하여 그 남자에게 남작이라는 경멸을 담은 애칭을 붙여, 이 남자네 집을 그들의 유일한 위안소라 했다. 남작은 이 방문객들을 위해 부엌에서 멀거니 밥을 짓고, 쓸쓸한 듯 감자 껍질을 벗기고 있었다.

그는, 그런 남자였다. 방문객 하나가 활동사진의 촬영소에서 일하게 되어 그것이 그 사람의 자랑인 듯, 누군가에게 일하는 모습을 보여주고 싶은 모양이었는데, 다른 방문객들은 코웃음을 치며 상대도 안 해줘서 남작이 딱하게 여기고, 제게 꼭 보여주세요, 하고 부탁했다. 남작은 이렇다 할 취미가 없는 남자였다. 궁술 초단이 있었지만, 이걸 취미라고 할 수 있을지는 모르겠다. 가위바위보조차도 정확히는 몰랐다. 바위보다도 가위가 세다고, 잘못 생각하고 있다. 그런 상태라, 영화에 대한 것 같은 건 잘 모른다. 매일매일 방문객들을 접대하느라 아침부터 밤까지 바빴고, 그 중에는 묵고 가는 손님도 있어서, 돌아다니며 놀 만한 여유도 없었고, 또 가끔은 손님이 오지 않는 날이 있어도, 그럴 때는 집 대청소를 하거나 외상에 대한 변명을 하며 술가게나 쌀집을 도느라, 활동사진을 보러 갈 여유가 거의 없었다. 방문객들에게는 끝까지 숨기고 있는데, 향응에 무리하게 돈을 써서 돈을 치르기가 곤란해진 곳도 여기저기 많은 모양이었다. 취미가 없는 것은 시간이 없어서라거나 그의 성격 때문이 아니라, 그의 경제 상태에 기인한 것일지도 모른다.

그날 남작은 두 시간 가까이 전철을 타고 촬영소가 있는 마을에 도착했다. 녹음이 짙은 시골이었는데, 그래도 그는 방심하지 않았다. 금작화가 우거진 그늘에서 아름답게 차려 입은 코작[2]기병이 지금이라도 뛰어나올 것 같은 기분이 들어서, 그는 나잇값도 못하고, 마음속으로 연분홍 끈으로 장식된 갑옷으로 몸을 무장한 것 같은 기분으로, 한 걸음 한 걸음 자신 있게 걸어봤는데, 봄의 엷은 햇살을 받아 길가에 떨어져 있는 빈약한 자신의 그림자를 보고는 쓴웃음을 지을 수밖에

2_ 카자흐. 러시아의 남동에 사는 민족. 말 타기에 능하여 용감한 기병騎兵으로 유명하다.

없었다. 역에서 한 블록 정도 논두렁을 걷다 보니, 촬영소 정문이 있다. 하얀 콘크리트 문기둥에 담쟁이덩굴의 새싹이 올라가 있어서, 멋스러웠다. 정문 바로 맞은편에 억새로 엮은 지붕의 술집 풍 가게가 있었는데 그곳이 약속한 밀크홀[3]이었다. 여기에서 기다리고 있으라는 말을 들었다. 그는 그 음식점의 유리문을 억지로 여느라 고생했다. 덜컹거리고 삐걱거리면서, 좀처럼 열리지 않았기 때문이다. 아마노이와토[4]를 여는 것처럼 끙 하고 힘을 주니, 유리문은 덜컹덜컹덜컹 큰 소리를 내며 2미터 이상을 굴러가서, 남작은 제 힘을 이기지 못하고 보기 흉하게 비틀거렸다. 가까스로 멈춰 서서 식은땀이 세 되쯤 흐르는 기분으로, 살금살금 가게 안으로 숨어 들어갔다. 먼지가 엄청났다. 의자 예닐곱 개와 테이블 세 개도, 모두 흰 먼지를 뒤집어쓰고 있었다. 그는 주저 없이 입구 가까이에 있는 구석진 자리에 앉았다. 구석은 언제나 남작에게 편안한 공간이었다. 거기서 한참을 기다렸다. 손님은 한 명도 오지 않았다. 처음에는, 혹시나 연기자들이 오지 않으라는 법도 없다고 생각해서 긴장하고 있었지만, 너무 한산한 분위기에 남작도 기가 막혀서, 결국 긴장에 피로를 느끼고, 녹초가 되었다. 우유를 세 잔 마셨는데 약속했던 오후 두 시는 엊저녁에 지났고, 네 시쯤이 되어 그 음식점의 유리문이 석양에 선홍빛으로 물들기 시작할 무렵, 덜컹덜컹덜컹 하고 엄청난 소리가 나더니 한 남자가 총알처럼 튀어 들어왔다.

"아. 실례, 실례. 담배 있어?"

남작은, 생글생글 웃으며 일어나 주머니에서 담배 두 대를 꺼내며,

"저도 지금 막 온 참이에요, 죄송해요, 늦어져서."라고 요상하게

3_ 1900년경부터 1930년경까지 유행한 우유나 빵, 과자 등을 파는 간이음식점.

4_ 일본 신화에 나오는 바위로 된 동굴. 태양의 신이 숨어서 세상이 어두워졌다는 전설이 있다.

용서를 빌었다.

"뭐, 괜찮아." 그 남자는, 가볍게 용서했다. "나도 오늘부터 이쿠타 팀 촬영이 시작돼서, 정신이 오락가락해." 말하면서 흥분이 가라앉지 않는지 손을 흔들고 발을 구르며, 정신이 오락가락하는 것 같았다.

남작은 진지하게, 그 남자가 오락가락하는 모습을 보면서 일종의 감동을 느끼며 말했다.

"의욕이 넘치네요." 그렇게 부주의한 말을 해버리고는 속이 철렁했다. 자신의 그런 세속적인 평가가, 상대가 가진 예술가로서의 자긍심에 상처를 주지는 않을까 염려했다. "예술의 제작 충동과," 잠시 말을 끊었다. 그 뒤의 말을 내심 몰래 이것저것 조합해보고는, 드디어 정리를 끝내고, 마지막으로 다시 한 번 그것을 속으로 복창해보고, 그러고 나서 소리 내어 말했다. "예술의 제작 충동과 일상생활에 대한 의욕을 완전히 일치시켜서 산다는 건, 정말 드문 일이라고 생각하는데요, 당신은 그걸 아주 훌륭하게 해내고 있는 것 같네요. 아름다운 일이에요. 전, 너무 부러워요." 굉장한 인사치레다. 남작은 말을 끝내고, 손수건으로 목 뒤의 땀을 슬쩍 닦았다.

"그렇지도 않아." 상대 남자는 그렇게 말하고, 이히히 하고 비굴하게 웃었다. "우리 촬영소, 보고 싶어?"

남작은 이제 보고 싶지 않았다.

"꼭 보여주세요."라고 힘주어 부탁했다. 자포자기의 심정이었다.

"알~겠어!" 뜬금없이 큰 소리로 이렇게 외치더니 다시 뜬금없이 "컴 온!"을 외치며 음식점 밖으로 나갔다. 하는 수 없이 그는 터벅터벅 그 뒤를 따른다.

그 남자는 촬영 감독의 조수 일을 하고 있었다. 양동이로 물을 나르거나 감독의 의자를 가지고 다니는 등의, 다양한 잡일을 한다. 그리고 그런 일을 하고 있는 자신의 모습이 자랑스러운 듯 몇 시간이고 보여주고 싶은 모양이었고, 남작 또한 그 기분을 헤아리고 아무런 흥미도 없는 촬영 모습을, 바보같이 우두커니 서서 구경하고 있다. 남작의 눈앞에는 시시한 일이 전개되고 있었다. 수염을 기른 멋진 남자가 굶주려서, 밥을 여섯 그릇 먹는 장면이었다. 희극의 큰 웃음 포인트 장면으로 만들어진 모양이었지만, 남작의 눈에는 조금도 우습지 않았다. 남자가 밥을 먹는다. 식사 시중을 드는 큰 딸이 어머나, 하고 어이없어 한다. 그게 전부인 장면을 스무 번도 더 되풀이하며 테스트하고 있다. 어떻게 해도, 안 웃겼다. 아주 웃기기는커녕, 몹시 불쾌하기까지 했다. 일본의 희극에는 정해진 것처럼 이렇게 밥을 많이 먹는 장면과, 만주일본식 과자를 열 개나 먹고 눈을 희번덕거리는 장면과, 지폐 한 장을 두고 다투다가 그 지폐가 바람에 날아가 당황해서 그 뒤를 쫓는 장면 같은 게 있어서, 관객들은 그걸 보고 껄껄거리며 웃지만, 남작의 눈에는 모든 게 전혀 웃기지 않다. 기분이 참담해질 뿐이었다. 특히 수염 기른 남자가 나오는 장면은, 너무하다는 생각이 들었다. 인간 모욕, 이라는 말까지 떠올랐다. 그 와중에 감독에게 좋은 생각이 떠올랐다. 밥 먹는 남자의 수염 끝에 밥풀을 붙이면 어떻겠냐는 것이었다. 좋은 생각이라는 분위기였다. 수염 기른 남자 역을 맡은 멋진 배우는 젊은 제자가 내미는 거울을 보며 수염 끝에 밥풀을 붙이려고 애썼지만, 밥풀은 너무 식어 접착력이 없어져서 좀처럼 붙지를 않는다. 모두가 당황했다. 그때 의욕 충만한 감독 조수가 나서더니 말했다.

"그건 말이지, 밥풀 한 알을 더 뭉개서, 그걸 풀처럼 써서 또 다른 밥풀 한 알에 붙여 바르면 될 거야."

남작은 너무 시시해서 몸이 나른해졌다. 갑자기 눈시울이 뜨거워져서, 이유는 모르겠으나 울고 싶어졌다. 으엉, 하고 큰 소리로 울고 싶은 심정이다. 하지만 가버릴 수는 없다. 그건, 실례다. 그렇지, 하고 감탄한 듯한 몸짓을 하며 조용히 끄덕이고, 다시 계속 지켜봐야만 하는 것이다.

그 촬영이 어떻게든 일단락되고, 남작은 되살아난 기분이었다. 푹푹 찌는 촬영실에서 뛰쳐나온 뒤 후우 하고 크게 한숨을 쉬었다. 해가 완전히 저물어서, 별이 희미하게 빛나고 있다.

"신스케 님." 뒤에서 자신을 부르는 작은 목소리가 나서 뒤돌아보니, 지금까지 수염 기른 남자의 시중을 들며 스무 번 이상이나 우와, 하며 어이없어 하던 아담한 체구를 가진 큰딸이 웃는 얼굴로 어둠 속에서 노랗게 떠있었다. "신스케 님. 하나도 변한 게 없네. 저 아까, 한눈에 딱 알아봤어요. 그래도 촬영 중이잖아요, 그래서 가만히 있었어요. 미안해요." 단숨에 말하고 나더니 갑자기 딱딱한 말투로 말했다. "진짜 오랜만이에요. 고향 분들은 모두 변함없이 잘 계시나요?"

남작은 겨우 기억해냈다.

"아, 토미, 토미구나." 시골 사투리가 조금 나올 정도로, 그 정도로 남작은 당황스러워하고 있었다. 십 년 전, 토미는 시골의 남작 집에서 하녀로 있었다. 그가 고등학교에 들어갔을 무렵, 여름방학 때 고향에 돌아가 보니 마르고 작고, 머리가 곱실거리고, 눈매가 날카로운 열여섯 일곱 정도의 잔심부름하는 하녀가 있었다. 그 아이는 그의 여러 가지 잔시중을 친절하게 들어주고 보살펴 주려 했는데, 남작은 그것을 오히려 귀찮고 불쾌하게 여겼는지라 매사에 심술궂게 대했다. 기르던 개의 벼룩을 한 마리도 남김없이 잡으라고 시킨 적도 있었다. 이 년 정도 그의 집에 있었을까. 갑자기 없어져서, 남작은 없구나, 하고 생각했을 뿐, 그 이상으로 마음에 두지는 않았다. 그 토미다. 남작은 불길한 예감에 가슴이 철렁했다. 머리가 거꾸로 섰다고까지는 할 수 없지만, 그래도 어쩐지 이상하게 몸이 굳었다. 틀림없이 두려운 감정이다. 인생의 냉혹한 장난을, 기적의 가능성을, 준엄한 복수의 실현을, 깊은 산의 정기처럼 절실히 느낀 것이다. 너무 당황한 나머지 갈라진 목소리로,

"잘 왔네."라는 정말 의미 없는 말을 했다. 방문객에 끊임없이 시달리는 사람의 이 말은, 말버릇이 되어 있는지도 모른다.

토미도 다소 흥분해 있는 듯했다. 남작의 그 백치 같은 헛소리에 개의치 않고 말했다.

"신스케 님이야말로 잘 오셨어요. 전, 천천히 얘기하고 싶은데, 지금 너무 바쁘니까, 아, 그래그래, 아홉 시에 신바시 역 앞에서 기다리고 있을게요. 진짜 잠깐이면 되니까, 저, 정말 부탁드려요. 싫으시겠지만, 꼭이요." 주위에 신경을 쓰면서 빠르고 낮은 목소리로 그렇게 부탁하는 모습에는 진지한 구석이 있었다. 남이 하는 부탁을 거부할 수 있는 남작이 아니었다.

"아아, 그러지요. 그러고말고."

촬영소에서 나와서 전철을 탄 남작은, 심히 불쾌했다. 원래 하녀였던 사람과 신바시 역에서 만난다는 것이, 싫고 천박하게 느껴져서 견딜 수가 없었다. 파렴치하다고 생각했다. 불륜이라는 생각마저 들었다. 갈까 말까, 많이 고민했다. 가기로 했다. 약속을 아무렇지도 않게 깰 정도로, 그렇게 강한 남작이 아니었다.

아홉 시에 신바시 역에서 작은 토미를 찾아내고, 남작은 단 한마디 말도 없이 성큼성큼 걸었다. 토미는 거의 뛰다시피 그 뒤를 쫓았고, 오른쪽 왼쪽으로 자리를 옮겨가며, 그의 얼굴을 보면서 이런저런 질문을

쉴 새 없이 퍼부었다. 주로 고향에 대한 것이었다. 남작은 벌써 팔 년 넘게 고향에 돌아간 적이 없어서, 고향에 대한 것은 전혀 몰랐다. 그 때문에 흐음 이나, 아니면 같은, 대강 적당한 대답을 하며 참고 있었지만 끝내는 그것도 귀찮아졌다. 결국 아무렇게나 대답하다가 As you see 같은 영어가 튀어나오기도 해서, 이제 한시라도 빨리 헤어지고 싶어졌다. 그 와중에 토미는, 이상한 말을 하기 시작했다.

“저, 다 알고 있어요. 신스케 님에 관한 거, 저, 다 들어서 알고 있어요. 신스케 님, 당신은 나쁜 일을 하신 적이 없지요. 언제나 훌륭한 분이셨어요. 저, 옛날부터 믿고 있었어요. 신스케 님은 좋은 분이에요. 많이 괴로우셨죠? 저, 이런저런 사람들한테 들어서 다 알고 있어요. 신스케 님, 용기를 내요. 당신은, 진 게 아니에요. 진 거라면 그건, 신神께 진 거예요. 신스케 님은, 신神이 되려고 한 거예요. 힘을 내요. 저도 고생 많이 했어요. 신스케 님의 기분을 잘 알아요. 신스케 님은 어느 순간, 인간으로서 가장 높은 수준의 고통을 느낀 거예요. 훨씬 더 자랑스럽게 생각해도 돼요. 저는, 믿어요. 인간이니까, 누구에게든 결점이 있죠. 신스케 님, 정말 좋은 일을 하셨어요. 부끄러워하시면 안 돼요. 자신감을 가지고, 마땅히 받아야 할 답례를 요구해도 돼요. 신스케 님, 어째서 그렇게 훌륭한 거예요? 전, 지저분한 세계에 있으니까, 그걸 잘 알아요.”

남작은 꿈을 꾸는 듯했다. 아니 이 여자가 무슨 얘기를 하는 건가, 싶어서 토미의 이상한 속삭임을 억지로 거부하려고 애썼다. 끝없는 패배감이, 이렇게 희미한 사랑의 기쁨에서조차 이 남자를 비참한 불구자로 만들고 있었다. 러브 · 임포텐츠. 익숙해진 비굴함. 마치, 백치 같았다. 20세기의 도깨비. 수염자국이 퍼런, 기괴한 젖먹이였다.

토미에게 등을 툭 떠밀려서, 비틀거리며 시세이도에 들어갔다. 칸막이 안에 둘이 마주 보고 앉으니, 다른 손님이 흘끗거리며 남작을 훔쳐본다. 남작을 보는 건 아니었다. 그런 왜소한 청년을 쳐다본다고 해서 좋을 게 있을 리 없다. 토미를 보는 것이다. 꽤 유명한 여배우였다. 남작은 취미가 없는 사람이니만큼, 그것을 모른다. 사람들의 그런 거침없는 시선에 화가 나서, 뚱한 표정을 지었다.

"그것 봐. 네가 그런 새 깃털 같은 게 달린 모자를 쓰고 있으니까 다들 웃잖아. 꼴사나워. 여자는 질긴 천으로 된 기모노 차림이 제일 좋아."

토미는 웃고 있었다.

"뭐가 웃겨? 너는 이상하게 건방져졌네. 아까도 내가 가만히 듣고 있으니까, 우쭐해서는 여성지에서 막 읽고 온 것 같은 아니꼬운 말을 지껄이더라. 난, 너 같은 애에게 위안 받고 싶지도 않아. 여자는, 더 여성스러워지는 게 좋아. 불쾌해. 난 이제 가야겠어. 더 이상 할 얘기도 없지?" 말하는 중에, 까닭 모를 심한 굴욕을 느꼈다. 무례한 녀석이다. 나를 놀이 상대로 만들려고 하고 있다. 내가 가만히 농락당하고 있을 수는 없지. 벌떡 일어서서, 혼자 빠른 걸음으로 시세이도를 나섰다. 토미는 어머니 같은 미소를 지으며 그의 뒷모습을 차분히 지켜보고 있었다.

2

남작은 시세이도를 나와서, 곧바로 교외에 있는 집으로 돌아갔다.

남작은 교외의 작은 역에 내리고 나서야 겨우 제정신이 들었다. 살았다. 우선, 다친 데가 없어서 다행이라고 생각하며 한숨을 돌렸다. 속으로 자신의 용감한 태도를 몰래 칭찬하고는 넋을 놓고 있다가, 그러고 나서 역 앞 담배 가게에서 방문객용 담배 열 개를 샀다. 이런 남자는 자신을 대놓고 비웃는 사람에 대해서는 진심으로 존경하고 봉사하며, 자신을 다정하게 위로하는 사람은 잘난 척 큰소리치며 쫓아내면서, 그렇게 인간관계를 때우기 마련이다. 하지만 남작은 그날 밤, 자기 고향 생각이 나서 이불 속에서 하염없이 뒤척였다.

—나는 역시, 내 가정환경을 자랑스러워하고 있다. 뭐라고 투덜대면서도 나는, 내 집을 뽐내고 있다. 엄숙한 가정이다. 만약 지금, 바로 내 옆에 가족 모두가 찍은 기념사진이라도 있다면, 나는 이 방의 장식선반에 그 사진을 놓고 싶을 정도다. 사람들은 그걸 보고 아마, 나를 부러워하겠지. 나는 그 순간 얼마나 흐뭇할까? 나는 틀림없이 대가족 한 명 한 명에 대해 다소 과장을 섞어, 그들의 훌륭함, 아름다움, 성실, 겸손함을, 듣는 사람이 하품을 참다가 흘린 눈물을 감격의 눈물이라고 착각하면서 질리지도 않고 하나부터 열까지 계속 떠들어댈 것이다. 하지만 듣는 사람은 결국 참지 못하고,

"그렇구나. 역시 자네는 행복하군."이라고 비명에 가까운 찬사를 보내며 내 자랑을 끊고 나서, 질문 하나를 던진다. "하지만, 이 사진엔 자네가 없네. 왜 그런 거야?"

그 질문에 대해, 나는 답한다.

"그건 당연한 거야. 나는 두세 가지 나쁜 일을 했으니까, 이 기념사진엔 들어갈 자격이 없어. 그건 당연한 거야. 나는 절대, 자격이 없어."

지금은 나도 아직 이런 상태고, 내 가족들도, 그 녀석은 제멋대로고,

거짓말쟁이인 데다 단정치 못하니까, 더 많이 고생하게 내버려 두자. 괴로워도 다들, 가만히 지켜보자. 저 아이는, 뿌리가 그렇게 뒤떨어진 아이는 아니니까, 언젠가는 잘못을 깨닫겠지. 그렇게 믿고, 그날을 기다리고 있어. 나는 그걸 알고 있으니까, 밤에는 종종 괴로움에 죽고 싶어도, 밤이 지나면 아침이 온다, 밤이 지나면 아침이 온다, 라고 자신에게 열심히 주문을 걸면서, 어떻게든 살아남아 노력하고 있다. 삼 년 후엔 나도 꼭, 그 기념사진의 한구석에 설 수 있을 것이다. 나는 몸이 안 좋으니까, 어쩌면 그 사진에 들어가기 전에 죽을지도 모른다. 그렇게 되면 우리 가족들은, 그 기념사진의 오른쪽 위에 흰 화환에 둘러싸인 나의 웃는 얼굴을 찍어 넣을 것이다.

하지만 그건 삼 년, 아니 오 년 십 년 후의 일이 될지도 모른다. 나는 분명 시골에서 평판이 안 좋을 테니, 가족들은 나를 용서해주고 싶다고 해도 그게 쉽지 않을 수도 있겠지. 이렇게 평판이 안 좋은 상태에서, 갑자기 내가 고향에 가야만하는 일이 생기면 어쩌지? 나는 그렇다쳐도, 가족들은 얼마나 괴로울까? 작년 가을에 내 누이가 죽었는데, 집에서는 아무 연락도 없었다. 그럴 만도 하지 싶어서, 나는 조금도 원망하지 않았다. 만약 어머니가 그렇게 되면, 어쩌지? 어쩌면 나는, 연락을 받을 수 있을지도 모른다. 받지 못하더라도 나는 참아야만 한다. 그건, 각오하고 있다. 원망하지는 않는다. 하지만, ―내게도 뻔뻔한 구석이 있어서, 어쩌면 연락을 받을 수 있지 않을까, 하고 생각하는 것이다. 그리하여 고향에 불려 갈 수도 있지 않을까. 나는 벌써 십 년 가까이 고향을 못 보고 있다. 몰래 가고 싶어도, 보는 것이 허용되지 않는다. 그것도 그럴 만하다. 하지만 어머니가 그렇게 됐을 경우, 내가 만약 고향에 불려가게 된다면, 그때는 어떤 일이 일어날까?

그 상황을 생각해보고 싶다.

전보가 온다. 큰일이다. 갈팡질팡하며 방안을 서성인다. 정말 큰일이다. 너무 난처한 나머지 신음할지도 모른다. 돈이 없다. 옴짝달싹 못한다. 내 방문객들은 모두 나보다 가난하고 힘겨운 생활을 하고 있으니까, 이럴 때도 절대 부탁을 할 수가 없다. 알리는 것조차, 내게는 고통이다. 방문객들은 그런 다급한 경우에도 틀림없이, 자신이 도움을 줄 수 없다는 것에 대해서 나보다 더한 고통을 느낄 것이다. 나는 방문객들에게 쓸데없는 부끄러움을 느끼게 하고 싶지 않다. 그것은 오히려 내게 더욱더 큰 고통이다. 나는 문득, 죽을까 생각한다. 다른 일과는 다르다. 어머니의 큰일을 접한 데다 이런 너저분한 생활을 하고 있으니, 내게는 인간의 자격이 전혀 없다. 이젠, 틀렸다고 생각한다. 그때, 전보 환이 온다. 형수가 보내온 것이다. 틀림없이 그거다. 삼십 엔. 나는 그때, 오십 엔을 원했다. 하지만 그건 욕심이다. 오십 엔이라면 큰돈이다. 오십 엔 있으면, 어딘가에서 고단하게 사는 다섯 식구가 싱글벙글거리며 한 달을 넉넉히 살 수 있다. 어딘가에 있을 실명 직전 여자아이의 눈병조차도 완전히 고칠 수 있다. 형수도 가능하면 더 많이 보내고 싶었겠지만, 형수도 돈을 마음대로 할 수 있을 리가 없고, 빠듯한 상황에서 큰맘 먹고 보냈을 것이다. 그리고 가령 더 많은 돈을 보낼 수 있더라도, 많은 친척들의 체면도 있고, 이런저런 난처한 의리가 있으니까, 내가 그 삼십 엔을 부족하다고 느끼는 것은 당치도 않은 일이다. 나는, 삼십 엔의 환을 황송해할 것이다.

나는 입을 옷이 없어서 고민한다. 나는 구루메가스리에 홑겹의 겉옷을 입고 싶다. 서생풍의 복장이, 내 가족들을 안심시키기에는 가장 좋을 것이다. 그게 아니면, 수수한 양복이 좋다. 색 있는 와이셔츠에 붉은 넥타이를 매는 식의 복장은, 웬만하면 피해야 한다. 내가 지금 가지고 있는 옷은, 헐렁헐렁한 바지와 쥐색 바지뿐이다. 그것 밖에 없다. 모자도 없다. 나는, 그런 가난한 화가 내지 페인트칠하는 사람 같은 복장으로, 오늘밤에도 긴자에서 차를 마셨는데, 만일 이 복장 그대로 고향에 간다면, 가족들은 부끄러워서 제정신을 못 차리겠지. 나는, 입을 옷이 없어서 걱정한다. 그러다가 기묘한 결심을 한다. 옷을 빌리는 것이다. 나는 보통 사람보다 약간 키가 작은 편이라서, 이런 경우에도 어쩐지 불편한 상황이 생긴다. 이건 이상한 말이지만 나와 키가 비슷한 인간은, 일본에 단 한 명밖에 없다. 그 사람은 내 방문객이 아니고, 무절제한 내 생활에 대해 언제나 진심어린 조언을 해주는 유일한 사람인데, 그 친구는 나보다도 훨씬 더 찢어지게 가난하고, 양복 한 벌이 있기는 하지만 그의 수중에 있을 때는 거의 없다. 다른 곳에 맡기기 때문이다. 나는 삼십 엔을 가지고 그 친구가 있는 곳으로 달려가, 이유를 간단히 말하고, 십 엔을 주고 맡겼던 옷을 찾는다. 그리고 그 친구로부터 셔츠, 넥타이, 모자, 양말까지 빌려서, 가까스로 복장을 갖췄다. 어울리건 어울리지 않건 상관없고, 상식에 어긋나지 않는 옷을 입을 수 있다면 감사하다. 나는 머리가 커서, 부드러운 회색 모자를 쓰면 그냥 머리 위에 얹은 것처럼 흉해 보인다. 양복은 무늬가 없는 감색, 넥타이는 검정, 뭐, 평범한 복장일 것이다. 나는 우에노 역을 향해 허둥지둥 발길을 서두른다. 선물은, 사지말자. 조카딸, 조카, 사촌들, 많지만, 모두들 사치스러운 선물에 익숙해져 있으니까, 내가 몰래 그림책 하나를 내민다 해도 그저 나를 딱하게 여기기만 할 테고, 또 그 애들 엄마들이 모종의 의리 때문에 이건 받을 수 없어요, 라고 말하며 내게 되돌려주기라도 한다면, 정말로 큰일이다. 나는, 선물을 사지 않을 것이다. 차표를 사서 기차를 탄다.

고향에 도착하여 거의 십 년 만에 시골 풍경을 보고, 걸으면서 울지도 모른다. 정신을 차리고, 집으로 들어간다. 트렁크 하나 들지 않은 내 모습을 생각하니 괴롭다. 이미 나는 바늘방석에 앉은 기분이다. 나는 틀림없이, 바보같이 무표정한 얼굴로 서있다. 그냥, 우두커니 서있다. 형수의 얼굴에는 공포의 기운이 뚜렷이 느껴진다. 여기 서 있는 이 남자, 이 지저분한 중년 남자는 과연 내 도련님일까? 형수님, 형수님 하며 영리한 얼굴로 어리광피우던, 그 앙상하게 마른 고등학생이 이렇게 된 걸까? 불쾌하다, 불쾌해. 눈은 누렇게 떴고, 머리숱은 없고, 이마는 검붉고 보기 흉하게 번들번들 기름졌고, 입술은, 볼은, 코는, —형수는, 엄청난 공포를 느끼며 몸을 덜덜 떤다.

어머니의 병실. 아아, 이건, 역시 곤란한 일이다. 아무래도 상상할 수가 없다. 내 공상은, 꼭 잔인하게 적중한다. 무섭다. 생각하면 안 되는 부분이다. 여긴, 피하자.

내가 어머니의 병실에서 슬그머니 나왔을 때, 다른 곳으로 시집간 내 바로 위 누나도 발소리를 죽이고 따라 나와서,

"오느라 고생했네."라고 아주 낮은 목소리로 말한다.

나는 바로 오열하겠지.

이 누나만큼은 나를 두려워하지 않고, 복도에 가만히 서서 내가 울음을 그치기를 기다려줄 것 같다.

"누나, 나는 불효자일까?"

—남작은, 생각이 거기까지 미치자 이불을 머리까지 뒤집어 써버렸다. 오랜만에, 눈물을 흘렸다.

조금씩 변하고 있었다. 말하자면 검붉은 산문적散文的 속물로, 조금씩 변해 가고 있었다. 그것은 인간의 의지로 일어난 변화가 아니었다.

어떤 우연한 사건을 목격해서 일어난 하루아침의 변화도 아니었다. 자연의 태양, 오 년 십 년의 바람과 비가, 서서히 지금의 그를 만들었다. 한 줄기 식물과 비슷했다. 봄에는 꽃이 피고, 가을에는 단풍이 드는 자연 현상과 매우 비슷했다. 자연에는, 못 당한다. 때때로 그는 그런 말을 중얼거리고, 쓴웃음을 지었다. 하지만, 모든 것에 졌다. 깨끗이 졌다는 것을 순순히 받아들이고, 때때로 묘한 상쾌함을 느끼기도 했다. 인간은 앞으로 일이 더 중요하다고 막연하게 생각은 하면서도, 그렇다고 당장 무슨 대책이 있는 것도 아니었다.

요즘은, 그도 방문객들의 접대에 지쳐가고 있었다. 매일 밤 계속되는 그들의 담소에 귀를 기울이고는 있지만, 도무지 참을 수 없다는 생각이 들 때가 있었다. 그에게는, 비굴함에 뒤틀린 방문객들의 에고이즘과, 찰나주의적인 기묘한 허영을 비난하고 싶은 마음은 없었다. 모든 것을 약하기 때문이라고 풀이하고 있었다. 이 사람들은 모두 자신의 깊은 애정을 주체할 수 없고, 세상의 관점으로는 약하고 어설프므로, 달리 아무 데도 갈 곳이 없어서, 내 집에 와있는 것이다. 딱하다. 하다못해 나라도 친절하게 대접해주지 않으면 안 된다고, 그리 생각하고 있었다. 그런데 요즘, 문득 어떤 의심이 끓어올랐다. 왜 이 사람들은 일을 하지 않는 걸까? 정말 소박한 의심이었다. 일자리를 구하려 애썼지만 못 구한 경우에는, 보수가 전혀 없는 일이라도 좋다. 서투른 노력이라도 하는 게 바람직하지 않을까? 세상은, 그렇게 하지 않으면 도저히 살아갈 수 없을 정도로 힘겨운 곳이 아닐까? 생활의 기본에는 그런 소박한 명제가 있어서, 사고思考, 탐미, 인사 모두 그것을 기반으로 이뤄지고 있을 터인데, 이렇게 매일 밤 변함없이 배를 깔고 누워서 서로 허영에 찬 인사만 주고받는 건, 너무나 어리석고, 오만하고 한심한 일 아닐까?

여기에 모이는 사람들보다 더 고결한 영혼을 지니고, 더 유식하고 잘생긴 사람들도 사소하고 작은 일에 평생, 뼈가 부서지도록 노력하며 지낸다. 그 활동사진 조수는, 이 사람들 중에 가장 바람직한 사람이다. 다들 그를 조롱해서 나까지 그 사람의 넘치는 의욕을 얕보았던 것은 옳지 않은 일이었다. 의욕 충만 이라는 말, 이 말은 천한 것이 아니었다. 우스꽝스러운 것이 아니었다. 여기에 모이는 사람들은, 모두 가난하고 약하다. 하지만 이 시대의 사조가 이런 사람을 묘하게 응석받이로 만들어서, 몹쓸 존재가 되었다. 과연 지금 내게, 이 사람들을 친절하게 대접할만한 여유가 있을까? 나도 지금은 똑같이 가난하고 약하다. 전혀 다를 게 없지 않을까? 게다가 지금은 이전 세상의 사조 안에서 응석받이로 자라난 소위 '부르주아 시펠'[5]들 사이에만 부르주아 이데올로기의 악덕이 남아 있어서, 오히려 멸망한 부르주아들은 이전에 가졌던 퇴폐적 의식을 버리고, 다시 조금씩 일어나고 있는 것 아닐까? 그래서 현대는, 한층 더 복잡하고 미묘한 모습으로 변해 가는 것 아닐까? 약하고 가난하다고 해서 신이 항상 그런 사람을 사랑하는 건 아니다. 그 중에도 사탄이 있기 때문이다. 강함 안에도 선善이 있다. 신은, 오히려 그것을 사랑한다.

생각은 그렇게 하면서도, 그도 별 볼 일 없는 남자였다. 자신이 없었다. 방문객들을 거부할 수가 없었다. 무서웠다. 스님이 살생을 하면[6], 이라는 말이 있는데, 약하고 가난한 자들을 한번이라도 거부하면, 그들을 거부한 그의 손가락 끝이 찌릿찌릿 썩어 들어가서, 7대가 대대로 화를 입을 것 같은 기분까지 들었다. 결국 그는 이래저래 질질 끌려 다니면서, 무언가를 기다리고 있었다.

5_ 독일의 작가 칼 슈테른하임의 1912년 희곡 제목.

6_ '스님이 살생을 하면 7대가 화를 입는다.'는 일본 속담이다.

3

토미로부터 편지가 왔다.

3일 전부터 누마즈 바닷가에서 야외 촬영을 하고 있어요. 저는 파도가 일으키는 물보라를 빤히 쳐다보고 있자면, 꼭 라무네[7]를 마시고 싶어져요. 후지산을 보고 있으면, 꼭 양갱을 먹고 싶어져요. 마음에도 없는 이런 농담을 할 정도로, 제겐 괴로운 일이 있어요. 저도, 벌써 스물여섯이에요. 이제 그 후로, 십 년이나 지났네요. 공부를 많이 했어요. 하지만, 아무 도움이 안 되네요. 오늘은 안개비가 내려서 촬영이 없기 때문에, 옆방에서는 모두들 밝은 목소리로 떠들고 있어요. 저는, 여배우에 소질이 없을지도 몰라요. 뵙고 싶으니, 16, 17, 18 이렇게 3일간 휴가를 받을 테니까, 언제든 신스케 님이 좋으신 날에 와주세요. 기왕이면 누추한 저의 집에 와주신다면, 얼마나 좋을까요? 집까지 오는 약도를 같이 넣었어요. 이렇게 실례가 되는 편지를 쓰고 있으려니까, 부끄러워 어쩔 줄을 모르겠어요. 글씨가 지저분해서 읽기 힘드실 거예요. 제 일생이 걸린 중요한 일입니다. 다른 사람의 의견을 구하고싶은데 달리 부탁할 친척도 없어서, 염치없다는 건 알지만, 부탁드려요.

사카이 신스케 님.

토미.

7_ 설탕과 레몬 향료가 들어있는 청량음료.

조감독인 S씨에게서도 요즘 소식을 듣고 있어요. 남작이라는 별명이 있으시다고요. 재미있어요.

남작은, 이불 속에서 그 편지를 읽었다. 처음에는, 웃었다. 너무 기괴하게 느껴졌기 때문이다. 토미도 도회지의 모던 걸처럼 이상한 말씨로 편지를 쓴다는 것이 신기해서, 쉽사리 웃음을 멈출 수가 없었다. 하지만 문득, 갑자기 진지해졌다. 주어진 것을 강하게 거부할 수 있어도, 부탁을 받았을 때 싫다는 말을 못하는 것은, 이런 종류의 인간이 지닌 숙명이다. 남작은 다른 종이에 그려진 약도라는 것을 봤다. 촬영소가 있는 동네의 역보다, 두 역을 더 가서 내리면 된다. 가지 않으면 안 된다. 남작은 우울한 기분으로 마지못해 일어섰다. 오늘은 16일, 오늘 지금 당장 나가서 해치워버리자고 생각했다. 게으름뱅이일수록, 마음에 걸리는 일을 한시라도 빨리 해치워버리고 싶어 하는 법이다.

전철에서 내리고 보니 그곳은 촬영소가 있는 동네보다도 더 심한 시골이었다. 시야를 가득 메운 보리밭에는 보리가 대여섯 치약 15~18cm 정도 자라서, 녹아내릴 듯한 부드러운 녹색으로 뒤덮여 있다. 취미가 없는 남작은 이게 에메랄드그린이라는 거구나, 하고 생각했다. 5, 6분쯤 걷다보니 이 집이구나 싶은 집이 나왔다. 꽤 호화로운 집이어서, 남작은 깜짝 놀랐다. 초인종을 누른다. 하녀가 나온다. 바보 같은 녀석이군, 연기자가 되었다고 해서 이렇게 유난을 떨 필요는 없지, 싶어서 남작은 토미가 한심하게 여겨졌다.

"신스케인데요."

요란한 차림에 눈썹을 민 창백한 얼굴의 하녀가 아, 하고 끄덕이며, 알고 있다는 얼굴로 주책없이 웃더니 다시 들어갔고, 그 하녀가 들어가자마자 토미가 빳빳한 천으로 된 기모노를 입고 현관에 나타났다. 남작은 그 옷을 눈치채지 못한 듯 화난 투로 말했다.

"용건이 뭐야? 그런 편지를 보내면 안 돼. 난 이래봬도 바쁘니까."

"죄송해요." 토미는 정중하게 인사하며 말했다.

"잘 오셨어요." 얼굴에 깊은 감동까지 드러내고 있었다.

남작은 그 말에 거만하게 대꾸했다.

"좋은 집이네. 와, 정원도 넓네. 이 정도면, 월세도 비싸겠지." 유명한 여배우가 월세 같은 걸로 살지는 않았다. 이 집은 토미가 일해서 자기 힘으로 지은 집이다. "허영인가? 흐음. 너무 무리하면 안 좋을 텐데." 남작은 우쭐대는 표정으로 그렇게 말했다.

그는 응접실로 들어가서, 토미의 인생이 걸린 중요한 일에 대한 이야기를 들었다. 토미는 올해 가을이 되면 지금 회사와 계약 기간이 끝난다, 벌써 올해로 스물여섯이고, 이 기회에 연기자를 그만 두려고 한다. 연세가 지긋한 시골의 부모님은 처음부터 토미를 포기했다. 도쿄에 있는 토미의 집으로 오라고 아무리 말해도, 얼마 되지도 않는 논밭에 정을 떼지 못해서 여기로는 절대 안 오려고 한다. 남동생이 하나 있는데, 이 녀석이 육 년 전에 부모님의 반대를 무릅쓰고 누나인 토미의 집으로 부랴부랴 올라와서, 지금은 사립대학에 다니고 있다. 어떻게 하면 좋을까요? 그게 고민거리란다. 남작은, 어이가 없었다. 토미가 바보 아닐까 하는 의심이 들었다.

"놀리는 것도, 적당히 해." 도를 넘은 바보스러움에 경계심이 인 남작은 다소 격식을 차린 말투까지 썼다. "대체 어디가, 인생이 걸린 중요한 일인 겁니까? 팔자가 어지간히 늘어졌네. 일부러 먼 데서 찾아온 사람을 앉혀놓고 이게 뭐 하는 거야. 어디를 어떻게 들으면 되는 거야? 시골에 있는 가족들이 너를 포기하고 연락을 전혀 안 한다고 해도,

이대로 있어도 별 문제 없잖아. 남동생이 어떻게 되건, 남자니까. 어떻게든 살겠지. 네게 책임은 없어. 다른 건, 네 마음대로 해도 되잖아. 뭐야, 어이없어." 지독하게 언짢은 모습이었다.

"으음, 그게," 씁쓸한 듯 웃으며 잠깐 머뭇거리다가, 고개를 번쩍 들더니 말했다. "저, 결혼할까 싶어요."

"하면 되지, 내가 알 바 아냐."

"휴," 토미는 무섭다는 듯 목을 움츠렸다. "저, 그 일에 대해서, ―."

"얼른 말하면 되잖아. 너는 대체 나를 뭐로 보는 거야? 옛날부터 너에겐 이런 식으로, 이러쿵저러쿵 뭐라고 하면서 나를 귀찮게 구는 버릇이 있었지. 그러지 마, 나는, 네가 나를 놀린다는 생각밖에 안 들어." 불같이 화를 냈다.

"아뇨, 그런 게 아니에요." 필사적으로 부정하면서 말했다. "부탁이 있어요. 남동생에게 얘기 좀 해주시면, ―."

"나더러, 얘기를 하라고? 무슨 얘기?"

토미는 어찌할 바를 모르는 사람처럼 창밖에 다 진 벚나무를 가만히 응시했다. 남작도 토미의 시선을 따라 창밖을 내다봤다. 벌레라도 씹은 듯한 얼굴이었다. 토미는 어깨를 약간 움츠리며 이젠 다 틀렸다는 듯 사뭇 감정 없는 말투로 술술 얘기를 풀었다. 남동생이 뭐라고 이유를 대면서 토미의 결혼에 찬성해주지 않는다. 사립대학의 예과豫科에 다니고 있는데 조금 불량하고, 얼마 전에도 마작 도박으로 경찰 신세를 졌다. 내 결혼 상대는 아주 성실하고 올곧은 사람인데, 훗날 남동생이 그분께 난폭한 짓이라도 하면, 나는 살아갈 수 없다.

"그건, 네 멋대로 한 생각이야. 에고이즘이야." 토미의 얘기 도중에, 남작은 큰 소리를 냈다. 노골적으로 오만방자한 여자의 생각이 한심하고,

남동생이 묘하게 불쌍하게 여겨져서, 의분마저 느꼈다. "뻔뻔스럽기 그지없군. 정말 바보 같은 녀석이네. 바보. 나를 뭐로 보는 거야?" 남작이 요즘 들어 이렇게 화냈던 적은 없었다. 마구 소리를 질러대는 중에, 키가 한 자약 30cm는 자란 듯한, 이상한 기운까지 느껴졌다.

서슬 퍼렇게 화를 내는 통에, 입술까지 파래진 토미는 조용히 일어나서 말했다.

"저 어쨌든, 남동생에게." 안 들릴 정도로 작은 목소리로 띄엄띄엄 말하고는 몸을 돌려 방을 뛰쳐나갔다.

"어이, 토미." 문득 십 년 전 말투와 똑같은 말투가 나왔다. "난 모른다고." 대화가 꽤 소란스러워졌다.

문이 소리도 없이 열리더니, 눈이 크고 얼굴이 까무잡잡한 청년이 얼굴이 실내를 슬쩍 들여다보았다. 곧 남작은 그의 기척을 느끼고 말했다.

"어이, 이보게. 자네는 누군가?" 남작은 원래 낯선 사람에게 이렇게 난폭한 말투로 말하는 사람은 아니었다.

청년은 기죽지 않고 진지한 얼굴로 조용히 방으로 들어와서 말했다.

"신스케 씨인가요? 저, 고향에서 한번 뵌 적이 있어요. 잊으셨을 테지만요."

"아아, 자네는 토미의 남동생이군."

"네, 그렇습니다. 뭔가 제게, 하실 말씀이 있다고 들었는데."

남작은 결심했다.

"있어. 있고말고. 참고로 나는 지금, 기분이 언짢네. 정말, 너무 언짢은 상태야. 자네 누나는 바보야. 나는 자네 편일세. 나는 뭔가를 숨기지 못하는 성격이니까 다 말해주지. 자네 누나는 조만간 결혼하고 싶다고 하네. 상대는 꽤나 훌륭한 사람이라고 하네. 아니 뭐 그건, 됐어. 좋은 일이지. 내가 알 바 아냐. 하지만, 문제는 다른 점에 있어. 틀려먹었어. 아무 문제가 없는 자네를 방해꾼으로 여기고 있어. 나는 자네를 믿어. 나는 한눈에 알아. 자네 학생들은, 아니, 나도 같은 처지지만, 노력의 방침을 잃어버리고 있을 뿐이야. 아니, 그 표현을 잃었을 뿐이야. 학문을 써먹을 데가 없잖나. 세상이 자네들 가슴속 진심을 이해하지 못하기 때문이야. 묻혀 있는 성실을 이해해주지 않을 뿐이야. 누나한테서 버림받으면, 우리 집으로 와. 함께 살자. 나도, 언제까지나 어영부영 살 생각은 없어. 이렇게 쓸데없는 모욕을 당한 건 처음이야. 여편네 잔심부름 같은 일이라니 이게 가당키나 해? 다른 것보다, 그 상대 남자라는 자도 한심하지 않은가. 여편네 남동생 한 명도 못 거두다니."

"아뇨, 저는," 청년은 일어선 채로, 단호하게 말했다. "저를 거둬 달라는 생각 같은 건 안 해요. 다만, 저를 불결한 사람 취급하면서 멀리하려는 태도가 싫은 겁니다. 이런 제게도 꿈은 있어요."

"그렇지, 그렇고말고. 어차피 그 녀석은, 변변치 못한 남자일 테지."라고 말하고는, 안절부절 못했다. "어찌됐든, 내가 알 바 아냐. 멋대로 하라고, 토미에게 그렇게 전해. 나는 몹시 언짢네. 이만 집에 가야겠어. 나를 뭐라고 생각하는 거야. 아니, 가야겠어. 남동생이 그렇게 싫으면 내가 맡겠다고, 그렇게 전해줘."

"실례합니다만," 청년은 돌아가려고 하던 남작 앞을 막아서더니 낮은 목소리로 말했다. "거둔다거나, 맡겠다거나, 그런 문제는, 구식이라고 생각합니다. 무엇보다 당신에게는, 다른 이를 거둘 여유가 있는지요?" 남작은 깜짝 놀랐다. 무심결에 청년의 얼굴을 다시 보았다. "자기 생활에 대한 각오를 지니는 것이, 가장 시급한 문제 아닐까요? 다른 사람 일에 참견하지 말고, 우선 당신 일부터 챙기세요. 그리고 저희에게 보여주세요. 눈에 띄지 않는 것이더라도, 존중할 것입니다. 아무리 사소한 것이라 해도, 개인의 노력과 힘을 믿을 겁니다. 낱낱이 부수어 혼돈의 구렁텅이로 가라앉혔던 과거의 자의식을, 다시금 단순하고 소박하고 강하게 기르는 것이 저희들의 가장 새로운 이상이 되었습니다. 여태껏 자의식의 과잉이라든가, 허무 같은 것을 고상한 것처럼 얘기하는 사람은, 정말 무식한 사람입니다.

"아아." 남작은, 환성에 가까운 비명을 외쳤다. "자네는, 자네는, 정말 그렇게 생각하는가?"

"저 하나만 그런 게 아닙니다. 제 안에, 알프스의 험준한 골짜기보다 훨씬 더 어려운 면이 있어서, 그것을 정복하기 위해 노력하고 있어요. 우리는 그걸 이룬 사람을 개인영웅이라고 부르며, 나폴레옹보다도 존경합니다."

왔다. 기다리고 있던 게 왔다. 새로운, 완전히 새로운 다음 세대가, 조금씩 보이기 시작했다. 남작은 가슴이 벅차올라, 한참 동안 말을 잇지 못했다.

"고마워. 그건, 좋은 일이야. 좋은 일이지. 나는, 자네들이 나타나기를 기다리고 있었네. 좋은 사람이라고 불리며 비웃음을 사고, 바보라고 불리며 지탄받고, 폐인이라 불리며 멸시받아도, 잠자코 견디면서 기다리고 있었어. 얼마나, 얼마나 기다렸던가."

말하는 중에 눈물이 쏟아질 것 같아, 허둥지둥 방 밖으로 뛰쳐나갔다.

남작이 그대로 도망치듯 토미의 집을 떠난 뒤, 청년은 응접실 소파에 털썩 앉아 혼자 히죽히죽 웃고 있었다. 토미가 살그머니 문을 열고 들어왔다.

"작전, 성공." 불량 청년은, 천장을 향해 담배 연기를 내뿜었다. "꽤 괜찮은 사람이네. 나도 저 사람이 좋아. 누나, 결혼해도 돼. 고생했으니까. 십 년의 사랑, 보상 받았네."

토미는 눈물을 보이며, 남동생을 향해 살짝 합장했다.

남작은 아무것도 모른 채 맹렬한 기세로 집에 돌아갔고, 가서 딱히 할 일도 없어서, 생각 끝에 집 현관에 망중사객[8]이라고 쓴 종이를 붙였다. 인생의 출발은, 늘 싱겁다. 우선 시도하자. 파국이 지나간 후에도, 봄은 온다. 벚꽃 동산[9]을 되찾을 방법이 없으랴.

8_ 忙中謝客. 바쁜 가운데 손님을 사절한다는 뜻이다.

9_ 러시아의 몰락해 가는 지주계층을 날카롭게 묘사한 안톤 체호프의 희곡 제목 『벚꽃 동산』(1903)을 차용한 말로, 여기에서는 다자이의 재생의지를 은유적으로 표현한 것으로 볼 수 있다.

愛と美について
사랑과 미에 대하여

太宰治

「사랑과 미에 대하여」

작품집 『사랑과 미에 대하여』에 실린 소설 중, 가장 유머러스하고 신선한 구성이 돋보이는 단편이다. 제각기 개성이 뚜렷한 오남매가 엮어낸 한 편의 로맨스.

다섯 남매가 있었는데, 모두 로맨스를 좋아했다. 장남은 29세. 법학사法學士다. 사람을 대할 때 약간 거만을 떠는 나쁜 버릇이 있지만, 그 버릇은 자신의 약함을 감추는 도깨비 가면이었다. 실은 마음이 약하고, 무척 상냥하다. 동생들과 영화를 보러 가서 이건 졸작이다, 형편없다고 말하면서, 그 영화에 나오는 사무라이의 의리와 인정에 마음을 빼앗겨 가장 먼저 울어버리는 사람은, 언제나 이 장남이다. 항상 그랬다. 영화관에서 나오고 나면 갑자기 거만해지고 언짢아하면서, 돌아오는 길에는 말 한마디 하지 않는다. 살면서 한 번도 거짓말이라는 것을 한 적이 없다고, 주저 않고 공공연히 말하고 다닌다. 그건 좀 의심스럽지만, 강직하고 결백한 면이 있는 것은 확실하다. 학교 성적은 그다지 좋지 않았다. 졸업하고 나서는 아무 일도 안 하고, 집을 굳건히 지키고 있다. 입센[1]을 연구하고 있다. 요즘 『인형의 집』을 다시 읽고 중대한 발견을 해서 몹시 흥분한 상태다. 노라는, 그때 사랑을 하고 있었다. 의사인 랭크를 사랑하고 있었던 것이다. 그걸 발견했다. 동생들을 불러 모아

1_ 헨리크 입센(1828~1906). 노르웨이의 극작가. 『인형의 집』으로 유명하다. 노라는 작품의 주인공.

그 점을 지적하고, 큰 소리로 설명하려 노력했지만, 헛수고였다. 동생들은 글쎄, 하고 고개를 갸웃거리며 히죽히죽 웃기만 했고, 조금도 흥분한 기색을 보이지 않았다. 애당초 동생들은 이 장남을 대수롭지 않게 생각하고 있다. 얕보는 경향이 있다. 장녀는, 26세. 아직 시집을 가지 않았고, 철도성에 다니고 있다. 프랑스어를 꽤 잘했다. 키가 다섯 자 세 치[약 160㎝]였다. 굉장히 말랐다. 동생들은 말이라고 부르기도 한다. 머리를 짧게 잘랐고, 로이드안경[2]을 쓰고 있다. 마음 씀씀이가 요란해서 누구하고든 바로 친구가 되고, 열심히 받들어 섬기다가 버림받는다. 그것이, 취미다. 우수[憂愁]와 적막감을 남몰래 즐긴다. 하지만 한번, 같은 과에 근무하는 젊은 관리에게 빠졌다가 버림받았을 때, 그때만큼은 정말 의기소침했었다. 그 일로 회사에 나가기 겸연쩍기도 해서 폐가 나빠졌다고 거짓말을 하고 일주일이나 자고 나서 목에 붕대를 감고, 마구 기침을 해대면서 병원에 진찰을 받으러 갔는데, 의사는 엑스레이를 상세히 보여주며 보기 드물게 튼튼한 폐를 가졌다고 칭찬했다. 문학 감상은 본격적으로 하는 편이었다. 정말 잘 읽는다. 동서양을 가리지 않는다. 힘이 넘쳐서 남몰래 자기가 직접 작품을 쓰기도 한다. 그것은 책장 오른쪽 서랍에 숨겨져 있다. 서거 이 년 후에 발표할 것이라고 쓰인 종잇조각이, 이제까지 써둔 작품들 위에 떡하니 놓여 있다. 이 년 후가 십 년 후로 바뀌었다가 두 달 후로 바뀌기도 하고, 때로는 백 년 후로 되어 있기도 한다. 차남은, 24세. 그는 속물이었다. 제대[3]의 의학부에 재학 중이다. 하지만 학교에는 거의 안 갔다. 몸이 약하다. 이 사람은 진짜 병자다. 얼굴이 놀라울 정도로 아름다웠다. 인색한 성격이다. 장남

2_ 테가 두껍고 둥근 안경. 미국의 희극 배우 해롤드 로이드가 쓴 것에서 유래했다.

3_ 帝大. 지금의 도쿄대, 교토대 등 당시 최고등 교육기관이었다.

이 다른 사람에게 속아서 몽테뉴[4]가 쓰던 라켓이라는, 별다를 게 없는 라켓을 값을 깎아 오십 엔에 사와서 득의양양하고 있었을 때도, 차남은 뒤에서 혼자 너무 분개한 나머지 심한 열에 시달렸다. 그 열 때문에, 결국은 신장이 나빠졌다. 누가됐건, 다른 사람을 멸시하는 경향이 있다. 다른 사람이 무슨 말을 하든 켁, 하고 기괴한 괴물[5] 웃음소리와 비슷한 불쾌하기 짝이 없는 웃음소리를, 거리낌 없이 내뱉는다. 괴테 외골수다. 그렇다고는 해도, 괴테의 소박한 시 정신에만 탄복하는 게 아니라, 괴테가 고위고관의 신분에 있었다는 것에 감탄하는 기색이, 없는 것도 아니다. 수상쩍다. 하지만 남매가 다 같이 즉흥시 같은 것으로 경쟁할 때는, 언제나 1등이다. 잘한다. 속물이니만큼, 소위 열정을 객관적으로 풀어내는 능력이 확실하다. 자기가 마음만 먹으면, 일류 작가가 될지도 모른다. 이 집에 사는 다리가 안 좋은 열일곱 살 하녀가, 죽기 살기로 좋아한다. 차녀는, 21세. 나르시스다. 어떤 신문사가 미스 일본을 모집했을 때, 그때는 정말 자기 자신을 추천을 하겠다고 사흘 밤을 몸부림쳤다. 큰 소리로 여기저기 떠들고 싶어 했다. 하지만 사흘 밤의 몸부림 끝에 자신이 키가 작다는 사실을 깨닫고, 단념했다. 남매들 중, 혼자만 유독 작았다. 네 자 일곱 치약 142cm다. 하지만, 절대로 못 봐줄 정도는 아니다. 꽤 귀엽다. 깊은 밤, 알몸으로 거울을 향해 귀엽게 생긋 미소 지어 보거나, 하얗고 포동포동한 두 발을 수세미 향 코롱으로 씻고 발끝에 가만히 입 맞추며 황홀한 듯 눈을 감아 보기도 한다. 한번은 코끝에 바늘로 찌른 것 같은 작은 뾰루지가 나서, 우울한 나머지 자살을 시도한

4_ 몽테뉴Michel de Montaigne(1533~1592). 프랑스의 사상가이다.

5_ 원문은 からす天狗가라스텐구. 까마귀 부리와 비슷한 입 모양을 한 텐구. 텐구는 날개가 있어 하늘을 날고 깊은 산에 살며 신통력이 있다는, 얼굴이 붉고 코가 큰 상상의 괴물.

적이 있다. 읽는 책에는 특색이 있다. 메이지 초기의 『가인의 기우』[6], 『경국미담』[7] 같은 책을 헌책방에서 찾아와서는, 혼자 킥킥 웃으면서 읽고 있다. 구로이와 루이코[8], 모리타 시켄[9] 같은 번역물도 즐겨 읽는다. 어디에서 구해오는 건지, 이름 모를 동인지를 잔뜩 모아서는 재미있다, 잘 쓴다, 라고 진지한 얼굴로 중얼거리며, 샅샅이, 정성들여 독파하고 있다. 사실은 남몰래 교카[10]를 제일 좋아하며 즐겨 읽는다. 막내 남동생은, 18살이다. 올해 제1고등학교[11]의 이과理科 갑류[12]에 막 들어간 참이다. 고등학교에 들어가고 나서, 그의 태도는 갑자기 변했다. 형들과 누나들에겐 그게 너무 웃기는 일이다. 하지만 막내 남동생은 무척 진지하다. 집안의 사소한 분쟁에도, 막내 남동생은 일일이 불쑥 얼굴을 내밀고, 아무도 부탁하지 않는데도 생각이 깊은 척 심판을 내리곤 하여, 어머니를 비롯한 일가족 모두 어이없어 하고 있다. 자연히 막내 남동생은, 가족들에게는 경원敬遠의 대상이다. 막내 남동생은 그게 너무 불만이다. 장녀는 언짢아서 퉁퉁 부은 동생의 얼굴을 보다 못해, 혼자서는 어른이 된 기분이라도, 그 누구도 어른으로 봐주지 않는 슬픔, 이라는 일본식 시 한 수를 지어서 막내 남동생에게 주어, 그가 느낄 초야에 묻힌 인재의 무료함을 위로해주었다. 얼굴이 아기 곰 같고 귀여워서, 형제들이 이래

6_ 『佳人之奇遇』, 도카이 산시東海散士 지음. 1885~97년에 간행된 정치소설로, 식민지하, 혹은 분열항쟁에 휩싸인 일곱 개 국가의 역사를 돌아보며, 일본의 위기상황을 호소한 작품이다.

7_ 『経國美談』, 야노 류케이矢野龍溪 지음. 1883~84년 간행된 정치소설로, 자유민권론을 구가하는 내용이다.

8_ 黑岩涙香(1862~1920). 신문기자 겸 문학자. 탐정소설 번역으로 유명하다.

9_ 森田思軒(1861~1897). 신문기자 겸 번역가. 위고, 포 등의 작품을 한문조로 번역했다.

10_ 이즈미 교카泉鏡花(1873~1939). 소설가. 낭만주의 문학에 독자적 경지를 개척했다.

11_ 현 도쿄대학교 교양학부, 치바대학교 의학부, 약학부의 전신.

12_ 甲類. 이수하는 제1외국어가 영어인 반.

저래 지나치게 마음을 쓰는데, 그 때문에 그는 다소 덜렁거리는 면이 있다. 탐정 소설을 좋아한다. 때때로 혼자 방안에서 변장을 해보기도 한다. 어학 공부라면서, 도일[코난 도일]의 일본어 대역 책을 사와서는 일본어 부분만 읽고 있다. 형제 중에 어머니를 걱정하는 건 자기뿐이라며, 남몰래 비장함에 차 있다.

아버지는 오 년 전에 돌아가셨다. 하지만 생활에 불안은 없다. 요컨대, 좋은 가정이다. 이따금 모두, 다 같이 밑도 끝도 없이 지루해 하는 때가 있는데, 이런 때는 모두 할 말을 잃는다. 오늘은 흐린 일요일이다. 홑겹 옷을 입는 계절인데, 이 음울한 장마가 지나가면 여름이 온다. 모두들 응접실에 모여 있고, 어머니는 사과즙을 만들어서 다섯 아이들에게 먹이고 있다. 막내 남동생 한명만, 특별히 큰 컵으로 마시고 있다.

지루할 때는 다 같이 이야기 연작을 시작하는 것이, 이 집 풍습이다. 가끔 어머니도 함께한다.

"뭔가, 없을까?" 장남은, 거만한 표정으로 주위를 살핀다. "오늘은 좀 특이한 주인공을 내세우고 싶은데."

"노인이 좋겠다." 차녀는 탁자 위에 턱을 괴었는데, 심지어는 검지 하나로 한쪽 턱을 괴는, 정말 잡을 폼 다 잡는 자세로 말했다. "어젯밤에 내가 곰곰이 생각해봤는데," 무슨, 방금, 문득 떠오른 것뿐이다. "인간 중에 가장 로맨틱한 사람은 노인이라는 걸 깨달았어. 할머니는, 안 돼. 할아버지가 아니면 안 돼. 할아버지가 이렇게 툇마루에 멍하니 앉아 있으면, 이미 그것만으로도 로맨틱하지 않아? 훌륭해."

"노인이라." 장남은 잠시 생각에 잠기는 듯하더니 다시 말했다. "좋아, 그걸로 하자. 되도록이면 달콤하고 애정이 넘치는, 아름다운 이야기가 좋겠다. 요전 걸리버의 그 후 이야기가, 좀 너무 음침했어. 난 요즘

블랜드를 다시 읽고 있는데 정말 어깨가 뻐근해져. 너무 어려워." 솔직하게 털어놓았다.

"저 하게 해주세요. 저," 변변히 생각도 안 하고 바로 큰 목소리로 자기가 하겠다고 나선 사람은 막내 남동생이다. 큰 컵에 담긴 과즙을 벌컥벌컥 마시고, 유유히 고견을 개진해 주신다. "전, 전, 이렇게 생각해요." 지나치게 조숙한 말투였기 때문에, 모두가 웃음이 나오려는 걸 꾹 참았다. 차남도, 언제나처럼 켁 하고 괴상한 웃음소리를 냈다. 막내 남동생은 뚱하고 뾰로통해져서 말했다.

"전 그 할아버지가, 꼭 훌륭한 수학자일 것 같아요. 분명, 그럴 거야. 훌륭한 수학자야. 물론 박사. 세계적으로 훌륭하지. 지금은 수학이 급격히, 계속 변하고 있는 때야. 과도기가 시작되고 있어. 세계 대전이 끝날 무렵, 1920년대부터 오늘까지 약 십 년간 그건, 계속되고 있어." 어제 막 학교에서 듣고 온 강의를 그대로 흉내 내어 말하고 있으니, 가만히 듣고 있는 데에도 인내심이 필요하다. "수학의 역사도 과거를 돌이켜 보면, 시대와 함께 여러모로 변천해 온 것은 분명한 사실이에요. 우선 그 첫 계단은 미적분학 발견의 시대야. 그 다음이 그리스에서 전래된 수학에 대한 넓은 의미의 근대적 수학이에요. 이리하여 새로운 영역이 열렸으니, 그게 열린 직후엔 상승하기보다는 오히려 넓어지는 시대, 확장의 시대예요. 그게 18세기의 수학이에요. 19세기에 들어설 때쯤, 또 하나의 계단이 있어요. 즉, 이때도 급격히 변한 시대예요. 한 명 대표자를 고르자면, 예를 들면 Gauss. g,a,u,ss가 있어요. 급격하게, 자꾸자꾸 변화하는 시대를 과도기라고 한다면, 현대는, 정말 엄청난 과도기예요." 이건 전혀, 이야기도 뭣도 아니다. 그래도 막내 남동생은 우쭐대고 있다. 이야기가 궤도에 올랐다고 생각하며 내심 싱글벙글하고

있다. "너무 번거롭고 정리定理만 넘쳐나서, 지금까지 수학은 완전히 막다른 곳에 와있어. 하나의 암기물로 추락하고 말았어. 이때, 수학의 자유성을 외치며 용감하게 일어난 사람이 지금 그, 할아버지 박사예요. 훌륭한 사람이야. 만약에 탐정이라도 된다면 어떤 기괴하고 어려운 사건이라도, 현장을 한 바퀴 돌고는 금세 해결해 버릴 거야. 그런 머리 좋은 할아버지야. 어쨌든, Cantor가 말한 것처럼," 또 시작됐다. "수학의 본질은 그 자유에 있어. 정말 그래. 자유성이란, Freiheit의 번역어예요. 일본어에서 자유라는 말은, 처음에는 정치적인 의미로 쓰였다고 하니까, Freiheit의 원래 의미와 정확히 똑같지는 않을지도 몰라. Freiheit란 사로잡히지 않고 구속받지 않는, 소박한 것을 가리키는 말이에요. frei하지 못한 예는 가까운 곳에 많이 있는데, 너무 많아서 오히려 예를 들기 힘들어. 예를 들면, 우리 집 전화번호는 알다시피 4823인데, 셋째자리와 넷째자리 사이에 콤마를 넣어서, 4,823이라고 쓰고 있어. 파리에서처럼 48 | 23이라고 하면 그나마 좀 알기 쉬울 텐데, 뭐든 세 글자마다 콤마를 넣어야만 한다는 거, 이건 이미 하나의 구속이야. 노 박사는 이 같은 모든 악습을 타파하려고 애쓰는 거예요. 훌륭해. 진실인 것만을 사랑해야 한다고, 푸앙카레가 말했어. 맞아. 진실인 걸 간결하게, 바로 파악한다면, 그걸로 충분해. 그것보다 좋은 건 없어." 이미, 이야기도 뭣도 아니다. 형제들도 얼굴을 마주보고 어이없어 하고 있다. 막내 남동생은 한층 더 시끄럽게 얘기를 이어간다. "공론空論을 얘기해서 전혀 두서가 없지만, 그건 미안하지만요, 요즘 마침 해석개론을 공부하고 있어서 조금 기억나는 게 있는데, 한 예로 급수에 대해 얘기해 볼게. 이중 또는 삼중 이상 무한급수의 정의에는 두 종류가 있는 거 아닌가, 하고 생각돼. 그림을 그려서 보시면 알겠지만요, 말하자면 프랑스식과 독일식 두 가지가

있어. 결과는 비슷한데, 프랑스식은 모든 사람이 알기 쉽고, 정말 합리적인 입장이야. 하지만 현재 모든 해석학 책들은 이상하게도, 아까도 말했듯 다 같이 그러기로 짠 것처럼 하나같이 독일식을 쓰고 있어. 전통이라는 건, 뭔가 신앙 비슷한 마음을 일으키는 것 같아. 수학계에도 점점 신앙이 생겨나고 있어. 이건 반드시 물리치지 않으면 안 돼. 노 박사는, 이 전통을 타파하기 위해 일어난 거야." 점점 더 기세가 올랐다. 입에서 나오는 얘기가 전부 하나같이 재미없다. 막내 남동생 혼자, 정말 그 노 박사처럼 흥분하며 더욱더 시끄럽게 이야기를 떠들어댄다. "요즘은, 해석학 시작 전에 집합론을 얘기하는 관습이 있어요. 이것도 이상한 점이 있어요. 예를 들면 절대수렴의 경우, 예전엔 순서에 관계없이 안정을 찾는다는 의미로 쓰였어요. 그에 반해 조건적이라는 말이 있어요. 지금은 절대치의 급수가 수렴한다는 의미로 쓰여요. 급수가 수렴하여, 절대치의 급수가 수렴하지 않을 때는 항 순서를 바꾸어 임의의 limit에 tend 시킬 수 있다는 점에서, 절대치의 급수가 수렴하지 않으면 안 된다는 거니까, 그걸로 돼." 조금 의심스러워졌다. 불안하다. 아아, 내 방 책상 위에 다카기 선생님의 그 책이 놓여 있는데, 하고 생각해도, 이제 와서 그걸 가지러 갈 수는 없다. 그 책엔 뭐든 쓰여 있는데, 이제 울고 싶어졌고, 혀가 굳고 몸이 떨려서 비명에 가까운 소리를 질렀다.

"정리하자면." 형제들은, 모두 함께 고개를 숙이고 피식 웃었다.

"정리하자면," 이번에는 거의 우는 소리다. "전통이라는 건, 어지간한 오류도 파악하지 못하고 놓쳐버리지만, 문제는 세세한 곳에 많이 있는 거예요. 더 자유로운 입장으로, 많은 초보자들을 대상으로 한 해석개론이 나오기를, 간절히 바랍니다." 엉망진창이다. 이것으로 막내 남동생의 이야기는 끝났다.

분위기가 좀, 흥이 깨졌을 정도다. 아무래도 이야기를 계속할 계제가 아니었다. 모두 진지해져버렸다. 장녀는 배려심이 깊은 아이라서, 막내 남동생의 실패를 해결하기 위해 웃음을 터뜨리고 싶은 것을 참고 마음을 진정시키고는, 조용히 입을 열었다.

"방금 얘기한 대로, 이 노 박사는 정말 고매한 뜻을 품고 있어요. 고매한 뜻에는 언제나 역경이 따르죠. 이건 이제, 절대적으로 정확한 법칙인 듯해요. 노 박사 또한 세상에 섞이지 못하고, 기인이라는 둥, 이상한 사람이라는 둥, 주위 사람들에게 그런 얘기를 듣고, 이따금 쓸쓸함에 젖었는데, 오늘밤에도 혼자 지팡이를 들고 신주쿠로 산책을 하러 갔어요. 이건, 여름 무렵의 이야기예요. 신주쿠에는 굉장한 나들이 인파가 몰렸어요. 박사는 구깃구깃한 유카타를 입고 허리띠를 가슴 언저리 높이에 올려 매고 있는데, 허리띠 매듭을 뒤로 길게 늘어뜨려서 마치 쥐꼬리같이 보이는, 정말 보기 딱한 풍채예요. 게다가 박사는 땀이 많은 체질인데, 오늘밤엔 손수건을 놓고 나와서 꼴이 더 말이 아니에요. 처음엔 손바닥으로 얼굴의 땀을 닦아내고 있었는데, 절대 그런 걸로 다 닦을 수 있는 땀이 아니었어요. 이마에서 폭포수처럼 흘러내리는 땀은 한 줄기는 콧등을 타고, 한 줄기는 관자놀이를 타고, 줄줄 흐르며 얼굴을 다 적셔서, 턱으로 다 내려와서는 가슴으로 미끄러져 들어가는데, 그 불쾌함이란, 동백기름을 기름통에 가득 채워 머리에서부터 질척질척 뒤집어쓴 느낌이었는데, 노 박사도 이건 어쩔 수가 없었어요. 끝내는 소매로 재빨리 얼굴 땀을 닦고, 다시 조금 걷다가 다른 사람들이 안 보는 사이에 잽싸게 닦고 또 닦다 보니, 어느새 양 소맷자락이 소나기라도 맞은 듯 흠뻑 젖어버렸어요. 박사는 원래 대범한 분이었지만 그 엄청난 땀에, 결국 어느 호프집에 도망쳐 들어갔어요. 호프집에 들어가서 미적지근한 선풍기 바람을 맞고 있자니, 그나마 좀 땀이 잦아들었어요. 그때 호프집의 라디오에서는 한창 시국에 관한 이야기가 흘러나오고 있었어요. 문득 그 소리에 귀를 기울여 보니, 아무래도 이건 들은 적이 있는 목소리예요. 그 녀석 아닐까? 아니나 다를까, 그 이야기 끝에 아나운서가 그 녀석의 이름을, 각하라는 존칭을 붙여 말했어요. 노 박사는 귀를 씻어 헹구고 싶은 기분이었어요. 그 녀석은 박사와 고등학교, 대학까지 같은 교실에서 쭉 함께 공부해온 사람인데, 무엇을 하든 요령이 좋아서 지금은 문부성의 좋은 지위에 있었어요. 박사는 동창회 같은 데에 가면 그 녀석과 얼굴을 마주하는 일이 가끔 있었는데, 그때마다 녀석은 박사를 쓸데없이 조롱했어요. 세련되지 못하고, 품위 없고, 전혀 말도 안 되는 진부한 익살을 연발했고, 또 그의 추종자들은 재미도 없는데 미리 손을 써둔 양, 그 녀석의 한마디 한마디에 즐거워하며 웃어주었어요. 한 번은 박사도 불끈 화를 내며 자리를 박차고 일어났는데, 그때 탁상에서 바닥으로 굴러떨어져 있던 귤 한 개를 꾹 밟아서, 너무 놀란 나머지 힉 하고 없어 보이는 비명을 지르는 바람에 모든 사람이 포복절도해서는, 박사가 모처럼만에 느낀 정의 어린 분노도, 슬픈 결말로 끝났어요. 하지만 박사는 포기하지 않아요. 언젠가는, 녀석을 냅다 갈길 작정이었어요. 방금 라디오에서 녀석의 기분 나쁘고 탁한 목소리를 듣고, 박사는 불쾌해서 참을 수가 없어요. 맥주를 벌컥, 벌컥 마셨어요. 원래 박사는 술이 별로 세지 않아요. 순식간에 만취했죠. 길거리에서 점을 보며 돈을 받는 여자아이가 호프집에 들어왔어요. 박사는 여기여기, 하고 작은 목소리로 다정하게 불러놓고, 너, 나이는 몇이야? 열셋이구나. 그렇구나. 그럼 이제 오 년, 아니 사 년, 아니 삼 년 있으면, 시집갈 수 있어. 알았지? 13에 3을 더하면 몇이야. 응?

이런 식으로 질문을 던졌어요. 이렇게 수학 박사도 취하면, 좀 볼썽사나운 사람이 돼요. 여자아이를 끈덕지게 놀려대서, 결국 박사는 여자아이의 점괘를 사야만 하는 사태가 벌어졌어요. 박사는, 원래 미신은 믿지 않아요. 하지만 오늘밤엔 라디오 때문에 마음이 약해져서, 문득 그 점괘로 자신의 연구와 운명의 미래를 시험해보고 싶어졌어요. 사람은 생활에서 실패하고 상처를 받게 되면, 아무래도 무슨 예언에든 매달리고 싶어지기 마련이에요. 슬픈 일이지요. 그 점괘는, 불에 쬐면 글씨가 나타나는 식이에요. 박사는 점괘가 쓰인 종이를 성냥불에 뭉근히 쬐면서, 취한 눈을 크게 뜨고 주시했어요. 처음에는 무슨 그림 같아서 불안했는데, 그러던 중에 점점 더 명확하게, 고풍스러운 글씨가 또렷이 나타났어요. 읽어 볼게요.

원하는 대로.

박사는 빙그레 웃었어요. 아니, 빙그레 그 이상이에요. 박사 정도 되는 분이 에헤헤헤 하고 천박한 웃음소리를 내며, 턱을 쭉 내밀고는 주위에 취객을 둘러보았는데, 취객들은 딱히 상대를 안 해줘요. 그래도 박사님은 개의치 않으시고 취객 한 사람 한 사람에게 하하, 원하는 대로, 헤헤헤헤, 죄송합니다, 호호호, 이렇게 복잡한 웃음소리를 다양하게 구사하면서, 술집 가득 웃음을 뿌리며 모두에게 인사하고, 이제 자신감을 완전히 되찾아서 그 호프집을 유유히 나가셨어요.

바깥은 사람들의 물결이 엄청나요. 서로 밀고, 밀치고, 모두들 땀에 절어 있는데, 그래도 아닌 척하고 걷고 있어요. 걷고 있다 해도 무엇 하나 이렇다 할 목적은 없는데, 그래도 모두들 일상이 쓸쓸하니까, 무언가 은근한 기대를 품고 아무렇지 않은 척 밤의 신주쿠를 돌아다녀보는 거예요. 아무리 신주쿠 거리를 이리저리 걸어보아도, 좋은 일은 없어요. 그건, 이미 빤한 거예요. 하지만 행복은, 그것을 어렴풋이 기대할 수 있다는 것만으로도 행복한 것이지요. 지금 세상에서는, 그렇게 생각해야만 해요. 노 박사는 호프집의 회전문에서 빙그르르 나와서는, 비틀거리며 도회의 쓸쓸한 철새 행렬에 몸을 던졌어요. 순식간에 이리저리 밀리며, 헤엄을 치듯 기러기들과 함께 흘러가요. 하지만 오늘밤 노 박사는 이 신주쿠의 엄청난 인파 속에서, 아마도 가장 자신감 넘치는 인물일 거예요. 행복을 손에 넣을 확률이 가장 높아요. 박사는 좀 전의 일을 이따금 곱씹어 보면서 히죽히죽 웃고, 또, 혼자 가만히 끄덕이며 뭔가를 알겠다는 표정을 짓기도 하고, 점잔을 빼며 눈썹을 추켜세우고 정색을 해보기도 하고, 완전 불량 청소년처럼, 휴휴 하고 잘 불지도 못하는 휘파람을 불어 보기도 하며 걷고 있어요. 그러다 박사에게 쿵 하고 부딪힌 학생이 있어요. 하지만 그건 당연한 거예요. 이렇게 붐비는 사람들 속에서는, 부딪히는 게 당연한 거예요. 특별한 일도 아니에요. 학생은, 그대로 지나가요. 잠시 후 또, 박사에게 쿵하고 부딪힌 아름다운 아가씨가 있어요. 하지만, 이것도 당연한 거예요. 이런 혼잡 속에서 부딪히는 건, 당연한 거예요. 특별한 일도 아니에요. 아가씨는 지나가요. 행복은 아직, 보류예요. 변화는 등 뒤에서 찾아왔어요. 툭툭, 박사의 등을 가볍게 두드리는 사람이 있어요. 이번에는, 진짜로."

장녀는 시선을 자꾸 내리깔며 거기까지 말하고서, 서둘러 안경을 벗더니 손수건으로 안경알을 싹싹 문질러 닦았다. 이것은 장녀가 조금 쑥스러울 때 꼭 하게 되는 버릇이다.

차남이 이야기를 이어갔다.

"아무래도 난 묘사를 잘못해서, ―아니, 못할 것도 없지만, 오늘은 좀 귀찮아. 간결하게 해버릴게요." 건방지다. "박사가 뒤를 돌아보니,

마흔 정도로 보이는, 뚱뚱한 마담이 서 있어요. 얼굴이 이상하게 생긴 작은 개 한 마리를 안고 있어.

둘은, 이런 얘기를 했지.

—행복해?

—으응, 행복해. 네가 없어지고 나서 모든 게 좋고, 모든 게 드디어, 원하는 대로야.

—체엣. 젊은 부인이라도 얻었나 보지?

—그럼 안 돼?

—응. 안 돼. 내가 개만 싸고돌지 않으면, 언제든 다시 당신 집으로 돌아와도 좋다고, 분명히 그렇게 약속했잖아.

—개만 싸고돌잖아. 뭐야, 이번 개는, 또 너무하잖아. 이건, 심하다. 번데기라도 먹고 살 것 같은 느낌이야. 요괴 같아. 아아, 속 안 좋아.

—굳이 그렇게 창백한 얼굴로 보지 않아도 돼. 그렇지 프로야? 네 욕을 한다. 짖어줘. 멍, 하고 짖어줘.

—관둬, 관둬. 넌, 여전히 기분 나쁜 여자야. 너랑 얘기하고 있으면 난, 항상 등줄기가 써늘해져. 프로? 뭐가 프로야. 좀 더 세련된 이름 못 붙이나? 무식해. 미치겠어.

—괜찮지 않아? 프로페서의 프로야. 당신을 그리워하며 붙인 이름이야. 귀엽지 않아?

—짜증나.

—어머, 어머. 여전히 땀이 많네. 이런, 소매 같은 걸로 닦으면 꼴사나워 보여. 손수건 없어? 이번 부인은 세심하게 챙겨주질 않는구나. 여름 외출엔 손수건 세 장이랑, 부채, 나는, 한 번도 그걸 잊은 적이 없어.

—신성한 가정에 트집을 잡으면 안 돼. 불쾌해.

—죄송해요. 여기 손수건, 줄게.

—고마워. 빌려 둘게.

—완전, 남남이 된 느낌이네.

—헤어지면 남이지. 이 손수건도 여전히 옛날 그대로, 아니, 개 냄새가 나네.

—괜히 투덜거리지 마. 옛날생각 나지? 어때?

—쓸데없는 말 하지 마. 단정치 못한 여자야.

—어머, 누가? 또, 이번 부인한테도 그렇게 아이처럼 응석부려? 관둬요. 나잇값도 못하고, 한심해. 부인이 싫어해요. 아침에 누운 채로 다비를 신겨달라고 하질 않나.

—신성한 가정에 트집을 잡으면 곤란해. 난 지금, 행복하니까. 모든 게 잘되고 있어.

—그리고 여전히, 아침엔 수프? 계란 하나 넣어? 두 개 넣어?

—두 개. 세 개를 넣을 때도 있어. 모든 게, 네가 있을 때보다 풍족해. 아무래도 난, 이제 와서 생각해보면, 너처럼 잔소리가 심한 여자는 세상에 별로 없을 것 같아. 너는 어째서 나를 그렇게 심하게 다그쳤던 거지? 난 우리 집에 있으면서도, 마치 더부살이 하는 것 같은 기분이었어. 항상 눈칫밥만 먹고 있었어. 정말, 그랬지. 난 그 시절에, 꽤 중대한 연구에 착수하고 있었어. 너는 그런 거, 하나도 모르지. 그저 늘, 내 조끼 단추가 이러쿵저러쿵 담배꽁초가 이러쿵저러쿵, 그런 얘기를 아침부터 저녁까지 고시랑거렸고, 덕분에 난 연구도 뭣도, 엉망진창이었어. 너랑 헤어지자마자 나는 당장 조끼 단추를 전부 쥐어뜯어버리고, 담배꽁초를 닥치는 대로 퐁퐁 커피 잔 속에 휙휙 집어넣었지. 그건, 기분

좋았어. 정말 통쾌했지. 혼자서 눈물이 날 정도로 크게 웃었어. 난 생각하면 생각할수록, 너 때문에 된통 혼났어. 아무리 생각해도 화가 나. 난 아직도 화가 안 가셔. 넌 도대체가, 사람을 다정하게 돌볼 줄을 모르는 여자야.

—미안해요. 나, 어렸어. 용서해줘. 이제, 이제 나, 알았어. 개 같은 건 문제가 아니었구나.

—또 울어. 넌 언제나 그 수법을 써먹었지. 하지만 이제 안 돼. 난 지금 만사가, 원하는 대로니까. 어디 가서 차라도 마실까?

—안 돼. 나는 지금, 확실히 알았어. 당신과 난, 남이야. 아니, 옛날부터 남이었지. 마음이 사는 세계가, 천리만리 떨어져 있던 거야. 함께 있다고 해도, 서로 불행하다고 느낄 뿐이야. 이제 깨끗이 헤어지고 싶어. 나 있지, 곧 신성한 가정을 가지게 돼.

—잘될 것 같아?

—괜찮아. 그분은 있지, 공장에서 일하는 분이야. 작업반장. 그분이 없으면 공장 기계가 돌지를 않는대. 크고 산 같은 느낌의, 착실한 분.

—나랑은 다르네.

—응, 배운 건 없어. 연구 같은 건 안 해. 하지만 정말, 솜씨가 좋아.

—잘 살겠지. 안녕. 손수건 잘 쓸게.

—안녕히. 아, 허리띠가 풀릴 것 같아. 묶어 드릴게요. 정말, 언제까지고, 항상 보살펴 줘야 한단 말이지. ……부인한테, 안부 잘 전해줘.

—응, 기회가 있으면 말이지.

차남은, 갑자기 입을 다물었다. 그러더니, 켁 하고 자기를 비웃었다. 확실히 스물넷 치고는 착상이 어른스러운 데가 있다.

"나 이제, 결말을 알아버렸어." 차녀는 의기양양한 얼굴로, 뒷이야기를 맡는다. "그건 틀림없이. 이런 얘기야. 박사가 그 마담과 헤어지고 나서, 세찬 소나기가 내려. 어쩐지, 푹푹 찌는 더위였어. 산책하는 사람들은 거미 새끼들이 사방으로 흩어지듯, 순식간에 홱 하고 흩어졌는데 어디로 어떻게 사라졌는지, 도깨비 같아. 방금 전까지 그렇게 많은 사람이 있었는데, 거리는 순식간에 한산해지고, 신주쿠의 상점가에는 빗줄기만이 하얗게 몰아치고 있었어요. 박사는 어깨를 움츠리고 꽃집 처마 밑에 들어가 비를 피하고 있어요. 이따금 아까 받은 손수건을 꺼내서는 잠깐 보다가, 소맷자락 속으로 얼른 다시 집어넣어요. 문득 꽃을 살까, 생각해요. 집에서 기다리고 있는 부인에게 선물로 가져가면, 틀림없이 부인이 기뻐할 거라고 생각했어요. 박사가 꽃을 사는 일 같은 거, 이건 정말, 태어나서 처음 하는 일이에요. 오늘밤은, 상태가 좀 이상해요. 라디오, 점괘, 전 부인, 개, 손수건, 여러 가지 일이 있었어요. 박사는 굉장한 결심을 한 듯 꽃집에 들어가서, 어쩔 줄을 몰라 하며 땀을 뻘뻘 흘렸는데, 그래도 큰 장미꽃 세 송이를 샀어요. 꽤 비싸서 놀랐어요. 도망치듯 꽃집을 빠져나와서 택시를 잡아타고, 집으로 쏜살같이 돌아갔어요. 교외에 있는 박사의 집에는 새빨간 전등이 빛을 밝히고 있었어요. 즐거운 우리 집. 언제나 따뜻하고, 박사에게 위안을 주고, 모든 게 좋아요. 현관에 들어서자마자,

—다녀왔습니다! 라고 큰 소리로 말하는데, 그 목소리는 아주 활기차요. 집안은 쥐죽은 듯 고요해요. 그래도 박사는 이런 상황에 개의치 않고, 꽃다발을 가지고 재빨리 방으로 들어가서 부인이 있는 다다미 6장짜리 서재에 들어서서 이렇게 말해요.

—다녀왔습니다. 갑자기 비가 쏟아져서 옷이 다 젖어버렸네. 어때

요? 장미꽃이에요. 모든 게, 원하는 대로 될 것 같아요.

책상 위에 놓인 사진을 보며 말을 걸고 있는 거예요. 방금 전에 깨끗이 헤어진 마담의 사진이에요. 하지만, 지금보다 십 년 더 젊었을 때 사진이에요. 아름답게 미소 짓고 있었어요." 우선 대강은 이런 거라고 말하는 양, 나르시스는 또다시 폼을 잡으려는 듯 검지로 턱을 괴고, 모두를 쭉 훑어보았다.

"응, 대강," 장남은 무게를 잡으며 말했다. "그런 선에서 끝나도 괜찮겠지. 하지만, —." 장남은 장남으로서 위엄을 유지하지 않으면 안 된다. 장남은 동생들에 비해 별로 상상력이 풍부하지 못했다. 이야기 솜씨는 몹시 서투르다. 재능이 없기 때문이다. 하지만 장남은 그 때문에 동생들이 자신을 얕보는 것도 섭섭하기 그지없다. 꼭 마지막에 뭔가 한마디, 사족을 붙인다. "하지만 말이지, 너희는 한 가지 중요한 점을 놓치고 말하지 않았어. 그건 그 박사의 외모에 대한 거야." 그리 대단한 것도 아니었다. "이야기에서는 외모가 중요해. 외모를 말함으로써 그 주인공에게 입체감을 주고, 또 듣는 사람으로 하여금 그와 가까이 있는 누군가의 얼굴을 연상시켜서, 이야기 전체에 친밀한 느낌, 남의 이야기 같지 않다는 생각을 줄 수 있어. 내 생각에 그 노 박사는, 신장이 다섯 자 두 치약 157cm, 체중은 열세 관약 48kg 정도로 굉장히 작은 남자야. 외모에 대해서 말하자면, 이마는 넓고 툭 튀어나왔고, 눈썹은 옅고, 코는 작고, 입은 꽉 다물고 힘주고 있고, 미간엔 주름이 있고, 흰 구레나룻은 치렁치렁 늘어졌고, 은테 돋보기안경을 썼고, 그리고 무엇보다도, 둥근 얼굴이야." 별 게 아니고, 장남이 존경하는 입센 선생의 얼굴이다. 장남의 상상력은 이렇게 하잘 것이 없다. 역시, 사족이라는 감이 있었다.

이것으로 이야기가 끝났는데, 끝난 순간 그들은 또다시 한층 더 지독한 지루함에 빠졌다. 한차례의 자그마한 흥분 뒤에 오는 권태, 황량, 견딜 수 없는 분위기다. 다섯 남매 중에 누군가가 한마디라도 말을 꺼내면 바로 서로 때리기라도 할 것 같은 험악한 공기가 감돌아서, 모두가 침묵을 지켰다.

어머니는 홀로 떨어져 앉아 다섯 남매의 각기 다른 성격이 잘 드러난 이야기를 시종 생글거리며 즐기느라 넋을 놓고 있었는데, 갑자기 벌떡 일어나 장지문을 열더니 얼굴색을 바꿔서 말했다.

"어머. 문 앞에 코트를 입은 이상한 할아버지가 서 있어."

다섯 남매는 흠칫 놀라 일어섰다.

어머니는, 혼자 웃다 자지러졌다.

火の鳥

불새

太宰治

「불새」

미완의 장편소설이다.

집필 당시 여러모로 어려움이 있었던 듯, 1938년 12월 16일 스승이었던 이부세 마스지에게 쓴 서한에는 다음과 같은 문장이 있다.

(전략) '장편 소설도 백 장을 넘어갔고 여러모로 난항이 계속되고 있지만, 계속 난관을 헤쳐 나가며 써내려가고 있습니다. 내년 3월 즈음까지는 완성시키고 싶습니다. 분명, 좋은 작품이 될 터이니 책으로 나왔을 때는 꼭 한번 읽어봐 주세요.' (후략)

그러나 이 작품은 끝내 완성되지 못하고, 미완 상태로 『사랑과 미에 대하여』에 실린다.

다자이는 '여성의 마음을 잘 알고 쓰는 작가'로 그 평가가 높은데, 이는 어머니, 숙모, 집의 하녀 등 여성이 많았던 다자이의 성장 환경과도 관련이 있는 것으로 알려져 있다. 또한 첫 부인이었던 하쓰요, 두 번째 부인이었던 미치코, 동반자살을 꾀했던 게이샤 등, 주변에 여자 문제가 끊이지 않았던 다자이로서는 작품 중에 '여자의 마음'이라는 테마를 다루지 않을 수 없었을 것이다.

이 작품의 테마도, 한 여배우의 성장기와 '여자의 마음'에 있다. 작품 중에는 주인공의 남성관이 나오는데, 그 또한 다자이의 여성관으로 볼 수 있다는 점이 재미를 더한다.

서편에는, 여배우 다카노 사치요가 여배우가 되기 전의 이야기를 싣는다.

옛날이야기다. 스스키 오토히코는 헌 옷 가게에 들어가서, 여기 검고 무늬 없는 하오리는 없느냐고 물었다.

"홑겹 옷이라면 있습니다." 쇼와 5년1930년 10월 20일, 도쿄의 가로수 잎은 바람에 떨어지고 있었다.

"아직 홑겹 옷을 입어도 이상하진 않은가?"

"더 추워져도 검고 무늬 없는 천이라면 이상할 건 없어요."

"좋아. 보여줘."

"손님이 입으실 건가요?" 사각모자를 뒤로 젖혀 쓰고, 소맷자락이 너덜너덜한 교복을 입고 있었다.

"응." 상대가 내민 홑겹으로 된 겉옷을 그 교복 위에 휙 걸치고는, "짧진 않은가?"라고 물었다. 5자 7치약 172cm 정도 되는, 마르고 호리호리한 대학생이었다.

"홑겹으로 된 겉옷이라면, 오히려 조금 짧은 편이 낫겠네요."

"그게 멋스러운가? 얼마야?"

겉옷을 샀다. 이것으로 모든 준비는 끝났다. 몇 시간 뒤 스스키 오토히코는 우치사이와이 초[도쿄 치요다 구 위치] 제국호텔 앞에 서 있었다. 쥐색의 촘촘한 줄무늬 겹옷에, 검고 무늬가 없는 겉옷을 입고 있었다. 문을 밀고 안으로 들어가서 말했다.

"방 좀 빌려주지 않겠는가."

"네, 주무시고 가실 건가요?"

"응."

욕실이 딸리고 싱글 침대가 있는 방을 두 밤 빌리기로 했다. 가진 건, 등나무 재질로 된 지팡이 하나다. 방으로 들어갔다. 들어가서 바로 창문을 열었다. 뒤뜰이 보인다. 화장장 굴뚝같이 생긴 커다란 굴뚝이 서 있었다. 날씨가 흐리다. 국철의 철교가 보인다.

호텔 직원을 등지고 창밖을 바라보며 말했다.

"커피하고, 또, ……." 말을 하다 말고, 잠시 가만히 있었다. 홱 돌아서 직원 쪽을 다시 보며 말했다. "아니, 됐어. 밖에 나가서 먹겠어."

"아, 이보게." 오토히코는 그를 불러 세웠다. "이틀 밤, 신세 좀 질게." 십 엔짜리 지폐 한 장을 꺼내서 쥐어줬다.

"네?" 직원은 마흔 정도로 보였는데, 등이 조금 굽었고 기품이 있었다.

오토히코는 웃으며 말했다. "신세 좀 진다고."

"감사합니다." 직원은 가면 같이 단정한 얼굴에 언뜻 비위를 맞추기 위한 미소를 띠며 인사를 했다.

오토히코는 바로 밖으로 나갔다. 지팡이를 들고 히비야 쪽으로 느릿느릿 걸었다. 해 질 녘이다. 좀 쌀쌀했다. 아직 길들지 않은 펠트 조리[1]를 신어서 걷기 힘든 듯 보였다. 히비야. 스키야바시. 오와리 초.

이번에는 지팡이를 질질 끌며 긴자 거리를 걸었다. 시선은 어디에도 두지 않았다. 멍하니 먼 곳을 응시하는 듯한 눈빛으로 어슬렁어슬렁 걸었다. 낙엽이 바람에 휩쓸리는 것처럼 비틀거리며 시세이도로 들어갔다. 시세이도 안은 이미 등불이 밝혀져 있어서 약간 따뜻했다. 느긋하게 뜨거운 커피를 마셨다. 샌드위치를 두 입 베어 먹고, 남겼다. 시세이도에서 나왔다.

날이 저물었다.

이번에는 지팡이를 어깨에 걸고 어슬렁어슬렁 걸었다. 그러다 갑자기 바에 들렀다.

"어서 오세요."

구석진 소파 자리에 앉았다. 깊은 한숨을 내쉬며 두 손으로 얼굴을 감싸고 있다가, 퍼뜩 정신을 차리고 고개를 꼿꼿이 들더니,

"위스키."라고 낮게 속삭이듯 말하고는, 살짝 웃었다.

"위스키는,"

"뭐든 좋아. 평범한 거면 돼."

여섯 잔을, 연거푸 마셨다.

"술 세네."

양쪽에 여자가 앉아 있었다.

"그런가?"

오토히코는 약간 창백한 얼굴로 말없이 앉아 있었다.

여자들은 할 일이 없어 무료한 모습이었다.

"이만 가야겠어. 얼마지?"

1_ 일본식 짚신.

“기다려.” 왼쪽에 앉아 있던 단발머리 여자가 오토히코의 무릎을 살며시 눌렀다. “큰일 났다. 비가 오네.”

“비?”

“응.”

이 세상에는 방금 만난 생판 남인 남녀가, 모든 경계심과 부끄러움과 서먹함을 뛰어넘어 어렴풋이 말을 섞는 이상한 순간이 있다.

“짜증나. 내가 이 장식용 깃을 덧대고 가게에 나오면, 꼭 비가 와.”

흘끗 보니 연노랑 치리멘[2]에 참억새를, 은색 실로 기러기 떼처럼 수놓은 고풍스러운 장식용 깃이었다.

“개지 않을까?” 슬슬 서먹함이 되살아나고 있었다.

“그러게요. 그런데 조리로는 걷기 힘들잖아요.”

“좋아. 마시자.”

그날 밤은 둘이서 제국 호텔에 묵었다. 아침에 중년의 직원이 슬쩍 방에 들어왔다가, 잠깐 움찔 놀라더니 다시 온화한 미소를 지었다.

오토히코도 미소 지으며 말했다.

“목욕은,”

“언제든 하셔도 좋습니다.”

욕실에서 나온 다카노 사치요의 뺨은 건강해 보이는 연갈색이었다. 오토히코는 어딘가로 전화를 걸었다. 누군가에게 바로 오라고 하고 끊었다.

이윽고 문이 힘차게 열리더니 양복을 입은 청년이 꽃 같은 미소를 띠며 나타나 방이 확 밝아지는 듯했다.

2_ 견직물의 한 가지로 바탕이 오글오글하게 된 평직의 비단.

"오토히코, 뭐 하는 거야." 사치요를 보더니 인사했다. "안녕하세요."

"그건,"

"아, 가져왔어요." 안주머니에서 검은 상자를 꺼내며 말했다. "다 마시면, 죽어요."

"도대체가 잠이 안와서 말이지." 오토히코는 쓴웃음을 지었다.

"더 좋은 약도 있는데."

"오늘은, 쉬어." 청년은, 어떤 대학의 의학부 연구실에서 일하고 있었다.

"놀지 않을래?"

청년은 사치요와 얼굴을 마주보며 웃었다.

"어차피 쉬다 왔어요."

셋이서 호텔을 나선 뒤 택시를 잡아타고 아사쿠사로 갔다. 공연을 봤다. 오토히코는 조금 떨어져 앉아 있었다.

"저기," 사치요가 청년에게 속삭였다. "저 사람은 항상 저렇게 말이 없어?"

청년은 쾌활하게 웃었다. "아뇨, 오늘은 좀 평소와 다른 것 같은데요."

"하지만 난, 좋아."

청년은 뺨을 붉혔다.

"소설가?"

"아뇨."

"화가?"

"아뇨"

"그렇구나." 사치요는 뭔가를 알겠다는 듯 끄덕였다. 붉은 목도리를 여미며 턱을 묻었다.

공연을 보고 나서 밖을 걷다가, 셋은 닭요리 집에 갔다. 조용한 방에서 탁자에 둘러앉아 술을 마셨다. 셋은 피를 나눈 형제 같았다.

"당분간 여행가니까," 오토히코는 청년을 상대로, 사치요가 이게 뭔가, 싶을 정도로 다정한 말투로 말하고 있었다. "이제 나한테 의지하면 안 돼. 자네는 출세하지 않으면 안 되는 남자야. 효도는 그 자체만으로도 훌륭한 삶의 목적이 되지. 인간 나부랭이는 그렇게, 이것저것 많이 할 수가 없는 존재야. 끝까지 참으면서 얌전히 살아가기만 하면, 세상 사람들이 그리 무정하게 대해주지만은 않아. 그걸, 믿어야만 해."

"오늘은 또," 청년은, 아름다운 얼굴에 울상을 지으며 말했다. "이상하네요."

"아니." 오토히코도 천진난만한 표정으로 고개를 가로저으며 말했다. "이상한 게 아니라 그게 맞아. 내 흉내 같은 거 내면 안 돼. 자네는 자네 자신에게 더 많은 긍지를 가져도 되네. 그럴 자격이 있어."

열아홉의 사치요는 정중한 태도로 청년의 술잔에 술을 가득가득 따랐다.

"자, 나가자. 이제, 작별이다."

요정料亭 앞에서 헤어졌다. 청년은 바지에 두 손을 찔러 넣고, 가을바람 속에 쓸쓸한 듯 서서 둘을 배웅했다.

둘만 남고 나서 말했다.

"당신, 죽는 거구나."

"아는구먼." 오토히코는 희미하게 웃었다.

"응. 난, 불행하네." 겨우 찾았다고 생각했는데, 이미 이 사람은 이 세상 사람이 아니었다.

"나, 시시한 얘기해도 돼?"

"뭐야."

"살아주면 안 돼? 나, 뭐든 할게. 어떤 괴로운 일이든 참을게."

"안 돼."

"그렇구나." 이 사람과 함께 죽자. 나는 하룻밤, 행복을 보았다. "내 얘기 시시했지? 나 경멸해?"

"존경해." 천천히 대답하는 오토히코의 눈에, 눈물이 빛났다.

그날 밤 둘은 제국호텔의 방에서 약을 먹었다. 둘은 나란히 소파에 똑바로 앉은 채 차가워져 있었다. 깊은 밤, 중년의 직원이 그들을 발견했다. 짐작하고 있었던 것이다. 침착하게 그 방을 조심조심 나와서 지배인을 살짝 흔들어 깨웠다. 모든 행동을 조용히 했다. 호텔 전체가 아침까지 쥐죽은 듯 잠들어 있었다. 스스키 오토히코는 숨이 완전히 멎어 있었다.

여자는, 살았다.

☆

다카노 사치요는 도호쿠 지방의 산속에서 태어났다. 훌륭한 조상의 피가 흐르고 있었다. 증조부는 의사였다. 조부는 백호대[3] 중 한 명이었고, 젊은 나이에 죽었다. 조부의 여동생이 집안의 대를 이었다. 사치요의 어머니다. 기품이 넘치고 무표정한 여자였다. 양자를 들였다. 여학교의 미술 선생이었다. 고개를 넘어 여덟 리 떨어진 곳에 있는 옆 마을의 양조장집 차남이었다. 몸도, 마음도 약한 사람이었다. 다카노의 집에는

3_ 1868년 아이즈 번會津藩이 조직한 번사藩士들의 자제로 구성된 군대 중 하나. 관군과의 싸움에 져서 아이즈성이 화염에 휩싸이는 것을 보고, 성을 빼앗겼다고 속단하여 이이모리산飯森山에서 자결했다.

땅이 조금 있었다. 여학교 선생을 그만두어도 생활이 가능했다. 개를 데리고, 총을 메고 산을 돌아다녔다. 좋은 그림을 그리고 싶다. 좋은 화가가 되고 싶다. 그런 갈망으로 가슴이 타들어갈 정도였지만, 무기력하게 잠자코 있었다.

다카노 사치요는 산의 안개와 나무의 정기 속에서 자랐다. 계곡의 안개 밑을 걷기를 좋아했다. 깊은 해저는, 아마 이런 모습일 거라고 생각했다. 사치요가 초등학교를 졸업한 해에, 아버지는 또다시 옆 마을의 여학교에 복직했다. 사치요의 학비를 벌기 위해서였다. 사치요는 아버지가 근무하고 있던 여학교에 시험을 봐서 합격했다. 처음에는 아버지 집에 얹혀살면서 매일 아침 함께 등교했는데, 아버지 쪽 가족들이 함께 다니는 건 교육자로서, 체면 상 안 좋을 것 같다는 말을 꺼내자, 마음 약한 아버지는 그것도 그렇지, 하고 두말없이 동의했다. 사치요는 그 여학교의 기숙사에 들어가게 되었다. 어머니는 홀로 산속의 집에 남아 살고 있었다. 사치요의 아버지는 여학생들에게 오이라는 이름으로 불리며, 별로 존경을 받지는 못했다. 사치요는 가지라고 불렸다. 오이덩굴에 열린 가지[4]라는 뜻이었다. 실제로 사치요는 피부가 검었다. 스스로도 굉장히 못생겼다고 믿고 있었다. 나는 못생겼으니까 마음가짐이라도 제대로 하지 않으면 안 된다고 생각하며, 열심히 노력했다. 언제나 반장이었다. 미술을 빼고는, 모두 90점이었다. 미술은 60점, 때로는 73점일 때도 있었다. 마음 약한 아버지의 채점이었다.

사치요가 4학년이 되던 해 가을, 아버지는 사치요의 코스모스 데생에 웬일로 '우優'를 주었다. 사치요는, 이상한 예감이 들었다. 도화지를

4_ 오이덩굴에 가지는 안 열린다. 瓜の蔓に茄子は生らぬ. 콩 심은 데 콩 나고 팥 심은 데 팥 난다는 뜻의 일본 속담.

뒤집어보니 여자는 상냥해야 하고, 인간은 약한 사람을 괴롭히면 안 됩니다, 라는 아버지의 작은 글씨가 구석에 쓰여 있었다. 뭐지?, 싶었다.

그 일이 있은 뒤, 아버지는 어디론가 사라졌다. 그림을 공부하기 위해 도쿄로 도망갔다는 소문도 있었고, 어머니와의 사이에 무언가 있었다는 둥, 집안사람들과 어머니 사이에 무언가 있었다는 둥, 선생님에게 여자가 생긴 거라는 둥, 이런저런 소문이 사치요의 귀에 수군수군 들려 왔다. 곧이어, 어머니가 자살했다. 아버지의 사냥총으로 숨통을 쏘아 즉사했다. 아버지의 가족들이 사치요를 맡고 그녀의 재산도 맡게 됐다. 여학교의 기숙사에서 나와서 다시 아버지의 집으로 되돌아온 바로 그 순간, 사치요는 돌변했다.

열일곱 살에게만 있는 불가사의다.

학교에서 돌아오는 길에 갑자기 정거장에 들러, 우에노까지 가는 차표를 사서는 세일러복 차림 그대로, 기차를 탔다. 도쿄는, 사치요를 기다리고 있었다. 도쿄는 사치요를 비웃음으로 반겼고, 사치요를 가만두지 않았다. 사치요는 내동댕이쳐진 코 푼 휴지마냥, 여기저기를 전전하며 지쳐 있었다. 이 년은, 살았다. 녹초가 됐다. 그러다 죽기로 결심하고, 부끄러운 기색도 없이 어머니의 유일한 유품인 낡아빠진 장식용 깃을 달고 가게에 나올 정도로, 그 정도로 궁지에 몰렸는데, 그때 스스키 오토히코가 나타났다.

처음 어질어질 눈떴을 때는, 어떤 남자의 팔에 꼭 안겨 있었던 것 같다. 그 남자의 팔에 힘껏 매달려 엉엉 목 놓아 울었던 것 같다. 남자도 분명히 함께, 흐느껴 우는 소리를 내고 있었다. “너라도 씩씩하게 잘 살아야 해.” 그렇게 말했다. 누군지 확실치는 않다. 설마, 아버지는 아니겠지. 아사쿠사에서 헤어진 그 청년이 아닐까? 어쨌든, 흐릿한 기억에 지나지 않는다. 정신이 들고 보니, 병원 안이다. "너라도 씩씩하게 잘 살아야 해." 그 목소리가 문득 귀에 되살아나서, 아아, 그 사람은 죽은 거구나, 하고 홀로 냉정을 되찾고 사실을 받아들였다. 내 생애의 불행이, 변함없이 쇳덩이처럼 단단하게 달라붙은 모습을 보고는, 나는 늘 이 모양이라고 생각하며 자기가 생각해도 무서울 정도로 침착해졌다.

문 밖에서 제복을 입은 경관 둘이 망을 보고 있는 것을 그제야 알았다. 어떻게 할 생각일까. 불길한 예감이 퍼뜩 들었을 때, 양복을 입은 신사 여섯 명이 사치요의 병실로 우르르 들어왔다.

"스스키가 호텔에서 전화를 걸었다고?"

"네."

"누구에게 걸었는지 알고 있지?"

끄덕였다.

"그 녀석은?"

"젊은 사람이었어요."

"이름말이야."

"몰라요."

신사들이 수군대는 소리가 병실 안을 가득 메웠다.

"뭐, 됐어. 지금 바로 경시청警視廳으로 와줘. 못 걷는 건 아니겠지?"

자동차를 타고 창밖의 거리를 보니, 사람들은 추운 듯 어깨를 움츠리고 바삐 걷고 있었다. 아아, 살아 있는 사람이 많이 있구나, 싶었다.

유치장에 들어가서, 아무 일도 없이 3일을 그냥 있었다. 4일째 되던 날 아침에 조사실에 불려갔다.

"와, 넌 아무것도 모르는구나. 어이없다. 돌아가도 좋아."

"네?"

"집으로 가도 된다고. 앞으로는 조심해. 정신 똑바로 차리고 사는 거야."

비틀비틀 조사실에서 나오니, 어두운 복도에 그 청년이 서 있었다.

사치요는 살짝 웃다가 갑자기 울음을 터뜨리며 청년의 품속으로 몸을 던졌다.

"갑시다. 저는 이게 어떻게 된 일인지, 영문을 모르겠어요."

이 사람이다. 혼수 상태였을 때의, 그 어렴풋한 기억이 되살아났다. 그때 나는 이 사람에게 꼭 안겨 있었다. 그걸 깨닫고는 갑자기 청년의 품에서 물러섰다.

밖으로 나가니, 햇빛이 눈부셨다. 둘은 말없이 수로를 따라 걸었다.

"어떻게 말해야 할지," 청년은 담배에 불을 붙였다. 난데없이 고개를 가로젓더니 말했다. "어쨌든, 놀랐네." 몹시 흥분해있는 것처럼 보였다.

"죄송합니다."

"아니, 그 얘기를 하는 게 아냐. 아니, 그 일도 굉장했지만, 그것보다도 오토히코가, 아니, 스스키 씨에 대해서는 당신도 아무것도 모르는 거죠?"

"알고 있어요."

"뭐라고요?"

"돌아가신," 말하는 중에 눈물이 뺨을 타고 흘렀다.

"그 얘기를 하는 게 아니에요." 청년은 입을 굳게 다물고, 앞을 똑바로 바라보았다. "그것도 제겐, 아니, 당신에게도 굉장한 타격이지만," 담배를 버렸다. "그 일보다도 다른, ……스스키 씨는 말이죠, 큰일 날 일을 한 모양이에요. 아직 신문엔 안 나왔어요. 신문에 날 기사를 막았다는 것 같아요. 경찰 측에서는 당신과 저에 대해서 꽤 세세한 것까지 다 조사했어요. 전, 험한 꼴을 당했죠. 정말 엄중한 조사를 받았어요. 당신도 그 일이 있기 이틀 전에 처음 만난 사이일 뿐이고, 저도 스스키 씨와는 친척이고, 어렸을 때부터 함께 놀았는데, 전 오토히코를 좋아했고," 잠시 말이 끊겼다. 폭풍 같은 오열이 복받쳐 오르는 것을 가까스로 억눌렀다. "우리가 아무것도 몰랐다는 게 겨우 밝혀져서, 일단 석방된 거예요. 일단, 이에요. 앞으로 무슨 일이 있을 때마다 부를 거라니까, 당신도 그건 각오하고 있도록 해요. 당신은, 아직 몸도 완전히 회복된 상태가 아니니까, 제가 책임을 지고 당신 신병을 넘겨받았어요."

"죄송해요." 또다시, 기어들어가는 목소리로 사과했다.

"아뇨, 저한테 미안해하실 필요는 없지만," 청년은 이런저런 얘기를 하던 중에, 요 일주일간 자신이 겪은 고뇌를 생생히 떠올리고는 다시 조금 불쾌해졌다. "당신은 앞으로 어떻게 할 건가요? 제 하숙집으로 갈래요? 아니면, ……."

둘은, 벌써 제국극장 앞까지 와있었다.

"이리후네 초로 돌아갈래요." 사치요는 이리후네 초 변두리에 있는 미장원의 2층 방 한 칸을 빌려 살고 있었다. "아, 그러시겠어요?" 청년은 사무적인 투로 말했다. 한층 더 불쾌한 기색이었다. "바래다드리죠."

자동차를 불러 세워 함께 탔다.

"혼자 사시나요?"

사치요는 대답하지 않았다.

청년의 태연한 질문에 묘한 굴욕을 느끼고, 분한 마음에 울컥 눈물이 끓어올랐는데, 그래도 생각을 고쳐먹고 슬픈 미소를 지었다. 이 사람은, 아무것도 모른다. 우리들이 얼마나 비참하고 고통스러운 생활을 하고 있는지, 이 도련님은 아무것도 모르는 것이다. 그렇게 생각하니 미소가 그대로 굳어져, 순식간에 악귀의 웃음으로 변해갔다.

☆

남자는, 얼마든지 있어요. 그렇게 대답해주고 싶었다. 스스로 못생겼다는 것을 부끄럽게 생각하고 있는데 다른 사람들에게서는 아름답다는 말을 듣는 여자, 그 여자는 비참하다. 바람소리와 학 울음소리에 화들짝 놀라고 두려움에 떨며, 한평생 우스꽝스러운 죄악감과 싸워 나가야 한다. 다카노 사치요는 미모가 돋보이는 사람은 아니었다. 하지만, 남자들은 열광했다. 정신력이 강한 여인, 종교도 있는 여인을 육체로 제어할 수 있다는 악마의 속삭임은, 종종 남자를 바보로 만든다. 그 무렵 도쿄에는 모나리자를 발가벗겨보거나, 마사오카[5]의 남편에 대해 생각해보거나, 잔 다르크와 이치요[6] 등 모든 것을 여성의 몸이라는 관점에서 보는, 갈 데까지 간 호색 취미가 어떤 남자들 사이에서 유행하고 있었다. 그런 극도의 정욕情欲은, 말하자면 극도의 허무가 아닐까? 게다가 니힐리즘에는 얕거나 깊은 것도 없다. 그건, 분명하다. 얕은 것이다. 사치요 주위에는, 꽤 많은 남자들이 운집해 있었다. 그 푸르스름한 진드기 떼들의 한복판에 있는 여자가 무언가를 이루겠다는 우직한 꿈을 꾸며 대낮의 불꽃처럼 살고 있다면, 그 여자는 비참하다.

"당신은 어떻게 생각해요? 인간은, 모두 똑같은 걸까?" 생각 끝에, 그런 말을 해봤다.

"난, 한 명 한 명, 모두 다르다고 생각하는데."

5_ 가부키 <메이보쿠센다이하기伽羅先代萩>에서 자신의 아이를 희생해서 주군의 평안을 꾀하는 유모.

6_ 樋口一葉(1872~1896). 소설가. 근대 이후 최초의 여성 직업 작가.

"심리요? 체질이요?" 젊은 의학연구생은 학교 시험에 대답하는 양 진지한 표정으로 그렇게 반문했다.

"아니, 나 재수 없지? 좀 있어 보이는 척 해본거야." 방금 전까지 울고 있었던 사람이라는 게 믿기지 않을 정도로 크게 웃었다. 이가 얼음처럼 빛나서, 아름다웠다.

이 다리를 건너면 이리후네 초다.

"들렀다 가지 않겠어요?" 나는, 바의 종업원이다.

방으로 들어가니 젠코지 스케시치가 방 한가운데에 양반다리를 하고 앉아 있었다. 청년과 눈이 마주치자, 젠코지는 금세 비굴한 표정으로 히죽거리며 말했다.

"당신도 놀랐죠? 저도 정말, 깜짝 놀라 자빠질 지경이었어요. 사치요는 항상 이런 일을 아무렇지도 않게 저지르니까, 큰일이에요. 회사에 정보가 들어와서 바로 병원으로 날아가 보니, 이 사람이 그냥 엉엉 울기만 하고 있더라고요. 어떻게 된 일인지 몰라. 그러던 중에, 경시청이 기사가 나가는 걸 막는대요. 아세요? 스스키 오토히코 그 사람, 한낱 쥐새끼가 아니에요. 흑색테러. 은행을 습격했죠."

방구석에 우두커니 서 있던 청년이 말했다.

"확실해요?" 창백해져 있었다.

"이제 오륙일 지나면, 기사도 풀릴 것 같은데 말이죠." 젠코지는 신문사에서 일하고 있었다.

사치요는 조용히 커튼을 열었다. 나는, 병원에서 젠코지 스케시치의 팔에 안겨 운 것이다.

"당신은 언제부터 와있었어?" 차가운 말투였다.

"나 말이야?" 죽은 오쿠라 기하치로[7] 옹을 똑 닮은 둥근 얼굴을 순식간에 붉히며, 아이처럼 수줍어했다. "정말, 방금 전에요. 오늘 아침 일찍 경시청에 전화했더니 당신들이 나온다는 걸 알려줘서, 어찌됐든 여기로 와본 겁니다. 아래층 아주머니가 걱정하고 있더라고요. 부재중에 형사가 몇 번이나 와서는 이 방을 다 뒤집어 놨대요. 아주머니께는 제가 잘 말해 뒀어요. 자, 앉으시죠." 사치요의 얼굴을 바라보며 웃으면서 말했다. "잘됐다. 넌, 무사해서, ―." 눈물을 머금고 있었다.

사치요는 책상 위에 한손을 짚고 쓰러지듯 앉아서 말했다.

"잘됐을 것도 없어. 담배 없어? 어머, 나 당신 얼굴을 보면 갑자기 담배 피우고 싶어지나 봐."

"이건, 인사구나." 스케시치는 그래도 기뻤다.

"저는, 이만 실례하지요." 청년은 아까부터 장지문에 살짝 기대어 멍하니 선 채로 있었다.

"그래?" 사치요는 휘둥그레진 눈으로 청년을 올려다보며 후 하고 담배 연기를 내뱉었다. "자중하세요. 전 책임지고 당신을 맡았어요. 스스키 씨를 위해서라도, 착실하게 살아주세요. 전, 오토히코를 믿어요. 어떤 일이 있었다고 해도, 전 오토히코 편이에요. 그럼 또, 조만간 올게요.

"네, 오늘은 고마웠어요." 경박한 말투로 말하고 나서 고개를 숙이고 아랫입술을 지그시 깨물었다.

청년을 배웅하러 나가려 하지도 않고, 얼굴을 묻은 채 가만히 있었다. 계단을 내려가는 청년의 발소리가 들리지 않게 되자 고개를 번쩍 들더니 말했다.

"스케시치. 난 당신과 함께 있겠어. 무슨 일이 있어도 떨어질 수

7_ 大倉喜八郎(1837~1928). 실업가. 에도 막부 말기에 해당하는 메이지 유신 시기, 무기상으로 성공한 뒤, 수출입업, 토목 광산업 등으로 오오쿠라 재벌의 기초를 확립했다.

없어."

"관둬." 스케시치는 평소와는 달리 엄격한 표정으로 그렇게 말했다. "내가 그 정도로 바보는 아냐." 갑자기 일어서더니 청년의 뒤를 쫓았다.

"어이, 이보게." 신토미자[8] 앞에서 겨우 따라잡았다. "할 얘기가 있는데."

청년은 뒤돌아보며 말했다.

"전, 당신을 싫어하지 않아요. 좋아해요."

"아이고, 그런 말 하지 마." 히죽거리며 말하다가, 가로수 밑에 날씬하게 서 있는 청년의 아름다운 모습을 보고는 그도 한층 진지해졌다. 잘생긴 청년이라고 생각했다. "자네에게 좀 하고 싶은 얘기가 있는데, 음, 잠깐이면 됩니다. 얘기 좀 할까요? 저도, —." 잠시 머뭇거리다가 다시 말했다. "당신이 좋아요."

미요시노에 들어갔다.

"스스키 오토히코라는 사람이 당신 친척이라고요?" 당신, 이라고 말했다가, 자네, 라고 말하기도 하는 등, 스케시치는 일관성이 없었다.

"사촌동생인데요." 청년은 뜨거운 우유를 홀짝였다. 아침부터 아무것도 안 먹었다. "어떤 남자죠?" 진지했다.

"저의, 저희들의, —." 청년은 말을 더듬었다.

"영웅인가요?" 스케시치는 쓴웃음을 지었다.

"아뇨, 사랑하는 사람입니다. 생명의 양식입니다."

그 말이 스케시치의 마음을 후벼 팠다.

"아, 그거 좋다." 빈고의 생활을 하다가 출세해서, 지금까지 십 년

8_ 현재의 도쿄 추오 구에 있었던 극장.

동안 이렇게 순수한 여운이 남는 말을 들어본 적이 없었다. "난 올해 스물여덟이야. 열일곱이 되던 해부터 다른 사람 시중을 들면서, 남을 의심하는 것만 익혀 왔지. 자네들은, 좋구먼." 말문이 막혔다.

"그럴싸한 척하는 거예요, 저희는." 청년의 왼쪽 눈은 불면 탓에 충혈 되어 있었다.

"그럴싸한 척에도 생명은 있죠. 싸늘한 태도는 최고의 애정이라는 거. 저는 스스키 씨를 보며 늘, 그걸 느꼈어요."

"내게도 생명의 양식은 있어."

낮은 목소리로 그렇게 말하고 나서, 묘하게 친한 척 청년의 얼굴을 빤히 쳐다보았다.

"알아요."

"말할 필요도 없지. 나는, 원래 천민이야. 기껏해야 몸뚱어리 하나를, 몸뚱어리만을," 잠시 말을 멈추더니, 갑자기 상반신을 내밀며 말했다. "당신은 그 여자를 어떻게 생각하죠?"

"딱한 사람이라고 생각해요." 미리 준비한 게 아닐까 싶을 정도로 차가운 대답이었다.

"그것뿐인가요? 아니, 여기서만 하는 얘긴데 말이죠. 뭔가가 기묘한 게 느껴지지 않아요?"

청년은, 얼굴을 붉혔다.

"내 이럴 줄 알았지." 스케시치는 아랫입술을 쑥 내밀며 히죽거렸다. "역시 내 예상대로군. 하지만 당신은 아직 괜찮아요. 딱 하루잖아요. 전 이래저래 일 년이 됐어요. 365일. 그래요. 저는 저 여자 때문에, 당신보다 365배는 더 괴로워요. 아니, 저 여자에게는 죄가 없지. 그건 저 사람은 모르는 일이야. 죄는 내 야비한 핏속에 있지. 비웃어줘요.

난, 저 여자를 이기고 싶어. 저 사람의 몸을 완전히 갖고 싶어요. 그뿐이죠. 저 사람은 저를 꽤 심하게 경멸해왔어요. 나를 증오했지. 하지만 내겐, 소원이 있어요. 머지않아 나는, 저 사람에게 내 아이를 낳게 할 겁니다. 옥 같은 여자아이를 낳게 할 겁니다. 어때요. 복수 같은 게 아네요. 그런 치사한 생각은 안 해. 이건 내 애정이죠. 그야말로 최고의 사랑표현이에요. 아아, 그 생각만 해도 가슴이 찢어져. 미칠 것 같아요. 아시는지. 우리 천민이 하는 말을." 치근치근 말하는 중에 입술 색이 바뀌고, 입가에는 하얀 거품이 쌓여 얼굴이 흉악해 보이기까지 했다. "스스키오토히코와 있었던 이번 일은 용서하지요. 한번만, 용서하지요. 나는 지금, 정말 바보취급을 당한 처지에요. 나도 그건 알고 있어요. 배알이 뒤틀릴 정도라는 말, 이게 정말 어떤 건지 실감나네. 하지만 나는, 나를 경멸한 여자를, 그런 오만한 여자를 견딜 수 없이 좋아해. 나비처럼 아름다워. 인과응보지. 더욱더 오만해졌으면 해요. 어때요, 앞으로도 저 여자와 놀아주지 않겠어요? 이건 내 부탁입니다. 비굴해서 하는 말이 아니에요. 나는 원래 고상한 사람을 좋아해. 찬미하지. 자네는, 정말 좋아. 훌륭해. 비꼬는 말도 아니고, 비아냥거리는 말도 아냐. 자네처럼 좋은 사람과 얌전히 놀면, 괜찮아, 저 녀석은 더 가냘프고, 아름다워지겠지. 그건, 틀림없어." 침이 뚝 하고 테이블 위로 떨어져서, 스케시치는 그것을 손바닥으로 허둥지둥 닦아내고는 다시 말했다. "녀석을 아름답게 만들어주세요. 내가 손을 뻗어도 닿지 않을 만한, 멋진 여자로 만들어주세요. 알겠지요? 부탁해요. 녀석에겐, 당신이 절대적으로 필요해요. 내 직감이 틀림없어. 제길. 나한테도 자존심은 있어. 난 땅에 떨어진 감 같은 건 먹고 싶지 않다고."

청년은 우울함을 견딜 수가 없었다.

☆

사치요는 또다시 기차를 탔다. 스스키 오토히코의 사건이 신문에 나오고, 사치요는 그의 정부情婦라는 사진까지 실려서 끝내는 고향의 큰아버지가 상경했고, 경찰도 뜻을 함께하여 사치요는 큰아버지와 함께 귀향하지 않을 수 없었다. 말하자면, 신세를 망친 몸이 된 것이다. 삼 년 만에 보는 고향의 산천이 뼛속까지 사무치는 기분이었다.

"저기 큰아빠, 부탁이야. 난 이제부터 얌전히 있을 테니까, 얌전히 있지 않으면 안 되니까, 나를 너무 많이 혼내지는 말아줘. 마을 친구들과도, 그 누구와도 얼굴을 마주치고 싶지 않아. 나를 어딘가에 숨겨줘, 알았지? 나, 얼마든지 얌전히 있을 테니까."

열두세 살 먹은 딸처럼, 사치요는 기차 안에서 몇 번이고 애원했다. 친척들 중에서 큰아버지만큼은 사치요를 여러모로 측은하게 여겼다. 큰아버지는 알겠다고 했다. 큰아버지와 사치요는 고향 역보다 두 역 덜 가서 살그머니 내렸다. 그 산속의 작은 역에서 굽이굽이 이어진 산길을 마차로 20분 동안 내달려, 골짜기에 있는 온천에 도착했다.

"내 말 잘 들어. 당분간은 여기서 지내도록 해. 난 이제 아무 말도 않겠어. 가족들에게는 내가 적당히 말해 둘게. 너도 이제 내년이면 스물이야. 여기에서 느긋하게 요양하면서, 앞으로 어떻게 살지 충분히 생각하도록 해. 너는 네 선조에 대해 생각해 본 적이 있어? 너희 집안은, 우리 집과는 비교도 안 되는 훌륭한 집안이야. 네가 경망스러운 짓이라도 하면, 다카노 가家는 그걸로 끝장이야. 다카노의 피를 이어받아 살아가는 사람은 너 하나야, 알겠어? 가계家系라는 건, 소중히 하지 않으면 안 되는 거야. 머지않아 너도, 이런저런 걸 포기하면서 더 겸손해지면, 가계라는 게 살아가는 데 있어서 얼마나 큰 의욕이 되는지를 꼭 알게 될 거야. 다카노 가를 다시 일으켜 세우자. 자중하자고. 이건, 내 부탁이야. 그리고 너의 고귀한 의무이기도 하고. 많지는 않지만, 네가 일가를 되살릴 만한 재산은 우리 집에서 잘 맡아두고 있어. 도쿄에서 있었던 이 년간의 일은 앞으로 네 생애에 오히려 약이 될지도 몰라. 지나간 일은, 잊어. 하긴 그건 무리일지도 모르지만, 인간이라면 누구나, 건드리면 안 되는 깊은 상처 하나쯤은 짊어지고 있는데, 그래도 꾹 참고, 아무렇지도 않은 척하면서 살아가는 거 아닐까? 나는 그렇게 생각해. 어쨌든, 당분간 조용히 있어. 고통을, 뭔가 다른 자극으로 치유하려고 해선 안 돼. 시간이 오래 걸리지만, 자연요법이 제일 좋아. 참고, 당분간은 여기에 있어. 나는 이제 집으로 돌아가서 모두에게 이번 일을 설명해야 해. 나쁘게 얘기하지는 않을 거야. 그건 걱정 마. 돈은, 한 푼도 안 주고 갈 거야. 사고 싶은 게 있으면 여관 사람에게 말하도록 해. 내가 여관 사람에게 부탁해 둘게."

사치요는 홀로 남았다. 등불을 들고 삼백 몇 개나 되는 돌계단을, 하나, 둘, 셋, 하고 작은 목소리로 세면서 내려가서, 골짜기의 가장 밑에 있는 노천온천에 도착했다. 초롱을 밑에 내려놓고 나니, 바로 옆을 세차게 흐르는 다니가와 천의 새하얀 물살이 보였고, 앞쪽에는 오래된 물레방아가 아득한 그림처럼 떠올랐다. 지쳐 있었다. 가만히 욕조에 몸을 담그고 있자니, 고통, 굴욕, 초조, 모든 게 어렴풋이 희미해져서, 머릿속이 바보처럼 하얘졌다. 어쩐지 부끄러운 신세가 되었으면서도, 그래도 이렇게 바보처럼 멍하니 있는 건, 내가 한심한 사람이라 이런지도 모르지만, 사람은, 가끔은, 고통의 수렁에 빠져 있다 할지라도,

멍하니 넋을 놓고 있어도 괜찮은 거 아닐까? 물레방아는 무거워 보이는 몸통을 조금씩 움직이고 있었고, 들국화 한 무더기가 초롱 밑에 흔들리고 있었다.

이대로 녹아버리고 싶을 정도로 기진맥진 녹초가 되어, 다시 초롱을 들고 돌계단을 하나, 하나 올라 방으로 돌아갔다. 여관은 상당히 컸다. 어두컴컴하고 긴 복도에 열 몇 개나 되는 방이 줄지어 있었고, 장지문이 드문드문 환하게 빛나고 있었다. 그 방들에는 손님이 있다는 것을 알 수 있었다. 첫 번째 방은 어둡고, 두 번째 방도 어둡고, 세 번째 방은 밝았는데, 장지문이 스윽 하고 열렸다.

"사치요."

"누구시죠?" 놀랄 힘도 없었다.

"아, 정말 맞네. 나야. 미키 아사타로."

"역사적."

"맞아. 안 잊어버렸네? 자, 들어와." 미키 아사타로는 서른한 살, 머리숱은 많지 않았지만 화려한 일을 하고 있었다. 극작가다. 이름도 꽤 알려져 있었다.

"깜짝 놀랐어."

"역사적?"

미키 아사타로는 쓴웃음을 지었다. 역사적이라는 말은 그가 취하면 말버릇처럼 쓰는 말인데, 긴자의 바 여자들에게는 역사적 씨라고 불리고 있었다.

"정말 역사적이다. 자, 앉아. 맥주라도 마실까? 좀 춥지만, 너도 목욕을 마치고 난 뒤니까 한 잔 정도는 뭐, 괜찮지?"

역사적 씨의 방에는 원고용지가 한가득 흩어져 있었고, 맥주병 대여섯 개가 테이블 옆에 늘어서 있었다.

"이렇게 혼자 술 마시면서 쉬엄쉬엄 일을 하는 중인데, 아무래도 다 틀렸어. 어떤 녀석이든 나보다 잘 쓸 거라는 느낌이 들어서, 이제 틀렸어, 난. 끝이야. 이 일이 다 끝나지 않으면 도쿄로 돌아갈 수도 없고, 벌써 열흘도 넘게 이런 산속 여관에 처박혀서 이리 구르고 저리 구르고 있어. 차마 눈뜨고 볼 수 없는 꼴이야. 아까 말이지, 하녀에게서 네가 와있다는 얘기를 들었어. 어안이 벙벙했어. 심장이, 덜컹 내려앉았어. 꿈이 아닐까?"

테이블 건너편에 가만히 앉아 있는 작은 사치요의 모습을, 다정하게 바라보며 말했다.

"나, 바보 같은 말만 하고 있네. 그거야말로 역사적이야. 쑥스러워서 그래. 몸만 두근두근해서, 죽겠다." 문득 눈을 내리깔고, 자기 잔에 맥주를 따르더니 혼자서 마셨다.

"자신감을 가져도 돼. 나, 기뻐. 울고 싶을 정도로." 거짓말이 아니었다.

"알아, 알아." 역사적은 당황하며 말했다. "그래도 다행이다. 괴로웠지? 괜찮아, 괜찮아. 나는 뭐든, 잘 알아. 모든 걸 알고 있어. 이번에 있었던 일에도, 난 조금도 놀라지 않았어. 한번쯤은 그런 데까지 갈 사람이지. 그런 일을 헤쳐 나가지 않으면 안 될 사람이야. 당신의 애정에는 끝이 없으니까. 아니, 애정이 아니라 감수성이지. 그건, 좀 놀랐어. 난 거의 어떤 여자에게든, 적당히 인사하며 대하고, 그렇게 지내면 딱 적당한데, 너한테만큼은 그게 안 돼. 넌, 알고 있으니까. 방심할 수가 없어. 왜일까? 이런 예외가 있다니."

"아니. 여자는," 남자가 권한 찻잔에 든 맥주를 마셨다. "모두 영리해.

정말, 뭐든지 다 알아. 잘 알고 있어. 상대가 자신을 얕보고 적당히 대하고 있다는 것도, 다 알고 있어. 알고 있는데, 모르는 척하고 아이처럼, 암컷 짐승처럼 속이는 거야. 왜냐하면, 그러는 편이 이익이니까. 남자는 정직해. 속이 빤히 들여다보이는 데도, 여자를 속이는 데 성공했다고 착각하고 있는 것 같아. 개는 발톱을 못 숨기더라. 언제였더라, 내가 깊은 가을밤에 신바시 역 플랫폼에서 전철을 기다리고 있었는데, 아주 영리한 개가, 뭐라더라, 폭스테리어라고 부르나? 그 개 한 마리가 내 앞을 달려가서, 난 그걸 눈으로 좇으면서 운 적이 있어. 탁탁탁탁, 걸을 때마다 발톱 소리가 들려서, 아아 개는 발톱을 숨기지 못하는구나, 싶어서 개의 정직함이 애처로웠는데, 남자란 저런 거구나, 하고 생각하니 더 슬퍼져서, 울어버렸어. 추하게스리. 나 바보 같지? 어째서 이렇게 남자의 역성을 드는 걸까? 남자를 약하다고 생각해서 그래. 나, 할 수만 있다면, 몸을 백 개 천 개로 만들어서 많은 남자들을 감싸주고 싶기도 해. 왜냐하면 남자는, 잘난 척만 하고 불쌍하니까. 난, 진정한 여자다움이라는 게, 오히려 남자를 감싸는 힘에 있다고 생각해. 우리 아버지는, 내게 여자는 상냥해야 한다고 일러주고 나서 없어졌지만, 여자의 상냥함이란, ―." 말하다 말고 무언가에 깜짝 놀란 사슴처럼, 갑자기 고개를 들고 귀를 기울이더니 말했다.

"누가 온다. 날 숨겨줘. 잠시면 돼." 생긋 웃고는 등 뒤의 벽장문을 열고, 스르르 미끄러지듯 들어가 앉아서 말했다.

"자 이제, 당신은 일해."

"관둬. 그것도 여자의 속임수야?" 역사적은 미소 띤 얼굴로 말했다. "이 방으로 오는 발소리가 아냐. 이제 됐으니까 그런 꼴사나운 짓은 관둬. 천천히 하던 얘기나 해보자고." 자기도 자세를 똑바로 고쳐 앉으며 그렇게 말했다. 마르고 왜소한 남자였지만, 은테 안경 아래 커다란 눈과 높은 코가 얼굴에 우아한 음영을 주어, 교양인다운 기품은 있었다.

"당신, 돈 있어?" 벽장 앞에 우두커니 선 채로, 사치요는 그런 말을 중얼거렸다.

"나 이제, 싫어. 당신을 상대로 그런 얘길 하고 있으면, 도쿄가 죽도록 그리워. 나쁜 건 당신이야. 내 애정이 이러니저러니 잘난 척하면서, 날 마구 주무르니까, 나, 적당히 잊고 있었던 내 불행, 내 더러움, 내 무기력함, 모든 게 한꺼번에 기억나버렸어. 도쿄는 좋은 곳이지. 나보다 더 불행한 사람, 더 부끄러운 사람들이 서로 잔소리도 안 하고 웃으면서 살아가니까. 나 아직, 열아홉이야. 이미 다 포기해버린 자아를 가지고, 도저히, 냉정하게 살아갈 수가 없어."

"도망갈 생각이구나?"

"그런데 나, 돈이 없어."

미키는 언뜻 쓴웃음을 짓더니, 그대로 고개를 숙이고 생각했다. 꽤 야단스럽게 한참을 고민하는 눈치였다. 갑자기 고개를 들더니,

"십 엔 줄게." 거의 화난 말투로 말했다. "넌 바보야. 난 정말, 널 많이 사랑해왔어. 넌 그걸 몰라. 난 네가, 요만한 발소리에도 쭈뼛해서는 살금살금 벽장으로 숨는 그런 한심한 꼴을 보고, 도저히 그냥 내버려둘 수 없어. 지금 너에게 돈을 주면 난, 진짜 나쁜 놈이 될지도 몰라. 하지만, 이건 내 순수한 충동이야. 난 그에 따르겠어. 이 행동이 어떤 결과를 가져올지, 나는 몰라. 어떻게 될지 몰라. 그건, 신만이 알고 있지. 살아 있는 자에게 권리 있으니. 네 마음대로 하면 돼. 우리에게 죄는 없어."

"고마워" 키득거리며 말했다. "당신은, 너무 거짓말쟁이다. 그야말로

역사적이야. 미안해. 그럼, 나중에 봐."

미키 아사타로는, 고통스러운 듯 웃었다.

☆

쇼와 6년1931년 설날, 도쿄에는 눈이 내렸다. 새벽부터 나풀나풀 내리기 시작해서 점심때쯤까지 계속 왔다. 점심때가 조금 지난 시각, 도야마가하라[9]의 잡목림 그늘 밑에 외투 깃을 세우고, 모자 없이 담배 연기를 내뿜으며 안절부절 못하고 왔다 갔다 하는 남자가 있었다. 이 사람은 아마, 젠코지 스케시치다. 또 한 명, 일본식 코트를 입은 왜소한 남자가 나타났다. 미키 아사타로다.

"바보 같은 놈. 벌써 왔어." 미키는 취한 모습이다. "진짜로 싸울 생각인 거야?"

스케시치는 아무 대답 없이 담배를 버리고, 외투를 벗었다.

"기다려, 기다려." 미키는 얼굴을 찡그렸다. "지저분한 녀석. 자네는 대체 사치요를 어쩌려는 거야? 그냥, 싸우기라도 하자, 도야마가하라로 와라, 불구로 만들어주겠다, 이런 거라면, 난 자네를 상대해 줄 수 없어."

스케시치가 아무 말도 없이 덤벼들었다.

"관둬!" 미키는 재빨리 물러섰다. "너무 흥분하지 말고. 듣고 있어? 내 말 잘 들어. 어젯밤엔 나도 실례했어. 쓸 데 없는 말을 했어."

어젯밤에는 신주쿠에 있는 바에서 함께 술을 마셨다. 전부터 서로 알던 사이이다. 미키가 문득 도호쿠 지방의 여관에서 있었던 일을 무심코

9_ 지금의 도쿄 신주쿠 구 도야마 위치에 군사용지가 있었는데, 이 주변이 도야마가하라戸山が原라 불렸다.

말해버렸다. 사치요의 몸에 대한 얘기를 슬쩍 내뱉었다. 그러고 나서, 야, 사치요 어디 있어. 몰라. 거짓말하지 마, 네 녀석이 숨겼어. 관둬, 꼴사나워, 의마심원[10]. 그러다가 좋다, 싸우기라도 하자, 도야마가하라로 와라, 불구로 만들어 주마, 하는 이야기를 주고받은 것이다. 미키도 욱 해서는 결투 신청을 받아들였다. 설날 정오를 기약하고, 어젯밤엔 헤어졌다.

"사치요가 어디에 있는지, 난 알아." 미키는 침착함을 보이기 위해서인지, 담배를 꺼내어 성냥불을 붙이려 했다. 설원을 어루만지며 불어오는 산들바람이 두어 번 성냥불을 꺼뜨린 다음에야, 겨우 담배에 불이 붙었다. "하지만 나랑은 아무 사이도 아냐. 그 사람은 지금, 열심히 공부하고 있어. 학문에 정진하고 있어. 난 그게 그 사람을 위해 좋은 일이라고 생각해. 그 사람에게 있는 건, 넘치는 감수성뿐이야. 그 녀석을 정리하고, 통일하고, 행동하게 하기 위해서는 교양이 필요하다고 생각해. 그 사람한테는 그게 없으니까, 행동이 항상 엉망진창이야. 예를 들면 너 같은 남자가 들러붙고, 그래서 옴짝달싹 못하고, —."

"부끄럽지 않아?" 스케시치는, 코웃음 쳤다. "오늘 아침부터 생각에 생각을 거듭해서 외워 온 것 같은 대사 읊고 앉아 있네. 학문? 교양? 부끄럽지 않아?"

미키는 깜짝 놀랐다. 무의식중에 얼굴이 달아올랐다. 이 녀석, 다 알고 있다.

"기분 나쁜 녀석. 좋아, 제대로 상대해주마. 난, 너 같은 녀석을 본능적으로 증오해. 숙명적으로 반발하지. 하지만, 마지막으로 하나만 묻지,

10_ 意馬心猿 생각은 말처럼 달리고 마음은 원숭이처럼 설렌다는 뜻의 불교용어. 사람의 마음이 세속의 번뇌와 욕정 때문에 항상 어지러움을 이르는 말이다.

넌, 사치요를 어떻게 할 작정이야?" 담뱃불은 꺼져 있었다. 꺼져 있는 그 담배를 뻐끔뻐끔 빨며, 손은 벌벌 떨고 있었다.

"어떻게 한다거나, 이렇게 한다거나 그런 건 없어." 이번에는 스케시치 쪽이 오히려 침착해져 있었다. "머지않아 어디에 있는지 알아내서, 나는 내 방식대로 잘 해 줄 거야. 됐어? 그 여자는, 내가 아니면 안 돼. 그 여자를 아는 사람은 나 하나야. 너는 여관에서 있었던 딱 하룻밤, 그것만 자랑하는 얼굴로, 뭐라고 꽥꽥 지껄여대지. 그 이후로 너 같은 건 쳐다보지도 않지? 녀석은, 그런 여자야."

미키는 무심코 끄덕였다. 정말 그렇다고 생각했다.

"하지만, 어이." 스케시치는 더욱 힘차게 한 발을 내딛으며 말했다. "단 하룻밤이라 해도, 너는 용서가 안 돼. 그런 말을 잘도 지껄이는군."

"그래? 알았어. 상대해주지. 나도 널 가만둘 수 없어. 잘난 척도 어지간해야지." 담배를 툭 던지고, 외투를 벗고, 기모노 겉옷을 벗고, 잠시 생각에 잠겼다가 허리띠를 둘둘 풀고, 기모노까지 훌렁 벗고, 셔츠와 팬티만 입고서 말했다. "여자를 육체적인 것으로밖에 생각하지 못한다니, 유감스러운 일이네. 여기까지 그 지저분한 냄새가 옮을라. 너 같은 걸 상대하다가 기모노가 더러워지면, 아무리 빨아도 얼룩이 안 지워지겠어. 번거롭게스리." 말하면서 다비를 벗고, 나막신을 벗어 던지고, 마지막으로 안경을 벗고 외쳤다.

"덤벼!"

설원에 퍽 하는 메아리 소리를 내며 오른쪽 뺨을 맞은 것은 스케시치였다. 순식간에 퍽 하고 다시, 이번엔 왼쪽. 스케시치는 비틀거렸다. 의외로 강력한 공격이었다. 끙, 하고 있는 힘을 다해 버티면서 허리를 낮추고, 양팔을 벌리며 자세를 취했다. 붙으면 자기가 이길 거라고, 스케시치는 자신했다.

"뭐야, 그게. 이건 시골 같은 데서 하는 풋내기 씨름이 아니야." 미키는 그렇게 말하면서 눈을 차더니 순식간에 스케시치의 왼쪽으로 돌아와, 퍽- 하고 스케시치의 턱에 한 대를 날렸다. 하지만 그것은 실패였다. 스케시치는 미키의 주먹을 재빨리 잡고 순식간에 업어치기를 했는데, 그게 멋지게 성공했다. 미키의 가벼운 몸은 공중을 한 바퀴 돌고 나서 툭 떨어졌다.

"제길. 제법인데?" 미키는 엉덩방아를 찧으면서도 스케시치의 하복부를 있는 힘껏 찼다.

"윽." 스케시치는 아랫배를 움켜쥐었다.

미키는 비틀비틀 일어서더니 이번에는 정면에서 스케시치의 미간을 향해, 쿵 하고 자기 머리를 박았다. 대세는 결정되었다. 스케시치는 눈 위에 거의 큰 대자로 뻗어서, 한참을 움직이지도 못했다. 코에서는 코피가 철철 흘러나오고, 양 눈언저리가 순식간에 보라색으로 부풀어 오른다.

아득히 멀리 있는 참나무 처마 밑 그늘에 몸을 숨기고, 질질 끌릴 정도로 긴 새빨간 코트를 입고, 우산 하나를 가슴에 꽉 끌어안고서 그 광경을 조심조심 보고 있는 여자는, 사치요다.

사치요는 이튿날 도쿄로 갔는데 그 이후로 딱히 공부를 하지도 않았다. 원래 함께 긴자의 바에서 일하다가, 지금은 간다의 댄스홀에서 일하고 있는 친구 한 명이 있었는데, 사치요는 그 친구가 사는 요쓰야 아파트에 들어가서는 뜨개질을 하기도 하고, 빨래를 하기도 하고, 식사 준비를 돕기도 하면서, 매일 그렇게 하루하루를 보내고 있었다. 딱히 서둘러 일을 찾으려고 하지도 않았다. 또다시 바의 여종업원을 하는 것은 마음이 내키지 않는 모양이었다. 그러던 중에 미키 아사타로는 산속 여관 생활을 접고, 사치요가 있는 곳을 어디에서 들었는지 히죽거리며 사치요 앞에 나타났다. 어때, 여배우가 되어보지 않겠어? 같은 말을 했는데, 사치요는 웃으며 어머, 굉장하다, 라는 식으로 간단히 대꾸할 뿐 상대도 하지 않았다. 미키는 그래도 단념하지 않고, 가끔 아파트에 불쑥 들러서는 스트린드베리와 체호프의 희곡집을 한 권 두 권 놓고 갔다. 설날 아침 일찍 미키로부터 전화가 와서, 도야마가하라에서의 결투 계획을 듣고, 사치요는 남자는 이러니까 안 된다며, 댄서 친구와 함께 남자들 험담을 하지 않을 수 없었다. 아무튼 눈이 녹아 진창이 된 길을 어렵사리 지나 도야마가하라에 도착한 것은 정오 무렵이었는데, 그때는 셔츠 한 장만 걸친 미키 아사타로가 스케시치의 괴력에 당해 공중을 한 바퀴 돌고 있는 참이었다. 사치요는 혼자서 큰 소리로 웃었다. 보고 있자니 마치 작은 강아지 두 마리가 설원에서 이리 구르고 저리 구르며 장난치고 있는 것 같아서, 기대했던 결투의 매서움은 조금도 없었다. 두 남자도 어쩐지 웃으면서 싸우고 있는 것 같아서, 사치요는 이상하게 맥이 빠졌다. 곧이어 스케시치는 엎어졌고, 미키는 꾸물꾸물 그 위에 올라타서 스케시치의 얼굴을 인정사정없이 팼다. 금세 두견새 울음소리 같은 스케시치의 비명소리가 들렸다. 사치요는 옷자락을 펄럭이며 나무 그늘에서 나와, 잰걸음으로 뛰어 미키의 등 뒤로 다가가더니 우산을 집어 던지면서 미키의 뺨을 철썩 때렸다.

미키가 돌아보더니 말했다.

"뭐야, 너구나." 다정한 미소를 지었다. 일어서서 재빨리 기모노를 입기 시작했다. "너, 이 남자 사랑해?"

사치요는 세차게 고개를 저었다.

"그러면, 그런 감정적인 정의감은 필요 없어. 알겠어? 연민과 애정은 다른 거야. 이해와 애정도, 다른 거야." 말하면서 옷차림을 가다듬고, 언제나처럼 점잔빼는 역사적 씨로 돌아왔다. "자, 돌아가자. 자네는, 자네의 좋고 싫음에 더 충실해지도록 해. 싫은 녀석은, 방법이 없어. 아무리 더 지내본다 한들 좋아질 수 있는 게 아냐."

스케시치는 뒤로 자빠진 상태로 두 손으로 얼굴을 감싸고, 괴상한 신음소리를 내며 울고 있었다.

사치요는 미키의 외투 안에 숨듯 딱 붙어서 반 정[약 55m] 정도를 걷다가, 돌아보고 흠칫 놀랐다. 스케시치는 눈 위에 책상다리를 하고 똑바로 앉아, 사치요가 두고 간 버드나무 문양의 파란 지우산을 모닥불 대신 활활 태우며 쬐고 있었다. 버석버석 우산살이 타는 소리가 뚜렷하게 들려서, 사치요는 자기 몸이 그대로 화장되고 있는 것 같은 기분이었다.

본편에는, 여배우 다카노 사치요의 여배우로서의 생애를 싣는다.

다카노 사치요를 들장미라고 한다면, 야에다 가즈에다는 엉겅퀴다. 오사카 출생으로 원래 가난한 가정에서 자란 소녀였다. 과자 가게를 하시는 노부모님은 지금도 정정하시다. 형제도 많았는데, 가즈에다는 그중 장녀였다. 초등학교를 나온 게 전부고, 어느새 열아홉이 되어, 도매상에서 가끔 오는 과자 기술자와 놀다가 둘이서 함께 도쿄로 왔다. 부모도 반은 암묵적으로 허락한 셈이었다. 과자기술자의 나이는 스물셋이었다. 상경해서 바로 긴자의 베이커리에서 일하게 되었다. 박봉이었다. 한 살림을 차릴 수는 없었고, 가즈에다도 같은 긴자에서 일했다.

그다지 고급스럽지 않은 바[Bar]다. 조금씩 멀어지더니 순식간에 가속도가 붙어서 헤어져버렸다. 지금 그 기술자에게는 부인도 있고 아이도 있다. 가즈에다는 평범한 여종업원이다. 인생은, 이런 것이다. 다른 사람은 의지할 것이 못 된다. 어릴 때부터 그렇게 배워서, 정말 그렇다고 굳게 믿고 있었다. 스물넷이 되어 긴자의 바를 그만두고 댄서가 되었다. 그편이 돈을 얼마쯤 더 벌 수 있기 때문이다. 그해 11월 하순, 아침에 문득 눈을 뜨니 예전에 긴자의 바에서 같이 일했었던 다카노 사치요가 머리맡에 기운 없이 앉아 있었다.

"달리 갈 데가 없어서 말이지." 사치요는 차가운 두 손으로 누워있는 가즈에다의 얼굴을 착 감쌌다.

가즈에다는 모든 것을 다 알고 있었다.

"바보 같은 짓만 하고." 그렇게 말하더니 일어나서, 작은 사치요를 꽉 껴안았다. 아무 일도 없었다는 듯 바로 물러서서 말했다.

"반찬은? 요즘도 낫또 먹지?"

사치요도 부지런히 목도리를 풀며 말했다.

"내가 사올게. 가즈에다는 어묵조림이었지? 새우맛 어묵조림 사다 줄게."

나가는 사치요를 배웅하고, 가즈에다는 가스를 틀어서 밥솥을 올리고 다시 이불 속으로 기어들어갔다.

그리고 그날부터 사치요의 기생 생활이 시작되었다. 연말과 설날은 이렇다 할 일도 없이 휙휙 지나갔다. 진눈깨비가 내리던 밤, 둘은 불을 끄고 어두컴컴한 방에 누워서 이야기했다.

"사치요의 큰아버지는 그래도 좋은 사람 같아. 과거의 일은 잊어라, 잊어. 누구나 모두, 깊은 상처를 등지고, 아무 일도 없었다는 듯 살고 있는 거야. 좋겠다. 정말 알 건 아는 사람이잖아. 나, 반했어." 가즈에다는 졸린 목소리로 그렇게 말하면서 조용히 몸을 뒤척였다.

"나 돌아가라고 하는 말이야?" 사치요는 이불 속에서 작게 움츠리고 불안한 듯 반문했다.

"글쎄다." 가즈에다는 점잖은 말투로 말했다. "그런데 그 역사적은, 바보네. 정말 이상한 사람이다. 아니지, 더 나빠. 부녀자 유괴죄. 죄인이야, 그 인간은. 제대로 하는 일이 하나도 없어. 쓸데없는 일을 부추기고, 그러고 나서는 또 뻔뻔스럽게 여기로 쳐들어와서는 은인이라도 되는 양, 그 잘난 척하는 말투하고는. 어떻게 봐도, 정상은 아니라니까."

사치요는 킬킬거리며 웃었다.

가즈에다도 못 참고 웃음을 터뜨렸는데, 그래도 이렇게 말했다.

"나쁜 놈이야. 웃을 일이 아냐. 말하자면, 여자의 적이지."

"하지만, 난 알고 있어. 가즈에다는 처음부터 역사적을 좋아했어."

"요 녀석."

여자 둘이 배를 움켜잡고 자지러지게 웃었다.

"돌이킬 수 없는 옛날이여." 가즈에다는 부끄러운 것을 숨기려고 일부러 어설픈 말을 했다. "아무래도, 어쩐지, 우리는 남자 운이 없는 것 같아."

"아니," 때때로 사치요는 갑자기 아무렇지도 않게 찬물처럼 냉정한 말투로 되돌아올 때가 있다. 포복절도를 하고 나서도 주위 분위기에는 아랑곳하지 않고, 갑자기 조용한 말투로 무언가 얘기를 꺼낸다. 이상한 버릇이다. "난 그렇게 생각하지 않아. 난 어떤 남자건, 존경해."

가즈에다는 멋쩍어졌다. 무심결에, 찍어낸 듯한 차분한 말투로,

"넌 어리니까."라고 말하고는, 결국 이대로는 안 되겠다는 생각이

들었다. 어쩐지, 자신이 꼴사납다. 그런 자신이 기가 막혀서 결국 불같이 화를 냈다. "바보 같은 말 하지도 마. 깡패 녀석도 그랬고, 무능한 기자도 그렇지만, 제대로 된 사람이 하나도 없어, 널 조금이라도 행복하게 해준 남자는 한 사람도 없잖아. 그런데 존경하고 있어요, 라니, 잘난 척은."

"그건, 조금 달라." 사치요가 이번에는 다시 장난스러운 말투로 말했다. "남자에게 기대서 행복을 받으려고 생각하는 게 애당초 잘못이야. 너무 뻔뻔스러워. 남자에게는 따로 남자의 일이라는 게 있으니까, 평생을 걸고 하는 그 일을 존경하지 않으면 안 돼. 알겠어?"

가즈에다는 불쾌함에 잠자코 있었다.

사치요는 우쭐해져서 말을 이어갔다.

"한 여자의 행복을 위해 남자를 이용하다니, 불경스러워. 여자도 약하지만, 남자는 더 약해. 위험한 지점에 필사적으로 멈춰 서서 있는 힘을 다해 노력하고 있는 거야. 난, 정말 그렇다고 생각해. 그런 상황에서 여자가 몸을 푹 기대려고 하면 어떤 남자라도 당황할 거야. 불쌍해."

가즈에다는 어이가 없어서, 거칠고 굵은 목소리를 냈다.

"백호대는 다르잖아." 가즈에다는 사치요의 조부가 백호대의 한 사람이었다는 사실을 사치요로부터 들어서 알고 있었다.

"그런 게 아냐." 사치요는 어둠 속에서 아주 다정하게 미소 지었다. "난, 도모에 고젠[11]이 아냐. 칼[12]을 들고 열심히 싸우기는 싫어."

11_ 헤이안 말기, 가마쿠라 초기의 여성. 기소의 호족 나카하라 가네토오의 딸. 무용武勇이 뛰어난 미녀로, 미나모토노 요시나카의 부인이 되어 무장武將으로서 마지막까지 추종. 남편의 전사 후에는 와다 요시모리와 재혼하여, 패사敗死 후 비구니가 되어 엣추로 향했다고 한다.

12_ 원문 나기나타薙刀. 에도시대 무가 여인들이 사용했다.

"어울려."

"안 돼. 나는 꼬마니까, 칼에는 못 당할 거야."

가즈에다는 후후, 하고 웃었다. 가즈에다의 기분이 나아진 것 같아서 사치요는 기쁜 듯 말했다.

"있잖아. 내 얘기, 좀 더 가만히 들어 주면 안 돼? 참고로."

"하는 말 한 마디 한 마디가, 다 재수 없어. 역사적 씨의 악영향입니다." 가즈에다는 기분이 풀렸다.

"난 말이지, 역사적 씨도 그렇고 스케시치도, 그리고 딴 사람들도 다 좋아해. 난 나쁜 사람을 본 적이 없어. 어머니도 그렇고, 아버지도, 모두 다정하고 좋은 사람이었어. 큰아버지, 큰어머니도, 정말 훌륭하신 분들이야. 정말, 고개를 못 들겠어. 처음부터 그랬어. 모자란 사람은 나 하나야. 그렇게 모자람을 타고난 아이가, 모두에게 따뜻한 사랑을 받고 혼자 행복에 겨워하며 지낸다면, 내가 그런 사람이라면 죽는 편이 나아. 나, 도움이 되고 싶어. 뭐든 상관없으니까, 다른 사람에게 도움을 주고 죽고 싶어. 남자에게 멋진 옷을 차려 입히고, 가는 길마다 장미꽃을, 아니, 수선화 정도로 작고 빈약한 꽃이라도 상관없으니, 한가득 깔아주고, 그 위를 당당하게 걷게 해주고 싶어. 그래도 그 남자는 그걸 조금도 고맙게 여기지 않아. 이 길은 원래부터 이런 길이라고 생각하며, 도중에 우연히 마주치는 사람들의 인사를 한가로이 받아주면서 아무 일도 없다는 듯 느긋하게 걸어가면, 아아, 남자는 얼마나 멋있을까? 얼마나 아름다울까? 나는 아무도 눈치채지 못하게 뒤에 숨어서, 그걸 몰래 지켜보면서 기뻐할 텐데. 가장 의미 있는 여자의 기쁨이란, 그런 데 있는 거 아닐까? 그런 생각이 들어서 견딜 수가 없어.

"나쁘지 않네." 가즈에다도 그 얘기에는 귀를 기울였다. "참고가 됐어."

사치요는 한숨을 쉬며 말했다.

"그런데 남자들이란, 사람들이 너무 착해. 다들, 하나같이 도련님이야. 돈과 육체만이 여자의 기쁨이라고, 어디에서 듣고 온 건지 혼자 그렇게 단정해버리고는, 덕분에 자기는 정말 아득바득 무리를 하고, 여자는 남자가 그렇게 멋대로 정한 원칙을 깨뜨리기가 딱해서, 안쓰러워서 져주는 거야. 다 알면서 그냥, 허영과 육체의 본능 두 가지만 가졌다는 듯한 표정을 지어주는데, 그렇게 하면 결국 남자는 다 알았다는 듯한 얼굴로 그렇게 단정지어버리니까, 좀, 이상해. 여자는 누구나 남자를 존경하고 있고, 오로지 뭔가를 해주고 싶다는 마음으로 있는데, 그런 걸 전혀 눈치 채지 못하고, 그저 당신을 행복하게 해줄 수 있다거나 없다는, 그런 말을 하고는, 부자인 척을 하거나, 그리고, —이상해, 자신만만하게 이상한 일을 한다니까. 여자가 육체밖에 없는 동물이라니, 대체 누가 그런 말도 안 되는 얘기를 남자들한테 해준 걸까? 애정이 깊어져서 자연스레 그런 걸 바라게 된다면, 거기에 따르면 되는 건데, 갑자기 얼굴색을 바꿔서 이런저런 야단스러운 연극이나 하다니, 정말 바보 같아. 여자는 육체 같은 거, 그렇게 중요하게 생각하지 않아. 그렇지? 가즈에다도, 그렇지 않아? 아무리 혼자서 돈을 모으고 남자랑 놀아도, 항상 쓸쓸해 보이잖아. 나, 모든 남자들에게 가르쳐 주고 싶어. 여자가 정말로 자신을 좋아해주기를 원한다면, 정말로 그 여자를 사랑한다면, 진짜 신변의 자질구레한 일이라도 좋으니까, 뭔가 용건을 말해주세요. 권위 있는 어조로, 말해주세요, 라고 말야. 지위와 명예를 얻지 못한다 해도, 부자가 되지 않는다고 해도, 남자는 그 자체만으로도 훌륭하고 고귀한 거니까, 있는 그대로의 자기 모습, 자기 모습에 걸맞은 자신감을 가져준다면, 여자는 얼마나 기쁠까? 남자도 그렇고 여자도 그렇고, 서로 약간 착각해서 너무 많이 틀어져버렸어. 정말 안타까워. 서로 그렇다는 걸 깨닫고, 다시 웃음을 주고받으며 지낸다면, —행복해질 텐데 말이지. 틀림없이 살기 좋은 세상이 될 텐데."

"아, 공부가 됐어." 가즈에다는 일부러 더 큰 하품을 했다. "그래서 스스키 오토히코는 좋았던 거야?"

가즈에다의 무례를 본 척도 않고 말했다.

"그 사람 있지, 이상해. 아이 같은 이상한 표정으로, 나는 유방이란 게 엄마한테만 있는 거라고 생각했어, 라고 하더라. 그게 절대, 점잖은 척도 뭣도 아니야. 부끄러운 듯 말하더라고. 아아 이 사람, 꽤 불행하게 살아온 사람이구나, 하고 생각하니까, 나, 기쁘기도 하고, 고맙기도 하고, 귀엽기도 하고, 가슴이 벅차올라서 울어버렸어. 평생 이 사람 옆에 있어야겠다고 생각했어. 영원한 어머니랄까? 나까지, 그런 고귀하고 아름다운 기분이 들었어, 그 사람, 좋은 사람이었어. 난 그 사람의 사상이나 다른 건 전혀 몰라. 몰라도 좋아. 그 사람은 내게 자신감을 줬어. 나라도 남에게 어떤 도움을 줄 수 있다는 자신감. 사람 마음속을 정말 깊은 곳까지 데워줄 수 있다고 생각하니까, 그때 그 기쁜 마음을 그대로 간직한 채 죽고 싶었어. 그런데 이렇게 토실토실 살쪄서 살아 돌아오다니, 추하지? 살아 돌아온 뒤에, 하루하루 똑같은 생활을 하면서 이렇게 살아도 되는 걸까, 싶어서 견딜 수 없이 불안할 때가 있어. 큰 소리로 목 놓아 울고 싶을 때가 있어. 어차피 한 번 죽은 몸이니까, 뭐라도 좋으니 다른 사람에게 도움이 될 수 있다면 되어주고 싶어. 어떤 괴로운 일이라도, 어떤 고통스러운 일이라도 견딜 수 있어." 살짝 고개를 들더니 다시 말했다. "있지, 가즈에다. 듣고 있어? 역사적 씨말이지, 난 그 사람이 그렇게 나쁜 사람은 아니라고 생각해. 그 사람, 나를 여배우로 쓰겠다고 꽤나 열심인데, 그건 어떤 걸까? 가즈에다도 내가 여기서 아무것도 안 하고 기약 없이 얹혀살면, 속으론 거북하겠지? 그리고 내가 여배우가 되어서, 역사적 씨가 그걸로 보람 있는 일을 할 수 있다면, 나는 여배우가 되어도 좋을 것 같아. 내가 받아들이기만 한다면 그 다음 일은 계획이 다 서 있다고, 그런 말을 했었어."

"네가 좋을 대로 해. 명배우가 될 거야." 가즈에다는 또다시 심기가 언짢다. "실은 나도, 울적할 때는 있어. 이 아이는 언제까지 여기에 있는 걸까, 그리고 도대체 어쩔 셈일까 하고, 사치요의 뻔뻔함이 미워질 때도 있어. 하지만 난, 옛날부터 한 가지 일을 3분 이상 생각하지 않아. 귀찮아. 아무리 오래 생각한다한들, 결국은 되는 일이 없잖아. 부딪혀 보지 않으면 모르는 일뿐이니까. 바보 같아. 물론 나한테도 걱정거리는 많아. 그러니까 한 가지 일은 3분만 생각하고, 해결이 되건 안 되건 상관없이 바로 다른 문제로 넘어가서 그걸 3분간 생각하고, 또 다음 문제를 3분 생각하고, 그러는 데 꽤 익숙해졌어. 걱정의 씨앗이 들어있는 서랍을 차례차례로 열고, 흘끗 살펴보고 나서 바로 탁 닫아버리고, 그러고 자는 거야. 이게, 건강에도 꽤 좋아. 어때, 나한테도 그럴싸한 철학이 있지?"

"고마워. 가즈에다, 넌 좋은 사람이야."

가즈에다는 쑥스러워하며 일부러 다른 말을 했다.

"싫다, 진눈깨비."

"응." 사치요는 하고 싶은 말을 다 하고 나면 머릿속이 하얘졌다. "내일, 날씨 개었으면 좋겠다."

"응. 눈을 떴는데 싹 개어서 맑으면, 기분 좋으니까." 가즈에다도 아무 생각 없이 그렇게 맞장구쳤고, 아침의 맑은 하늘을 생각하면 마음이 들떴지만, 고작 그런 것에 꽤 큰 기대를 걸며 자는 자신이 가여웠다. 하긴, 날이 갠다고 해도 내게는 아무 일도 없을 텐데, 하는 생각이 들자 혼자 웃고 싶어져서, 이불을 뒤집어썼는데 갑자기 눈가에서 눈물이 쏟아져 나왔다. 어머, 하품해서 나온 눈물인가, 아니면 우는 건가, 싶어 당황스러운데, 어쨌건 이 아이가 여배우가 된다고 하니 이거, 후원회라도 하나 만들어야 한다.

☆

성공적이었다. 극단은 '가모메좌.' 극장은 쓰키지 소극장[13]. 대본은, 체호프의 <세 자매>. 여배우 다카노 사치요는, 장녀 올리가를 멋지게 연기했다. 쇼와 6년1931년 3월 하순, 7일간의 공연이었다. 청년 다카스 다카야는 개막 후 3일째 되던 날 공연을 보러 갔다. 막이 오른다. 올리가, 마샤, 일리나 세 자매가 무대에 있다. 드디어 올리가의 독백이 시작된다. 첫 부분은 소리가 낮아서 안 들렸다. 청년은 어두운 객석의 구석진 곳에서 귀를 기울였다. 띄엄, 띄엄, 들려온다.

—그날, 추웠지. 눈이 내리고 있었으니까. —나, 정말 살고 싶지 않은, —하지만, 벌써 그 후로 일 년이 지나서, 우리도 그때 일을 맘 편하게 생각할 수 있게 됐고, —(시계가 열두 시를 울린다.)

천천히 울리는 시계소리를 듣고 있던 중에 청년은, 갑자기 두리번두리번 거리더니 쯧, 쯧 하고 큰 소리로 혀를 두 번이나 차더니 일어나서

13_ 1924년 설립된 일본 최초의 근대연극용 상설 극장

복도로 나갔다.

나는 저런 여자가 싫다. 나는 저런 여자를 좋아하지 않는다. 저 녀석은, 결국 나르시스다. 저 여자는 겸허를 모른다. 자기가 마음만 먹으면 뭐든 할 수 있다고 생각하는 모양이다. 왜 저 녀석은 고향을 뛰쳐나와서 여배우 같은 게 되었을까? 이제 저런 사람이 되었으니, 스스키 오토히코와 있었던 일 같은 건 전혀 대수롭게 여기지 않을 거다. 악마가 아니라면, 바보다. 아니지 아니야, 여자는 모두 저런 것일지도 모른다. 기쁨, 신앙, 감사, 고뇌, 광란, 증오, 애무, 모든 게 찰나다. 그때뿐이다. 한때가 지나면, 언제 그랬냐는 듯이 있다. 부끄러운 줄을 알아야 한다. 나도 전에는 그게 순수한 인간성이라고 생각했었다. 나는 과학자다. 인간의 관능을 다 알고 있다. 하지만 나는, 결코 육체 만능론자가 아니다. 바자로프[14] 같은 사람은, 생각이 안이하다. 정신, 그리고 신앙이 인간의 모든 일을 결정한다. 나는 성모수태조차도 그대로 순수하게 믿는다. 그 때문에 내가 과학자로서 실패하더라도, 상관없다. 내가 순수한 인간, 진정한 인간으로 살 수만 있다면, —.

이 같은 엉뚱한 각오를 굳히기 시작하면서, 이상한 분노에 온몸이 덜덜 떨려서 큰 보폭으로 추운 복도를 서성였다. 어쩐지 자신이 지금 심한 굴욕을 당하고 있는 것 같고, 세상 모든 사람들이 자신을 비웃고 있는 듯하여, 어찌할 바를 몰랐다. 이럴 때 오토히코가 살아 있다면 좋을 텐데, 하고 새삼스레 죽은 스스키 오토히코가 그리워져서, 그때까지 느끼고 있던 흥분이 애끓는 슬픔으로 바뀌어 막 눈물이 나오려던 바로 그때,

14_ 트루게네프의 1862년 작 『아버지와 아들』의 주인공으로, 자연 과학자이자 니힐리스트.

"어이,"하고 어깨를 두드린 사람은 스케시치다. "당신은, 첫날 안 봤지?"

—난 당신 기분을 잘 알아, 마셜. 사치요의 올리가가 우는 소리로 그렇게 말하는 게 복도에까지 들려온다.

"훌륭하지." 스케시치는 눈을 가늘게 뜨고 말했다. "당신은 첫날 평판, 신문에서 못 봤어요? 센세이션. 대 센세이션. 천재 여배우의 출현. 아아, 웃으면 안 돼요. 정말이에요. 제가 일하는 곳에서는 가지와라 쓰요시 씨에게 극에 대한 평을 부탁했는데, 이것보세요, 저 할아버지 금방이라도 울 것처럼 저러고 있어, 올리가의 고뇌가 이 여배우에 의해 처음으로 알려졌다, 라니, 우와 이건 뭐, 역시 저 할아버지, 홀딱 반해버렸네. 어디, 어디, 보자." 등 뒤에 있던 문을 살짝 열고 틈새로 무대를 들여다보며 말했다. "뭐랄까, 관록이랄까? 그런 게 있네요. 완전 다른 사람 같은 느낌이야. 아아, 퇴장했다." 문을 탁 닫고서 청년의 얼굴을 슬쩍 보고는 대담하게 웃더니 말을 이었다. "굉장해! 저렇게 침착하다니. 저 녀석은 지금보다도 훨씬 더 대단한 거물이 될 수 있어. 맛을 들였으니. 저 녀석은 워낙 무서운 걸 모르는 여자니까요."

"당신은, 매일 보러 오는 거야?"

"그렇지." 무표정한 청년의 질문에, 스케시치는 불끈 화가 난 듯 말투를 바꿨다. "나는 쑥스러워서 이렇게 들떠 있는 게 아냐. 자네들과는 달리, 난 정직해. 감정을 못 속여. 기뻐. 정말 기뻐. 춤이라도 추고 싶어. 회사 일 같은 건 어떻게든 얼버무릴 수 있으니까, 매일 여기에 와서 사람들 평판을 듣고 있어. 우습게보지 마."

"당신은 정말 기쁘겠지요." 다카스는 가벼이 수긍하고, 여전히 무표정한 얼굴로 말했다. "점점, 저 사람도 더 훌륭해지고 있고요."

"에헷헷," 스케시치는 갑자기 환하게 웃었다. "알고 있구먼. 그런 말을 들으면 더 보탤 말이 없어. 당신은 아직 기억하고 있겠지. 내가 저 녀석을 훌륭하고 고귀한 여자로 만들어 달라고 당신에게 부탁한 일, 아직 잊지 않았겠지? 이거 정말 큰일이네. 아니, 고마워, 고마워. 앞으로도 잘 부탁해." 말하면서 문에 슬쩍 귀를 갖다 댔다. "아, 안 되겠다. 베르쉬닌이 나왔다. 난 저 베르쉬닌의 성격이 진짜 싫어. 등줄기가 써늘해져. 짜증나는 녀석." 청년의 어깨를 거의 끌어안다시피 하며 말했다. "저기, 저쪽으로 가자. 분장실에라도 놀러 갈까?" 걸으면서, "베르쉬닌. 역겨워. 난 이제, 대사까지 외워버렸어." 이렇게 말하며 에헴 하고 가볍게 헛기침을 했다. "—그래요. 잊히겠죠. 그게 우리들의 운명이니까요. 아무 방법이 없어요. 우리들에게 엄숙하고 의미 있는, 소중한 일이라고 여겨지는 것도, 시간이 지나면 —잊히든가, 아니면 중요하지 않은 일이 되지요—쳇, 미키 아사타로 성격이랑 똑같잖아— 그리고 우리가 이렇게 참고 견디고 있는 지금 생활이, 결국은 얼마 안 가서 기괴하고, 불결하고, 어리석고, 우스워지거나, 어쩌면 자기가 큰 죄를 지었다는 생각마저 들지도 모르는 거예요. —이건 완전히 미키다. 토할 것 같아."

"이봐요, 이봐요." 세일러복을 입은 여자아이가 작은 목소리로 불러 세웠다.

"저기 이거, 다카노 씨가 준 거예요." 작게 접힌 쪽지다.

"뭐야." 스케시치는 그의 커다란 오른손을 내밀었다.

"아뇨." 얼굴이 창백하고 눈이 큰 그 여자아이는 명배우같이 정색하며 무뚝뚝하게 말했다. "당신 말고요."

"나다." 다카스는 옆에서 낚아채듯해서 쪽지를 받아들고, 인상 쓴 얼굴로 그 쪽지를 펴보았다. 종이 냅킨에 진한 색연필 글씨가 적혀 있었다.

—좀 전에, 제 무대를 보고 큰 소리로 혀를 차대고, 재빨리 복도로 나가는 모습, 봤어요. 당신의 태도는 가장 바람직합니다. 당신의 느낌이 가장 바람직해요. 당신 기분이 어떨지, 잘 알아요. 무대에서, 저의 분수를 확실히 알았어요. 저는, 도대체 뭘까요? 제가 마치 곤약으로 된 도깨비처럼 더러워서, 손도 대기 싫은 마음에, 울상을 지었어요. 무대에서 제가 입고 있던 푸른 의상을 갈기갈기 찢고 싶을 정도로 불안하고, 더는 견딜 수 없었어요. 저는 절대, 철면피가 아니에요. 살아 있는 시체, 그런 아니꼬운 말로 표현할 수밖에 없어요. 저는, 하나도 기쁘지 않아요. 그걸 알아주시는 건 당신뿐입니다. 저를 혼내지 말아주세요. 부탁이에요. 못 본 척해주세요. 전, 기를 쓰고 노력하고 있어요. 주어진 삶을 살아가야 한다는 것. 누가 제게 그걸 가르쳐 줬을까요? 체호프 선생님이 아니에요. 당신의 오토히코입니다. 스스키 씨가 제게 그걸 가르쳐주었어요. 하지만, 당신도 가르쳐주세요. 한마디 가르침을 주세요. 제가 잘못하고 있는 걸까요? 들려주세요. 저는, 단물만 찾으며 사는 여자일까요? 저를 경멸해주세요. 아아, 다 엉망진창이에요. 저를 부르고 있어요. 무대로 나가야 해요. 10시에—.

이렇게 쓰다 만 상태였다.

다카스는 얼굴이 창백해지더니 살짝 웃고는 쪽지를 둘로 찢었다.

"보여줘. 몰래 만나자는 약속인가?"

"자네에겐 이걸 읽을 자격이 없어." 딱 잘라 거절하고는, 다시 쪽지를 넷으로 찢었다.

"당신이 좋아하는 다카노 사치요라는 연기자는 꽤 명배우네요. 무대만으로 모자라, 복도에서까지 연극을 펼치고 있어요."

"그런 말은 하는 게 아니야." 스케시치는 당황한 듯 두 손으로 뒤통수를 감쌌다. "비아냥거리기는. 사치요도 열심히 썼겠지? 만나줘. 기뻐할 거야."

청년은 스케시치에게 등을 툭 떠밀려서 비틀거리며, 인간의 따뜻한 진심 같은 것을 등에 느끼고는, 그대로 휘청휘청 걸어서 혼자 극장 뒤로 돌아갔다. 태어나서 처음 보는 분장실.

☆

다카노 사치요는 한 달 전쯤 미키와 동거를 시작했다. 가즈에다 좋은 사람, 죽어도 잊을 수 없어, 일해야 하는데, 나, 죽을래, 아무 말도 못하겠어, 갈매기, 그 새는 벙어리 새야, 라는 약간 착란에 가까운 말을 쪽지에 남기고, 야에다 가즈에다의 아파트에서 자취를 감췄다. 요도바시[15]에 있는 미키의 집을 찾아간 것은 그날 밤 여덟 시쯤이다. 미키는 집에 없었지만, 작고 뚱뚱한 노모가 있었다. 월세 삼십 엔 정도의, 아직은 새 건물에 가까운 2층 집이다. 사치요가 이름을 말하니 우아하게 끄덕이면서, 아사타로한테서 얘기 많이 들었어요, 무슨 모임이 있다며 낮부터 외출 중인데 이제 슬슬 돌아오겠죠, 들어오세요, 라고 말하며 작은 노모는 사치요를 다정하게 맞아주었다. 얼굴과 손이 모두 반들반들하고 기품 있는 노파였다. 사치요는 마음의 긴장을 풀고, 마치 자기 집에 돌아온 듯 안내하는 노모보다도 먼저 아래층에 있는 거실로 잽싸게

15_ 지금의 신주쿠 역 서쪽 출구 부근.

들어가서는, 마치 되살아난 금붕어처럼 팔랑거리며 진홍색 코트를 벗었다.

"어머님이세요? 처음 뵙겠습니다." 하고 인사하고는, 아무래도 긴장이 풀려서, 양손을 가지런히 하고 인사를 하다가 풋 하고 웃음을 터뜨렸다.

노모는 태연하게,

"네, 안녕하세요. 아사타로가 신세지고 있지요?"라며 사치요의 인사에 답했는데, 노모도 느긋하게 미소를 지었다.

묘하게 생기를 되찾는 장면이었다.

화로를 사이에 두고, 노모는 도자기 장식품처럼 깔끔하고 예쁘게 앉아서 자꾸 시선을 내리뜨더니, 결국 꺼낸 얘기는 이런 얘기였다.

—그 아이는 제 외동아들이고, 아시다시피 도깨비 같은 남자아이지만, 전 그 애를 믿어요. 그 애 아버지는, 올해로 해가 바뀌었으니, 벌써 죽은 지 칠 년이 됐네요. 이렇게 옛날 자랑을 하는 건 초라한 일이지만, 애아버지가 건강했을 때 마에바시에서, 음, 고향은 조슈군마현의 옛 이름인데요, 마에바시에서도 으뜸 중의 으뜸인 음식점이었어요. 장관, 사단장, 지방 장관 모두들, 마에바시에서 노실 때엔 꼭 저희 집에 들렀어요. 그땐 좋았죠. 저도 매일매일 보람을 느끼며 뼈 빠지게 일했어요. 하지만 애아버지는 쉰 살 때 나쁜 놀음을 배워서는, 투기 말이죠. 망하는 건 빨랐어요. 문득 정신을 차려보니 하루아침에 빈털터리가 됐더라고요. 깨끗하고, 산뜻하게 말이죠. 이상해요. 애아버지는 모두에게 면목이 없는 상황이잖아요. 그런데 그렇게 되고 나서도 허세를 부리면서 이거 왜 이래, 내겐 몰래 감춰 둔 산이 있어. 금이 나오는 산이 하나 있어, 라고 마치 꼬마가 하는 거짓말 같은 터무니없는 거짓말을 하는 거예요,

남자는 괴로운 동물이에요, 긴 세월을 부부로 산 할멈에게까지도 어떻게든 힘겹게 허세를 부려야 하니까요, 우리한테, 그 금이 나오는 산에 대해 정말 진지한 태도로, 자세히 설명했어요. 거짓말이란 걸 아는 만큼, 듣고 있자니 한심하기도 하고, 딱하기도 하고, 불쌍하기도 해서, 눈물이 나와서 혼났어요. 애아버지는 우리가 별로 열심히 듣고 있지 않다는 걸 알아차리고는, 더 정색을 하고, 더욱 자세히, 진짜처럼 지도랑 뭔가를 잔뜩 꺼내서 그 금산에 대한 얘기를 늘어놓을 지경이라, 전 부끄러워서 죽을 것 같았죠. 마을 사람들에게도 웃음거리가 될 테고 말이죠. 아사타로는 그때 막 도쿄에 있는 대학에 들어간 참이었는데, 전 정말 난처해서 아사타로에게 편지를 보내서 모든 사정을 알렸어요. 그때, 아사타로는 기특했지요. 바로 도쿄를 떠나 집으로 달려와서는 굉장히 기쁜 척하면서, 아버지, 그런 좋은 산을 가지고 계시면서 왜 여태 저한테 숨기셨어요, 그런 좋은 게 있으면 전, 학교 같은 덴 시시하니까 학교를 관두게 해주세요, 이런 집 팔아 치우고, 지금 당장 이 산에 있는 금광을 찾으러 가요, 라며 아버지 손을 잡아끌었죠. 또, 저를 몰래 뒤로 불러내서는, 엄마, 알겠어? 아버지는 이제 살날이 얼마 남지 않았으니, 몰락한 사람에게 창피를 줘서는 안 된다며 저를 호되게 꾸짖었어요. 저도 그 말을 듣고 처음으로, 아 그런 거구나 하고 깨닫고는, 부끄러웠죠. 내 자식이지만 두 손 모아 숭배하고 싶을 정도였어요. 거짓말이라는 걸 뻔히 알면서도, 기차를 타고, 마차를 타고, 눈길을 걸어, 우리 세 가족은 시나노[16]에 있는 산속에 있는 온천에 거처를 정했어요. 그때부터 일 년 내내 그 아이는, 비가 오나 눈이 오나 아버지와 함께 산속을

16_ 현재의 나가노현 위치에 해당하는 지역.

헤집고 다녔고, 날이 저물면 여관으로 돌아와서, 애아버지 말이 전혀 허풍으로 느껴지지 않을 정도로, 아버지의 이야기를 열심히 들었지요. 둘이서 무언가를 연구하고, 의논하며 내일은 성과가 있을 거야, 그럴 거야, 라며 서로 기운을 북돋다가 자고, 또다시 아침 일찍 산으로 나가기를 반복했죠. 아버지에게 이리저리 끌려 다니며 지독한 허풍세례를 받았는데, 그래도 그 엉터리 설명에 일일이 고개를 크게 끄덕여줬어요. 그리고 녹초가 되어 돌아왔지요. 모든 게 아사타로 덕분이에요. 애아버지는 산속 여관에서 일 년간 의욕 있는 생활을 계속할 수 있었고, 처자식에게도 멋지게 체면을 유지하며 부끄러운 모습을 보이지 않고 편안한 마음으로 죽었지요. 네, 시나노의 그 여관에서 죽었어요. 내 산은 앞으로 잘 될 거야. 재산이 20배가 될 거야, 라고 큰소리치며 죽어갔어요. 전부터 심장이 많이 안 좋았죠. 찬바람이 심하게 불던 아침이었어요. 슬픈 얘기죠. 하지만 그 아이가 정말 싹수 있는 사람이란 걸 보여주는 얘기죠. 그 후 모자 둘이서 도쿄로 와서, 고생 좀 했어요. 저는 그릇을 들고 두부 한 모를 사러 가는 게 제일 힘들었죠. 지금은 주위 분들 덕택에 그럭저럭 지내고, 아사타로도 글을 써서 돈을 벌게 되었는데, 전 아사타로가, 이제 어떤 어리석은 짓을 한다 해도 믿어요. 옛날에 아버지를 그렇게 열심히 감싸준 걸 생각하면, 그 아이가 고맙고 황송해서, 그 아이에 관한 거라면 어떤 일이 있어도, 만약 그 아이가 사람을 죽인다고 해도 전, 그 아이를 믿어요. 그 아이는, 정이 많은 아이죠. 정말, 잘 부탁해요.

그렇게 말하며 살짝 고개를 숙였고, 사치요도 무심코 살짝 고개를 숙여 인사를 주고받았다. 그러다가 눈이 마주친 둘은, 동시에 큰 소리로 호, 호 하고 웃고 나서, 기분 좋게 울었다.

열 시에 미키가 취해서 돌아왔다. 구루메가스리로 된 희고 빳빳한 하카마를 입으니 메이지 유신의 서생 느낌이 났다. 느릿느릿 거실로 들어와서 아무 말 없이 화로 안쪽에 앉아 있던 노모를 차내듯 쫓아내고는, 그 자리에 떡하니 앉아 하카마의 끈을 풀며 말했다.

"뭐 하러 왔어?" 앉은 채로 하카마를 벗고 그것을 노모에게 던졌다. "잠깐, 엄마. 엄마는 2층에 좀 가있어. 나, 이 아이에게 할 얘기가 있어."

둘만 남게 되자, 사치요가 말했다.

"우쭐거리지 마. 나, 일 때문에 의논할 게 있어서 온 거야."

"돌아가." 집에서 보는 역사적 씨는 어딘가 우울해 보이고, 험상궂었다.

"기분, 나쁜가봐." 사치요는 태연했다. "나, 가즈에다네 아파트에서 도망쳐 왔어."

"이런, 이런." 미키는 냉담했다. 차를 벌컥벌컥 들이켜고 있다.

"나, 일할래." 그렇게 말하고는 자기가 생각해도 까닭모를 눈물이 흘렀는데, 그대로 훌쩍훌쩍 울어버렸다.

"이제 나는 널 포기했어." 미키는, 진심으로 못마땅하다는 듯 인상을 찌푸리고 말했다. "너에겐 손쓸 수 없는 뻔뻔한 구석이 있어. 너는, 네가 가진 고뇌를 너무 자랑스럽게 여기는 거 아냐? 아무래도 나는, 너를 너무 과대평가하고 있었던 것 같아. 너의 고통이란 건 바늘로 손바닥을 찌른 정도고, 틀림없이 아플 거야. 펄쩍 뛸 정도로 아프지, 하지만 고작 그걸로 아프다고 법석을 떨면, 남들이 비웃을 거야. 처음에는 애교로 봐줄 수도 있지만, 얼마 안 가서 다른 사람들은, 아예 상대를 안 해줘. 슬프게도 그런 것에 신경 쓸 여유 같은 건, 요즘 세상 사람들 어느 누구에게도 없어. 난 알아. 네가 생각하고 있는 것 정도, 훤히 알고 있지 그걸 모를까. 난, 버러지 같은 인간이야. 안간힘을 쓰며 살고 있어. 목숨을 주겠어. 아아, 믿어주지 않을까. 그거지? 꼭 그게 아니더라도 대강 그런 거겠지. 하지만, 잘 들어. 진실이라는 건, 속으로 생각만 해서는 아무리 깊이 생각한다 하더라도, 아무리 굳은 각오를 하고 있다 해도, 그냥 그것만가지고는 가짜야. 속임수지. 마음을 잘라내어 보여주고 싶을 정도로 성실한 애정을 가지고 있다 해도, 별 다른 의미는 없고, 잠자코 있으면 그건 거만이야, 혼자 우쭐한 거야, 독선이지. 진실은, 행동이야. 애정도, 행동이야. 표현 없는 진실 따위, 있을 턱이 없어. 애정은 가슴속에 있고, 말 이전의 문제라는 거, 그것도 결국, 수사修辞적인 거잖아. 잠자코 있다 한들, 몰라. 그렇게 세상이 너를 상대해주지 않는다고 해도, 그건 어쩔 수 없는 거야. 진리는 느끼는 게 아냐. 진리는, 표현하는 거야. 시간을 들이고, 노력해서 만들어내는 것이지. 애정도 마찬가지야. 자기 속이 빤히 들여다보인다는 생각이나 허무하다는 감정을 억누르고, 사람들에게 다정한 인사를 건네는 게 애정의 바람직한 형태야. 사랑은, 최고의 봉사야. 티끌만큼이라도 자신의 만족을 생각하면 안 돼." 다시 차를 꿀꺽꿀꺽 마시고 말했다. "너는 대체 지금까지 뭘 해온 거야? 그걸 생각해 봐. 말 못하겠지? 말 못할 거야. 아무것도 안 했으니까. 나는 너를 조금 더 신뢰하려고 했어. 여관에서 도망갔을 때도 나는, 아무 생각 없이 그냥 너를 도운 게 아냐. 너에게 분명한 목적이 있고, 제지할 수 없는 갈망이 있고, 그래서 제대로 된, 구체적인 계획이 있어서 도쿄로 가려고 하나보다, 생각했지. 그런데 어떻게 된 거야? 야에다 가즈에다네 집으로 굴러들어가서는, 그 이후로 아무것도 안 했잖아. 야에다 가즈에다는 그런 인간성 좋은 녀석이니까, 군소리 않고 너를 느긋하게 돌봐준 모양인데, 정말 민폐였을 거야. 네가 안간힘을 쓰고 사는 거라면, 야에다 가즈에다도 자기 한 몸 살아가는 것만으로, 그것만으로도 벅차서, 겨우 사는 거야. 너 자신이 소중한 만큼, 다른 사람의 약한 부분도 조금이라도 소중히 여기도록 해. 넌 네가 되게 대단한 사람인 줄 아나봐. 나도 너 때문에 몇 번이나 창피를 당했는지 모르겠다. 그런 너저분한 신문기자와 싸우게 하고, 재미있어 하면서 가만히 보고나 있고, 나는 그런 녀석이랑은 말도 섞기 싫어. 나는 자존심이 강한 남자야. 아무리 대단한 선배라도, 경칭 없이 내 이름만 부르는 사람은 싫어. 나는 그런 대접을 받아도 될 정도의 일을 하고 있어. 그런 녀석이랑 싸우고 나서 나중에 내가 얼마나 부끄럽고 괴로웠는지, 너는 모를 거야. 태어나서 처음으로 그런 꼴사나운 짓을 했어. 너는 나를 뭐라고 생각하는 거야? 야에다 가즈에다네 집에 있기 힘들어져서, 이번엔 내 집으로 굴러 들어와서는 우쭐거리지 마, 일 때문에 의논할 게 있어서 왔어, 라니, 내가 평소 같았으면 넌 지금쯤 따귀를 두세 번 정도 맞았을 거야." 미키는 얼굴이 창백해져 있었다.

사치요가 망연히 고개를 들더니 말했다.

"나 안 때려?"

"막 자고 일어난 것처럼 말하지 마." 쓴웃음을 지으며 담배 연기를 천천히 내뿜었다. "돌아가, 내가 하고 싶은 말은 다 했어. 이젠, 날 아는 척하지 마. 너도 좀 생각을 해봐. 돌아가. 길거리를 방황한다 한들, 내가 알 바 아냐."

사치요는 머뭇거리며 말했다.

"길거리는 추우니까, 싫어."

미키는 거의 웃음을 터뜨릴 뻔했다.

"나를 웃기려고 해도 안 돼." 말하면서, 자기가 졌다는 사실을 확실히 깨달았다.

"사치요, 여기 있나?"

"있어."

"여배우가 될 텐가?"

"될 거야."

"공부할 거야?"

"할게."

사치요는 미키의 품 안에서 작은 목소리로 대답했다.

"바보 같은 녀석." 미키는 사치요의 몸에서 물러섰다. "어머니랑은 무슨 얘기 했어?" 언제나처럼 다정한 역사적 씨로 돌아와 있었다.

"나, 어머니 좋아." 사치요는 머리를 쓸어 올리며 말했다. "앞으로, 효도 많이 할 거야."

그 후로 미키와의 동거가 시작되었다. 미키는 극단에 기묘한 세력을 가지고 있었다. 배후에는 원로인 쓰루야 호쿠스이의 완강한 지지가 있었기에 그의 특이한 작풍作風은 극단 사람들에게 경원敬遠의 대상이 될 정도로 무시 못 할 존재였다. 사치요의 직장은, 바로 정해졌다. 가모메좌다. 그 무렵 가모메좌는 훌륭한 곳이었다. 일본의 지식인들은 하나같이 가모메좌의 노력을 존경하고 있었다. 이 극단의 지도자는 오누마 에이조라는 사람으로, 유서 깊은 귀족이다. 배우도, 일류 명배우가 앞을 다투어 참가하고, 외국의 고전뿐만 아니라 일본 무명작가의 희곡도 대담하게 채택하여, 매월 한 번씩 일주일간 공연하면서 일본 문화의 질을 확실히 높였다. 원로 쓰루야 호쿠스이의 추천과 미키 아사타로의 동분서주 덕분에, 사치요는 갑자기 큰 역할을 맡았다. 즉 세 자매의 장녀, 올리가다. 알겠어? 올리가는 감정을 계속 억누르고, 다 억누르지 못할 때까지 억누르다가 막이 끝나고 나면, 울컥 터뜨려서 흐느껴 울어, 그것만 명심하고 있으면 돼, 다른 건 오누마가 하는 말을 잘 들어, 그 사람은 훌륭한 남자야. 그리고 다른 배우에게 방해가 되는 일 없게 하고. 미키는 그 말만 하고는 아무것도 가르쳐주지 않았다. 미키에게도, 미키의 일이 있었다. 2층에 있는 다다미 여섯 장짜리 방에 틀어박혀서, 조금 쓰다 만 원고지를 꼬깃꼬깃 구겨서는 벽에 던지고, 뒹굴며 담배를 피우기도 하고, 그러다 다시 일어나서는, 부지런히 글을 쓰기도 하면서 매일 밤늦게까지 깨어 있었다. 무언가 대단한 일이라도 하는 모양이다. 사치요도 게을리 살지는 않았다. 매일매일, 오누마 에이조의 살롱에 연습을 하러 갔다. 콜록콜록 이상한 기침이 나오고 통통한 볼 살이 다 빠질 정도로 마음고생을 했다.

첫 공연 날이 다가왔다. 미키는 사치요 몰래 오누마 에이조에게 사치요의 상태를 물어보러 갔다. 돌아와서 사치요에게, 네가 잘하는 게 아니야, 다른 배우가 못하는 거야, 오누마는 그렇게 말했어. 너는 이번 공연에서 틀림없이 좋은 평판을 얻겠지, 하지만 그건 네가 잘하기 때문이 아냐, 일본 배우가 그만큼 뒤쳐져 있다는 거야, 그렇게 말했다. 알겠어? 절대로 네가 뛰어난 게 아니니까, 다른 사람이 하는 칭찬 같은 걸 진짜라고 받아들여선 안 돼. 혼내는 말투로 그렇게 말했는데, 그래도 그날 밤은 별나게 노모와 사치요를 거실에 앉혀놓고, 술을 거나하게 마셨다.

공연 첫 날, 예상대로 성공이다. 둘째 날, 다카노 사치요는 이미 일본을 대표하는 여배우였다. 셋째 날은, 주춤했다. 청년 다카스 다카야가 혀를 찬 것이 다카노 사치요의 완벽한 연기에 작지만 깊은 차질을 주었다.

다카스 다카야가 분장실을 찾았을 때는 마침 1막이 끝났을 때라, 사치요는 분장실에서 많은 사람들에게 둘러싸여 앉아 입을 크게 벌려 웃고 있었다. 방에는 담배 연기가 자욱했고, 누가 한 마디라도 하면 와 하고 웃음바다가 이는 화기애애한 분위기다. 다카스는 입구에 멈춰 섰다.

사치요는 다카스가 온 것을 눈치채지 못하고, 아직 연기의 흥분에서 벗어나지 못한 표정으로 천장을 올려다보며 히스테릭하게 새된 소리를 내며 자지러지게 웃고 있었다.

"저기, 이봐요, 실례합니다."

귓가에 대고 이런 말을 속삭인 커다란 남방제비나비가 갑자기 다카스의 전신을 덮어 싸더니, 아무 말도 없이 입구에 있던 다카스를 복도 끝까지 끌고 갔다.

"이거, 죄송해요." 호리호리한 여자다. 큰 눈에 콧대가 길고 얼굴이 쓸쓸해 보여서, 검은 드레스가 잘 어울렸다. "사치요와 만나게 하고 싶지 않았어. 저 아이는, 당신의 존재를 신경 쓰고 있어. 모처럼 좋은 평판을 받아서 딱 좋은 상황인데 말이지, 저기, 부탁이야, 저 아이를, 좀 가만히 내버려 둬. 저 아이 지금, 열심이야. 괴로울 거야. 나는, 그걸 알아. 아 참, 당신은 나를 모르지?" 얼굴을 붉히며 말했다. "미안. 당신, 다카스 씨지? 그렇지? 나, 딱 보고 깜짝 놀랐어. 정말, 처음인데, 그래도 바로 알았어. 스스키 오토히코의 친척 분. 어때? 나, 뭐든 다 알고 있지?" 가즈에다다. 연극이 시작되고부터 요 이삼일, 여러모로 애가 타서 오늘은 댄스홀을 쉬고 분장실에 와있다.

☆

그날 밤, 아아, 아는 사람이 본다면 섬뜩 할 것이다. 스스키 오토히코는, 살아 있다. 살아서, 위스키를 마시고 있다. 작년 늦가을에 스스키 오토히코는 느닷없이 긴자 뒷골목에 있는 이곳 바에 들렀다. 그리고 같은 소파에 앉아, 열아홉의 사치요와 비에 대한 이야기를 했다. 지금 다카스 다카야는 그때와 마찬가지로 앞으로 살짝 구부정한 자세로 소파에 깊숙이 앉아 있고, 야에다 가즈에다와 위스키를 마시면서 소곤대며 이야기를 나누고 있다. 소파 옆에는 팔손이나무가 옛날 그 모습 그대로 버석거리는 잎을 활짝 펼치고 있는데, 잎에는 오토히코가 무심결에 손톱으로 잡아 뜯은 흔적까지 그대로 남아 있다. 희미한 실내등 불빛도 팔손이나무에 가려져서, 다카스의 얼굴은 초승달 빛을 받은 것처럼 어렴풋이 윤곽만 보인다. 눈 밑과 양쪽 볼에 새까만 그림자가 드리워져 홀쭉하게 말라보이고, 늙어 보인다. 가즈에다도 얘기하다가 가끔 다카스의 얼굴을 곁눈질로 흘끔 보는데, 전혀 다른 사람이라는 것을 알면서도 어쩐지 꺼림칙하다. 닮았기 때문이다. 가즈에다도 그날 밤 여기에서 함께 술을 마셔서 오토히코를 알고 있었다. 오토히코는 피부가 거칠었고, 그 때문에 얼굴의 느낌이 어딘가 이상해서 다카스 같은 미남은 절대로 아니었다. 하지만 지금, 이 어두컴컴한 바 안에서 언뜻 보면 정말 닮았다. 가즈에다에게는 혈연이라는 것이 몹시도 불쾌하고 꺼림칙한 것으로 여겨졌다.

다카스는 아직 모른다. 가즈에다는 다카스를 억지로 극장 밖으로 끌어냈다. 그리고 가즈에다의 악의 없는 장난기가 다카스를 여기로 데려왔는데, 이 어두운 바는 오토히코와 사치요가 괴상한 해후를 한 곳, 지금 자신이 앉아 있는 이 회색 소파는 세상에 단 하나뿐인, 오토히코가 고심 끝에 찾아낸 새의 둥지, 여우 굴, 하룻밤 쉬어가는 의자였다는 것, 다카스는 아무것도 몰랐다.

취한 목소리로 나지막이 말했다.

"돌려보내면 돼. 여배우 같은 그런 화려한 일을 시키면 안 돼. 고향으로 돌려보내야 돼."

"하지만, ……" 머뭇거리다가 다시 말했다. "아니, 취해서 시비 거는 건 아냐. 미안해. 하지만, ……남자들이란 어째서 모두 그렇게, 여자에 대해서 이상한 책임감을 가지고 싶어 하는 걸까? 어째서 다들, 다 아는 잔소리를 늘어놓고 싶어 하는 걸까? 당신은, 사치요가 지금까지 얼마나 괴로운 생활을 했는지, 또 그걸 어떻게 극복해왔는지 알아? 사치요도 이제 어른이야. 아이가 아냐. 가만 놔둬도 괜찮아. 나도 처음엔, 그 아이에게 화가 났었어. 여배우 같은 거, 터무니없는 일이라고 생각했었어. 나도 당신과 마찬가지로 그 아이가 고향으로 돌아가는 게 가장 별 탈 없는 길이라고 생각하고 있었어. 하지만 그건 내 착각이었어. 왜냐하면 사치요가 고향으로 돌아가서 좋은 건 우리들이지, 저 아이는 하나도 행복하지 않으니까. 당신도 그래. 역시, 어딘가 꾀바른 거야. 너무 이기적이라 기를 쓰고 자기만 생각하는 부분이, 분명히 마음 어딘가에 있어. 당신이 멋대로 책임을 느끼고, 속이 부글부글 끓고 괴로워서, 이제 누군가 먼 곳에 있는 사람에게 그 책임을 전가시키고, 거기서 벗어나고 싶은 거겠지. 그런 거야." 말하면서도 마음이 약해져서 다카스의 한쪽 손을 가만히 잡고는 얼굴색을 살폈다. "미안해. 나, 실례되는 말만 해서." 위스키를 훌쩍 들이켰다. "하지만 말이지. 저 아이를 지금 시골에 돌려보낸다니, 그건 정말 잔인해. 그런 말을 잘도 하네. 저 아이를 고향에 돌아가게 해선 안 돼. 당신은 저 아이가 작년에 어떤 일을 겪었는지 알지? 얼마나 비웃음을 당했는지, 알지? 도쿄에서는 바빠서, 이제 그런 일은 다 잊었다는 얼굴로 있지만, 시골은 시끄러운 곳이야. 저 아이가 가면, 틀림없이 감옥처럼 느껴질 거야. 한평생 마을의 비웃음거리가 될 테지. 시골 사람들은 3대 전에 닭을 도둑맞은 일까지 절대 안 잊어버리고 기억하면서, 서로 미워하니까."

"아냐." 다카스는 침착하게 부정했다. "고향은 그런 게 아냐. 가족은, 그런 게 아냐. 나는 고향을 잃은 사람의 비극을 알고 있어. 오토히코에게는 고향이 없었어. 당신도 알고 있을 테지만, 오토히코는 내 큰아버지 첩의 자식이야. 생모와 함께 여기저기를 전전했지. 고생 많이 했어. 난 알아. 그는 훌륭한 사람이 되려고 노력했지. 자신을 버린 아버지에게 당한 수모를 갚으려고 했었어. 뛰어난 수재였어. 정말 대단했지. 공부도 열심히 했어. 훌륭한 사람이 되지 않으면 안 된다고 생각했었지. 역사에 이름을 남기려고 했어. 갖은 수단을 다했지만 손쓸 방법이 없어져서 결국 죽기로 결심했고, 그 전날 내게, 효도하라고 말했어. 끝까지 참고, 얌전하게 살라는 말도 했어. 난, 처음엔 농담인가 싶었어. 그런데 요즘 들어서, 아, 그게 이런 말이구나, 하고 조금씩 납득이 가."

"아니, 그런 게 아냐." 가즈에다는 좀처럼 양보하지 않는다. 취기와 흥분이 빰을 물들였다. "당신은 그거면 돼. 훌륭한 가정에서 다른 불편함 없이 자라서, 제대로 공부도 하고 있고, 부모님도 두 분 다 계시니까, 스스키 오토히코가 아니라고 해도 효도해라, 집을 소중히 여겨라, 당신에게 이런 진심어린 조언은 누구든 할 수 있어. 하지만 우린 달라. 그런 게 아냐. 하루하루 먹고 살 일에 쫓기고, 빚을 갚는 데 쫓기면서, 올바른 일이 어떤 건지 잘 알면서도 그걸 곁눈질로 슬쩍슬쩍 보기만 하다가, 그것과는 점점 멀어져가지. 그러다가 어느새, 이미 세상 사람들로부터 지워지지 않는 낙인이 찍혀버린 거야. 사치요는 더 심해. 그 아이는, 이미 세상에서 한 번 버림받았어. 쓰레기야. 효도 같은 그런 훌륭한 일, 도저히, 도저히 할 수 없게 됐어. 하고 싶어도, 세상이 그걸 허용하지를 않아. 명예회복. 그런 말 이상해? 슬픈 말이지. 하지만, 우리처럼 한번 잘못을 저지른 사람들은 그걸 얼마나 동경하는지 몰라. 그걸 할 수만 있다면, 목숨도 필요 없어. 무슨 일이라도 할 거야." 갑자기 목소리를 낮췄다. "사치요는 가엾게도, 지금 정말 열심이야. 난 알아. 그 아이를 조금이라도 훌륭한 사람으로 만들어 주고 싶어."

"잠깐." 청년은, 그 말을 기다리고 있었다. 천천히, 담뱃불을 붙였다. "너는 지금 그 아이를 훌륭한 사람으로 만들어 주고 싶다고 했지? 그건 잘못된 생각이야. 받아쓰기에서 틀린 문제처럼, 확실히 잘못된 생각이야. 사람은, 다른 사람을 훌륭하게 만들어 줄 수 없어. 이런 세상에선, 힘들어. 하루아침에 명예를 회복하고 만인의 갈채를 받는다니, 그건 무지한 로맨티시즘이야. 옛날 사람들이나 꾸던 꿈이야. 스스키 오토히코 정도 되는 남자도 그걸 못하고 죽었어. 지금은 인간이 누구에게도 폐를 끼치지 않고 자기 몸 하나를 제어하는 것, 그것만 하기도 힘들어. 그것만이라도 할 수 있다면, 그 사람은 새로운 영웅이야. 훌륭한 사람이야. 진정한 자신감이라는 건, 자기 자신의 명확한 사회적 책임감이 있어야 비로소 생기는 거 아닐까? 우선 자기와 자기 주위에 있는 불안 요소를 없애고, 자신의 작은 고향과 가난한 가족의 견실한 일등병이 되어 노력한 다음, 그러고 나서가 아니면 어떤 사소한 야망이라도, 현실은 절대로 그걸 받아들여 주지 않아. 돈을 걸어도 좋아. 다카노 사치요는 실패할 거야. 지금 이대로 계속 살다보면 수렁으로 떨어져. 불 보듯 뻔해. 세상은 가혹한 곳이야. 엄격해. 하루하루, 요즘 내겐 세상의 가혹함이 가슴에 사무치게 와 닿아. 터무니없는 행동은 티끌만큼도 허용되지 않아. 사람들은 서로 눈을 번득이고 있어. 싫지. 싫지만, 어쩔 수 없어."

"진 거야. 당신은, 진 거야." 그렇게 고함치듯 말했는데, 꽤 취해서 혀가 자꾸 꼬였다. 비틀거리며 귀를 막았다. "아아, 듣고 싶지 않아, 듣고 싶지 않아. 당신까지 그런 한심한 소리를 하다니. 이기적이다. 이기적이야. 패기가 없어. 겁쟁이. 진 걸 인정하기 싫어서 억지 부리는 거야. 아아, 이제 말로 따지는 건 정말 싫어. 세상 사람들은 모두 상냥해. 모두들 도움을 줘. 차갑고 매정한 건, 당신들뿐이야. 수렁으로 떨어뜨리는 건, 당신들이야. 패배했으면서도 아니라고 거짓말하면서 잘난 척하는 남자들이, 다른 사람이 모처럼 노력하는 걸 비웃으면서 밀어 떨어뜨리는 거야. 당신은 그러면 안 돼. 당신은 앞으로, 사치요를 건드리면 안 돼. 손끝 하나라도 건드리면 안 돼. 내가 하는 말 따위, 다 거짓말이야. 난 지극히 리얼리스트야. 알아. 당신이 하는 말, 알고 있어. 다 알면서도, 혹시나, 하는 꿈을 가지고 싶은 거야. 꿈이라도 꾸고 싶은 거야. 비웃지 마. 우리는 영원히 틀려먹었어. 망가져가기만 할 거야. 알고 있어. 아아, 안 된다고 확실히 단정해버리진 마. 죽어버리고 싶어져. 하지만 사치요만큼은, 아아, 훌륭한 사람으로 만들어주고 싶어. 훌륭한 사람으로 만들어 주고 싶어. 그 아이, 머리가 좋아. 그 아이, 귀여워. 그 아이, 가엾어. 알아? 사치요는 지금, 어떤 극작가의 첩이야. 훌륭해져라, 훌륭해져라. 첩 같은 거 안 해도 되게, ……."

청년은 일어서 있었다.

"누구야. 어떤 사람이야. 안내해." 재빨리 계산을 끝내고는 만취한 가즈에다의 몸을 한쪽 팔로 번쩍 안아 올렸다. "일어나. 대강 그런 식으로 살고 있을 거라고 짐작은 했었어. 대단한 출세구먼. 어서, 안내해.

어떤 남자야. 사치요가 그렇게 살게 둬서는 안 돼.”

택시를 잡았다. 요도바시로 달려갔다.

자동차 안에서 말했다.

“바보다. 바보 중에도 이런 바보가 없어. 너에겐, 감사의 인사를 해두지. 잘 알려줬어.” 가즈에다는 불길한 예감에 정신이 아득해지는 듯했다. “나는 사치요를 사랑해. 미치도록 사랑해. 누구보다도 더 사랑해. 잊은 적이 없었어. 그 사람의 고통은, 내가 가장 잘 알고 있어. 모든 걸 알고 있어. 그 사람은 좋은 사람이야. 그 사람을 썩게 놔둬서는 안 돼. 바보, 바보다. 다른 사람의 첩이 되다니. 바보다. 죽어버려! 내가 죽여주지.” [미완]

葉桜と魔笛

벚나무 잎과 마술 휘파람

太宰治

「벚나무 잎과 마술 휘파람」

1939년 6월 1일 발행된 『어린 풀若草』 제15권 제6호에 발표되었다.

삼 년 전인 2009년, 이 작품이 문호괴담 시리즈 중 하나로 NHK에서 드라마화 된 적이 있다. 어떤 기준에서 '괴담'이 되었는지는 모르지만, 불가사의한 일을 다룬 작품이라 그런 범주에 들어간 모양이다.

괴담까지는 아니더라도 이 작품에는 초자연적인 사건이 그려지고, 그와 함께 '신'이나 '신앙'이라는 단어도 종종 눈에 띈다. 다자이 오사무의 종교 문제에 대해서는 이미 많은 연구가 진행되어 있는데, 작품마다 그 의미가 전혀 다른 것이 특징적이라고 할 수 있다. 예를 들어, '신'이라는 말이 어떤 작품에서는 그리스 신화의 '신'을 의미하는가 하면, 어떤 작품에서는 일본 신도神道의 '신', 또 어떤 작품에서는 크리스트교의 '신'을 의미하기도 한다. 물론 다자이가 인생의 위기에 처했을 때, 눈에 띄게 크리스트교의 성서 교리에 접근하고 학문적 관심을 보인 것은 분명하지만, 다자이의 '신'과 '신앙'은 특정 종교라기보다 더 포괄적인 의미로 이해하는 것이 좋을 것이다. 이 작품에서 자매에게 일어난 기적이 인간의 마음을 지탱해주는 절대자인 '신'과 그에 대한 믿음인 '신앙' 덕분이라면, 그 신앙은 작가 다자이가 품고 있었을 언어의 힘에 대한 신뢰일 것이다.

벚꽃이 지고 이렇게 벚나무 잎만 남고 나면, 저는 항상 생각나는 게 있습니다. —라고, 노부인이 이야기한다. —지금부터 삼십오 년 전, 아버지께선 그즈음 아직 살아계셨고, 저희 가족, 이라고 해도, 어머니는 칠 년 전 제가 열세 살 때 이미 저세상으로 가셨고, 그 뒤로는 아버지와 저, 여동생 이렇게 셋이서만 살아왔습니다. 아버지는 제가 열여덟, 여동생이 열여섯 때 시마네현[1] 바닷가에 있는 인구 2만여 명의 어떤 성 아랫마을에 중학교 교장으로 부임했는데, 빌릴 만한 집도 없어서 마을 어귀에 있는, 산 바로 앞에 있는 외딴 절의 별채 두 칸을 빌려, 그곳에서 육 년 후 마쓰에[2] 에 있는 중학교로 발령 날 때까지 계속 살았습니다. 제가 결혼한 것은 마쓰에로 오고 나서 스물넷이 되던 해의 가을이었으니까, 당시로서는 꽤 늦은 결혼이었습니다. 일찍이 어머니를 여의고, 아버지는 완고하고 고집이 센 학자 기질이 다분하여 세속의 일들과는 아주 거리가 먼지라, 제가 없으면 절대로 가정을 꾸려나갈 수 없다는 것을 알고 있었습니다. 그래서 혼담이 오간 적은 몇 번 있었지만, 저도 집을

1_ 일본 남서부 해안가에 위치한 현.
2_ 시마네현 동부에 위치한 도시.

버리고까지 다른 곳으로 시집 갈 마음이 생기지는 않았습니다. 적어도 동생이라도 건강하다면 저도 조금은 마음이 편했겠지요. 하지만, 동생은 저와는 달리 정말 아름답고, 머리도 길고, 뭐든 잘하는 귀여운 아이였는데, 몸이 약해서 그 성 아랫마을로 이사 간 지 이 년이 되던 봄, 제가 스물, 동생 열여덟이 되던 해에 동생이 죽었습니다. 이건, 그 시절의 이야기입니다. 동생은 이미 꽤 오래 전부터 나을 기미가 보이지 않았습니다. 신장결핵이라는 안 좋은 병이었는데, 그걸 알게 되었을 때는 이미 신장 양쪽이 다 망가진 뒤였는지라, 의사도 길게 살아봐야 100일 이내라고 아버지께 말했습니다. 손을 쓸 방법이 없었다고 합니다. 한 달이 지나고 두 달이 지나, 100일이 되는 날이 점점 다가와도, 우리는 아무 말 없이 그저 지켜보고 있을 수밖에 없었습니다. 동생은 아무것도 모르고, 비교적 건강한 모습으로 하루 종일 침대에 누워만 있었는데, 그래도 밝게 노래를 부르거나, 농담도 하고, 제게 어리광을 피우기도 했습니다. 이런 동생이 이제 3, 40일 지나면 죽을 거라고, 확실히 그렇게 정해져 있다고 생각하면, 슬픔이 복받쳐서 온몸을 바늘로 찌르는 듯 괴로웠고, 저는 미칠 것 같았습니다. 3월, 4월, 5월, 그렇습니다. 5월 중순, 저는 그날을 잊을 수 없습니다.

산도 들도 푸르고, 옷을 다 벗어버리고 싶을 정도로 따뜻하고, 풀들이 내뿜는 푸른빛이 눈부셔서, 눈이 따끔따끔하고 아팠습니다. 혼자 이런저런 생각을 하면서 허리띠 사이에 한 손을 살그머니 넣고, 고개를 숙이고 들길을 걷는데, 떠오르는 생각, 생각들이, 모두 괴로운 것 투성이여서 숨이 막힐 지경이라, 저는 몸부림을 치면서 걸었습니다. 두웅, 두웅, 하고 봄의 땅속 저 밑바닥에서부터, 마치 십만억토[3]에서 울려오는 것처럼 아련하면서도 폭이 몹시 큰, 마치 지옥의 바닥에서 굉장히 커다란 북이라도 치고 있는 것 같은 무시무시한 소리가 끊임없이 들렸습니다. 저는 그 무서운 소리가 무슨 소리인지를 모르겠어서, 정말로 이제 내가 미쳐버린 거 아닐까 싶어, 그대로 몸이 굳어버려서 꼼짝 못하다가 갑자기 아악! 하고 크게 소리를 질렀고, 서 있을 수가 없어서 초원에 털썩 주저앉아 실컷 울었습니다.

나중에 알게 된 사실이지만, 그 무섭고 이상한 소리는 동해대해전[4], 군함의 대포소리였습니다. 도고 제독의 명령 하에 러시아의 발틱 함대를 한 번에 격멸하기 위해, 한창 격전을 벌이고 있었던 것이지요. 딱 그즈음이었지요. 해군 기념일은 올해도 또다시 슬슬 다가옵니다. 그 해안의 성 아랫마을에도 대포소리가 무시무시하게 들려와서, 마을 사람들도 너무 무서워서 살아도 사는 것 같지가 않았겠지요. 하지만 저는 그런 건 몰랐고, 동생 생각으로만 머리가 가득 차서 반미치광이 같았기 때문에, 무언가 불길한 지옥의 북소리 같다는 기분이 들어서, 초원에서 고개도 안 들고 한참을 울었습니다. 날이 저물어갈 무렵, 저는 겨우 일어나서 죽은 것처럼 멍한 상태로 절로 돌아갔습니다.

동생이 "언니."하고 저를 부르고 있었습니다. 동생도 그 무렵에는 마르고 쇠약해져서 힘이 없고, 스스로도 그리 오래 살지 못한다는 것을 어렴풋이 아는지, 예전처럼 제게 이런저런 어려운 일을 해달라고 조르며 억지를 부리는 일이 없어졌는데, 그게 저를, 더욱더 괴롭게 했습니다.

"언니, 이 편지, 언제 왔어?"

그 말에, 저는 제 얼굴에 핏기가 없어진 게 느껴질 정도로 깜짝

3_ 十萬億土. 중생이 사는 사바세계와 극락세계의 중간에 있는 불토를 통틀어 이르는 말이다.

4_ 러일전쟁 시 일본, 러시아 양 해군의 결전. 1905년 5월 27일부터 28일에 걸쳐, 일본 해군이 발틱 함대를 전멸시킨 전투이다.

놀랐습니다.

"언제 왔어?" 동생이 다른 뜻으로 하는 말 같지는 않았습니다. 저는 정신을 차리고 말했습니다.

"방금 전에. 네가 잠든 사이에. 넌 웃으면서 자고 있었어. 그래서 네 머리맡에 슬쩍 놓아둔 거야. 몰랐지?"

"응, 몰랐어." 동생은 땅거미가 져가는 어둑한 방에서, 눈부실 정도로 아름답게 웃으며 말했습니다. "언니, 나 이 편지 읽었는데. 이상해. 내가 모르는 사람이야."

모를 리가 있을까. 저는, 그 편지를 보낸 M・T라는 남자를 알고 있습니다. 잘 알고 있었습니다. 아뇨, 만난 적은 없지만 저는, 그로부터 오륙일 전에 동생의 옷장을 간단히 정리했는데, 그때 서랍 속에서 초록색 리본으로 단단히 묶여 있는 편지 한 묶음을 발견하고, 그러면 안 되는 거지만, 리본을 풀어보았습니다. 어림잡아 30통쯤 되는 편지는 모두 그 M・T씨에게서 온 편지였습니다. 애당초 편지 봉투에는 M・T씨의 이름이 쓰여 있지 않았습니다. 편지 속에 적혀 있습니다. 그리고 편지 봉투의 발신인 란에는 수많은 여자이름이 쓰여 있었는데, 그게 모두 실제로 있는 동생의 친구 이름이라서, 저도 그렇고 아버지도, 동생이 이렇게 많은 편지를 남자와 주고받고 있는 줄은 꿈에도 몰랐던 것입니다.

아마 그 M・T라는 사람은 조심성이 많아서, 동생에게 친구의 이름을 잔뜩 물어 봐두고, 그 수많은 이름들을 순서대로 써서 편지를 보내고 있었겠지요. 저는 그렇게 단정 짓고, 젊은이들의 대담함에 혀를 내두르며 엄격한 아버지께 이 사실을 알리면 무슨 일이 일어날지, 그런 상상을 하면 몸이 떨릴 정도로 무서웠는데, 날짜 순서대로 한 통 한 통 읽어갈수록, 저도 왠지 즐거워지면서 마음이 들떴고, 때로는 너무 장황하고 내용 없는 글이라 생각하며 혼자 키득거리다가, 어느새 제 자신에게도 드넓은 세계가 열린 것 같은 기분이 들었습니다.

그 시절에는 제 나이도 갓 스물이었는지라, 젊은 여자로서 말로 표현할 수 없는 고통도, 여러모로 있었습니다. 30여 통의 편지를, 마치 계곡물이 흐르는 느낌으로 쭉쭉 읽다가 작년 가을, 맨 마지막 편지를 읽다 말고, 저도 모르게 벌떡 일어났습니다. 천둥번개를 맞았을 때의 기분이란, 그런 것일지도 모릅니다. 뒤로 나자빠질 정도로 섬뜩했습니다. 동생과 그의 연애는, 마음만 있는 연애가 아니었습니다. 더 흉하게 진전되고 있던 것입니다. 저는, 편지를 태웠습니다. 한 통도 남기지 않고 다 태웠습니다. M · T는 그 성 아랫마을에 사는 가난한 시인인 듯 했는데, 비겁하게도 동생이 병에 걸렸다는 걸 알자마자 동생을 버렸습니다. 마지막 편지에는 이제 서로를 잊어버리자는 잔혹한 말을 아무렇지도 않게 쓰고, 그 이후로는 편지를 한 통도 보내지 않았으니까, 이건, 저만 평생 입 다물고 아무에게도 말하지 않으면, 동생은 예쁜 소녀인 채로 죽을 수 있으며, 아무도 모르는 것이라 생각하며 괴로움을 가슴에 묻었습니다. 하지만 그 사실을 알게 된 이상, 동생이 더 불쌍하게 느껴졌고, 이런저런 기괴한 공상도 떠올라서, 저는 가슴이 욱신거리고, 달콤하고 씁쓸하면서도, 불쾌하고 애절한 심정이었는데, 그런 괴로움은 결혼 적령기의 여자가 아니면 모르는 생지옥입니다. 마치 제 자신이 그런 슬픈 일을 당한 것처럼, 저는 혼자서 괴로워하고 있었습니다. 그 당시에는 저도 정말, 좀 이상했습니다.

"언니, 읽어봐. 무슨 말인지, 난 통 모르겠어."

저는 솔직하지 못한 동생이 진심으로 얄미웠습니다.

"읽어도 되는 거야?" 작은 목소리로 그렇게 물으며 동생에게서 편지를 받아 든 저의 손가락 끝은, 당황스러울 정도로 떨리고 있었습니다. 펴서 읽어볼 필요도 없이 저는, 이 편지에 쓰인 내용을 알고 있습니다. 하지만 저는, 아무것도 모른다는 얼굴로 그것을 읽어야만 합니다. 편지에는 이렇게 쓰여 있습니다. 저는 편지를 제대로 보지도 않고, 소리내어 읽었습니다.

—오늘은, 당신께 사죄드리고 싶습니다. 제가 오늘까지 참고 당신께 편지를 드리지 못한 이유는, 다 제게 자신이 없기 때문입니다. 저는 가난하고, 무능합니다. 당신 하나를, 어떻게 해줄 수가 없습니다. 말로만, 그 말에는 티끌만큼의 거짓도 없지만, 그냥 말로만 당신에 대한 사랑을 증명하는 것 말고는, 무엇 하나도 할 수 없는 제 자신의 무력함이 싫어졌습니다. 당신을 하루도, 아니 꿈에도 잊은 적이 없습니다. 하지만 저는, 당신을 어떻게 해줄 수가 없습니다. 그게 괴로워서, 저는 당신과 헤어지려고 했습니다. 당신의 불행이 커지면 커질수록, 그리고 저의 애정이 깊어지면 깊어질수록, 저는 당신께 다가가기가 힘들어집니다. 이 말을 이해하시는지요. 저는 절대로 적당히 둘러대는 게 아닙니다. 저는 그것을 저의 정의로운 책임감 때문이라고 해석하고 있었습니다. 하지만 그건 제 잘못이었죠. 저는, 정말 잘못된 생각을 가지고 있었습니다. 용서를 빕니다. 저는, 당신에게 완벽한 사람이 되려고, 욕심만 부리고 있었던 것입니다. 우리는 쓸쓸하고 무능하며, 달리 할 수 있는 일이 없으니까, 말이라도 자신의 진심을 담아 말하는 것이, 진정 겸손하고 아름다운 삶이라고, 이제 저는 믿습니다. 항상 할 수 있는 범위 내에서, 그렇게 하기 위해 노력해야 한다고 생각합니다. 아무리 작은 일일지라도 좋습니다. 민들레 한 송이를 선물하더라도, 절대로 부끄러워하지 않고

주는 게, 가장 용기 있고 남자다운 태도라고 믿습니다. 저는, 이제 도망가지 않겠습니다. 저는, 당신을 사랑합니다. 매일매일 노래를 지어 보내겠습니다. 그리고 매일매일, 당신 집 정원에 있는 담 밖에서 휘파람을 불어 들려드리지요. 바로 내일 밤 6시에, 휘파람, 군함 행진곡을 불어드리겠습니다. 저는 휘파람을 잘 불어요. 지금은 그것만이, 제 힘으로 문제없이 해낼 수 있는 일입니다. 웃으시면 안 됩니다. 아니, 웃어주세요. 건강하세요. 신께서는, 틀림없이 어딘가에서 보고 계십니다. 저는, 그걸 믿습니다. 당신과 저는, 모두 신의 총아입니다. 틀림없이, 아름답게 결혼할 수 있을 것입니다.

기다림 끝에 올해 피어난 복사꽃 흰색이라 들었는데 꽃은 붉네

저는 공부를 하고 있습니다. 모든 게, 잘 되고 있습니다. 그럼, 내일 또 쓰지요. M · T.

"언니, 나 알아." 동생은, 맑은 목소리로 그렇게 중얼거렸습니다. "고마워, 언니. 이거, 언니가 쓴 거지?"

저는 너무나 부끄러워서 그 편지를 갈기갈기 찢고, 제 머리를 엉망진창으로 쥐어뜯고 싶었습니다. 안절부절못한다는 말은, 이런 느낌을 말하는 거겠죠. 제가 쓴 것입니다. 동생의 고통을 보다 못한 제가, 이제부터 매일 M · T씨의 필적을 흉내 내어, 동생이 죽는 날까지 편지를 쓰고, 형편없는 시를 고심해서 지어내고, 그리고 밤 여섯 시에는 몰래 담 밖으로 나가 휘파람을 불려고 한 것입니다.

부끄러웠습니다. 형편없는 시까지 쓴 것이, 부끄러웠습니다. 부끄러워서 정신이 혼미한 나머지, 저는 바로 대답도 못하고 있었습니다.

"언니, 걱정할 필요 없어." 동생은 이상하게 침착한 태도로, 숭고할

정도로 아름다운 미소를 짓고 있었습니다. “언니, 그 녹색 리본으로 묶여있던 편지 봤지? 그거, 거짓말이야. 나 너무 쓸쓸해서, 재작년 가을부터 내가 직접 그런 편지를 써서 내 앞으로 보냈어. 언니, 나를 바보라고 생각하진 마. 청춘이란 건 정말 중요한 거야. 난 병에 걸리고 나서, 그걸 확실히 알게 됐어. 내가 내 앞으로 편지를 쓰다니, 더러워. 비참해. 바보야. 진짜로 그 남자 분과 대담하게 놀았다면 좋았을 텐데. 그 남자에게 꽉 안겼으면 좋았을 텐데. 언니, 난 지금까지 한번도, 남자를 사귀기는 커녕 남자랑 말해본 적도 없어. 언니도 그렇지? 언니, 우리가 잘못하고 있었던 거야. 지나치게 똑똑했어. 아아, 죽는다니, 싫어. 내 손, 손가락 끝, 머리, 다 불쌍해. 죽는다니, 싫다. 싫어.”

저는 슬프기도 하고, 무섭기도 하고, 기쁘기도 하고, 부끄럽기도 해서, 가슴이 터질 것 같아 아무 생각도 나지 않았고, 동생의 야윈 볼에 내 볼을 딱 붙이고, 그저 눈물만 쏟으며 동생을 가만히 안아주었습니다. 그때, 아아, 들려왔습니다. 작고 아련한 소리였지만, 그것은 분명 군함 행진곡을 부는 휘파람 소리였습니다. 동생도 귀를 기울였습니다. 아아, 시계를 보니 여섯 시입니다. 우리는 말 못할 공포에 떨며 더 꼭 껴안은 채로, 꼼짝도 하지 않고 정원의 벚나무 뒤쪽에서 들려오는 이상한 행진곡에 귀를 기울이고 있었습니다.

신은, 있다. 틀림없이, 있다. 저는 그런 믿음을 떠올렸습니다. 동생은 그로부터 3일 후에 죽었습니다. 의사는 고개를 갸웃거렸습니다. 너무나 조용히, 일찍 숨을 거뒀기 때문이겠죠. 하지만 그때, 저는 놀라지 않았습니다. 모든 것이 신의 뜻이라고 믿었습니다.

지금은, —나이가 들고 이런저런 물욕이 생겨서, 부끄럽습니다. 신앙이라든가 그런 것도 조금 희미해져서 큰일이지만, 그 휘파람은 혹시 아버지가 부신 게 아닐까, 하는 의심이 들곤 합니다. 학교 일을 마치고 돌아오신 뒤, 옆방에서 우리들의 이야기를 엿듣고 측은하게 생각하여, 엄격한 아버지로서는 일생일대의 연극을 하신 게 아닐까, 싶을 때도 있는데, 설마, 그런 건 아니겠지요. 아버지께서 세상에 계시다면 여쭤볼 수도 있겠지만, 돌아가신 지 벌써 거의 오 년이나 되었네요. 아니, 역시 신의 은총이겠지요.

저는 그렇게 믿고 안심하고 싶지만, 아무래도 나이를 먹으면 물욕이 생기고 신앙도 희미해져서 큰일입니다.

| 작품해설 |

전환기의 다자이 오사무—초기에서 중기로

최혜수

들어가며

다자이 오사무 한국어판 전집 제2권에는 1936년 10월부터 1939년 6월에 걸쳐 발표된 소설 열아홉 편을 실었다. 이 책에 실린 작품들이 다자이 오사무(이하 다자이)의 문학에서 어떤 위치를 차지하고 있는지를 확인하기 위해, 우선 다자이의 모든 작품에 걸친 작풍변화를 살펴볼 필요가 있다. 오쿠노 다케오는 '다자이 오사무의 작품을 연대순으로 보면 크게 세 시기로 나눌 수 있다'라고 하면서, 다음과 같은 시기 구분을 제안한다.

> 초기는 1932년 『만년』에서 『허구의 방황』을 거쳐 35년의 「HUMAN LOST」까지 4년간.
>
> (초기와 중기 사이에 「등롱」이라는 과도기적 소설이 한 편 있고, 그를 전후로 1년 반 정도 침묵기가 있다.)
>
> 중기는 37년 「만원」부터 「동경 팔경」, 「신 햄릿」 등을 거쳐 「석별」, 「옛날이야기」까지 9년간.

후기는 45년 「판도라의 상자」부터 「비용의 아내」, 「사양」을 거쳐 48년 「인간 실격」, 「굿바이」까지 3년간.

연구자 다수의 지지를 받아 연구계의 정설이 되어 있는 이러한 시기 구분은 각각 좌익 붕괴 / 전쟁 통제하의 시기 / 전후 혼란의 시기에 대응되므로, 원칙적으로는 시대 상황과 다자이 개인사의 접점을 검토할 필요가 있다. 그러나 다자이의 경우, 그의 문학적 전환은 시대 상황의 일반적 변화보다는 오히려 특수한 개인 사정에 기인한 부분이 많다고 할 수 있는데, 이는 다자이가 자신의 사생활을 모티프로 쓴 작품이 많기 때문이다.

위의 구분으로 본다면, 이 책에 실린 작품들은 초기의 마지막 시기와 중기에 걸쳐 있는 작품들이다. 이 해설에서는 초기의 마지막 시기부터 중기 안정기에 접어드는 시기의 단편집 『사랑과 미에 대하여』에 이르기까지, 다자이에게 일어난 주요 사건들을 짚어 나가며 그 일들이 다자이의 작품들에 어떤 식으로 영향을 주었는지 살펴보고자 한다.

1. 아쿠타가와 상과 「창생기」

1935년에서 1936년에 이르는 시기는 다자이에게 있어 수난과 고통의 나날이었다. 맹장염 수술의 후유증으로 복막염을 앓은 다자이는, 의사가 진통 목적으로 주사한 파비날(마약성 진통제)에 맛을 들이고 점점 중독되어갔다. '당시, 내게는 하루하루가 만년晩年이었다.'라는 문장은 이 시기 작품 「다스 게마이네」(전집 1권)에 제1장 '환등'의 에피그램이다. 이 문장에서도 알 수 있듯, 이 시기는 다자이의 인생에서 몸과 마음이 모두 위태로웠던 시기였다. 그럼에도 불구하고, 다자이가 가지고 있던 작가로서의 자존심은 더욱 강렬해져갔다.

한편, 1935년 당시 문예춘추사가 순수 문예 분야의 신진 작가를 대상으로 제정된 아쿠타가와 상은 다자이를 비롯한 젊은 작가들에게 선망의 대상이었다. 특히, 대학 중퇴와 취직 시험 실패라는 불명예스러운 일을 겪은 다자이에게 아쿠타가와 상은 '명예'를 되찾을 수 있는 길이었기에 더 절실했을지도 모른다. 하지만 다자이는 제1회 아쿠타가와 상 최종 후보 다섯 명에 들어갔으나, 수상자가 되지는 못했다. 심사평을 토대로 그 이유를 간단히 살펴보자면, 당시 심사위원이었던 사토 하루오가 후보작 「역행」(전집 1권)이 아니라 「어릿광대의 꽃」(전집 1권)을 후보작으로 해야 한다는 의견을 제시하여 다른 심사 위원의 감정을 상하게 한 점을 들 수 있다. 후보작에 대한 이러한 의견 마찰과 더불어, 당시 문단에서 인정받는 중견 작가였던 가와바타 야스나리는 자신의 심사평에 '개인적인 의견으로는, 작자 목하의 생활에 불길한 구름이 끼어 재능이 제대로 드러나지 못한다는 느낌이 있었다.'라는 문장으로 자신이 아쿠타가와 상을 받을 거라 확신하고 있던 다자이에게 찬물을 끼얹게 된다. 이에, 파비날 중독으로 망상과 환각이 심해져 가던 다자이는 격노하고 위 문장을 인용해 가며 「가와바타 야스나리에게」라는 항의문을 작성하여, 『문예통신文芸通信』 10월호에 게재한다.

> 당신은 『문예춘추文藝春秋』 9월호에 내 욕을 썼다. (중략) 서로 어설픈 거짓말은 하지 말자. 나는 서점에서 당신의 글을 읽고 너무나 불쾌했다. 이것만 보면, 마치 당신 혼자 아쿠타가와 상을 결정한 것 같다. 이건

당신의 글이 아니다. 누군가에게 쓰라고 시킨 것이 분명하다. (중략) 나는 타오르는 분노를 느꼈다. 며칠 동안 밤에 잠이 안 올 정도였다. 작은 새를 키우고, 무도舞踏를 보는 게 그렇게 훌륭한 생활인가. 죽여버리겠어. 그런 생각도 했다. (후략)

피해의식에 가득 차있다고 볼 수밖에 없는 감정적인 항의문에 대해, 가와바타 야스나리는 『문예통신』 11월호에 「다자이 오사무 씨에게, 아쿠타가와 상에 대하여」라는 제목의 답변을 게재한다. 내용을 간단히 요약하자면, 아쿠다가와 상에 선정된 이시카와 다쓰조는 다섯 표를 얻었는데, 나머지 네 후보작은 한두 표밖에 못 얻었기 때문에 논의의 여지가 없었으니 굳이 자신이 다자이를 나쁘게 평가할 이유가 없었다는 것이다.

이상이 제1회 아쿠타가와 상과 관련하여 있었던 일인데, 후의 연구자들은 가와바타 야스나리의 답변이 있었던 것만으로도 다자이의 목적이 달성된 것이라고 간주한다. 즉 다자이는 새로운 문학의 기수로서 각광을 받고 있던 가와바타에게 자신을 강하게 각인시키고 싶었던 것일 뿐이고, 관심을 끄는 데에는 충분히 성공했기 때문이다.

이후, 파비날 중독으로 인한 망상과 기행이 심해지는 가운데 1936년 6월 첫 단편집 『만년』이 간행되었고, 다자이의 광기는 극에 달해갔다. 빚이 늘어가면서 파비날을 살 돈마저 없어지자 그의 착란 상태는 더욱더 심해졌는데, 궁여지책으로 아쿠타가와 상의 상금 오백 엔을 받을 목적으로 가와바타 야스나리에게 아쿠타가와 상을 달라고 애원하는 편지를 보내게 된다. '제게 명예를 주세요.', '『만년』 한 권만큼은 부끄럽지 않은 것이라 생각됩니다.' 라고 쓰인 이 편지문은 반발심으로 가득했던 전년도의 항의문을 생각하면 다소 당돌해 보이기도 하지만, 다자이가 그 일에 개의치 않고 다시 상을 애원하게 될 만큼 궁지에 몰려 있었다는 것으로 이해할 수 있다.

한편, 이런 상태에서도 문단에서 좋은 평가를 받고 있던 데다가 『만년』에 대한 자부심이 상당했던 다자이는 8월에 지인들과 형에게 아쿠타가와 상을 받을 것이 거의 확실하다는 내용의 편지를 보낸다. 한 번 탈락의 아픔을 겪은 그에게 수상의 확신을 심어준 사람은 다름 아닌 사토 하루오였다. 본권에 수록된 작품 「창생기」 후반부의 '산 위의 소식지'에도 그 경위를 쓰고 있다.

그러나 결국 다자이는 제3회 아쿠타가와 상 최종 후보에도 오르지 못하는 수모를 겪게 되고 그 실망감을 담아 「창생기」라는, 문학적으로 보기에는 다소 무리가 있는 소설을 발표한다. 단행본 수록 시에 삭제된 '산 위의 소식지'는 문단에 큰 화제를 불러 일으켰고, 사토 하루오도 이를 보고 실명을 언급한 소설 「아쿠타가와 상」(『개조改造』, 1936년 11월호 수록)을 발표하여 다자이의 「창생기」에 대해 다음과 같이 응수한다.

> 다자이의 작품은 「창생기」뿐만 아니라 모든 작품이 환상적이라기보다 망상적이다. 모든 작품이 하나의 꿈이다. 악몽이다. 진실을 꿈으로 환원하여 계산하는 데에는 일정 법칙이 있듯 다자이의 작품을 읽는 데에도 일정한 준비가 필요하다. 쓰인 것이 모두 사실이라고 보는 것은 모든 꿈을 진실이라고 믿는 것 같은 유치하고 멍청한 착각이다. (후략)

윗글과 당시 다자이의 파비날 중독증을 고려하면 아쿠타가와 상에 대한 다자이의 집착과 수상 확신이 망상일 가능성도 있는 듯 보인다. 그러나 『문학계文學界』 1936년 9월호에 가와바타 야스나리가 쓴 「아쿠타가와 상 예선기」에는 다자이의 『만년』도 예선 통과 시의 유력한 후보안에 포함되어 있으므로 수상 가능성이 아예 없었다고도 할 수 없어, 사토 하루오의 소설 「아쿠타가와 상」이 오히려 입장이 곤란해진 사토 하루오의 자기변명처럼 보이는 면도 있다.

2. 파비날 중독과 「이십세기 기수」, 「HUMAN LOST」

한편 위의 사건이 있고 나서 얼마 지나지 않은 1937년, 다자이는 『개조改造』 신년호에 「이십세기 기수」를 발표한다. 정신병원에 입원한 시기를 전후하여 「이십세기 기수」와 「HUMAN LOST」가 발표되는데, 모두 파비날 중독 상태에 빠진 다자이의 절망을 담아 비슷한 맥락에서 쓰인 소설이지만 느껴지는 절망의 깊이는 확연히 다르다. 「이십세기 기수」를 보면 착란 중에도 문학적인 계산이 있다는 것이 어느 정도 느껴지지만, 「HUMAN LOST」를 집필한 시기에는 그런 계산조차 할 수 없을 정도로 피폐한 지경에 이른 것으로 보인다.

> 내가 원했던 것은 전 세계가 아니었다. 백 년의 명성도 아니었다. 민들레 한 송이의 신뢰와 상추 이파리 한 장의 위로를 얻기 위해, 한평생을 낭비했다.

「이십세기 기수」에는 위의 인용처럼 파비날 중독자, 정신 이상자라고 손가락질을 받았지만 문학적 자존심만은 드높았던 다자이가, 간절히 원하던 '아쿠타가와 상'이라는 문학적 명예마저 놓쳐 버림으로써 생긴 세상에 대한 원망과 절망감이 다양한 형태로 표현되어 있다.

다자이의 파비날 중독을 알게 된 고향의 형과 스승 이부세 마스지, 그리고 고향의 지인(후에 「귀거래歸去來」(전집 5권) 등의 작품에도 등장하는 나카하타 게이키치와 기타 호시로), 그리고 다자이의 부인 하쓰요는 서로 협의 하에 다자이를 정신병원에 입원시킨다. 다자이도 스승 이부세 마스지의 간곡한 부탁으로 어쩔 수 없이 입원을 받아들이게 되었다. 이를 보다 가볍게 생각하고 있었던 다자이는 진단결과 중증의 중독 상태였기 때문에 감금병동에 강제 수용됨으로써 사람들에게 속았다는 느낌을 지울 수 없게 되며, 끝내 이 정신병원 입원 체험은 다자이에게 스스로 'HUMAN LOST'를 선언할 정도의 큰 충격을 초래하게 된다.

「HUMAN LOST」에는 '금붕어도 그냥 풀어놓기만 하면, 한 달도 못 산다.'라는 문장이 반복적으로 사용되는 것이 눈에 띈다. 정신병원에 갇혀, 아무도 자신을 만나러 오지도 않는데 그렇다고 자신이 누군가를 만나러 갈 수도 없는 자기 처지가 어항 속에서 밀기울만 먹고 사는 금붕어 같다고 생각한 다자이는, 끝없는 공포감과 절망감, 그리고 인간에 대한 원망에 휩싸였다. 특히 부인에 대한 원망이 컸던 것으로 보이는데, 예를 들어 '동전의 복수'라는 구절의 '동전'이란 부인 하쓰요를 멸시하는 말로 쓰였다는 다자이 연구자들의 지적은 정설이 되어 있다. 따라서 '한 푼을 비웃고, 한 푼에게 맞았다'는 구절은, 게이샤 출신인 하쓰요에 대해 채권자 의식을 가지고 있던 다자이가 자신이 그렇게 무시하던 하쓰요에게 결국 복수를 당했다고 생각하기에 이르렀다는 의미로 읽을 수 있다. 머리말에서 초기와 중기 사이, 「HUMAN LOST」 이후 일

년 반의 공백기는 정신병원에서의 배신감과 절망이 심화되어 아무것도 말할 수도, 쓸 수도 없었던 시기였던 것이다.

3. 간통 사건과 「오바스테」

다자이가 정신병원에서 굴욕과 고독감에 시달리는 동안 부인 하쓰요는 다자이와 가족처럼 지내던 미술학도 고다테 젠시로와 간통이라는 부적절한 일을 저지르고 만다. 이를 알게 된 다자이의 당시 심정은 후의 「동경 팔경」(전집 4권)에 다음과 같이 표현되어 있다.

> 나는 누구에게도 상처를 받고 싶지 않았다. 셋 중에서는 내가 가장 나이가 많았다. 나라도 침착한 마음으로 멋지게 그들을 지휘하려 했지만, 역시 나는 이 엄청난 일에 자빠질 정도로 놀라고, 당황해서 '휘청휘청', 오히려 그들이 나를 경멸할 정도였다. 아무것도 할 수 없었다.

이 사건으로 사람에 대한 신뢰를 완전히 버린 다자이는 미나카미에서 하쓰요와 동반자살을 꾀하나 미수에 그치게 되는데, 이 또한 일 년 반 후에 「오바스테」의 소재가 된다. 다음 인용에는 사건과 관련하여 하쓰요에게 느낀 다자이의 복잡한 심경이 잘 드러나 있다.

> 나는 저 여자에게 꽤 신세를 졌다. 그건, 잊어서는 안 된다. 모든 책임은 내게 있다. 세상 사람들이 만약 저 사람을 지탄한다면 무슨 수를 써서라도 저 사람을 감싸지 않으면 안 된다. 저 여자는, 착한

사람이다. 그건 내가 알고 있다. 믿고 있다. / 이번 일은? 아아, 안 돼, 안 돼. 나는, 웃음으로 때울 수가 없다. 안 된다. 나는 그 일에 대해서만큼은, 태연하게 있을 수가 없다. 참을 수 없다. / 용서해. 이건, 내 마지막 에고이즘이다. 나는 윤리적인 면에서는 참을 수 있다. 감각이, 참을 수 없다. 도저히 참을 수 없다.

자신의 체험을 윤색하여 쓴 이 소설은 어디까지나 소설일 뿐 실제 사실과는 다른 점이 많다고 한다. 예를 들면, 「오바스테」의 가즈에다와는 달리, 하쓰요에게는 동반자살을 할 마음이 없었지만 다자이가 일방적으로 그것을 계획한 것으로 보인다. 그러나 위의 문장처럼 작품의 곳곳에서 당시의 일을 회상하는 기시치의 대사에 다자이가 실제로 지녔을 복잡한 심경의 흔적이 엿보이는 점에서, 일부 사실적 요소도 섞여 있다는 것은 부정할 수 없다.

나오며

정신병원 입원 충격과 아내의 불륜에 대한 충격은, 이후의 다자이 문학에도 큰 영향을 미치게 된다. 그로 인해 생긴 공백기 직후의 다자이는 재생을 꿈꾸며 자신이 다시 살아가기 위해서 어떤 문학을 써야 하는가를 고민하게 되는데, 바로 단편집 『사랑과 미에 대하여』가 그 노력의 결실이라 할 수 있다. 수록 작품 중 「화촉」의 마지막 문장에 주목하자.

벚꽃 동산을 되찾을 방법이 없으랴.

무거운 과거를 등진 자가 갱생을 위해서 추구해야 할 새로운 이상은 어디에 있는가. 그리고 살고자 하는 인간의 아름다움은 어디에 있는 것인가. 이러한 다자이의 문제제기가 단편집『사랑과 미에 대하여』곳곳에 담겨 있으며, 이는 다자이의 문학적, 사상적 전환점을 검토하는 데 중요한 시사를 준다고 할 수 있다.

* 참고문헌 *

· 相馬正一,『評伝太宰治 1』, ちくま書房, 1982.
· 神谷忠・安藤広 編,『太宰治全作品研究事典』, 勉誠社, 1995.
· 三好行雄編,『太宰治必携』, 学燈社, 1980.
· 安藤宏編,『展望 太宰治』, ぎょうせい, 2009.

옮긴이 후기

무엇을 해야 할지, 누구를 만나고 어떻게 살아가야 할지 몰라 갈팡질팡하던 시절이 있었다. 문득 책을 읽고 싶다는 생각에 무작정 책만 읽어댔던 대학교 2학년 여름방학. 내가 다자이 오사무(이하, 다자이)를 만나게 된 것은 그 시절이었다. 처음 『만년』과 「인간 실격」을 읽고, 이건 꼭 원서로 읽어야겠다는 결심을 하고 맹렬히 일본어 공부를 하기 시작했다. 드디어 내가 하고 싶은 일을 찾은 것이다. 하지만 돌이켜보면, '태어나서 죄송합니다', '인간, 실격'이라는, 마치 인생의 모든 것을 내려놓은 듯한 그 문장들 속에서 오히려 삶에 대한 의욕을 느낀 내 인생이 더 재미있다. 소설의 언어로 살고자 했던 다자이의 진의를 일찌감치 간파했던 것일까? 어쨌든 그로부터 십 년이 지난 지금 일본에서 근대문학을 공부하며 다자이의 전집 번역 작업에도 참여하고 있으니, 나와 다자이 사이에는 무언가 깊은 인연이 있는 듯하다.

내가 느끼는 다자이 문학의 가장 큰 특징은, 작가 자신의 사생활이 소설의 모티프가 된 경우가 많다는 것이다. 특히 다자이 연표 중에서 2권에 실린 소설들의 집필 시기에 해당되는 부분을 확인해보면, 작가 다자이와 그의 작품과의 관계는 더욱 뚜렷해진다. 예를 들어 제3회 아쿠타가와 상을 받지 못한 일과 그에 대한 다자이의 서운한 마음(1936년 8월), 도쿄 이타바시 구의 정신 병원에 입원했던 일(1936년 10월), 다니카와 온천에서 게이샤 출신인 오야마 하쓰요와 동반자살을 시도했으나 실패했던 일, 그리고 이별(1937년 3월), 스승이었던 이부세 마스지를 따라 미사카 고개의 텐카차야에서 2개월간 머물며, 그 사이에 이시하라 미치코와 선을 보아 11월 혼약을 했던 일(1938년 9월) 등등이 소설 곳곳에 반영되어 있음을 확인할 수 있다. 그와 더불어 출신에 대한 고민과 예술 창작에 대한 고민이 그의 작품 근저에 깔려 있다는 것을 고려해볼 때, 그의 작품을 읽는다는 것은 인간 다자이 오사무를 알아가는 것과 다르지 않다고 말할 수 있겠다.

그렇다고 해서 그가 자신이 겪은 일들과 그에 대해 실제로 느꼈던 감정을 곧이곧대로 썼다고 생각한다면, 그건 오산이다. 2권에 실린 소설들만 읽어 봐도 알 수 있듯이, 현실의 다자이는 작가, 한량, 여학생, 가난한 집 딸 등 작품 속 다양한 인물에 자신을 투영하며 그 모습을 드러낸다. 이때, 이야기 속 작가가 된 '나', 여학생이 된 '나', 가난한 집 딸이 된 '나'는 비슷한 생각을 하기도 하고, 제각기 다른 생각을 보이기도 한다. 전혀 다른 소설에서, 같은 사건이 반복적으로 혹은 다른 시점에서 그려지기도 한다. 결국, 다자이의 소설 창작은 '나'를 파고들고, '나'를 더 잘 표현하는 방법과 형태를 고민하는 작업이었다고 할 수 있다. 아마 일본에서 '다자이를 읽자'는 붐이 사그라지지 않는 이유도, 그의 소설이 온전한 자아로 살아가기 힘든 지금 세상에서 '나'를 돌아보는 계기를 만들어 주기 때문이지 않을까 하고 생각해본다. 그런 의미에서, 다자이 전집이 허구화된 '나'의 수많은 모습들과 그 간격을 즐기는 계기가 되었으면 한다.

이번 번역작업을 하면서 가장 많이 고민한 것은 '쉼표'를 어떻게 처리해야 할 것인가 하는 점이었다. 같은 작품임에도 불구하고 원서로 접했을 때와 역서로서 접했을 때 마치 다른 작품처럼 느껴지는 가장 큰 이유는 기존 역서에서 쉼표가 모두 삭제되어 있기 때문일 것이다. 일본어의 언어적 특성을 차치한다 하더라도, 다자이는 단어 하나가 끝날 때마다 쉼표를 쓸 정도로 쉼표를 다용하는 작가다. 특히 파비날 중독기의 작품들 중에 다용된 쉼표는 그 시기에 다자이가 지녔던 감정의 파편을 의미하는 것으로 봐도 좋다. 따라서 이번 번역 작업에서는 작품별 특성에 맞게 쉼표를 살리거나 삭제하면서 작가의 의도와 가독성 사이의 조율을 꾀했다.

번역이 가장 까다로웠던 작품은 파비날 중독기의 작품인 「창생기」, 「갈채」, 「HUMAN LOST」, 「이십세기 기수」다. 일본어로도 쉽게 이해되지 않으며, 몇 년 후 다자이 스스로도 자기가 봐도 의미를 모르겠다고 고백한 이들 작품에 관해서는 관련 연구서와 논문을 참고해가며 직역에 충실했음을 밝힌다. 정신 파탄 상태에서 쓰인 비논리 속에서도 의미가 있는 부분, 예를 들면 성서 인용, 시 인용이나 『예브기니 오네긴』 인용, 당대 일본의 사건, 노래 가사 등에 대해서는 힘이 닿는 대로 조사하여 독자들이 참조할 수 있도록 역주를 달아놓았다.

끝으로, 부족한 역자에게 다자이 오사무 전집 번역이라는 큰일을 믿고 맡겨주신 도서출판 b 관계자 여러분께 깊은 감사의 말씀을 드리고 싶다. 또한 2010년 와세다에서 일 년 동안 다자이 오사무를 테마로 좋은 강의를 들려주신 도쿄대의 안도 히로시 선생님, 그리고 와세다의 동기와 선배들께도 많은 신세를 졌다. 정말 감사드린다. 마지막으로 서로의 번역을 돌려보면서 더 나은 번역에 대한 고민으로 수많은 밤을 함께 지새운 우리 번역 팀, 정수윤 씨와 김재원 씨께도 감사를 전한다.

2012년 봄, 도쿄에서

최혜수

다자이 오사무 연표

1909년 출생	• 6월 19일, 아오모리현 북쓰가루군 가나기에서 아버지 쓰시마 겐에몬津島源右衛門과 어머니 다네タネ의 열 번째 아이이자, 여섯 번째 아들로 태어났다. 호적상 이름은 쓰시마 슈지津島修治.
1916년 7세	1월, 함께 살던 이모이자 숙모인 기에キエ 가족이 고쇼가와라로 이사하면서, 슈지도 2개월가량 그곳에서 함께 산다. 4월, 가나기 제1소학교에 입학한다.
1922년 13세	3월, 가나기 제1소학교 졸업. 4월, 메이지고등소학교 입학. 아버지가 귀족원의원에 당선된다.
1923년 14세	3월, 아버지 사망. 4월, 아오모리중학교 입학. 아쿠타가와 류노스케, 기쿠치 간 등의 소설을 탐독. 이부세 마스지井伏鱒二의 「도롱뇽」을 읽고, '가만히 앉아서 읽을 수 없을 만큼 흥분'한다.
1925년 16세	8월, 친구들과 함께 잡지 『성좌星座』를 창간하나 1호만 발행하고 폐간. 그해 「추억」의 등장인물인 미요의 모델이 된 미야기 도키宮城トキ가 쓰시마 집안에 하녀로 들어온다. 11월, 동인지 『신기루』 창간한다.
1926년 17세	9월, 동인지 『아온보青んぼ』를 창간하나 2호까지 발행하고 폐간. 도키에게 함께 도쿄로 가서 살자고 제안하지만 도키는 신분의 차이가 너무 많이 난다면서 쓰시마 집안을 떠난다.
1927년 18세	2월, 동인지 『신기루』 12호까지 발행하고 폐간. 3월, 아오모리중학교 졸업. 4월, 히로사키고등학교 문과 입학. 7월, 아쿠타가와 류노스케의 자살에 충격을 받는다.
1928년 19세	5월, 동인지 『세포문예』 창간, 9월, 4호까지 발행하고 폐간. 12월, 히로사키고교 신문잡지부 위원에 임명된다.
1929년 20세	• 창작 활동을 하는 한편, 게이샤 오야마 하쓰요小山初代를 만난다. 12월, 수면제 과다복용으로 의식불명 상태에 빠진다.

1930년 21세	3월, 히로사키고등학교 졸업. 4월, 도쿄제국대학교 불문과 입학. 5월, 이부세 마스지를 찾아가 이후 오랫동안 스승으로 삼는다. 적극적으로 사회주의 운동에 가담한다. 10월, 고향에서 하쓰요가 다자이를 만나기 위해 상경. 11월, 하쓰요의 일로 큰형 분지文治와 다투다가 호적에서 제적당한다. 11월 26일, 긴자의 술집 여종업원 다나베 시메코田部シメ子를 만나 이틀 동안 함께 지내다가, 28일 밤 가마쿠라 고유루기미사키小動岬 절벽에서 함께 자살을 시도한다. 시메코는 죽고 슈지는 요양원 게이후엔恵風園에서 치료를 받는다. 12월, 자살방조죄로 기소유예. 아오모리 이카리가세키碇ヶ関 온천에서 하쓰요와 혼례를 올린다.
1931년	12월, 동료의 하숙집에서 마르크스의 『자본론』 스터디를 시작한다.
1932년 23세	7월, 큰형과 함께 아오모리 경찰서에 출두하여 좌익운동에서 손을 뗄 것을 맹세한다. 창작에 전념하면서 낭독 모임을 갖는다.
1935년 26세	3월, 대학 졸업시험에 낙제. 미야코 신문사 입사시험에도 떨어진다. 가마쿠라에서 목을 매지만 자살미수에 그친다. 4월, 급성맹장염으로 입원, 진통제 파비날에 중독된다. 5월, 잡지 『일본낭만파』에 합류. 8월, 「역행」이 제1회 아쿠타가와 상 후보에 오르나 차석에 그친다. 사토 하루오佐藤春夫를 찾아가 가르침을 받는다. 크리스트교 무교회파 학자 쓰카모토 도라지塚本虎二와 접촉, 잡지 『성서 지식』을 구독한다. 9월, 수업료 미납으로 학교에서 제적당한다.
1936년 27세	2월, 파비날 중독 치료를 위해 병원에 입원했다가 10일 후 퇴원. 6월, 첫 창작집 『만년』을 출간한다. 8월, 제3회 아쿠타가와 상 낙선. 10월, 중독증세가 심해져 도쿄 무사시노병원에 입원했다가 한 달 뒤 퇴원한다.
1937년 28세	• 다자이와 사돈 관계이자 가족과 다름없이 지냈던 화가 고다테 젠시로小館善四郎와 부인 하쓰요의 간통 사실을 알고 분노. 3월, 다니가와다케谷川岳산에서 하쓰요와 둘이서 수면제를 먹고 동반자살을 시도하나 미수에 그친 후 이별한다. 6월, 작품집 『허구의 방황』, 7월, 단편집 『이십세기 기수』를 출간한다.

1938년 29세	9월, 후지산 근처에 있는 여관 덴카차야天下茶屋에서 창작 활동을 하던 중, 이부세 마스지의 소개로 이시하라 미치코石原美知子를 만난다.
1939년 30세	1월, 미치코와 혼례를 올린 후 안정적으로 작품 활동에 전념한다. 7월, 『여학생』을 출간한다.
1940년 31세	5월, 「달려라 메로스」 발표. 6월, 작품집 『여자의 결투』 출간. 12월, 『여학생』으로 기타무라 도코쿠 상 부상을 수상한다.
1941년 32세	5월, 『동경 팔경』 출간. 6월, 장녀 소노코園子가 태어난다. 8월, 10년 만에 쓰가루로 귀향한다.
1942년 33세	1월, 사비로 『유다의 고백』 출간. 6월, 『정의와 미소』 출간. 어머니가 위독하다는 소식에 귀향. 12월, 어머니 사망.
1943년	1월, 『후지산 백경』, 9월 『우대신 사네토모』를 출간한다.
1944년	5월, 고야마서방에서 소설 『쓰가루』를 의뢰하여 쓰가루 여행, 11월 출간한다.
1947년 38세	1월, 옛 연인이었던 작가 오타 시즈코太田静子를 찾아가 소설 『사양』의 소재가 될 일기장을 넘겨받는다. 4월, 큰형이 아오모리 지사로 당선. 12월, 『사양』 출간. 몰락한 귀족을 그린 이 작품이 패전 후 혼란에 빠진 젊은이들 사이에서 '사양족'이라는 유행어를 낳을 정도로 큰 호응을 얻으면서 인기작가가 된다.
1948년 39세	6월 13일 밤, 연인인 야마자키 도미에山崎富栄와 함께 무사시노 다마가와 상수원玉川上水에 몸을 던진다. 6월 19일, 만 서른아홉 번째 생일에 사체가 발견된다. 7월, 『인간 실격』, 『앵두』 출간.
1949년	• 6월 19일, 다자이의 친구들이 그의 무덤을 찾아(미타카 젠린지禅林寺) 기일을 앵두기桜桃忌라고 이름 짓고 애도한다. 앵두기는 그를 사랑하는 독자들에 의해 현재까지 매년 행해지고 있다.

『다자이 오사무 전집』 한국어판 목록

제1권 만년

잎 | 추억 | 어복기 | 열차 | 지구도 | 원숭이 섬 | 참새새끼 | 어릿광대의 꽃 | 원숭이를 닮은 젊은이 | 역행 | 그는 예전의 그가 아니다 | 로마네스크 | 완구 | 도깨비불 | 장님 이야기 | 다스 게마이네 | 암컷에 대하여 | 허구의 봄 | 교겐의 신

제2권 사랑과 미에 대하여

창생기 | 갈채 | 이십세기 기수 | 한심한 사람들 | HUMAN LOST | 등롱 | 만원 | 오바스테 | I can speak | 후지산 백경 | 황금 풍경 | 여학생 | 게으름뱅이 카드놀이 | 추풍기 | 푸른 나무의 말 | 화촉 | 사랑과 미에 대하여 | 불새 | 벚나무 잎과 마술 휘파람

제3권 유다의 고백

팔십팔야 | 농담이 아니다 | 미소녀 | 개 이야기 | 아, 가을 | 데카당 항의 | 멋쟁이 어린이 | 피부와 마음 | 봄의 도적 | 세속의 천사 | 형 | 갈매기 | 여인 훈계 | 여자의 결투 | 유다의 고백 | 늙은 하이델베르크 | 아무도 모른다 | 젠조를 그리며 | 달려라 메로스 | 고전풍 | 거지 학생 | 실패한 정원 | 등불 하나 | 리즈

제4권 신햄릿

귀뚜라미 | 낭만 등롱 | 동경 팔경 | 부엉이 통신 | 사도 | 청빈담 | 복장에 대하여 | 은어 아가씨 | 치요조 | 신햄릿 | 바람의 소식 | 누구

제5권 정의와 미소

부끄러움 | 신랑 | 12월 8일 | 리쓰코와 사다코 | 기다리다 | 수선화 | 정의와 미소 | 작은 앨범 | 불꽃놀이 | 귀거래 | 고향 | 금주의 마음 | 오손 선생 언행록 | 꽃보라 | 수상한 암자

제6권 쓰가루

작가수첩 | 길일 | 산화 | 눈 내리던 밤 | 동경 소식 | 쓰가루 | 지쿠세이 | 석별 | 맹인독소

제7권 판도라의 상자

판도라의 상자 | 동틀 녘 | 사람을 찾습니다 | 뜰 | 부모라는 두 글자 | 거짓말 | 화폐 | 이를 어쩌나 | 15년간 | 아직 돌아오지 않은 친구에게 | 참새 | 겨울의 불꽃놀이 | 봄의 낙엽 | 옛날이야기

제8권 사양

남녀평등 | 친한 친구 | 타앙탕탕 | 메리 크리스마스 | 비용의 아내 | 어머니 | 아버지 | 여신 | 포스포레센스 | 아침 | 사양 | 나의 사이카쿠

제9권 인간 실격

오상 | 범인 | 접대 부인 | 술의 추억 | 미남과 담배 | 비잔 | 여류 | 철새 | 앵두 | 인간 실격 | 굿바이 | 가정의 행복 | 철면피 | 진심 | 우대신 사네토모

제10권 생각하는 갈대

에세이

『다자이 오사무 전집』을 펴내며

한 작가를 온전히 이해하기 위해서는 대표작 몇 권을 읽는 것에 그치지 않고 전집을 읽는 것이 필요하다. 일본의 대문호 오에 겐자부로는 평생 2~3년마다 한 작가의 전집을 온전히 읽어왔다고 고백한 바 있는데, 이는 라블레 번역자로 유명한 스승 와타나베 가즈오의 충고 때문이었다고 한다. 한 작가가 쓴 모든 글을 읽는다는 것은 그 작가의 핵심을 들여다보는 작업으로, 이만큼 공부가 되는 것도 없다는 이유에서다.

하지만 이런 이야기는 어디까지나 외국의 이야기일 뿐, 우리는 그렇게 하고 싶어도 그렇게 할 수 있는 형편이 아니다. 우리의 경우 국내 유명작가들조차 변변한 전집을 가지고 있지 못하다. 사정이 이러하니 외국작가는 굳이 말할 필요도 없을 것이다. 물론 몇몇 외국작가의 경우 전집이 나와 있기는 하지만, 대부분 창작물만 싣고 있어서 엄밀한 의미에서 '전집'이라고 보기 어렵다.

이에 도서출판 b는 한 작가의 전모를 만날 수 있는 전집출판에 뛰어들면서 그 첫 결과물로 『다자이 오사무 전집』을 펴낸다. 이 전집은 작가가 쓴 모든 소설은 물론 100여 편에 달하는 주요에세이까지 빼곡히 수록하여 그야말로 '전집'이라는 이름에 걸맞은 형태를 갖추고 있다.

다자이 오사무는 그동안 우울하고 염세적인 작가나 청춘의 작가 정도로만 알려져 왔다. 하지만 이 전집을 읽으면 때로는 유쾌하고 때로는 전투적인 작가의 모습을 발견할 수 있을 뿐만 아니라, 왜 그가 오늘날까지 그토록 많이 연구되는지, 작고한 지 60년이나 흐른 지금도 매년 독자들이 참여하는 앵두기桜桃忌라는 추모제가 열리는지 알 수 있다.

『다자이 오사무 전집』을 성서로까지 표현한 작가 유미리의 표현을 빌리자면, 이 전집을 읽는 독자들은 매일 작고 아름다운 기적과 만나게 될 것이다.

마지막으로 『다자이 오사무 전집』을 양장본으로 다시 펴내면서 기존의 부족한 점을 모두 수정·보완했음을 덧붙이고 싶다.

—<다자이 오사무 전집> 편집위원회

■ 다자이 오사무 太宰治
1909년 일본 아오모리현 북쓰가루에서 태어났다. 본명은 쓰시마 슈지(津島修治). 1936년 창작집 『만년』으로 문단에 등장하여 많은 주옥같은 작품을 남겼다. 특히 『사양』은 전후 사상적 공허함에 빠진 젊은이들 사이에서 '사양족'이라는 유행어를 낳을 만큼 화제를 모았다. 1948년 다자이 문학의 결정체라 할 수 있는 『인간 실격』을 완성하고, 그해 서른아홉의 나이에 연인과 함께 강에 뛰어들어 생을 마감했다. 일본에서는 지금도 그의 작품들이 베스트셀러에 오르거나 영화화되는 등 시간을 뛰어넘어 많은 사랑을 받고 있다.

■ 최혜수
고려대학교 통계학과 졸업. 일본 와세다대학교 대학원 문학연구과 박사과정에 재학 중이다. 옮긴 책으로 다자이 오사무 전집 5권 『정의와 미소』, 6권 『쓰가루』, 8권 『사양』과 가라타니 고진의 『세계사의 구조를 읽는다』, 다카하시 도시오의 『호러국가 일본』(공역) 등이 있다.

다자이 오사무 전집 2

사랑과 미에 대하여

초판 1쇄 발행 2012년 8월 20일
재판 1쇄 발행 2019년 6월 20일

지은이 다자이 오사무
옮긴이 최혜수
펴낸이 조기조
인 쇄 주)상지사P&B
펴낸곳 도서출판 b | 등록 2006년 7월 3일 제2006-000054호
주 소 08772 서울특별시 관악구 난곡로 288 남진빌딩 302호 | 전화 02-6293-7070(대)
팩시밀리 02-6293-8080 | 홈페이지 b-book.co.kr | 이메일 bbooks@naver.com

ISBN 979-11-87036-37-1(세트)
ISBN 979-11-87036-39-5 04830

값 22,000원